贾平凹作品

第 5 卷

妊娠 土门

贾平凹 著

上海三联书店

图书在版编目（CIP）数据

妊娠；土门 / 贾平凹著. 一上海：上海三联书店，
2012.12

ISBN 978-7-5426-4008-6

Ⅰ . ①妊 ... Ⅱ . ①贾 ... Ⅲ . ①长篇小说－小说集－中
国－当代 Ⅳ . ① I247.5

中国版本图书馆 CIP 数据核字（2012）第 254005 号

妊娠　土门

著　　者 /	贾平凹
责任编辑 /	陈启甸
特约编辑 /	周正朗
装帧设计 /	Metis 灵动视线
监　　制 /	任中伟
出版发行 /	上海三联书店
	（201199）中国上海市都市路 4855 号 2 座 10 楼
	http://www.sjpc1932.com
邮购电话 /	021-24175971
印　　刷 /	山东临沂新华印刷物流集团有限责任公司
版　　次 /	2012 年 12 月第 1 版
印　　次 /	2012 年 12 月第 1 次印刷
开　　本 /	710×1000　1/16
字　　数 /	319 千字
印　　张 /	21.5

ISBN 978-7-5426-4008-6 / I · 645

定　价：51.80 元

目 录

妊　娠

序

　　作品愈来愈加重了现实生活的成分，这使我也感到吃惊，想想来，这全是我的环境所致，地位所致，也是我的生命所致。但是，对于严峻的丰富的又特别新奇的现实生活，我几度地晕眩、迷惑，产生几多消沉，几多自信，长篇里先是做《商州》，再是做《浮躁》，现在，就是《妊娠》了。读者已经从这些题目上看出我不会起名的无能了，我确实不知怎么概括这个时代的现象、心理、情绪。过去流行一种"时代精神说"，往往是强调要怎么怎么的，总之是一种人为的硬加，我的看法一直与之不一，认为这是"势也"。汉代国力强盛，经济必然发展，疆土必然扩大，皇帝就有了武帝，外交就有了张骞，连石匠刻刻石头也就有了霍去病墓前的卧虎蟾蜍，连泥瓦工随便捏个土罐，也就是个大度无比的汉罐。清末衰败，看看它的景泰蓝、蛐蛐罐、鼻烟壶也便知晓了。一个时代有一个时代的精神，在当时并不被大多数人体察，过后则明了矣，而要写出这个时代，此时代的作家只需真真实实写出现实生活，混混沌沌端出来，这可以说起码是够了。

　　一位科学家给我讲授过四边形的力，由四边形的力衍义到龙卷风的形成。一位道士指正我看八卦双鱼图，说那不是平面的，是立体抱合的，不停旋转运动的。他们讲得很深，很玄，令我糊涂了又明白，明白了复又糊涂。我的一位乡下的嫂子却给我讲过她的妊娠，说其巨大的幸福和巨大的痛苦。"婆婆说'酸儿辣女甜秀才'，可我什么都不想吃，不知道我要生出的是什么人物？我一脸的雀斑，终日呕吐，身子也十分难看，但全家人都喜欢提说我，向来客介绍，似乎我成了皇后娘娘。不久我就患了一种病，医生说是妊娠中毒症……"

我曾经翻阅了《辞源》，寻出妊娠中毒症的解释，上面写道：妊娠期间，母体的内分泌系统、心血管系统、生殖系统和乳房都发生相应的变化，中毒症特征为水肿、高血压和蛋白尿，出现头昏，目眩，胸闷，甚至全身抽搐，神志昏迷。

由此我想，世上的事都是大悲伴随了大喜，无祸也就无乐啊！但不知乡下的大嫂在极端痛苦之时产生没产生过想将胎儿打掉的念头呢？

夜里阅读《周易》，至暌第三十八，属下兑上离，其《象》曰："火动而上，泽动而下；二女同居，其志不同行。"又曰："天地暌而其事同也。男女暌而其志通也。万物暌而其事类也。暌之时用，大矣哉！"我特别赞叹"暌之时用，大矣哉"这句，拍案叫绝，长夜不眠。也就在这一晚，灵感蓦然爆发，勾起了我久久想写又苦未能写出的一部作品的欲火。

之后长长的三月之内，我做着这部长篇的总体构思工作，几乎已经有了颇完整的东西，但因别的原因，却未系统地写出，姑想是一头牛，先拿出牛肚，再拿出牛排，又拿出牛腿吧，这就是先后在报刊上发表的《龙卷风》、《马角》、《故里》、《美好的侏人》等等。我始终有个孱弱的秉性，待这些东西分别发表了，外人皆认可是独立的中篇和短篇时，倒不敢宣言这全是化整为零的工作，组合长篇一事也就再不提及。也就在这期间，结识了作家出版社的编辑潘婧同志，她是女性，颇具都市文明风度，在编完我的《浮躁》之后，就注视着我的这些长短不一的作品，忽来信说：这也是一部长篇啊！一句话勾动我的初衷，给了我勇敢，我真感激她。但是，当我整理时，已发觉这些长长短短之文在分别发表时地点虽在陕南而村名各异，内容虽为一统而人名别离。潘婧同志说：读者要看你的流水账吗？既是化整为零，亦可聚零为整，我要的是你整头的牛！好么，我牵出牛来，请潘婧同志，也请读者同志只注意这牛是活的，有骨骼有气血的，而牛耳或许没有，牛蹄或许是马脚，牛毛或许是驴毛，那就希望你们视而不见，见而不言破罢了。

识于 1987 年 8 月 5 日

第一章 美好的侏人

清晨，村口静悄悄的，一片霜。由西而东地经过这里的大官路上洁白，坚硬。落叶和草屑都潮湿了，风里托浮不起。骡马粪，一字行儿地遗在路中，以为是软软的，用脚一踢，硬，脚被弹回来，哭不得笑不得地十分难受。就在官路与村口交汇的一株香椿木树下，横着条麻袋，一个侏人靠坐着勾起头一点一点，像念经一样，他已经睡着了。村子里几乎全体的男侏人，在炕上一掰开眼，伸手朝楼板上吊下来的柿子串上摘两个三个吃了，就完成了早餐的工作，再吸一袋草烟，心平气和地去山地上劳作了。因为这是一群侏人，他们的锄板挺大，锄杆却极其短，走起来四肢划水一样欢动，且左右摇晃不已。他们也看见了香椿树下的麻袋，和麻袋上打盹的侏人，觉得好笑，小小的戏谑之心上来，蹑手蹑脚地靠近去看侏人的睡相。睡相丑陋，牙龇着，垂流涎水，特别大的鼻子下两个鼻孔呈椭圆形。村人就将一小撮枯草插在里边。捂着自己哧哧发笑的嘴闪开，轻轻说："大鼻子为了他那口井，太劳累了！"就身心满意，散去了，各执其是。

大鼻子的侏人一直没有醒，在宁静的落霜的冬晨，暖和和的太阳开始照耀在了身上。

这侏人确实是疲乏不堪。十多天里，他忙活着凿门前的水井，井口开有筛子粗，深度已经到达十五丈，还没有见水。整个夜里他将从井里掘出的土石挑到村外垅畔去，黎明经过村口的香椿木树下，发现了一只狼卧在那里。他跑不动，也明白一跑动起来狼就会随之追来，便强撑了胆量，将挑笼筐的扁担霍霍地挥转着圆圈，但是狼并不惧怕，甚至没有动静，这使他吃惊不小，遂又深感疑惑。缓缓挪将过来，才看清原来是一个麻袋。

5

"谁将破麻袋放在这儿了？"他松了一口气，很快为自己刚才的举动大觉羞辱。"现在哪儿会有狼呢？多少年里狼早绝迹了哩！"

侏人用手摸摸麻袋，鼓囊囊的，似乎里边全装有草料。就坐下来拿他的火镰磕碰火石，欲明未明的晨曦中，有了飞溅的三粒火花。后来就点着火绒，吸起烟。

人是不能享乐的，侏人吸过三锅烟后，果然堕落，从心脏、胃和肝部的某一部位泛上来一股污浊之气，使他舒服地"啊"了一声，眼皮觉得十分沉，想瞌睡，就瞌睡了。

村子里一时杂乱开来，游狗在追逐疯咬，鸡在叫。女侏人们用篦梳篦下一些头虱后，端了尿盆在门前的麦地里泼，后来就提了芋头在门槛处刮皮，弄出一脸一胸的白粉点。狗已经不叫了，立等着孩子们下炕后在院子里的第一泡屎，吃罢了还伸出柔软修长的舌头把屁股眼舔得干干净净。

这时候，嘚嘚的骡马蹄声从大官路的那一头传来，如地心在敲鼓。麻袋上的侏人苏醒了。他惺忪的眼睛看见跑来一辆骡马车。前边的是两匹马，驾辕的是一头骡，滚圆膘壮，喷几团热气，那身上飘拂的热气在冷气中变为水珠，又变为冰花。车上却是空的，驾车人，一个老头，精瘦如柴，满头都是汗水，脸色蜡黄地跳下来了。

"乡党你好！"老头对着侏人笑，问候十分殷勤。

"好，好！"侏人说。

老头却迅雷不及掩耳地抓住了麻袋，甚至已经死死地抱在怀里了。

"这是你的麻袋吗？"侏人问。

"当然是我的！"老头凶狠狠地说，使侏人觉得诧异。"麻袋是装在车上的，遗在了这里，走过二十里了才发现丢了。当然是我的！"

侏人好笑，很有些瞧不起他的样子说："是你的你拿去吧，犯得着那么厉害吗？"

老头并没有答话，背过身去打开麻袋，似乎在清点着数目。转过身来的时候眉目竟是那么和蔼可亲，连声说："谢谢，谢谢！"几乎腿软下去，要给侏人下跪了。

侏人忙扶起他，说："有什么谢的，一条破麻袋子。"

老头却诡诡地笑，说："你瞧瞧。"

一麻袋的钱币，一百元一捆的，新崭崭的一万五千元巨款。

侏人顿时是傻眼了，眼前的世界为之改观。自己的老婆，比自己更矮的女侏人，每日清晨打开鸡棚捏住十二只母鸡捅屁股试有没有蛋要生下来，鸡屁股就是钱库。这一万五千元的钱票他没有见过，做梦也没有梦见到。这买盐，该买多少呢？买孩子吃的洋糖……

他真有些悔恨，怎么自己看到这条麻袋而没有想到麻袋里装的是巨款呢？这怪精灵的老头，竟想出在麻袋里装钱为伪装！为什么自己见了麻袋就会瞌睡了，专门是来守护巨款的吗？！

他木然地接住老头递过来的一根纸烟，看着他把麻袋抱上车去，三匹骡马就十二条蹄腿翻碟似的远去了。

首先是在路旁扫落叶做柴火的一个侏人看见，后来是更多的侏人跑近来问情况。

"是一麻袋钱，一万五千元的。"他说。

"天呀！你就全交给他了？"

"啊。"

"啊？！"

侏人将火镰和烟袋在腰带里别好，鼻孔是痒痒的，一摸还沾有草。旁观的侏人也没有取乐他。他挑着笼筐回家去，操心井里挖出来的那些土石。

有人立即迅跑至山地，将消息传播给了劳作的侏人。劳作的男侏人回家又耳语给村中的女侏人。村中就骚动了，男侏人便怨恨自己没有拾到这麻袋，又讥笑打井的侏人没福，又愤愤不平赶车的老头竟没有送给拾麻袋者三分之一的钱，甚至二分之一的钱！他们就联合起来，几乎是不需动员，跑步从大官路向西去追赶那辆骡马车。

女侏人们则到打井侏人的家来。白天里，侏人已经下井掘凿了，她们在井口上叫侏人上来，安慰他，说许多同情的话。这侏人是很穷很穷的家，穷得和她们一样的穷。高高的门，门环安装得很低，锅台后，土炕下，都修有石砌的台阶。一嘟子包米棒子吊在大梁下，为了防止老鼠，吊绳上系了偌大一束荆棘。屋角的石板柜里，堆着粪堆般大一堆芋头。

"咱这是什么命，做的什么事呀，一万五千元，那往后该吃什么？喝什么呀？！"

女侏人们直跺脚，在庭院里鸭子般地走动，为打井侏人叫屈，但这么鸣不平着，后来就不言语了，平静下来，呆呆地举头看起天空。天空很蓝，瓦片大的云，暖暖和和的太阳在正空照耀，热光扑面而来。

"这也好。"一女侏人说，"不义之财怎么能发得呢？凭良心安妥……咱这村子好仁义的。"

"这也好。"女侏人们都这么说。

她们望着侏人短短的胳膊，短短的腿，觉得这侏人可爱，做得对，若不这样，他一下子有了一万五千元的钱，这村子里还会这么和和气气吗？钱是人造出来的，钱多了反过来要害了人。财大气粗，在家里就打老婆，骂孩子，甚至闹到重新倒腾老婆，去赌博。现在不能抽烟土了，就酗酒，勾引别家的媳妇女子……女侏人们几乎觉得这被勾引的媳妇女子就是她，是我，是你，是她们其中的任何一个人了。

半夜里，沉静静的，听得见村外的猫头鹰在叫，一声声如鬼。门就轻轻在敲。隔着窗棂一看，果然伏在门板上是他，穿一件挺括的蓝制服棉袄，一条裤子，前边是开口的。她们不知道怎么会开了门让他进来，看见他从怀里掏出一沓钱来放在枕席上，他就说许多让人脸红的话，脱鞋上炕，在说说笑笑的不知不觉状态下干完那一件事。

"你怕你男人吗？"他说。

她们不知道怎么回答他。

"不怕的。"他说，"我是有钱的，我会再给他钱的！"

这是女侏人们在自己的男人没有回来之前的想法。吃午饭的时候，男人们回来，懊丧两条腿追不上三匹骡马的十二条腿，赶车的老头逃之夭夭了。他们很气愤这打井侏人的窝囊，拾到了钱竟又让别人拿走了！一生中能碰着几次钱拾呢？他们就觉得自己的女人不该来安慰这呆子，拉着回家去。

女侏人在外边是听男侏人的话的，一进了各自的家门，男侏人就做了女侏人的奴隶，儿子，孙子。

"你追那老头干啥？"女侏人质问，"要人家给钱？给多少钱？钱要回来，打井的要分，你们追要的人要分，能分得公平吗？要闹事红脖子涨脸，亲不是亲，邻不是邻吗？！"

男侏人皆是粗糙之人，面粗糙，心也粗糙，听了女侏人的言语，就默然称是，觉得到底是女人比男人想得周到而长久，心火顿消，有幸没追上那赶车的老头。

几乎是同时，所有的男侏人都到打井的侏人家去，发现了良心，自感到羞耻，为了那么一点钱险些坏了这个村子的人的仁义。他们看着从井里土蜘蛛一样脚手并用爬出的侏人，发觉他已不是侏人，有长长的胳膊，有长长的腿，很高大，很美丽，应该选作族长，或村长。

"你做得对，应该把钱交给那老头！"他们真诚地向打井侏人祝贺了。在暖洋洋的冬天的太阳普照下，你看着我，我看着你，然后憨憨地都笑起来。他们终于避免了一场分裂，杜绝了打井的侏人或者所有侏人中的某一个罪恶的产生。他们为他们的人生和生活在他们这个村子的长久和谐而庆幸。当然，去追赶赶车老头的那些侏人毕竟心底残留着阴影，为阴影的笼罩而要进一步补偿打井的侏人和忏悔自己的过错。

"我们帮你打这口井吧！"一个这么说了，全体都赞同。

男侏人们就轮流着下井坑中去挖掘。井底的工作很艰难，头抬不起，腰伸不直，他们就尽量收缩着身子。原本是很矮小的人，已经缩小到如一个球状。就这么一镢一镢往地心中深入，将汗滴进黑暗的一个世界中去。女侏人们也主动前来，帮着拧井绳。这口井要打到四十丈才能见水，井绳就得拧出四十五丈或者五十丈。她们从各家拿来麻、羊毛，合伙搓成单股，再将单股拧成酒盅般粗。井绳完全拧成后，女侏人们和男侏人们全跳跃开来，欢摇着双手，像一群得意的鸭子，有人就各扯了绳的一头，将所有的侏人都围在其中。

打井侏人的家门口，一派融洽和平的气氛。主人颇觉幸福，要给帮工的人吃饭。饭是包谷糁糊汤，酸菜。大家吃得十分开心。

"喝凉水也是甜的！"有人说。

主人就说："井是大家帮我打好的，往后吃水都来这井里打啊！"

打井的侏人这么说着，就想起了赶骡马车的老头。他感激村里的乡邻，也感激那老头，是老头使全村的侏人这么美好，有这么重的人情味。

"那老头怪可怜的。"他突然伤感了。

"老头是够可怜。"所有的侏人都伤感了。

在他们的想象中，老头不知做什么生意，受千辛万苦，赚了钱又怕被歹人抢劫，故意装在麻袋里。麻袋又丢失了，虽然找着，却不知急得怎么个狼狈，折几年的寿命。钱拿回去了，他一定会打老婆的，闹离婚的，勾引人家女人的，结果被勾引的女人也变坏了，与自己的丈夫离婚，嫁给老头，老头那么大岁数，又得筋疲力尽，那女人就又以老头的钱勾引别的男人，发生用老鼠药或者用麻绳弄死老头的事。

打井侏人想起老头见到他和麻袋时的举动，为老头可笑可悲，长长地叹了一声。

第二年，这个村子里的侏人吃着四十五丈深的井水，正活得自在，由西而东的大官路上来了政府办公的人。宣布这个地方水土不好，人生活着就只能是侏人。为了改良人种，强迫着他们到指定的地方去分散居住。侏人们当然是听从政府的话的，但他们从心底里讲是否定政府办公人的判断的，他们真舍不得离开这个地方，离开这个村子，离开生活得很和谐的乡亲邻居。临搬走的时候，他们都站在大官路上回首着，一步一徘徊的，甚至流下热泪。他们相信，在以后许多许多年里，大官路上往来的行客经过这里，看见这座村子，看见那一口水井，就会说这曾经是一个多好的村子，村子里住过一群美好的侏人。

第二章　龙卷风

一

　　据说北京城里有一个未名湖。湖畔是高等学府，出了许多文士名流。无独有偶，陕南×地也有个未名湖。湖畔有一簇村，村里几宗姓氏：赵、钱、孙、李、周、武、郑、王，只是没有几个识得文墨的。北京的湖以未名而有名，是故意的。这里的湖确实是没名，也就未名。这如当今流行郑燮的"难得糊涂"一样，家家中堂要高悬一条幅。郑燮由聪明到糊涂，乃大智者若愚。有些人则原本糊涂，还要糊涂，就一塌儿地糊涂了。

　　这湖面积不大，水很深。舀起来极清亮。在湖中便碧了，像书上讲的玻璃水。到南岸龙山下，水终年却是发黑。月夜里乍一看，岸上是亮的，湖里又是暗的。

　　村人的感觉，天上的太阳和月亮都是出自湖中，像两个系着的葫芦，一个按下去了，一个就浮上来。日月的出没，其精神焕发于湖水的洗濯，就启发湖畔人到湖里沐浴。以至于好多人死于水中，也有好多人懂得解救落水者的方子。最能的要数"老军需"。他有一个偏方，是一包药末，只要抹在溺水者的鼻尖，肚里的水就哇哇吐出来。但是，使"老军需"头痛的是，那些因家中纠纷置气而刻意要死的妇人，不死在崖上，不死在绳上，"扑通"扑进湖去。扑进去身上还要缚一块石头，所以等人发现，什么方子也救活不得了。郑家的大儿媳，据说是秃女过门的第二年，妯娌不和，气迷心窍，就那么扑了湖。村人先以为跑出山了，后来见湖里鱼很多，终一日有尸体漂上来，人已经成了骨架，人肉全做了鱼饵。从那以后，村里人是不吃湖里鱼的。到后来这里办了渔场，声势闹得天摇地动；那当然是后话，在此不提。但即使这鱼产得如何多，也都是运到外地的。当地的孩子到这儿捉鱼，一律皆玩。一是喂猫，一是逗狗，一是剖开鱼腹，取出那小葫芦状的浮漂，"啪"地在手里拍个脆响。

古书上讲：雾从龙，风从虎。这话是对的。湖对岸的龙山常年被雾绕着，有时看山很肥，有时就瘦得可怜，且没根没基的，像是天外飞来，又像是欲飞天外，但龙山顶上云一出岫，如丝如缕，正令人看得欲仙欲死，村后的虎山上就要起风。这风很辣。冬天里不必说，春季里也硬得冲，有湖上的鸟儿飞过来，常羽毛反卷，乱了队形。故虎山少生树木，有树木也皆侏儒种。有外地人来看一丛蓬蒿，当然是些有空闲多幻想的文明人，就要说这是一片原始森林，惊异不已，有挖了回去做盆景玩赏的。

湖里有几叶船，极简易的。有两个是很薄的木板用钉子钉成，有三个是朽空的老弯柳掏了心所改制。这是每年为四月五日备用的。湖畔的男人都会水，用不着以船代步，女人们虽也识得水性，但四月五日不能脱光了身子在湖里出没。这船就让她们坐着，用扬场的木锨划动，把无数的水的旋涡儿一溜儿拨到湖心去。

四月五日，也就是祭龙节。

陕南的风俗自有不同于别处的规定，除了通行节令之外，各村有各村的"社会"。这湖畔村的"社会"就是四月五日。外村"社会"，只有亲戚来往恭贺，这村子"社会"，很远的人也要赶来看热闹。因为这湖里有一个石岛，石岛下有湖的源眼，源眼里四月五日往外出鱼。多则出十条八条，少则也出三条四条。没有一年会不出的。这就奇得有些邪乎，但事实如此，观者莫不叹为观止。

鱼是从哪儿来的？谁也说不清。赵阴阳在世时，曾讨问过，赵阴阳说，人是哪儿来的呢？他也说不清。

湖心的石岛，见方只有四五米。呈鸡心状，深赭颜色，枯枯皱皱的，似乎当年是豆腐，又曾被布包揉过一样。水汽在四壁蚀锈，形成许多图案，如同雕饰，很有现代派艺术的味。村人不懂艺术，更不知什么现代派，也便没有人来剥凿，也没有临摹的。在石岛北边有一隙，水石相搏，嘭嘭而响，音韵美妙如人在瓮中。这便是湖的源眼，长年往外溢水。据说这源眼一直通地下的海，四月五日的鱼会不会是海鱼呢？

绕西边，石岛有一石阶。款款一百四十三台，可到岛上的草亭。那里供着一个龙王，人面蛇身，两只眼睛凸鼓，是瓷烧的，黑黢黢地骇人。

四月五日天明，村人就都要起来烧纸，放鞭炮，然后男人们用红布围了太字里的一点，浮水往石岛去。女人们则拿了贡献之品坐船而往。当年赵阴阳做领头的。他前一天夜里观了天象，说今日山风不起水波不兴，果真风平浪静。他要说今日有风，果真是几股风从虎山倏忽踏过湖面，一时水涩舟胶，女人们奋力划桨也无济于事，男人们就浮到船头，牵着船绳而行。这时分，女人们就一边哧哧笑，一边撒纸钱，漂面角儿。面角儿说是贡龙王的，鱼却尾船而至，唧唧声不绝。一见到那些黑脊梁的生灵，女人们就神色严肃，想着那郑家大儿媳的骨架。但谁也不说出口。

上到石岛，来人一一去草亭前磕头祈祷。各人有各人的心思和内容，言轻得只有自己听着，当然龙王也听着了。正午的太阳炎红，湖面上经纬起无数的方格。每一方格里跳跃一颗金星，使人产生一种极乐世界的感觉，有女人突然间会思想到郑家大儿媳的死并不是一种悲惨。后来，人们全匍匐在亭前的石皮上，默而不动。听风和湖水在石岛下的咬噬声，听偶尔一两声水鸟声，再后就各人听自己的心跳。如此静伏一个盹时，样子极度滑稽，犹如爬出湖水晒盖的甲鱼。一條水面起了蓝色的水雾，人方齐到石隙左右。那里已有两个人持了长长的捞兜，在等待湖源眼里银白白的东西出来。

这就犹如心急的男人守着产妇看儿子分娩。等连鱼带水瓢泼出来一条，人们就欢呼一下。他们只关心鱼出来的数目，出来了，人人观看一番，又于湖里放生。这规矩使远处来看热闹的大觉可惜，男的就一群一伙地在湖里追鱼戏闹，女的则在岸边彼此呼喊。各色人等姿态皆有，是湖畔村子最不荒寂的时候。

到后来，村人分散回去，怀一颗满足的心下厨做饭烧菜，款待外村来的亲戚。而无亲无故的来人，则有的顺路去"老军需"家看医生。"老军需"已经弃医不干了，接替的是他的女婿，医道已是相当高深。有的则携了酒，三五一伙地野餐，把空瓶子摔在田埂上，明晃晃一堆碎玻璃。有的则诡秘地去串家游户，去收购"金银活儿"。如今湖畔村的"金银活儿"很少了，于是这些人就到虎山的某一坳去，玩"十点半"赌钱，输了赢了，输输赢赢。

未名湖上一时间十分安静。而村左下方的虎山根下，却热闹着又一种世事。这里柏树丛丛，荒草萋萋，排列着好大一片坟茔。未名湖畔的村庄几经翻修，又几经破旧，仍然没有大的扩展，人口以十五年来老死一人新生一人而保持平衡。赵钱孙李周武郑王的人家全都失存了家谱，坟茔却保留着一宗一氏的接续历史。在这坟丘与荒草之间，游狗在交媾着。那些并没有走去的外村年轻人，男性以恶作剧取乐于女性，将交媾的狗四下撵打，使四脚兽全变成八个蹄腿捉对儿厮跑。

女性们脸红，便集到坟茔后的樱桃林里去。樱桃正挂果，一树繁珠，馋人眼口。坐在树上的郑家老大先是看见有人在湖中偷偷钓鱼，甚是气恼。钓鱼是犯湖畔村人忌的，尤其在四月五日。但老大虽然痴呆，却明白这些钓鱼男人与女性们有关，但为了能多看到女性，也不去干涉钓鱼的了。待女性们到了樱桃林下，一起叫说："樱桃真鲜！"待动手去摘时看见了他，样子凶恶，倒吓住了，说："这樱桃卖吗？"老大说："不卖。"他虽然说得很柔和，女性们听起来，还是怯怯的，且十分遗憾，一边看着树枝头，一边要走过去了。

"不卖。"老大又说了一句，"要吃可以给你们吃。"

女性们就驻了脚，疑惑地看他好久，突然像蝗虫一样扑到树下，不迭气地摘了往口中撂，竟有双手扯着树枝的，只拿嘴唇去吞樱桃的。老大看着便十分的乐。古书上曾写过女人吃樱桃的情景，说是"一时不知樱是唇呢，还是唇是樱？"老大不识字，没读过古人的妙文，但这种感觉老大也是有了，因为他嘿嘿地笑个不够。

女性们先是害怕，以为老大是流氓坏子，后见他光笑没有下流举动，遂近来逗他取乐，用一根树枝戳他的胳肢窝。老大就笑得发软，瘫在地上，其可笑样犹如一头黑猪经人抓挠就立即四蹄卧倒地酥软了。

结果，樱桃林被抢劫之后，女性们全走了。日近黄昏，未名湖四周已全无外人，老大不免怅然若失，快快返破屋睡下，作想：这些女子怎么都长得一个模样呢？但具体什么眉眼，又想不全面。这时候清楚的形象倒还是丑丑。

"明日是该去看看她了。"

照例,这一夜老大梦见了花。花是植物的生殖器;依照弗洛伊德的论点,人是有潜意识的。老大不懂得这些,村里人也作践他长的那副阳具是聋子耳朵,是肉增生。但谁能知道老大的潜意识里还有这桩美事呢?

二

四十年前,赵阴阳死了。家里人哭声价天,他忽闪忽闪睁开眼睛又活了。活着又活不旺,气如抽丝,汤水不进,身上生出虱来。其实不是虱,是一种小白虫,撮也撮不及的。有知道的人就说这是因阳事牵挂上不了阴路。便偷偷让儿子将衣服用拐杖挑起,挂到二十里外镇子上的城隍庙去,并将曾缠过他中指的彩花绳放在判官堂前。那堂壁上写着墨字:你来了!儿子替老子去报了到,但赵阴阳还是两天内不闭眼倒头。赵阴阳是在等待什么人吗?儿女全都在老人身边,跪着说:"爹,你放心上路吧!"接着又呜呜哭。这哭声很大,很悲哀。赵阴阳或许是听见了,微微又睁开了眼,且说了话:"秃女是回来了!"家人皆大惊。秃女是村口孙家的小女儿,自小头生疮疤,发毛稀疏。急差人去孙家叫秃女。差人到村巷,就遇着一头毛驴嗒嗒走来,驴背上倒骑着秃女。秃女方七岁,是半月前去外村舅家的,这时刚刚回来。差人就奇怪赵阴阳怎么知道秃女回来了?他死不瞑目等待的就是这七岁幼女吗?!

秃女被背到赵阴阳床边,赵阴阳牵着秃女手,声音很大地说:"你不要走,你瞧着我入棺成殓吧!"说罢,喉咙里痰咕嘟了一下,双目闭上,腿一蹬就咽气了。家人连忙视秃女为贵客,不让她离开灵堂,忙乎为死者洗身梳头穿衣戴帽。至第三日,众亲广戚都来哭丧过了,就抱着秃女在旁,于棺木中放了柏朵,再放了灰包。赵阴阳那时家大名盛却并不豪华,生前就叮咛棺木里不要放银元首饰一类殉品。他就被家人放在灰包上盖棺了。

这事很奇异。村人皆不解其中原因。事后许多日月提起这事,倒觉得赵阴阳精明一世,滑稽一时,充了可笑角色。

赵阴阳的女儿心中有数，想爹必定有何预测，但她不说出口来。七年前一个夜里，爹观天象，沉吟道："明年成黑豆啊！"她偷偷记着，这夏里地里就没种包谷，全是播了黑豆。果然，别的庄稼此年皆无收，黑豆竟大获丰产。村人惊奇，赵阴阳也惊奇。问女儿怎么知道今年只成黑豆？女儿说她是偷听了爹的话的。赵阴阳倒训唬起女儿来：天机怎么能泄漏呢？

　　四十年后，赵阴阳的尸首或许已经化为泥土了。坟墓上的草很茂，又生了一种带锯齿刺的蓬蒿。这蓬蒿形如球状，秋天里开绒绒白花，孩子们采不着那花，花排列成圈，犹如生者贡献的花环。儿女们当年埋葬他时，将哭丧柳棒随便插在坟头，没想那柳棒竟成活，至今是郁郁葱葱几株大柳了。柳上住着一对斑鸠，一雌一雄的夫妻，日夜啁啾。

　　七岁的秃女已经人到晚秋。头上虽然没了疮疤，但发毛依旧稀疏，裸露着红红头皮。终年包一块帕帕。她并没有远嫁外村，跟了湖畔村郑家的人，且生养下两个儿子。儿子皆一字连眉，双旋，发密色黑，乱如杂草。四十岁的时候，男人害痨身死。两个儿子已经成人，力气和饭量超群，喜欢生事斗殴。秃女管教不下。先哭哭啼啼，自怜命苦，后寻思：现在是太老实没出息，不安分的倒有所作为。便不再理会，任儿去随心所欲。

　　秃女除了田里做工以外，清早起床极早，抱一把扫帚去山根湖畔树下扫集落叶，以备炊柴。傍晚就挎篮出外剜野菜。家境贫，茶饭总是做得稀，两个儿子饭时就和娘吵，说："一天三顿都喝稀，活着吃不上一碗干饭吗？！"娘说："吃饭穿衣看家当啊！"儿子说："吃，吃了上顿再说下顿吧，走到啥时说啥话！"自己擀面烙饼。吃饱了，狼一样嗓子唱——

　　小伙长到二十五，
　　裤子破了没人补。

　　但老二却有一套本事，拉一手好二胡。湖畔村的人皆不识乐谱，弹奏乐器全是师傅口传手授。郑老二的师傅是刘林子，刘林子是粗人，却有过耳不忘的功能，将《辕门斩子》的戏从头背到尾，会吹唢呐，会拉二胡。郑老二只学会拉二胡，自刘林子死后就剩下他一个人常在家里自乐。郑老

16

二拉胡琴有个规律，村里人很快知道了，但凡一听得琴声呜呜咽咽，就是郑家又没吃的了，少不了引诱孩子们去听热闹，各自带了米、面、红薯和萝卜。

或许谁家红白喜事，请他去拉琴。吃得酒肉，末了还记得秃子老娘，他一翘大拇指说："带几片肉，让我母也享享口福！"郑老二将娘不叫娘，我母，他称呼得特别庄重，有一股匪气。

不知从什么时候起，这两个儿子干开伤天害理的营生，夜半三更偷偷去盗墓。十有十次，获得好多值钱东西。家境稍有好转，厕所里丢有很大一堆空酒瓶子。秃女先不知儿子哪儿有钱，常见有陌生人到家来，儿子就将娘支应开了。后村里纷纷传说谁家老祖宗的墓被盗了，骂天咒地，扎了纸人在村口槐树上吊着，满头满身插着针刺。做娘的就怀疑是儿子作的孽。

果然证实了。要拉儿子去被盗者家里赎罪，儿子黑了脸，说："我们赚来的钱，你也吃过喝过，你就是同案犯！"

秃女说："是我揭发的。我怎么生这狼虎？！"

儿子说："你去报案吧，政府杀了我们头，你死了谁埋呀？"

秃女没有去报案，两只眼睛从此睁一只闭一只，到后也就保密。一日，郑老大说："听说咱村有过一个赵阴阳，是个大能人。他的坟里能不埋值钱的货吗？"儿子打问赵家坟地里哪一座是赵阴阳的。

秃女骇绝，遂记起四十多年前的往事，说："谁的墓可盗，赵阴阳的盗不得。他死时，我看着入殓的，棺木里一件值钱的东西都没有，尽是柏朵和灰包！"自此，方明白赵阴阳死时等待她的缘故，说知给儿子。两个儿子虽然性恶，但想到赵阴阳四十多年前就预测到他们的作孽，也顿时胆战心惊，魂飘魄散。第二天，郑老二就夹了胡琴出门远去，一走了之。郑老大则害了一场病，病好后人变痴傻，但力气还是蛮力气，饭量还是好饭量。

三

要说到钱一仁，是个知青，陕南×州城的人。下户插队到湖畔村时，同舍有三人。二人是干部子弟，游手好闲，胡作非为。一夜，二人邀一仁去偷农家鸡，一仁拒绝，二贼子蹑脚靠近农家鸡圈，以手电光直射鸡眼，又以小木板搭在圈门，鸡被电光照射，竟不吱一声，乖乖踏木板出来，二人端木板一次便偷得三只。第二天，一仁告知农家，农家闹事，队长罚了干部子弟五元钱。从此三人恶眼相视，分舍另灶，不再往来。第二年，干部子弟皆招工入城，一仁还留在乡里，三个月回去一次看望老爹。爹是食堂师傅，父子少不得骂一场天下世事，抹一颗两颗大的泪珠。

一仁是阴柔之人，一派内秀，且生得明眸皓齿，很得村人喜爱，四时八节总被人请去吃喝。一仁逢人说笑，独自时却寂寞袭心，苦想不出回城妙法。

一日，他到"老军需"那儿看病，闲谈起来，说："唉，有权有势的都招工了，只留下我还在农村受罪呀！""老军需"说："你才来了几天，就感到从城里到乡下是受罪，那当农民的怎么办，天造的世世代代受罪吗？"一仁听之默然，知道失言，遂往后再不多言半句。

入冬，未名湖结了冰，白花花一个玻璃世界。村里的孩子们全上去玩耍。城里的孩子没有冰场有旱冰场，脚能踩小铁轮滑动，湖畔村的孩子有冰场却不会滑，将小凳子反放上去，人坐着推着跑。狗也到冰上来，狗往日是白的，一到冰上就成了灰的。钱一仁在岸头看得有趣，也多少忘了心中烦闷。

一连三天，虎山上的风刮得很毒，冰又厚了一层，一直冻到湖心石岛去。就有好多孩子和不会水的女子到岛上去瞧风景。到后来，冰层渐渐融消，石岛根处很薄很薄，就有人将一块木板在那里横搭着。这一黄昏，一仁独自到了石岛，瞧着木板，忽然想起一件事来，后来就走出冰湖坐在岸上抽烟。恰这时一群孩子又到湖上，大呼小叫地要上石岛去。领头的那个大女子第一个上木板，正走到木板中央，木板却翻了，大女子"哎哟"一声掉下去，木板下的薄冰就裂了，登时不见了人影。孩子们都惊呼起来，一齐喊救命。那情景就像是罗盛教当年的情景。钱一仁也就学了罗盛教，飞跑而来，立即就下湖捞人。

冰下的水刺骨，一仁跳下去浑身就麻木了。他憋足一口气，很快触到了落水人。落水人发觉有可攀扯之物，死死扯住不放，一仁就被扯沉水底。一仁会水，知道这么被扯住，不但救不了人，自己反还得溺死，就用脚狠踹落水人腹部。落水人死一样不动了，他抓住她的头发，浮上来。这时，冰上已经站了好多村里赶来的人，拿两条棉被各自包了，飞也似的向村里去。

等钱一仁用酒擦了身子，喝了生姜胡辣汤，身子暖和起来，才知道自己救的是"老军需"的独生女儿，名字叫阿媛的。

那年月是英雄辈出的时代，湖畔村还没有见过活生生的英雄，村人就极感激一仁，甚至大为激动。他们容不得对他们仇恨，却也受不得一点恩德，就将这事汇报给公社，公社的知青干事又报功于团县委。钱一仁从此是一个先进，一个典型。三个月后，他已经填好了表，准备招工进城了。

钱一仁活该没有进城的命，这时候他的老爹在城里喝醉了酒，当众骂知青下乡的政策是黑政策，骂现在当官的共产党是国民党。在场的人全都呆了，接着脸就封黑，当一人说："他说反革命话！"众人就立即扇他的嘴，七扭八扭，扭到派出所去了。

钱老爹酒醒了，他已坐在牢里。他用不着再给别人做饭了，吃着别人做的饭，一天两顿，一顿三两，长舌头伸出来将空碗舔得一颗包谷渣儿也不剩。

钱一仁又恢复了他以前的钱一仁，似乎还今不如昔。那张招工表，成了一个笑话，被公社的知青干部卷吃了烟末。他和爹断绝了关系，永没有去探监，但邻村的知青一批一批都进城了，永没有他的名字。一晃，他已经是二十三岁的人，嘴唇上有了茸茸的短毛。

阿媛十八了，长成细细的腰。嘴喜欢撅，一撅，眼睛就似乎斜竖起来，拉出一条睐线，很狐很妖的。她常到姨家去，回了也到一仁的房子来。她忘不了一仁恩人，帮他烧饭，洗衣服，然后说：

"你怎么不读书呢？""读书？"一仁就苦笑了，"读什么书？"

阿媛说："我表哥家书好多，表哥读砖头厚的大书呢！"

一仁看着阿媛，似乎阿媛在变了，她的胸部很高。

"我爹有书，你也不看吗？"

阿媛抱了"老军需"的一摞书，尽是《男科土单验方》、《妇科土单验方》、《小儿科土单验方》，每一册上注有"武氏五世祖传"。

一仁说："哎哟，这你爹能让我看吗？"

阿媛说："你是我的救命恩人啊！连我表哥都说要来谢你的。"

但一仁合上药书，还是让阿媛拿回去了。

阿媛似乎生了气，好久不来见一仁了。但"老军需"却感念一仁忠厚，倒主动来找一仁，说："你是个心术正的人，我真想把医术授给你，你肯跟我学吗？"一仁想说：我在校数理化好，想将来做工程师。但他知道这是白日做梦了，就看着"老军需"，突然流下热泪，跪下了。

一仁能静下心来读医书，他聪明，背过了许多土单验方，会治疗阳痿早泄症，癫疝症，产后无乳症，骨蒸热症，青带常下症，四溜风症，阴火牙痛症，遗尿症，红白痢疾症，阴阳脱发症。甚至也掌握了定生男孩的种子汤：白檀二十克，白叩仁六克，天南星十克，白茯苓九克，紫河车六十克。但具体服用法，"老军需"没有传授。钱一仁并不急躁，也不逼问，也不擅自在外行医，伏低伏小，乖觉如可爱小兽。

阿媛有半年都在姨家。忽一日回来，气色极不好的，在家摔碟子砸碗。一仁疑心阿媛是嫌自己在她家来往过甚了，有几日亦不再来，来了，"老军需"留着吃饭，也嚅嚅着，不知是走是留。

"老军需"说："一仁，就在家吃吧，让阿媛烧几个菜，咱们喝喝酒，我有话对你说的。"

酒桌上喝得微醉，"老军需"说："一仁，你爹最近有消息吗？"

一仁说："我没有爹。"

"老军需"说："断了关系也好，你还年轻，前途要紧。你没找找县上，让他们招工你吗？"

一仁说："我是没希望了。"

"老军需"说："不招工就不招工吧，你跟我好生学，有一门手艺，这世上也饿不死的。"

一仁就垂下脑袋，抹眼泪，说："我伯能看起我，是我的救命恩人啊！"

"老军需"说："你才是阿媛的恩人。如果你不嫌弃的话，我想招你做我的女婿。""老军需"说罢，就拿眼睛看着一仁。

一仁心里好不慌。阿媛虽不是城里人，阿媛却有一股味儿，定得住神，牵得住魂。一仁回城已经无望，在湖畔村势单力薄的，如今有投靠的窝儿生自己的子，续祖宗的根，一仁只是喜昏了。

吹吹打打，一仁便被武家"娶"进门了。

"老军需"把他的全部医书交给了一仁，把所有的土单验方交给了一仁。"老军需"学医不是科班，全凭的这些书册，就等于把饭碗子全交了。一仁随之行医，知道了定生男孩的种子汤，是将那些药共面，男女各吃一半，每早或晚吃六克，禁忌房事一月，待下月月经过去第三天后性交，不但怀孕定生男孩，如将那些药再加益母草三十克，又是定生女孩。

小两口自己第一胎就生了男孩，叫毛旦。

结婚初，两个人之间似乎还隔着什么，两年后，情意深沉，为村里夫妻楷模。他们很喜欢散步，黄昏里双双绕湖畔走，到樱桃林里去，到森森的包谷地中间的土路上去。村人先看不惯，后认为钱一仁是城里人，阿媛又是常到姨家去，姨家都是工作人，人家习惯这些，便不再说什么了。夜里郑老二一伙喝酒和玩牌，拉了一仁，玩到半夜，一仁就要回去，说："不行，阿媛在家等我哩，我不回去她不会睡的。"郑老二就嘲笑他是老婆的乖娃。

一个夏天，两人散步在村外小路，路两旁包谷都一人高，密如茂林，夹得那路像一条甬道。没有人，两人交了个口。阿媛说："你舌头这么短！"

一仁问："还有比我舌头长的？"

阿媛略停了一下，说："没我的长。"

恰这时甬道尽头那一片光亮处，蹲着一人大便。阿媛就又说："你能说那人是工作干部还是农民？"一仁说："谁知道？"阿媛说："看他过会儿用什么擦尻子，用纸的就是工作干部，用土坷垃就是农民。"湖畔村近一半年，常来些陌生的工作干部模样的人。

两人悄悄走过去，大便的人发觉了，则立即提上裤子而逃。逃了的是郑家老大。

四

郑老二出走了以后，二十里外的镇子上漫延着一种说法——

未名湖后的一个地方，也就是湖畔村坟地往虎山深坳去的洼地里，突然间在一个时期有好多人在那里集会，天一苍茫就开始。那里据说曾住过一户人家，但四代传一，人丁不旺，第五代不到婚娶就死了。从此没人再去居住，屋院倒坍，生就着奇形怪状的柏树。现在一下子有了许多人，热闹得像是过什么"社会"。湖畔村的郑老大首先发现了，一传十，十传百，大家都觉奇怪，走去看，果然不假。那些人都办有小货摊，在搞交易。看模样装扮，像是土著人，又全不认识。问其籍贯姓氏，亦支吾不答，只是叫卖，卖的有镜子，有盆子，有罐子，盆罐的式样很古怪好看。也卖妇人头上用的簪子、耳环、手镯，男人用的烟嘴、瓷瓶、好碗好筷、火盆、酒壶。价钱都极便宜。货品便宜，但湖畔村人并不富裕，粮食还够吃，钱却老紧缺。卖货人就说："没钱可以以物易物。馍饼可以换，水果可以换，熟鸡熟鸭猪头肉也可以换。"村人想，未名湖里产鱼，湖畔人不吃鱼，问用鱼换不换？卖货人说："什么吃食都可，鱼不要。鱼有腥味，又有刺，我们不是猫！"

第二天夜里，村人就去买卖，用钱买的少，以馍馍鸡鸭换的多。交易成交，皆大欢喜。这消息就传到附近几个村，夜里市场又多了人多了热闹。

买了市场的东西回来，放在箱里、柜里。一天正常，两天正常，过罢十天看时，那货物全成了旧的。镜子已不为玻璃，则是铜，且生满绿锈。盆子罐子全不是瓷的，是瓦的。村人皆大惊，以为卖货人会魔术，上当受骗。说给郑家兄弟，让他们起头去殴打教训。郑老二却叫道："这不是现代的东西，是文物呀！"遂拿去让外边人鉴定，果是文物，珍贵异常，被人收买去，落得几百倍的价钱。

湖畔人方明白他们上的是鬼市。

有利可图，鬼也是不必怕的，且市场上的卖货人言语和蔼，态度诚恳。村人就开始拥向市场，大肆抢购。市场上的盆盆罐罐日用首饰之类日渐减少。这些鬼就抬高市价，由原来的价翻到一倍，又翻到五倍。村人见价高涨，就使出人的聪明，将馍馍里边包上石头，体积大，又见分量，在麦粉凉面里掺上包谷粉，再掺上榆树皮粉、橡子粉。鬼不动声色，照样以物易物，反而市场上新添了各种家庭用什、牛马牲口，照例极是便宜。村人买回后，一到家这些东西就全变了，镢锨锄耙全是草扎的，牛马羊驴全是纸叠的。人知道上了鬼当。

郑家兄弟就领人去市场大打出手，鬼未防备，结果大败而逃，村人就获得了全部货物。从此只说再没鬼市了，不想第二夜，那里又是一派热闹。人欲是顺竿爬的，郑家兄弟又领人去抢，一个鬼，像是头儿，拦住说：

"你真是不怕鬼吗？"

郑老二说："我活人都不怕，还怕死鬼！"

两厢斗打起来，鬼全不分散，齐心合力，且不拿凶器，全用脚踢手捏，村人失败了。

回到家里，凡是遭鬼踢的地方，就开始生脓生蛆，类似连疮。幸好"老军需"有治连疮的土单验方，才免去苦痛。但遭鬼捏的部位，肉则发黑，终日生疼，"老军需"也无可奈何。郑老大被鬼捏了头，自此痴痴傻傻，成了废人。

也就从那夜后，鬼市再未出现，郑老二英雄一场，悲剧而终，羞愧就出门远走了。这就是漫延的传说。二十里外的镇上，传说得越来越玄，便惹得许多人到未名湖来，寻查鬼市地址。但那仍是一洼平地，生就着奇形怪状的柏树。问村人，村人皆说不知，且面有愠怒。但看稀罕的人在樱桃林里发现了郑老大，他确实痴傻，一见了女人就笑。

人说："郑老大，你这般大了，怎么不娶媳妇呢？"

郑老大说："娶！"

人说："是胖身子，小脚，黑脸，大耳朵吗？"

"是白脸，胖奶。"郑老大没听懂人家说的猪，他正经地纠正着。

"在鬼市上？"

"不，在镇上。"

郑老大说的是丑丑。丑丑在镇上的商店里卖百货。她是赵阴阳的孙女，赵家已绝了后，这孙女出嫁到镇上去。公公是个干部，丑丑当然有后门去做国家职工，也便将娘家的一院房上锁了，两年已不回来。

五

到了 × 年，三月底，秃女夜里刚上了炕，有人在敲门。敲得很响。秃女披衣下来，问："谁？"门外说："是我。母，老二！"娘叫了一声，就软在堂屋台阶上。

郑老二这一两年到什么地方去了，去干了些什么营生？老二闭口不说，娘也不再问了。幸好老二出走村人不知缘故，事过日久，往事又不再提起，郑老二还是郑老二。

因为不是衣锦还乡，村人用不着趋势奉承，私下里都支棱起耳朵听那胡琴声。

村人再不是赵阴阳，所以就预料错了。

老二在屋里吃饭，大声吆喝："抄呀，抄肉！""喝啊，往醉着喝呀！"老二和娘其实夹的是萝卜片，喝的是稀糊糊汤。村人却在说："这东西在外发财了？！"

郑老二的手腕子上戴了一块表，红卫服的左上口袋里插了三支钢笔，来到一些人家串门了。"老二，发了？几时回来的？""昨晚。"老二说。"坐碗？"村人心里骂道："说个文明，怎不坐个碟子回来？！"他们看着那三支钢笔，怯于文化，不能妄问，就说："老二，几点了？"老二看看表，表是不走的塑料齿轮表。郑老二受过城里人的骗，回来又骗村里人了，说："六点。"

"哟，六点了天还不黑！"村人看太阳还红着，但不知怎的，张张嘴，似乎真到睡觉的时候了。

郑老二并没有让他们睡去，他鼓动村人帮他办一件事，得利分红。这事却使村人把笑都僵住了。

"你要捕未名湖的鱼？"

"怕有三千斤的。"

"要在四月五日？"

"这日子外地来人多，一定出手快的！"

"你这是疯了！"

村人看着老二，觉得他不但疯了，且面目可憎。他们一致的意见是：不吃鱼是祖传的风俗，不捕湖里的鱼又是村里的规矩。即就要捕鱼，四月五日是什么日子，能让人把鱼捕去杀死？说到最后，痛心疾首，竟联合起来警告老二：敢在四月五日捕鱼，村人一块在石岛龙王面前咒他！

郑老二一回到家，气得将口袋的三支钢笔拔出来丢在炕上，一支是完整的，两支没有笔身，只有笔帽。后来将衣服也剥了。娘吓了一跳，瞧见双蛇缠在儿子身上。那是墨针刺的，娘是看花了眼。

四月五日临明，天还黑咕隆咚。突然间，有了一声炮响，接着是七炮，八炮……十二炮！"老军需"听到了，惺忪着眼说："起这么早就给龙王放鞭炮了？"沉沉又复睡去。村里人都没有醒来。天放亮了，人们起来打扫庭院，烧纸，鸣鞭炮，纷纷集到湖上去的时候，未名湖上已经有人撑了前几日做好的船。船上是一筐一筐的鱼，一尺的三尺的，红脊梁的黑脊梁的。船上的人十个有九个不认识。认识的一个是郑老二。他一脸的得意，让村人看得目瞪口呆。

先是郑老二去外村雇了几个人，用炸药包子投在湖里炸。鱼以为是投什么食料，集去了，就炸昏了，白花花地翻起肚子来。郑老二是雨后捡蘑菇，荡着船只用捞兜捞。

村人眼瞧着鱼筐一担一担挑走了。

四月五日的祭龙节，成了全村人诅咒会。他们使用了最恶毒和粗野的言语恨骂郑老二。祈祷龙王让秃女的头更秃，让郑老大的傻脑更傻。让吃鱼者吃进去口烂，屙出去屁眼烂。但是，世界安然无恙。当郑老二把一袋子票子带回家后，他也学会吃鱼了。且左嘴角进鱼，右嘴角出刺。他又一次要在湖里捕鱼，联合几家人，几家人还是不肯与他为伍。"老军需"虽然不入股，"老军需"却支持他。出主意让他不要以炸药炸，制船用网捞，小的可以继续放养，大的就可以活生生运出山。郑老二果然采纳，且组织了一个贩鱼的生意网。他将鱼连水装在桶里，一夜之内运到镇上。镇上二道贩，第二天以橡皮包运活鱼到州城。州城的三道贩，连夜分摊，于第三天清早鲜鱼上市。

州城人爱吃豆腐，说豆腐就是命。有了鱼就又不要命了。州城吃鱼难，更稀罕吃鲜鱼，这种三道鱼贩子配合默契，沟通城乡，活跃市场，州城市政府便注意到了。他们表彰鱼贩子，称郑老二是"鱼王"。

湖畔村的人上告到乡政府，告不过。就刮目相看起郑老二，随之都来湖里抢捕。宣称：湖是大家的湖，你能捕，我也能捕，都捕。

湖被划分了，像划分田地一样，一家一长溜。但是湖深，不可能插竹的铁的网堤，鱼却自由，从你家的"领海"到我家的"领海"。未名湖的鱼谁家也不能捕了。

郑老二宣称：我承包全部湖，各家算入我的股，我月月给各家利钱。村人皆心中暗喜，却不喜形于色，说，也行吧。

郑老二这下才是发疯了，竟打报告给乡政府，报了他的规划：要扩大湖面，修筑湖栏，打水泥杆，挂铁网，隔大湖为若干小湖，引进鱼苗，购买饲料，建立售鱼联络网。一切的一切，足申请贷款十万元。政府说，支持的，给贷了七万。未名湖焕然了一新，它绝没有往日的模样了。郑老二也不是往日的郑老二。他新盖了三间新屋，家里有了电扇、电热杯、电褥子、电视机。过的是州城人过的日子。不知什么时候，他的家里响起胡琴声，孩子们去时，才知郑老二并没有拉琴，琴声是从一个台式录音机里播出的。音量放到了极限。

村里人都眼红这个郑老二，也都忌恨这个郑老二。他们在秃女的面前算账：七万元，一元钱全年的贷款利息是八分，七万元就是五千六。七万元加上五千元是七万五千元。鱼能卖多少呢？还起账来，郑老二还三十年，他该就活老了吧。这账就给儿子，儿子可以再移给孙子。愚公移山，那就是世代挖山不止。秃女害怕了，连傻子老大也害怕了，在家和郑老二说怕怕。

一日，郑老二回来，置了一席酒，给娘敬了一杯，给哥敬了一杯，末了说："我母，我哥，我一人做事一人当，绝不连累你们。我已去乡政府打了手据，郑老二不知道我母、我哥，我母、我哥也没我这做儿做弟的。郑老二是光棍，只对政府有责任了！"

老娘和傻哥无言以对。

郑老二又说："我豁出去了，将来要么上北京进人民大会堂，要么下牢挨枪子！"

到了半年，湖里的鱼养得好肥。在修湖栏杆时，郑老二挖地基，挖到石层，撬出一块石板。石板上是十三条鱼，石板上的鱼游得自由自在。有的俯冲而下，有的斜刺而上，有的张口而来，有的摇尾而去。各具神态，款款可人。这鱼是上古年间的鱼，正自在着，地壳变化，骤然凝固，已经是万千年的化石了。郑老二喜之不禁，说这是吉兆，活该他要做"鱼王"。

这化石板就安放在郑老二的新屋门口。

但是，谁知道这是凶兆呢？当湖鱼起捕的前三天，郑老二一清早到湖里去，先是看见湖里白花花一层，以为是月亮反映，抬头看月，天上却阴得沉沉的，连一颗星星也没有。郑老二心下疑惑起来，上船进了湖，才发现白花花的一层是翻着肚子的鱼。

一湖鱼全被毒死了。

事情很明白，这是有人下的手。郑老二是有个媳妇，媳妇又离了，虽相好了几个女子，但还未办手续。如果有娃，这等于把娃投进井里去了。郑老二要公安人员来办案。查了来，告了去，查了个不了了之。秃女头上的稀疏的发毛一夜间白了。郑老二还是郑老二，卷了家中的钱，又远走高飞。

郑老二在南山某一处赌钱。第一次赢了三千。第二次赢了五千。第三次以为手气好，紫星高照，八千元全注上，输了个精光。赌场上是讲义气的，郑老二红了眼就不顾了，掏出刀子打起来。他有力有胆，一刀扎在对手腿上。自己胳膊上也挨了一砖，黑血咕嘟嘟冒泡。他翻起来照一个地方戳进去，力太大，手滑了，刀刃把五个指头切下来，那人也倒在地上吭了一声不吭了。人的性命真怪，说顽强好顽强，说脆弱也脆弱。郑老二没想到他竟杀了人。

郑老二卷了摊上的钱就跑。五个指头还在地上神经质地蹦。

五天后，在州城的一家小酒楼上，人出人进。突然一辆摩托开了来，跳下两个带枪的公安就冲上去。街人都不知出了什么事，围在楼前看。一袋烟工夫，一个人被反捆了手揪下来，扔进摩托车的坐斗里。人们挤着要看这罪犯的五官，公安人员却将罪犯的头塞到坐斗里人放脚的暗处，只看见了一个屁股和捆在背上的双手，一只手缠着纱布。

六

钱一仁招婿得子以后，按湖畔村的规矩，孩子姓武。此时在牢的老爹已死去两年，一仁暗自想钱家从此绝后，常常潜然泪下。这心思阿媛告知爹，"老军需"宽宏，就同意以后的孩子姓钱好了。钱一仁拼死拼活，百般努力，终第二个孩子出世，没想却是一个女儿。国家的政策是只生一胎。第二胎罚款，罚了款还要做结扎术。钱一仁有了行医执照，又新学会了结扎术，"阉"过了许许多多女人，也便"阉"了阿媛。

儿子是阿媛带大的。女儿生下来，"老军需"再不行医，终日背驮着孙女在村里游转。孩子是见风长的草。半岁能爬，一岁能走，三岁登高上低像猴子。"老军需"没事可做了。

俗话讲，人老有三：爱钱，怕死，没瞌睡。"老军需"最甚的是没瞌睡。夜里睡在东厢。听狼叫，听狗叫，听门外台阶上的蛐蛐叫。子时，一仁夜行医回来，阿媛光着身子去开门，听见一仁说："两个热馍头！"心里倒生岔气：从外带回吃食，不敬老人倒孝顺媳妇了？！几天里脸色不悦。出外遇着秃女，说家常，叹人生，偶尔就提说此事。秃女找着一仁和阿媛，数说不是。阿媛一脸羞红，解释说：那夜开门，是一仁揣着她的胸脯说夫妇私话的。秃女就嘎地笑得岔气，又过去谴骂"老军需"不是个正经老子。

"老军需"去了心思，夜里还是睡不着，听见东厢房里嘻嘻咪咪，床动席响，不免又想起自己孤单。

一仁和阿媛待老人好，开夏给爹做第一件绸衫。入冬，给爹缝第一身棉衣。早晨给爹烧洗脸水。夜里给爹取便盆。有一口好饭，先尽爹吃。爹吃剩下了再给儿子吃，再给女儿吃。吃得饱，穿得暖，身上总有零花钱，"老军需"是湖畔村的福佬儿！福佬儿就是没话说，瞧见女儿女婿在厨房说，在卧房笑，天一黄昏双双相厮去村外散步了，"老军需"就心里空落，一派孤寂，眼角里要溢出一颗大而涩的泪。

"老军需"开始寄情于未名湖。他做了长长的一柄渔竿，整晌地蹲在那里静候。整晌地不能钓出一尾鱼来。因为他的渔钩是一苗针，并不弯曲，而每十分钟就换一次鱼饵。姜太公钓鱼是愿者上钩，"老军需"钓鱼是愿者也不让上钩，而是来者得益，吃了饵肉去吧。他要享受的是垂手而坐，让长长的钓竿将寂寞传入水去，荡为湖上微波，波上微风。让长长的钓竿钓起慰藉，钓起清闲，挨过悠长暮年时光。

但他更多地钓起了回忆。

一次，甚至有两次，他在垂钓的时候，听得风里有一丝哽咽。回眸看去，湖水潇潇，落叶瑟瑟，秃女跪在远处一丛树下啼哭。那时郑老二已和娘声明断绝了关系，他是为保护娘，也害了娘。他过的日子花天酒地，娘依旧柜无余粮，灶无柴火。"老军需"过去安慰她，引她到武家吃一顿两顿茶饭。

当"老军需"再到湖边钓鱼了，这秃女也姗姗而至，两人临风说话，说得很投机。有一日村里有人拉锯，其音颇响。两人静听了一会儿。"老军需"说："你听，这声音是'嚓、嚓、嚓'！"秃女说："不对，是'沙、沙、沙'！""老军需"又说："是'发、发、发'！"秃女又说："是'啦、啦、啦'！"直争论了一个下午，最后的结论是：你附这声是什么字音，也就是什么字音。

爹勤到秃女家去，一仁和阿媛先不介意，后就干涉了，不让去。爹说："我去散散心。"阿媛说："那你到外边走走。郑家乱糟糟的，去那里干啥？"爹说："老二走了，他那新屋整洁，我们去那儿抹抹牌。"阿媛说："爹真是！"

终有一日，"老军需"说出了阿媛最担心的话：他想给他寻个老来伴，爹没说出寻的是谁，父女俩心下都明白。阿媛就哭了，泪水汪汪的："爹是七十的人了，孙子这般大，别人会怎么议论呢？是我和一仁不孝不顺吗？""老军需"无言以对，看着女儿哭，自个也流了泪。

自此，做爹的再不谈及这事。阿媛却发现爹的饭量大不如前，话更加少，常常在院里呆呆看云。猫蹿到院墙，掸下一页瓦，他也呆呆地看，猛然叫："猫，猫……散了！""老军需"反应迟钝了，在瓦落地脆响的时候，没听到响声，只见到瓦是"散了"。

阿媛也觉得爹可怜。

一仁劝爹是不是再行行医，有个占心的事，爹拒而不干，他专心要让女婿的医道和医名超过自己。阿媛就到了镇上，找着爹的一位早年同学。人家是政协的委员，每月拿补助十五元，且常去县上开会。阿媛托这委员来给爹劝说。委员说："啥事我都可依你，这事不行，人老了脾气怪啊！"委员又说："怎不让你爹参加政协呢？县上常开会，出去走走……"

五十年前，阿媛的爹是个很俊的青年，在镇小学的学习非常好。秋天里背了被褥往县城读中学，半路里遇着一队当兵的。当兵的不是好东西。拦路抓了十八个人，一根绳子拴了带着走，阿媛爹从此就成吃粮背枪的人。

他到了山西，又走过河北，又到关中。阿媛爹不是冲锋陷阵的人，他聪明，善于周划，就先做炊事，再干事务。后来竟当了官，是"军需"了。再二年，这支队伍在陕北黄龙遇着共产党军队，两厢交火，恶战三天四夜。第二天里，阿媛爹就逃跑了。他扮成要饭的回到老家，开始读祖传的一捆医书。那支队伍三天四夜后全溃败了，他所在的那个师，逃到乔山，就宣布了起义。师长是认识阿媛爹的，事后派人到未名湖畔找着他，邀他再去。阿媛爹已经看医书上了迷，待来人三天好吃好喝，将人家送走了。

那些当年给国民党军队当团长的，解放后蹲了牢，现在亦成了县政协委员，吃补助，开大会的。"老军需"的部队还是起过义的，"老军需"还是农民。阿媛将这些告诉爹，爹也心动了，去找县政协。政协说："这要原部队的人作证才是，否则有什么依据说明你是'军需'？"阿媛爹说："谁不知道，村里人几十年都这么叫我的。坐了牢的团长都成，我却不行，是罪恶越大越吃香吗？"政协说："人家是国家大赦了的，上边有文件啊！"阿媛爹只好给那个老师长写信，老师长已经是江南某一军区的司令。

但司令没来信。司令是记得这个"军需"，却气愤他临战逃跑，背弃自己，更气愤他派人邀请也不肯再入军，司令就将来信丢到纸篓去了。

村里人皆为"老军需"惋惜。秃女却高兴。她说："你又不缺吃，又不缺穿，当个委员干啥？未名湖多好。到县上开会又能说几句话？谁又听你那几句话？！""老军需"想想，也是，遂死了去政协的心。

郑老二的新屋秃女正式搬进住了，因为有了可靠消息，郑老二被公安局抓获了。当地没收了他的财产，折钱仅是他贷款的五分之一。这郑老二到底欠了一笔阴款，日后托生牛马也还不清了。这是后话。而当地政府没收了新屋后，又念及秃女可怜，以最便宜的价格卖给了她。秃女就在新屋里盘了一面土炕，垒了一个小灶，也同傻老大分锅另灶了。

秃女的家里成了抹牌的地方。谁来抹牌，谁带吃喝，到饭时了，秃女就做了让大家吃。牌一直抹到半夜。半夜牌客全走了，"老军需"不走，他陪着秃女到天明。

阿媛和爹闹过几次，闹得外人都知道了，也再无顾忌，上门到秃女的新屋来闹。这一年陕南大旱，新屋院子里有一棵小梨树，果子结得繁繁的，但叶子却发卷了。阿媛进了院，想了一肚子糟践秃女的话，话到口边卡住了。因为阿媛看见爹也在院里，正从井里汲水浇那小梨树。"老军需"瞧见阿媛来，轻轻"呀"了一声，拾腰靠在梨树上。梨树晃了晃，落下一颗干了吧唧的小涩梨，骨碌碌滚到阿媛的面前了。

七

赵阴阳的小孙女在镇上的商店当了售货员，湖畔村不大不小地骚动了一场。村子里上百年里没有一个干国家事的，丑丑应该算是第一。"老军需"虽然当过官，但那是伪官，历史并不光荣，且半路又回来当农民，是个没出息的。钱一仁虽是城里出身，但现在土得掉渣，也是没什么可嚣张的。赵丑丑能经营百货，能坐在凉房下不晒太阳，吃国家工资，她凭的什么？有的说这是赵阴阳的阴德，赵阴阳能看风水，掐算未来，他为自己选了好坟地，后辈才享了福荫。这坟地好还有佐证：那几年别人的坟差不多都被人盗过，赵阴阳的却完好无缺。有的说，既然赵家的坟地好，怎么第三代没个儿子？且别的孙女又怎么不吃了国家工资的？这全是赵丑丑自己命好的缘故。可有人说：她怎个命好，她只上得小学，针线上不如阿媛，锅灶上不如秀绒呀？回答的是：你瞧瞧人家的模样！丑丑的模样是标致。如果湖畔村的人读过古书，一定会说：高一分就太高了，低一分就太低了，胖一分就太胖了，瘦一分就太瘦了。于是，大家有了新的结论：男人家有福没福不在俊丑，以本事为主。女人却要长得好，长得好了，有本事的男人就来娶，娶过去就夫贵妇荣。即便这女人的爹是讨饭的，这女人自幼是生在猪圈的。长得不好将来就是农民的老婆，长得好将来就是干国家工作的人的爱人，长得顶好，将来则是当官的夫人。

丑丑的爱人是个教师，丑丑的公公是个镇长，丑丑是属于长得好与长得顶好之间的女人。

村里人常到镇上去，路过商店门口，就探着头往里看。看见丑丑穿着白大褂，坐在柜台后嗑瓜子。她嗑得真好看，"嚓"的一声，瓜子裂开，红红的舌尖就沾了瓜子仁，那皮儿又同时飞出来。四年前，丑丑订了婚还没结婚，商店玻璃里的阳光照进去，那脸上有一层虚虚的像茸绒的光圈，村里人说那是庙堂里画的菩萨，看得庄重又神秘。恰那次，郑老大也进了镇，在凉粉摊上吃凉粉，被人问道："老大，想不想媳妇？"

老大说："想。媳妇能暖脚。"

那人说："我给你找个媳妇。你要叫叔。"

老大叫："叔！"

郑老大是个热粘皮，竟不吃凉粉了，扯着那人衣襟叫叔要媳妇。那人指着商店里的丑丑说："丑丑就是你媳妇！"这老大当下认真，就笑起来。从此得下见女人痴笑的病根。

丑丑做了郑老大的媳妇，老大活着有了主要内容，村人逗乐也有了主要内容。但郑老大一傻，把正经劲傻了，也把流氓劲傻了。他对丑丑没有动作，看一看就笑死了。

他有了固定的日子，每个月十五，要从湖畔村步行到镇上。在商店门口看几眼丑丑，就满意而归，以至兴奋一月。

一日，村人捉弄老大，说："老大，你知道吗，你媳妇病了！"老大不相信，说是瞎话，拿拳头擂在那人鼻根，擂出一摊鼻血来。打毕了，老大却还是步行去了镇上，瞧见丑丑活生生的，就又笑死了，被镇上的孩子把鞋也脱了，丢到房顶去。老大赤脚回来，脚磨得血淋淋的。

这年夏里樱桃熟了。郑老大摘了一小篮到镇上去，才委委琐琐出现在商店门口，丑丑倒先发现了。丑丑并不知道她已做了郑老大的媳妇，见了本乡本土的人就亲热，叫着："哎哟，郑老大，你也到镇上来了？！"

老大就嘿嘿笑，笑得快要死去。

商店里的女售货员就问："那是谁？丑丑也认得？！"

丑丑说："老家的，傻子！"偏叫道："傻老大，是给我们吃樱桃吗？"

郑老大立即双手将篮子反倒在柜台上。所有的售货员都来吃。郑老大看着，脸就变了，拿着空篮子搠打贪嘴的人。丑丑就乐了，说："哟，傻老大是只认乡党，让我吃呢！"

郑老大又是笑。笑着就出门走了。

丑丑回家吃饭，饭桌上说给退了休的公公。公公说："傻子也知道爱我丑丑！瞎人心还乖啊！"

公公已经六十五岁。在职的时候威风很大，家里常来男的，也来女的。自个常熬人参汤喝。丑丑不明白公公喝了人参汤，还是那么瘦，而且背也弯了。有一回公公与一熟人说什么，眉飞色舞的，扳着指头数：一，二，三……十五，十六……数到十九，数不下去，说："记不清了，总有个整数吧。现在不行了，心有余力不足啊！"丑丑端茶过去说："爹退休了。国家让你歇着，你就歇着吧！"那熟人却哈哈大笑。丑丑当时很窘，不明白自己那话哪里说错了，惹人耻笑。

公公现在退休了，拿的还是全工资。公公有的是钱。

陕南的风俗是儿媳在家，夜夜要给公婆拿尿盆，黎明起来，又去端倒尿盆的。农民是这样，干部也是这样。婆婆在的时候，丑丑黎明去端尿盆，偶尔几次瞧见老两口睡一个枕头，听见她进去，婆婆装睡着，公公还看一眼她。她脸红红地出来，听婆婆在里边说："多难看的！"公公说："咱的儿媳妇嘛！我瞧着她端尿盆，心里倒觉得做老人的福分。"

后来婆婆死了，丈夫又到学校去，端尿盆的规矩还没倒。丑丑好为难。但想想是爹，还是去端，再不敢往炕上看一眼。出门的时候，听见爹说："把门给爹闭上！"公公依然这阵是醒着的。

公公是干部出身，懂得疼小，吃饭要丑丑和他都坐桌子吃，也和丑丑说笑。丑丑看多了别人家媳妇与公婆闹矛盾，自我感觉自己挺幸福。

有了孩子，孩子总是不好好吃奶，丑丑喂一次奶要哄说多少话。公公也就在一旁哄孙孙，说："好好吃奶，奶奶甜呢！"丑丑觉得这话有些那个。但公公就是不生分自己，往好处想，也就没什么了。一日，孩子又是不吃奶，公公走近来，逗着孩子说："你不吃，爷就吃呀！"公公在教孩子，要做示范，果然极快地去吃了一下奶。

一切太快，丑丑反应过来已经迟了。她红着脸回到卧房，觉得公公糊涂了。这事不能对外人讲，星期六丈夫从学校回来，说给丈夫。丈夫却火了，说："爹一辈子的老毛病！"丑丑吓了一跳："老毛病？"丈夫却不说了，起身去找爹。丑丑又吓得缩在炕上不动弹。后来就听见父子在那一间屋里吵，公公也是火急了，说："算账，咱就算吧。你吃了我老婆三年奶，我说你了没有？我吃了你老婆一口奶，你就凶了？"丈夫骂："你就不够爹！是牲畜！"把什么摔了，哗哩哗啦地响。

丑丑自那以后才知道公公一生就吃了那方面亏，要不他可以当县长，但他终只当个镇长。丑丑随丈夫搬出了那家，借居到镇上另一家空屋去了。

离开了爹，小两口最大的难处是没钱花。如今又没有了房，丑丑就想到湖畔村的娘家。娘家没了人，空留一院房子。她想去典卖了，再在镇上盖新屋。

丑丑是九月二十八日回的村。

赵家的房子虽然破旧，但院落完整，面积还大。丑丑开院门，锁已锈了，最后还是砸了锁进去。院子里原本砖铺地，砖缝里长了草，一方块一方块的，倒好看得像铺了地毯。中堂上尘土已经很厚，爷爷和奶奶的灵牌还在，爹和娘的灵牌还在。当然没有贡献。有麻雀走过的踪迹，是无数的"个"字。丑丑从隔壁借了一床被褥，打扫了一面炕后，就坐在院中，独想这人生变化，世事沧桑。其时已经入夜，万籁俱静。倏忽却听得门外有窸窣声，不禁骨悚起来。接着是有什么细微的吱吱响，旋即又停了。丑丑吓得发慌，四周看看，又一切安静。就想，一定是老鼠作祟了，自己给自己宽心壮胆。当她抬身去检查院门关了没有，然后去睡，突然那院门"嘎"地推开一条缝来。多亏门已关了，虽然门关得松，但里边又挂了铁链，门只能推开一条缝的。一个笑声在那里喘起，喘而不止，后来就有什么倒下去，笑喘声伏小伏低了。丑丑骇绝！锐声呼喊。四邻的人披衣出来，发现倒在丑丑家门外的是郑老大。

郑老大被人架走了，郑老大还在笑喘着："丑丑回来了，我媳妇回来了！"

八

赵阴阳的旧宅,湖畔村的人都说好,价格又合适。可丑丑征询买不买时,却都为难了。湖畔村是个穷村,谁能一下子买起一院房子? 再说,现有的住宅紧张也够紧张,将就也能将就,进门盘一个大土炕,老婆娃娃挤上去也便是了。丑丑好不扫兴。也遗憾郑老二被逮了,郑老二若是还在,他一定会第一个跑来买这房的!

丑丑扳指头数,计算村里的富裕户。丑丑当然是以往的观念,就想起"老军需"家来。傍晚在村口上,碰着了钱一仁。钱一仁走得慢悠悠的。丑丑就说:"钱医生,又要出去散步了! 媛子呢? "钱一仁苦笑着说:"才转回来,你嫂子先回做饭去了。"丑丑说:"你们两个好有福! "钱一仁说:"有豆腐。"话说得几分悲哀。丑丑的声调也低了,发现钱一仁寒瘦,没了早先的风流潇洒。且右手里提着一个瓶子。那不是酒瓶子,因为瓶子上有一个皮管一直钻到衣襟下去了。

丑丑问:"你是病了? "

一仁说:"可不。"

丑丑说:"医生也病? "

一仁说:"丑丑该笑话我了。"

皮管里一阵咕咕地响,那瓶子里就出现了一种黑黄的浓液。钱一仁同时蹴下了,脸上极度困窘。

丑丑立即明白了一仁患的是什么病。她赶紧作一脸的同情,双手去搀一仁。

"怎么得了这病,几时得的? "

"有两个月了。先是上茅房出血,还以为是痔疮的。后来出血厉害,去县上检查,就不行了。还好,命是保下来了。"

钱一仁和阿媛和睦得如漆如胶,村里人羡慕过,也议论着。议论的内容是这样:这两个好得不像夫妻了,像是前世互相有了恩德要来世上报答的。在湖畔村人的经验中,夫妻是冤家对头,离不得也见不得。打打闹闹是正常的，而正常的夫妻方能一辈子天久地长的，于是就判断：一仁和阿媛不长久。

果然一仁就病了，病得不是头痛脑热，却是癌症。以致把肛门封闭了。医生是给人治病的，医生倒得了这顽症，这不是恶作剧吗？

丑丑卖房的愿望彻底是没希望了。她只好请人来拆除，欲将砖瓦就地更便宜处理，木料则运到镇上去重盖新屋。拆房的这日，村人都来帮忙。造一院房不容易，拆一院房却快得多。人们先溜了瓦，就开始下椽、檩条，大梁一件一件往下吊，烟灰尘土使一个个变了形态。郑老大是少不了的角色，他站在最危险的地方，承担着最大的重量，当一根木头断下来砸着他的肩头后，血就洇了一片。郑老大跳下来，捂着肩头在地上疼得兜圈圈。众人说："老大，没事的，这是给你媳妇干的！"老大哭不得笑不得，闭着眼睛吸了一阵凉气。终不甚疼了，就从地上抓了一把土按在伤上，说："过去了，刚才好疼哩！"

丑丑听说老大伤了，忙过来要看伤。旁边人喊："老大，不敢让看，看了丑丑会心疼烂的！"老大果然不让丑丑看，说："不疼，我不嫌疼哩！"又嘿嘿笑着爬上墙头去。

丑丑说："你们不要作践瞎人！"

大家就说："瞎人？老大才不瞎哩，老大什么事情都知道！"

劳动到黄昏，村人骑在墙头上歇息。虎山上就刮过来一阵风。风在院子里旋起来，后来就翻过院墙顺着村口那条土路一直旋过去了。大家看着那远去的旋风，便发现在那尘土柱里有了钱一仁和阿媛。小两口又在散步了。现在他们不是肩并肩地走，是阿媛扶着一仁走，左手里还帮着提着粪便瓶子。

村人似乎很感动，本要说说这两口子那几年散步，阿媛走一走就"梆"地亲一仁一口。但现在这种笑话说不出口，谁也得叹息人生的无常，夸赞阿媛的贤淑。不免骂起自己的老婆，骂过了，却又要说：

"他们还这么好，这不是好兆头呢。夫妻还是骂骂打打白头到老的。这老大爱不爱丑丑，爱，可老大能和丑丑做夫妻吗？多亏丑丑心里没老大，这老大傻成这样才不死的。'老军需'和老大的娘也好吧，那也是成不了的。

要是成了的话，瞧着吧，两个人就得有一个该入土了！"

丑丑在厨房忙着为帮工人做饭，她没有听到这一番真理。她烧着火，奶憋得生疼，就想起放在镇上的孩子。孩子几天未吃奶了，这饱满的奶汁就往外溢流，连胸前衣服都湿了。她赶忙到茅房去，将奶汁挤掉，不禁作想起公公的龌龊事，感念湖畔村的人还是忠厚本分。从茅房出来，钱一仁和阿媛已经到了院门外。阿媛说："丑丑，实在不成一回事，我们没给你帮忙啊！"

丑丑说："嫂子说到哪里去了，我还能去劳累你们吗？"

一仁说："丑丑把房一拆，怕永远也不会回湖畔村了！"

丑丑说："哪里，清明节还要上祖坟啊！"

阿媛就想起那个传奇性的赵阴阳来，说："你爷爷要是活着，他要是给一仁禳治禳治，我一仁这病恐怕也就好了。"

丑丑说："一仁哥的病会好的。你们夫妻这么亲，是神是鬼都要感动的。"

丑丑说罢这话，就目送着阿媛他们回去。她于第二天彻底将旧宅拆除，砖瓦一时未找着要买的人家，先在院中盘了。就又托村人忙了三天，把所有大小木料运到镇子里。

这四天里，丑丑几乎没有睡过囫囵觉，安排好了镇上的事后，就带了许多糕点糖果，挨家挨户去话别。最后到祖坟上去，以杯酒之浇，纸钱之化，香烟之绕，奠祀了爷爷奶奶，先考先妣，末了，竟不忘对着赵阴阳的坟墓说："爷爷，你如果有灵，你就阴中为钱一仁禳治禳治吧，我拜托你了！"

丑丑的话并没有奏效，或许赵阴阳并没有听到。钱一仁的病突然加重了，那瓶子里开始出现血水。人不到两天就睡倒了。

村人扎了一副软轿儿，把钱一仁抬到县上。县医院治不了，又送至州城医院。剖腹检查时癌已经扩散了。医生并没有切除什么，原样又针缝了伤口。钱一仁又被抬回湖畔村。

这一日正好是四月五日，未名湖上祭龙王。人还很多，但阵势没有先前大，也没有人笑。钱一仁被抬着到了石岛，生产的鱼一仁第一个看。

九

钱一仁睡在炕上，并没有独自流泪，疼痛起来，也不呻吟。他加量服止痛片，实在不可忍耐了，就笑着说："阿媛你和孩子出去吧，我想静静睡一会儿。"阿媛和儿子毛旦、女儿绒花出去了，他就咬着被角浑身抽动，头发也一撮一撮抓下来。

阿媛度日如度年，看见一仁疼痛，从早上盼不到天黑。天黑了，在墙上画道道，眼前就一片黑。"他只有二十天了。"这是医生告诉阿媛的。阿媛又恨不得这一日如一年。

十七天的时候，一仁似乎一整天没有疼，沉沉地睡过一宵，天明起来，竟要阿媛把他抱到院子里去。阿媛心里想：一仁或许会发生奇迹，说不定他会好的。抱一仁在院里坐定，指说着门前龙山的浮云。那时朝霞正起，阳光已将浮云染涂，十分鲜艳夺目。阿媛说："明日我抱你湖边去，湖里鱼又多了，飞来的鹭鸶多得很。"

一仁说："鱼多了，郑老二却不在了。"

阿媛说："听说郑老二要挨枪子的，他也该死的。"

阿媛真后悔自己说到死，赶忙就又说："你知道傻老大和丑丑的事吗？"

一仁说："什么事，是傻老大欺负丑丑了？"

阿媛说："老大爱丑丑爱到骨子里去，老说丑丑是他媳妇的。"

一仁就笑了："这傻子！"

阿媛说："傻子倒是真爱，可惜他傻了。"

一仁却说："他傻了才真爱的。"

一仁说罢，就给阿媛又笑笑。阿媛觉得一仁的笑很特别。

又是一天，阿媛并没有抱一仁到湖边去。这一日湖上的鹭鸶果真很多，在碧水之上白如玉绢。但一仁看不到了，他夜里又病情加重，已经不吃不喝。可怕的日期只剩下两天，阿媛的心提在喉咙。她不忍心再瞒着要死去的丈夫，将医生的话说知了一仁。

"一仁，"她说，"孩子都在身边，你还有什么要说的，你就全说了吧。"

一仁看着一对儿女，看了好久，却笑了笑，再挥手让孩子去了。

这举动阿媛也吃了一惊，孩子们出去了，也皆感到纳闷，是爹放心他们已经长大懂事了吗？还是爹以为他们年幼没有要说的必要？小女天真，跑去找爷爷哭去了。儿子却蹲到屋外的窗下，听爹还要说些什么。

钱一仁突然在炕上伸出手来，把阿媛拉住了，说："阿媛，我知道我是不行了。我让孩子出去，我想和你多待一会儿的。"

阿媛眼泪刷地流下来。

"不要哭，阿媛。"一仁说，"我死了，你也不要哭。真的。"他很平静。

阿媛说："一仁，你怎么说这话？"

一仁说："阿媛，你说我对你好吗？"

阿媛说："村里人都说咱好。"

一仁说："我要你说。"

阿媛说："好，你待我好。"

一仁却说："不，阿媛。我本来要好好待你的，可我却要死了。我要给你说一句话。这话我藏了十多年了，我不能给你说。现在我要死了，我不能再不说的。"

阿媛心突突地跳起来，不知道他要说些什么。

"人都说咱们夫妻好，可我不好。我理解到这样一句话，最不了解男人的是自己的妻子。你知道吗？我当年在湖畔村插队，我因我爹没权没势，不能招工进城。我就想当个英雄，立功了再被招工。我在冰层到石岛的木板下，故意支了块石头，才使你掉进湖里。我不是救你的恩人，是害你落水的人。"

阿媛脸色骤然苍白，像被电击似的坐在炕头。

一仁却微微闭上了眼睛。他脸上平静多了，犹如终于办完了他人生最重要的事情而一身轻了。

阿媛回过头来，死死地看着丈夫。突然泪如泉涌，扑在一仁的身上，说："一仁，这我不怪你，你毕竟是救了我的！不是你对不起我，是我对不起你呀，我也给你说了吧……你还记起我那个表哥吗？在你和我没结婚之前，那表哥在上大学，他答应爱我，娶我，我便把我的宝送给他了。可他玩了我却甩了我……我和你结婚时我不是处女……我一直不敢对你说，我一直想待你好来弥补我的罪过……一仁，一仁……"

但钱一仁什么也没有听见，他永远也听不到阿媛的忏悔。他面部并没有与死神搏斗而弯曲变形，唇红面嫩，犹如病前。

阿媛方知道一仁已经死了。他提前一天上路，终于轻轻省省地走了。走了的悠然而去，留下的负荷加倍沉重，阿媛痛感到自己的卑劣和可耻，撕心裂肠地嚎哭起来。

同时在窗外，也有一声锐叫。但阿媛的耳朵已失去了功能，她没有听见。

湖畔村的人为钱一仁的死悲哀着，他们帮年轻贤淑的寡妇阿媛买来了柏木棺材，买来了衣布裁剪缝制，买来新砖新瓦拱造坟墓，买来了白布黑布设了灵堂。阿媛整夜哭守在灵桌下的麦草上。她哭得惨不忍听，却全然不是为自己以后寡妇生活的哀叹，却是声声句句的谴责，让一仁的上天之灵饶恕她。

湖畔村的人更觉得阿媛是难得的好女人啊。

但是，三天里，一仁的儿子却没有露面。当人们忙乱筹备葬事的时候并没有注意到这些，待到灵堂设起，发觉时，四处却找不到。待到下葬的那日，儿子必须是要披麻戴孝摔孝子盆的，但毛旦还没有回来。村民怕起来，几乎全部出动，在村里、山上、湖边寻找，"老军需"和秃女也在找。秃女在自己屋后麦草秸堆上抱柴火的时候，在那里发现了。

谁能想到，这儿子却已经疯了。

七岁的孩子，他竟不穿衣服。衣服全撕成絮絮缠在头上。他强被人拉去摔孝子盆，盆子摔碎了，却哈哈大笑，笑得像大人一样。

有个长辈就扇了他一个耳光。原本是要将他的迷魂打走。可这一耳光太重，孩子当下就倒在地上，口鼻出血。但他还是在笑。村人立即意识到这是不可救药了，去按住他，将他拉到坟地去，总算让儿子送老子入了土。

十

未名湖的鱼重新繁殖起来，又恢复了往昔水碧鱼肥的光景。郑老二虽然被逮捕了，蹲在死牢里受罪，但湖畔村的老规矩却从此彻彻底底地破了：四月五日的祭龙节已不像先前那么庄重；鱼不是一种恶物和神物，被视作是钱票的代名词。各家又归于管理各家的湖面了。

再没有郑老二第二的人物出现，这湖不能整个承包，各家就相持着，谁也不能去捞。这种相持终于使村中十字口的王家耐不住。借着全家的青壮劳力多，在一个早晨首先动手了。

王家捞上来了十二筐鱼，像烂银一般耀眼。旁的人家就十分气愤，与王家恶声辩理。

"这一溜湖是划分给我家的，我怎么不捞？"王家的人理直气壮地，"我是到你家的湖面上捞了吗？"

各家与各家划分的有界限。湖水里没有插杆，但湖岸边上却栽有界石。王家的界石是从自家后院移来的一块石碑，上边凿着汉隶大字:泰山石敢当。

旁边人说:"鱼是游动的，我家的鱼跑到你家那边去了！"

王家的说:"你能担保我家的鱼就没跑到你家那边去吗？"

理是无法说的，因为说理的舌头是软的。结果全村的人都来，都各自在自家的湖域区内捕捞。那鱼就全乱了，被谁捞着就是谁的，大到十斤的小到二两的，网网打尽。家家都有收获，家家也以收获到的鱼而博得了一大把钱票。

有了钱，王家的人按人头分之，几个兄弟各领着老婆和孩子去县上州城旅游去了，虽然这次旅游并不愉快，二媳妇在州城住宾馆，宾馆的门是旋转门，她被夹住了又扭伤了腿。这是后话不提。而别的人家有了钱，就全由男人掌管。倒后悔当初没有应下买赵阴阳旧宅的事。他们是有钱就置房置地，土地现为国家所有，不能随便买卖。这钱就只有花在房上了。既然赵阴阳的旧宅已拆除，但那一大堆旧砖旧瓦还在出售，大家就谋算开了。

丑丑在镇子上得到消息，就准备着再回湖畔村来处理砖瓦。这天，"老军需"却领着孙子毛旦找她了。

丑丑抚摸着疯毛旦，同情地说："真可惜，这孩子怎么就得了这种病！"

毛旦的疯病是阵发性的，当时倒清醒，但眼睛明显痴呆，偎在爷爷身边如小猫儿。

"老军需"说："丑丑，你公公他好？"

"好。"丑丑说。

"孩子和他爹也好？"

"好。"

"他们近日不去州城吗？"

"不去的。伯伯有在州城办的事吗？"

"老军需"说："我来找你，你这儿工作的人多，或许有上州城去的，我想把我毛旦带到州城一个熟人那儿去，得给孩子看病啊！"

丑丑说："伯伯是老医生，伯伯还看不好吗？"

"老军需"说："我倒有治这病的方子，可这里没药。"

丑丑说："唔。过几日行吗？我公公听说过几日去州城的。"

"老军需"算算日子，为难了："过几日不行了，要越快越好的，我是老了，腿不行，要不我亲自送去了。"

丑丑就到他们单位去，过会儿回来说："这下好了，我们单位领导去开会，人家先不肯带，我好说歹说，是同意了，明日一早走的。让毛旦就留在我家吧。"

"老军需"感激不尽。说他已给州城熟人去了信，一旦送去就不要管了。便开始询问丑丑家的新屋几时建造？丑丑也便问了湖畔村人要买砖瓦的事，托付"老军需"在村里先打听，靠个实处，她三天后就去。

三天后，丑丑来了。可是，连"老军需"也吃惊的是，在头一天夜里，丑丑家的那一大堆旧砖瓦竟被人偷走了。丑丑问这家，这家说不知道。问那家，那家也不知道。可各家都有砖瓦。丑丑没证据，她说不上人家是贼，且若认为家家是贼，那丑丑就不是好人了。

丑丑哭着说："这湖畔村是怎么啦？怎么全坏心了？才有了钱就坏了？！"

她趴在赵阴阳的坟头上擂拳头，怨自己没出息，没守住赵家财产；又怨赵家后代无男，让她一个弱女子受气；再怨爷爷赵阴阳精明了一生，反没有防着这一辈人的恶行。

也就在这一天，三百里外的州城南州河滩上，一声枪响，郑老二挨了枪子了。执行的人见郑老二倒在沙坑，便扭身上车走开，看热闹的人就潮水一样涌过来看。一个极小的孩子箭一般首先跑近，匆忙地将一个馒头在那里夹着什么，立即又迅疾往外跑，一边跑，一边吃馒头。看热闹的人们赶到沙坑边，瞧见郑老二的脑袋炸开了，像切开的葫芦。那葫芦里没有瓢。

这年冬天，未名湖变化了许多，深深的水里栽了水泥杆子，出现了用网隔离的一长条一长条的区域。湖畔村也有了一些新盖的和新翻修的房屋。人们都在说这一两年里宽裕了，人们又都在说些牢骚话。他们感到心里舒服，又感到心里痛苦。舒服说不出哪儿舒服，痛苦又说不来是哪儿痛苦。

住在三间郑老二新屋的秃女，整夜都在打咳嗽。"老军需"是不嫌吵的，他睡得安妥。每日早晨，"老军需"就领着孙女去外边转转，说是活动筋骨，呼吸新鲜空气。叫秃女去，秃女不，她恋黎明的瞌睡，一直要睡到饭辰。这时候她就做一种奇怪的梦，梦见手里老捉着一条蛇。弗洛伊德的潜意识说："女人梦蛇是表示一种性欲。"但秃女实在没这个要求，按乡下说法，梦蛇是要拾钱的，所以秃女醒来情绪很好。阿媛做了好吃的，要孝敬爹爹，派已经疯病痊愈的儿子来叫"老军需"。"老军需"还和孙女在湖边溜达呢。未名湖虽然割裂成无数块，水还是碧绿。大清早太阳和月亮同时也出现在那里，鱼在游动着，间或要掠出水面，无数的巨鸟就盘旋在其上。"老军需"看那大如簸箕的白肚鹰起飞悠然，也看着那小似酒盅的红嘴鸟在水面点波嬉戏。大物有大物的乐趣，小物有小物的快活，各得其所，热闹湖面。"老军需"很得启悟，不免要发一通孙女听不懂的感叹了。

孙女此时却被一种奇异的现象迷住，她瞧见就在那曾经有过鬼市的柏树洼地里，卷起了一个尘土大树。又不是树，像是塔。她问：

"爷爷，那是什么，还在长呀？"

"那是龙卷风。"

"龙山上有龙,是龙下山了吗?"

"不是,是雪山下来的两股硬风在刮。"

"两股硬风刮,怎么往上长呢?"

"它们原本是各自向不同方向刮的。对抗起来了,谁也不让,就两股力往上去,往上互扭住旋转,越是旋转就越向上,这就形成龙卷风了。"

"老军需"到底是当过军需,懂得的知识多,说毕了,就和小孙女直看着那龙卷风旋过洼地,旋过湖畔村,最后在未名湖上变成一座水塔了。

第三章　故里

一

从前，有一座山。山上有一个洞。洞里坐着一个老头在说：从前，有一座山。山上有一个洞。洞里坐着一个老头在说：从前，有一座山。山上有一个洞。洞里坐着一个老头在说……

山里人讲故事都是这么开头的。故事愈是讲近来，年代愈是溯远去，颠前倒后，总离不开一个洞的。

论说，这洞是在玄虎山上。玄虎山上的石头皆黑，这洞却是白的。从远处看去，就如同黑黑的夜空上悬着的月亮。至今洞口两侧的石崖上仍残留两行字，一边是："云在山□登上山头云且远"，一边是："月□水面拨开水面月更深"。极有玄味。

两行字各剥脱一字，许多人深为惋惜，有欲拟而补之，赵一仁则说："不然，西北东南天地且有缺陷，仙迹所遗为何不能这样呢？"遂使洞更加神秘。

洞口不大，尽被白云塞满。步进去，犹如水满则溢，云雾便荡然飘出。疑惑间，听得无数的金属脆声，极有音韵，脖脸处就感觉到湿了。须臾，一切明显，才知道洞旷若礼堂，圆顶之上缀满水珠，晶莹如繁星，眼瞧着由小变大，欲圆欲椭，瞬间下跌不止。依内壁便是八具钟乳大石，非人似人，体态阴柔，似乎低头含笑，或闭目静思，或侧身而泣，或颦，或怨。正要联想到这是一群女性，蓦然冷风飕飕，侵骨寒冷，逼使你不可久驻。看四周水草则未动，洞壁又无缝无隙，不知何故。出洞来，那飘出的云正在崖头发呆。

故事是一代人一代人往下讲的，便说这白洞原是一个溶洞，生十二具钟乳石，八具围壁而立，四具坐卧其中。随着岁月流逝，钟乳石变成八具，又变成非人似人的形态。怎么变的，何时变的，谁也不曾意识，一切皆于无知无觉中。

现在，洞里除了围壁而立的八具钟乳石，还有两口泉眼，日里汩汩地往外流水。

水原本无形，如今各自在石层上冲出碗粗的槽道，恰又被槽道约束为绳，僵硬硬的，不可拎起。下行一丈，入一口潭里，一支从左斜入，一支从右斜入，水便在潭中回旋。旋半圈，又反旋半圈。再从潭下沿的一个槽口流出，往洞外沟谷去了。而潭的中央，两个半圆的核心处，则浮悬一堆白沫不散，长年经月的。

二

×年×月的×日，赵家的二女回到玄虎山。闺女回娘家，本是平淡无奇的事，但这女子不是寻常女子，她的回来也就有声有响。

三十三年前，正是赵一仁的续弦媳妇三十三岁，她已经生养下两个儿子，一心思谋着要一个闺女，闺女真的就落草了。因为女生二月，二月有犯。一日清晨，后庄的韩家武顺死了娘，武顺拿着水酒点心来请赵一仁书写铭旌，赵一仁就让武顺认了女儿，做干爹。

武顺是心口无毒之人，家有一整齐妇人，儿女稀少，平白得了一干女儿，便起名赵怡，视如掌上明珠。

是解放的初期，一日夕阳西沉，于远峰处半含半吐，玄虎山就被红云腐蚀，其景光华灿烂。一跛脚浪人行至庄前讨水喝，忽遥指赵家门楼说："此户人家要出一个人的。"此话被庄人听见，以为神仙指点，铭记不忘。于是，在赵一仁头一个妻子的儿子赵和读完中学，又考入省城大学，便深信"要出一个人的"必是赵和无疑。但二十余年后，玄虎山上的人，甚至赵一仁，才恍然大悟到这个人不是赵和，而是女儿赵怡。

赵怡并没有什么奇才异技，但她是个美人（谁也不相信她出生在玄虎山）。她手足柔软，轮纹深妙，肌肤白净，鲜明离垢。正因为美得出奇，她在学校里课业荒废。但美貌是女人行遍天下的文凭，她的模样和落落大方使她初中一毕业就进入了这个县的戏曲剧团。在剧团里，她亦不是一名优秀演员，而形体的正规训练使她的身体更为健美，更深谙了修饰打扮。她美貌在第一次赴省汇演时令城里人销魂落魄。极快，她就嫁给了一位年轻的作家。作家比她长五岁，写了四本书，获得过国家文学大奖。文坛上经常制造天才明星，这作家已经弄得声名聒噪。作家文章虽然做得好，但其品性澳涩回互，隐伏绊结，使赵怡有许多难言之苦。这当然是后话，不提。

婚后，赵怡几乎有六年没有回玄虎山了。对于故乡，她是无所谓的。她曾极端仇恨过这块山地，恨不能早日逃脱出去。在城市的文明生活中，她感到满意和兴奋，几乎要从记忆中全然抹去幼时的日月。逢着别人询问她原籍何处时，她只笼统地说"陕南"，且还要注释一句："那里是长江流域啊！"可是，随着女儿的出生，随着丈夫的声名日益振远，随着鱼尾纹悄没声息地爬上眼角，她愈来愈怀念玄虎山。醒悟到虽然每月把钱寄给父母，但却从感情上淡漠了做女儿的孝敬。对亲爹亲娘是这样，对干爹干娘更是这样。

在到剧团之前，她是两家老人的宝贝。赵家的饭菜不好，她可以到韩家去；韩家的饭菜不好，她可以到赵家去。如今的睡梦中，她常常梦到儿时的干娘。干娘喜欢用桂花油抹头，抽一种精致的白锡铜水烟袋。赵怡那时坐在门槛上，一边给干娘吹着纸媒儿，一边被干娘喷出的烟团呛得咳嗽。

那年月，玄虎山老来一位剃着光头的货郎，他用青布带子扎着裤腿，十分潇洒风流。干娘时常买他的五花丝线，绣荷包，绣兜肚，绣花鞋，绣裤边儿。每当货郎来，他总要喂赵怡一块"离锅糖"，是用包谷糁儿熬制的，吃起来很黏；一团头发窝儿才能换一块的。赵怡吃得口甜心甜，干娘就说："怡，去塍畔摘几朵金针花吧！"

金针花现在是珍贵的菜品，那时玄虎山的塍畔到处都有，是作为花草任其自开自落的。等她满头插着金针花回来时，货郎已经走了，干娘脸子红红的，头发却很乱。

到后来，干娘就病了。终年睡在炕上，口齿不清，说半截子话。干娘的病是遭人打的。赵怡问过为什么遭打，干娘不说，一直病了八年不说。八年里，赵怡夜夜陪着她睡，如影逐形。干爹睡在另一间房屋里，他蝇面球头，气短色浮，在外受人作践回家仍敬畏干娘。干娘常常发火，言语不清。赵怡就是干娘的翻译。那时候干姐在县技校读书，星期日回来搂着赵怡亲昵，说赵怡替她行了孝。

但赵怡尽了什么孝呢？

干娘疼她爱她，她认定干娘是好人，说："干娘，我长大了，挣了钱，一定让你享福！"她果然进剧团挣钱了，第一个月回家给干娘买了一包红糖。第二个月，干娘就死去了。

三

玄虎山有好几处庄子，都在山腰和山顶上。人住得高高的，为的是离油盆大的太阳近。但山顶上少水，吃用大多还得往八石洞的泉里舀。山顶上更没有许多地，尽凭着沟谷里黑河边的一湾田吃五谷。

黑河很著名，满河滩都是黑石头，湾田里也是黑石碴。劳作的工具只能是一种扇板锄。但庄稼长得好，日光下满田浮动闪亮点，山民们顶得意地说这石碴里是有油的。

黑河宽泛，这湾田就修有头道堰。后又向外扩张，修成二道堰。再后再扩张，又修了三道堰。三部分田用的是一条老水渠堰，很深很长，深长深长的。

论起这一点，赵一仁最易激动。他已是七十多岁的高寿，行将老去，便消失了时间的概念，增加了空间意识。他谈起沧桑变化，不说千年长万年短，只是"那阵子，黑河比现在宽。湾上头的崖，也风吹得矮了。我记得老水渠堰上边不是一堆沙，那是一片大石浪的……"他接着就要说，他的老爹领人修这河湾第一道堰内的地时，怎样抬石头抬断了一仓库的木棒，老奶怎样拣穿烂在河滩的草鞋烧了一冬的热炕，而老爹膝盖上的一指厚的硬茧又是怎样在石窝里砌水堰磨就的。赵一仁虽然呵斥着赵家人以赵家是玄虎山主宗而自矜，但他的有意识的不自矜却正使杂姓人家感到无以言状的压力。

水渠堰决定着黑河湾田的收成。几乎每一年田里需要水的时期，水渠堰上都要发生斗殴事件。轻者两家反目，甚者大打出手。庄人日渐亲疏反常，厚薄倒置，自私自利无宽厚之恩，自暴自弃无远大之见。城市人因交通肇事设置了警察，玄虎山的水渠堰惨案不时发生，便产生了民主推选堰长的活动。这是玄虎山有别于中国其他农村的建制，也是玄虎山英明的创举。

堰长虽然不是社长，亦不是生产队长，但它是天人合一的象征，其权力为唯德是馨的体现。堰长有专门的房子。即使这一年五谷歉收，他也有绝对保证的粮食。他有独自使用的铜锣，锣一响，庄人就得招之即来。而他决定给谁家田里放水，就给谁家放水，旁人不能闲言碎语。黑河水如若暴涨，冲毁了水渠堰，抢修时，堰长则必须挺身而出，第一个下水，死而不惜。当然这类事情极少发生，而其权威却又完全可以使自己私欲暴溢，要挟乡里。但赵一仁已经是十多年的堰长了，赵一仁之所以是赵一仁，他气量渊深，性格豁达，为人磊磊落落，光明正大。

玄虎山上的社会应该说是平和的。

平和秩序，大具诱惑，从湖北从河南从甘肃河西走廊沿途乞讨而至的人就再不走。赵一仁几乎全为这些人提供生存的方便，端一碗米汤去，送一件旧衣去，且做媒让本庄的一些女子嫁给他们，或者让他们倒上门做了庄子里一些人家的女婿，以至于后来，这些外来人生儿育女自成体系，于玄虎山的某一洼某一沟造屋修田，逐渐又发展成独立的小小村庄。

人生残酷。这些外来人为了生存挤进玄虎山，而玄虎山在失去了供养的限度后又惩罚着这些人，使得他们的日月平静却穷困异常。于第二代开始，男人们已经极难觅寻一个女人来供家庭的成立和家庭的延续。自然，光棍众多，蛮力有余理智不足。当再后又有一些讨饭女人和一些婚姻不幸离家飘零的女人来，必是许多男人围绕，发生有野合怀胎生下不明不白儿女的现象。儿女生下来了，儿女的母亲却死不愿再留在玄虎山而又远走他乡，光棍汉们就将儿女收养。故每个庄子里皆有一些有父没有其母的孩子。

当然，亦有一些更穷困的更丑陋的光棍，年近三十，依旧还是童子身体，就索性割断尘念，进了庆元寺当道士。

四

庆元寺的道长做道严肃，每日给小道小姑讲授炼丹的秘诀：人体就是丹炉，炼丹就是守精。强调道士与道姑不能亲善往来，各自衣不整发不束，囚首垢面。让尘世人看见顿生恶心，让自己见到尘世人而自惭形秽。

每日清晨，寺里古木森森，绿草茵茵，阳光激射，落影款款，百鸟在枝头唧啾欢跃，蛐蛐在花间饮露清歌。道长便召集所有道士将被褥搭晒院中，一一检查。检查被褥上是否遗有精斑，若发现，便勃然大怒，即刻罚其苦力。

这炼丹就无异于战场上炸毁敌方堡垒一样惊心动魄。

小道士每天随便从身上可以搓下汗泥时，似乎明白人是女娲用泥捏就的。但总不明白道士是人作扮的，人既长有阳物，为什么偏要炼丹呢？便只有去八石洞汲取泉水时面对钟乳石，想入非非。玄思这八尊石头如此酷似女人，何不又于某日某晚，当然更好是他们汲水之时变为活女人呢？一时似被一种什么东西刺激，浑身焦躁不安，忙盘腿静坐，以草茎掏耳。再看女神时，却突然生出一种疑惑：这些女人神色阴郁，神仙也有什么痛苦吗？

五

后庄村口有一棵白皮松，有一搂粗的。枝叶并不茂盛，最上端的几枝，皮已脱落，像交错的骨架。一个庄有一个庄的风水镇物，金盆庄是一株千枝古柏；腰庄村是一尊牛角石；白皮松在后庄村就无人敢损坏。虽然那骨架似的枯枝上常年集宿着蝙蝠，这丑陋不堪的黑鬼将双肢吊在树上，用皮翼像裹被单一样包起自己。

从金盆庄赵家的门口望去，后庄村的白皮松就是在天幕上。

许多年前的一个下午，这白皮松下吊着两个人。一个很风流的男人，一个很妩媚的女人，皆剥得一丝不挂，双手被绳索拴在树枝上，脚尖恰能接地，任愤怒的庄人用树棍抽、鞋底扇。

男女是在洼地的草丛里野合的。当时春风和煦，天高气爽，蕨菜长得很嫩。采蕨人走到洼地，看见路边一挑货担，装有五色丝线，却不见卖货的人。后发现草丛摇曳厉害，就将他们抓获了。玄虎山上的光棍们可以与外来乞讨的女人野合，但却不允许这一对男女受活。因为光棍汉们野合是以延续后代为目的；他们的野合则纯粹为了自悦，且有夫之妇与一个外来的男人勾连，这便令玄虎山的男人大受辱没，激怒不已。

人们拷打着男的，男的很羞愧，眼睛死闭，讨饶求告。女的则大睁两眼，逼视得拷打人也胆寒，将她解下来，让被单裹住身放生去了。

男的吊打到天亮，赶下山去。据说从此生意破产，得一种鼓症死了。女的则患了风湿性心脏病，卧炕八年不起。

赵怡从省城返回玄虎山，她得知干爹早也下世，干姐虽未嫁人，但工作到县城，已经是城关镇的妇联主任，将玄虎山的老屋也拆除变卖了。

一个暮色苍茫的黄昏，她站在白皮松下。遥想往事，临风独然涕下。白皮松还是旧时模样。一搂粗的树身，皱着爆裂的白皮，像害着什么牛皮癣。赵怡想，春夏秋冬，皮脱落一层，新生一层，这白皮松怎么还是那么粗？而这么粗又是怎么粗起来的呢？

后庄村的人发现白皮松下站着一位绰约美妙的女人，傍晚的苍茫里他们的眼睛异常明亮。他们已经忘却了白皮松下曾经发生的事情，所以对美人的出现极为惊诧，不敢近前，亦不敢动问，远远地定着眼珠。

这么沉默半晌，终于有人认出这是赵家的二女，那个省的作家夫人。他们无不感叹这女子在省城出息得如此富贵荣华，好多光棍汉开始身子摇晃，——到厕所里去小便。他们并没有解下黄汤，而排泄了令他们焦躁不安的一种异样的液体。那些有父无母的小光棍们，业已长大，此时飞跑进庄，报告着白皮松下的新闻。旋即有一位中年汉子，披衣而来。

远远的场地边，男女老幼在议论着赵怡，热羡着她的高贵和其丈夫的声誉显赫，说起了三十三年前跛脚浪人的谶语。中年汉子便说："什么事，大惊小怪？丢玄虎山的人了！"

在厕所里的有贼心没贼胆的光棍们说："你新做了堰长，有钱有势，可有这号女人？"

新堰长说："城里人享得，我怎享不得？！"

光棍们就煽惑："你敢去亲亲？"

新堰长一把抓下披着的衣服，一枚气体打火机就从口袋里掉下来，他捡了，说："那今晚的酒你请吧！"

就走近去，也装着看白皮松，眼睛盯住树上的一只蝙蝠，突然在赵怡脸上亲了一口。

赵怡已经将思想沉浸到另一个冥冥世界中去，冷不防被人亵渎，无比愤慨，甩手扇其一个极响的耳光。差不多在新堰长撒脚逃窜的刹那，观望的男女尽作鸟兽散去。

赵怡轻蔑地笑了，这位手拎呢子外套，而衬衣领子满是黑污的勇敢汉子，他毕竟不同于城市里的流氓。赵怡想得出这号被装潢了的土特产式的人物的德行。

六

玄虎山的对面就是青龙沟，沟吊十八里长。

一沟上下长满了栲树林子，玄虎山人常在那里捕捉崖鸡。崖鸡极肥，双爪短翅又无力，持枪的人不必装火药砂弹，两边梁上各立一人即可。这边喊："噢——！"崖鸡就飞落那边梁上。那边喊："噢——！"崖鸡又飞落这边梁上。如此呼喊不已，崖鸡往返几次就精疲力竭，终于在空中昏厥，突然如石子一样坠跌身亡。玄虎山人肚腹中的腥荤就来源于此。这是早些年里的事。后来崖鸡就日渐绝少，山民们无利可获，就又伐林烧炭。粗树砍没了，砍细的出售把杖。破坏自然而被自然惩罚，住在山里的人竟没有了柴烧，沟里的树桩和树根也便在几年之中刨尽挖绝了。

三年前，一个不安分于种地的青年，为了父亲，也为了自己，与在一年一度的选举中获胜的新堰长打斗了一场。结果身败名裂，反从此坏了其父德行，就开始了写小说。

当今文坛上讲，小说是一种宣泄。这青年初次上阵。其动机却也与时兴主张投合，就写了厚厚的一沓稿纸，并不远千里到省城去见自己的妹夫，要求将这部揭露新堰长丑恶的小说发表。当作家的妹夫却刻薄地讥讽了他，说："作家是想当就能当的吗？！"这青年从此收心，返回家乡仍无所事事，恨自己生不逢时。

偶尔在青龙沟西崖畔发现两个大而异的石窝，就十分新奇，以为是考古学杂志上所说的恐龙足印。遂上书县科协，遭一笑了之。他又上书北京，出乎意料，北京考古研究所竟来了人，考证了十天，同意青年的看法，却认为没有更多的考古价值就走了。青年的发现虽然未被重视，但因其观察准确而从此十分自信。心想，有恐龙足迹，必有恐龙遗骨。听说龙骨十分值钱，何不挖寻？于是就挖寻不止了。

果然，某一日挖出了拳头大一块，卖得十二元，便越发起劲，吃住在青龙沟开始了新的生活。龙骨化石越挖越多，青年骤然暴发，整个玄虎山都为之震动和诱惑。一时间，几乎所有的劳力都扑进青龙沟。以青年的经验，龙骨多在土层下的石层缝中，且一旦发现就深追进去，故崖土时常倒塌，好几家汉子就死不见尸，永远留在那黑暗的一方。

死的活该短寿。生的仍大发其财。挣了大钱的开始往山下川道地婚娶姣好，挣了小钱的往更深远的山坳去说媒定亲。真可谓：淑女一夜成佳妇，从此奇男已丈夫。而上了年纪的长得丑陋的则接管了被崖土砸死的人的家室：老婆有了，儿子也有了。

这一年，黑河湾的稻子长势不错，可到了七月，一次洪水冲毁了水堰。新任的堰长夜半醒来，将一面铜锣敲得山响，所来者尽是老弱病残。堰长气得骂爹骂娘，后来就骂这领头挖龙骨的青年。骂得赵一仁一肚子怨恨又不能出声，第一个跳进水中挡缺口。新堰长不骂了，第二个跳进去，新老堰长合抱一起喝令人们将沙包在他们身后填下。这一夜忙到天亮，赵一仁从水中爬出来，一头栽倒昏迷不醒，新堰长的大腿被石头砸伤。一个多月，一个腿上贴有狗皮膏药；一个太阳穴上印有火罐拔毒后的黑红斑，久而不散。

秋季粮食减产。尤其在稻子扬花灌浆时，新堰长拒绝给这青年家的田里放水，致使颗粒无收。这青年则雇人到川道地集市上买了三担白米，故意差人挑着从新堰长的门前经过。

此日正是乾坤朗朗，新堰长将固定的职务补贴费买了一台高档收音机在门口听戏，忽见这青年领着挑米人得意而至，知道来者不善，将收音机开到最大音量。

青年却说了："堰长，你的腿伤好了？"

腿伤并没有好，狗皮膏药几天不贴，伤口还沁流黑血。

青年又说："我这儿有止血良药！刮一点末儿，敷上便好！"随手将一块龙骨丢过去。

两个血气方刚的人就在灿烂的阳光下又一场好打。

七

庆元寺的香火极盛了。老户的女人和新做了玄虎山的女人都来祈祷丈夫的吉祥。她们现在脖颈上依然汗垢厚重，却衣着新鲜，将钱往神位前的化缘箱里塞。多则十元二十元，少则三元二元。神案旁静坐的老道，一脸高古，并无喜悦之色，喃喃地说道着一件骇人的事体。

女人们的长舌便将老道的话扩散开来，说是一日有小道去八石洞泉中汲水，发现近旁一阵风吹草动，森森可惧。扭头看时，石坎上一派绚烂，一条五色大蛇绕身而卧，大若筛盘，中间高扬头颅，红舌闪动，如电如焰，双目晶亮，逼射绿光。而距蛇一丈余远处，一只草蛙直立了后肢，在巨蛇的注目下，不跑亦不惊叫，竟一直看着蛇，像是被无形的线索所牵，一步步挪近过去……

这说法使玄虎山人既惊骇，又怀疑，后查问小道，方胆战心惊，再也不敢往八石洞那边去，吃水则绕道到黑河。

小道们则是不怕的，依然去八石洞汲泉水。每每注视着酷像女人的石头，就作想这女石的眼睛怕也是蛇的眼睛吧？虽然明白这是一种罪过，但还是被那目光所慑，一步步走近去，将炼就多久的丹宝遗失裤裆内。

又后，寺里收一幼徒，同师兄去汲水。师兄凝神偷窥远处一女人，幼徒问看见什么？答之：蛇。而等到这幼徒又一次同师兄汲水时，发现了一队运木头的人群，人群后站着赵怡，他便悄声问师兄："你怕不怕蛇？"

师兄惊愕地看着幼徒，幼徒还在喃喃地说："我爱蛇。"

这当然又是后话了，作罢作罢。

八

四姑娘赵艮，入夏来臂膀开始滚圆，胸部开始突起，但却愈来愈不能见到草绿的颜色了。

两年前，她去省城姐姐家帮着做饭，一去就是一年半。正是易于幻想的年纪，她很快适应了异于玄虎山的环境，烫发，描眉，涂胭脂，习说一种极生硬的普通话。每当姐姐和姐夫出外参加什么集会，姐姐总是拿不准穿什么衣服，梳什么发型，姐夫就站在一边做她的镜子，说："前走几步，再走过来。转！"姐夫就扑过去将姐姐抱住了。赵艮看到这一切，就赶忙闪进另一间房子去，热羡着他们的幸福。而姐夫偏又扯着姐姐过来说："艮，瞧瞧你姐姐出去不会给我丢人吧？"

姐姐、姐夫一走，赵艮就呆呆地坐好长时间。夜里同小外甥女睡在床上，听到隔壁姐姐和姐夫弄出许多响动来，赵艮又要辗转失眠。

赵艮是最小的女儿，也是家里唯一待嫁的姑娘。爹和娘为此而操心，常来信要赵怡帮忙在城里找一婆家。一个农业户口的女子，怎么可能在城里找上对象呢？姐夫凭着自己认识的人多，四处打听，目标只能是在城郊蔬菜经营村了。可是找了一个，两个，三个，四个，赵艮皆未看中，要不就是家境不富裕，要不就是模样丑陋或一派委琐，往往和人家谈那么一月二十天就告吹。

姐姐说："你到底要什么人？"

赵艮说："他连新堰长都不如！"

新堰长当然是玄虎山的新堰长。她认识新堰长，新堰长却并未注意到她。一个冷脸蛮汉子，赵怡是记不起来的。

姐姐就生气了，问那为什么不嫁给新堰长，妹妹则说他一身蛮力，却不文明。赵怡弹嫌赵艮这山望着那山高，赵艮则怪赵怡不负责任。姐夫就托人又找到一个，小伙子家境极好，又正服役，且一表人才。姐夫说："这次要谈就谈成，要有反悔，我们就不管了！"赵艮并不是怕威胁的，她一见到这军人，真的就神摇情动，暗地叫他是"人魂"。

家里设宴请军人来。他穿了一身草绿军装，英俊潇洒，风流大方。饭桌上，一盘烧鸡端上来，赵艮先动手将一只鸡大腿撕下来放在军人的碗里，又将另一只鸡大腿撕下给了姐夫。

赵怡笑着说："鸡要有三条腿就有我吃的了！"

赵艮立即脸色绯红，慌慌地说："哎哟，我还以为鸡有四条腿的！"

但是，军人吃过这顿饭的第三天，竟对赵艮说："我们永远做朋友好吗？"使赵艮立时如坠深渊。

赵艮哭了几天，躺在床上不起来做饭。姐姐说："这下你该清醒了吧，人家看上你的，你看不上人家；你看上人家，人家却看不上你。照你的恋爱观，就是你看上的，过门三天就又看不上了！"赵艮和姐姐吵，吵得挺凶，赌气搭车回玄虎山去。

大姐赵秀在他们家的附近又为妹妹选择了一个木匠，面虽然也见了，也接受了人家的彩礼，但印在赵艮脑子里的仍然是那个军人。她对于无情的军人越来越没有了刻骨的仇恨，反倒觉得军人的拒绝正是具有新堰长那种蛮力，更像个男人。就一天深似一天地怀念他，虚构他，美化他，军人已经像神一样高大和光辉了。

她为自己买了一身草绿色的服装，每夜将草绿色的裤子叠好压在枕头下。她甚至一看见草绿色，就喜上眉梢，眼睛发直。

差不多的夜梦中，她都见着了那军人。军人为她购买了许多衣服，一件一件替她打扮。将她抱起来，她软得如同一根面条，他就旋转她。后来就共同倒在地上，她得到了从来没有过的痛苦，却也得到了从来没有过的痛快。

赵艮的乳房一天天膨胀，臀部也日益丰满，她突然感觉到她怀孕了。这念头虽然古怪荒唐，却越来越强烈，直到一个月已经超过二十多天了经血还没有来，她就证实自己是怀孕了。

赵艮变得十分的惊慌和烦躁，她不敢当着娘和两位嫂嫂在木盆里洗澡。

偷着喝醋。当赵秀大姐再次领着那木匠来到家里时，她死活不见，大声叫着："我不能嫁他，我不能嫁他！"全家人都莫名其妙。问原因时，她则一句话也说不出来。她怎么启口说她是怀了孕的姑娘呢？

此后的赵艮，就十分憔悴，自己认定自己是成了一个"流氓"，她要在实在不行的时候就独自一个人到一个什么地方去，生下那个草绿色的孩子，就再不回玄虎山了。

九

清晨，黑河水面弥漫了一层蓝雾，蓝得像火苗子，似乎就在这燃烧中，天要白了，太阳要红了。山根的一棵糖梨子树上，几十只蝙蝠像吊死鬼一样吊起来，动也懒得动。高山寂静，流水更空。一群大雁就从远远的地方排成人字形飞过玄虎山。这个长途迁徙的鸟的家族，男男女女老老少少，已经极度疲劳，落集在黑河沙滩上作歇，个个将脑袋埋在了翅膀之下。担任警卫的两只，一只在前，一只在后，它们捕捉着动静，后来就眺望玄虎山，以及玄虎山上的那个白洞。

在距雁群一千米的地方，突然出现了一个木架，木架有两柞余高。或许在雁的眼里，那是一截朽木，根本不屑于注意。然而这木架却在缓慢地移动，木架后，匍匐着两个人和一条狗。狗是不会匍匐的。它便被一个人用胳膊夹着，竟默不做声。木架已经移到离雁群一百米的地方了，那个人将乌黑的枪管支在了木架上，并且开始瞄准。但是，歇息的雁目标太低，那夹狗的人就放下狗，一个手势，狗如箭一般冲出，汪汪大叫。警卫的雁明白了木架后躲藏的危险，一声惊叫，雁群啪啪起飞，但枪声响了。枪膛里装的不是子弹，是砂弹，一打一片，眼瞧着五六只大雁扑拉着翅膀跌下来。

持枪人喊："怡，打中了，中了！"

枪声的余音，还在河谷里回荡，耳朵已经麻木的赵怡，倒在沙滩上还未反应过来，狗就叼着一只肥嘟嘟的猎物来到她身边了。

赵怡说："三哥，你这法子真妙！"

赵奇说："打雁我可拿手。崖鸡没有了，雁肉比崖鸡更细。上个月我就打过一次；那次是八只，三只给爹和娘吃了，一只送给大姐，一只送给大哥，剩下三只我炖了一锅，二哥的两个孩子和我的那两个一人一碗，轮到我只喝了半碗肉汤……"

赵怡说："今晚我来做，你看看我学到的手艺，保证你先吃。"

赵奇说："这可不行。我想杀了敷上盐，爹生日那天吃四只，你走时带两只。"

赵奇说罢，小眼睛眨眨，就提了筐子去大雁落过的地方扫集雁粪了。他用脚将雁粪拥到一起，双手捧着装进筐里。瞧见妹妹在看他，就说："这粪可壮呢，爹爱吃烟，我每年给他种烟苗就施这粪。"

赵怡说："三哥还行，我还以为你们做儿子的一分家，就不管爹娘了！"

赵奇说："你以为你有钱给爹娘寄，我们做儿子的就不孝顺了？大哥在外，二哥又不常落屋，这个家还靠我维持哩。"

十

三女赵云听说赵怡回来了，已经是一个星期五的下午。她想：明天下午，德发就回家，若时间尚早，限黑就可以到娘家。

多少年里，赵怡一直是给娘家寄钱的；大姐赵秀也常回去替娘缝补浆洗；赵云在家没有主权，也没有钱权，她感到有愧于爹娘。这天夜里，她和面烧锅，想给娘蒸些馍馍带去。

待馍蒸好，两个土匪一般的儿子还不睡，她说："给你两个热蒸馍！"一语未落，门突然敲得山响。赵云吃了一惊，大气也不敢出，屏气静听，以为是什么歹人来了。过了一会儿，门还在敲，她怯声问："谁？"门外回答："开门！"是德发的恨声。

门开了，德发进来立即就关了门，顺手将墙根一把铁锨抄在手中，喝问："哪个狗×的在屋里藏着？！出来！"

赵云说："你怎么这个时候回来？"

德发说："我回来的不是时候？！把野汉子藏到哪里了？"

赵云说："你是故意回来捉我的？你搜出狗大一个野汉子，把我杀了！"

德发上楼下窖，翻箱倒柜，一无所获。说："'给你两个热蒸馍'，热蒸馍是啥，是你的奶奶！"

赵云说："你看你儿子吃的什么！"

两个儿子如两头小猪，缩在被窝里一声不吭，狼吞虎咽大嚼不止。

德发理屈气短，脱鞋上炕，说："不年不节的，蒸的什么馍馍？"赤身而睡。赵云痛定思痛，一肚子冤枉，暗自抽泣。德发却爬过来了，他要干他应该干的事情，赵云不肯，但她哪里抗拒得了。等到他滚到一边时，赵云说："还相信我不？二姐从城里回来了，咱明日去看看。姊妹几年不见了。"德发说："不去！"赵云说："怎的不去？人情世故也不要了？"德发说："你回去又要找二顺吗？"赵云冷丁噎住，再无言语。夫妻又分头睡下。赵云把枕巾泪湿了。

二顺是玄虎山腰庄人，和赵云是同学。早先两人恋爱过。赵一仁不同意。他看重知识，将赵云定给民办教师德发了。

赵云那时很犹豫，但德发在包谷地里占有了她，从此死了与二顺的心。婚后，二顺却给她来了一信。信托人送来时恰好德发在家，德发要看，赵云说是同学来的，不让看，上茅房时拆开，识得是二顺笔体，忙想：怎么是他来信？德发本来就怀疑她和二顺恋爱时有越轨行为，他今来信怎么得了？！并未看信就撕得粉碎，冲进茅坑。德发还要看信，她说撕了，拒不说谁的信，德发立即认定她与二顺仍有来往，一顿好打。从此赵云就成了德发练拳之物了。

第二天，赵云又提出回娘家的事，德发火起来便打。这一次打得狠，一个杈把都打断成两节。赵云疯了一般，抱起两个儿子哭哭啼啼地回到玄虎山来。

赵怡初见赵云，不觉吃了一惊。听说赵云婚后狼狈，但她怎么也想象不出赵云会失了形体，衰老成四十岁的模样了。姊妹俩和娘抱头痛哭。赵怡说："云被德发虐待成这个样子，你们怎么不管？爹，你怎么不管？！"

赵一仁长吁短叹，只恨自己当年瞎了眼，让女儿进了火坑。

赵怡则去喊叫了二哥三哥，要合伙到民办教师家去找德发。赵家人不是死完了，不是窝囊废，让人家如此欺负自己妹子？兄妹仁人，如三只虎豹熊罴，要出门去，老爹挡住了，说："德发那贼，不是说理的人，去还不是白去吗？他当民办教师，还是我托人说的情；他能挣几个钱了，就看不上云云了。我去教训过好多次，他竟也不肯上我的门了！怡，你才回来；你是什么身份，你这么去，反会惹人耻笑咱的。让云和孩子就多住几日，咱慢慢想个长远法吧！"

闹事没有成功。但第二天里，赵一仁的外孙在外玩耍，突然回来对赵怡说："姨，我爹让我娘回去哩！"赵怡说："你爹在哪儿？"孩子说："在村外毛拉渠里。"赵怡和二哥抄了铁锨要去抓，赶到毛拉渠畔，德发却兔子一样逃跑了。

赵怡对赵云说："你就不回去，看他怎么来打你？你也是太软作了，他打你你就不会打他吗？"

赵云便在娘家待下来，做姐姐的掏了四十元钱给她，又给她和两个孩子各缝了一身新衣。

十 一

一个四十二岁的医生，与赵和极要好。五年前，妻子患癌症了。拉扯着十三岁的儿子守男寡。儿子转眼十八，长得和父亲一样高大，生性又同父亲一样戏谑无常。故平日生活里，没大没小，视父亲如朋如友，如兄弟伙伴。医生亦不加管教，反以此为乐。他有心再度续弦，儿子则约法在先："爹，你要恋爱，你可以自由，但一定要娶一个她的年纪是能够生下我的人。"二婚毕竟难找，且男人的秉性是，女人年纪愈小愈好。医生找了一个，正谈得有门，儿子知道了，大为不满，就在一次爹与那女的相会时，进去说："姐，你来了！"女的顿时面赤，夺门而去。医生哭笑不得，以后再与别的女人恋爱，严加保密。儿子却每日回来翻箱倒柜，觅寻家里有没有陌生女人的照片，或者陌生女人给爹的来信。过了几天，正色对爹说："爹，你近来表现不好，我要把年龄再提高两岁！"再过几天，又对爹说："爹你这几日还可以，年龄可以降一岁！"

赵和给医生找了一个，医生也是认识的，模样不错，年龄也正好，却为难说："人家会看上我吗？"

赵和说："有我撮合哩！"

医生说："人家是搞政治的，我是浪荡惯了的人，娶老婆可不能娶个家庭政委！"

赵和说："再搞政治，她也是个女人。我了解她。说起来，拐弯抹角她还算我的亲戚哩。"

但这场婚事却迟迟不能确定下来。

到后来，医生的儿子悄悄告诉爹，说外边有人议论赵和与那女的关系那个。医生第一次训斥了儿子，说："别人能怀疑，赵和怎么能怀疑？赵和是有知识的人，怎能把一个自己玩过的女人介绍给朋友？"医生虽然这么训斥儿子，自己心里却也不免有些恐慌。他有意去试探过赵和的妻子，装作打问这女的人品。若丈夫有外遇，妻子总是十分敏感的。没想赵和妻子则满口夸赞这女的。医生遂放了心，自此觉得儿子又是来给自己搞破坏的。

十　二

赵家在修好了黑河湾头道堰后，粮食有收，家境渐富，就想在玄虎山好好建造一所院落。当风水先生夹着罗盘踏遍山上的每一处，认定了好穴位只有八石洞前的土坪和山北头的一个洼地。这洼地人称金盆洼。赵家认为，佛仙之地，人不可侵占，却放弃了八石洞前的土坪，而大请匠人在金盆洼破土动工。

金盆真可谓盆子。四面高，中间凹，向阳，避风，土质下湿。且能看见后山峁上庆元寺的塔影，一早一晚闻得寺里做课的钟声。但是，川道地何家村的何先生也识风水，来到此地，竟说："这当然是好穴，可寺塔太近。塔是钻，是锉，会使金盆漏底的。"赵家人大恐，问何以禳治？回答是：除了面塔的方向栽一棵千枝柏树外，还需造屋的工匠一律姓顾。

顾者，谐音箍也。赵家就全然收拢姓顾的人来做工。于是，赵家兴旺。赵一仁小小年纪便读完县立中学，二十二岁上，何先生将自己的小女婚嫁于他。也活该这赵家发达，赵一仁三十岁上竟做了这一带的保长。

按解放初期的政策，保长属反革命之列，是要镇压和管制的。但赵一仁却安然无恙。一是因为战争年代，这山上是红白拉锯区，赵一仁明着给国民党办事，有护兵，有礼帽，有一根文明拐杖，暗地里却也为共产党服务，送过粮，介绍过自己的好友刘大夫给伤员治病，因此，他算是开明人士。二是因为拉丁派夫，他从不骚扰本地；本地出现土匪强盗又极力追捕缉拿，他又是个无恶行的人。当然，改朝换代，他从此就做了普通农民，虽然共产党游击队里的马夫一解放也当了县里某一部门的领导。

何氏寿短，却是享福之人，她早不死，晚不死，当赵一仁不能做保长了，她就死了。她死得十分平和，面嫩唇红，有如生前，赵一仁将她下葬在祖坟地里。

何氏留下一女一男，女十岁，男四岁，这是赵一仁一生中最没日月的时期。好友刘大夫常来同赵一仁饮酒，知道他的苦楚，便主张将其妹又嫁给赵家。刘氏那时正处年华，虽不是天生丽质，却也端庄整齐，且为人善良，心地柔软。过门之后，待丈夫百般体贴，抚前房儿女如心如肝。先是要前女赵秀去学堂读书，赵秀性钝，厌恶学业，刘氏日日亲自送到学校，自己竟也立于教室窗外识得日常用字，后见赵秀实在无心读书，遂叹一口气，留她在家教其女工针线和烧饭做菜。待到十九岁上挑选了后山一户富裕人家出嫁了。幸喜前儿赵和生性聪灵，学习优异，刘氏便一颗心操在他的身上。当赵和读完中学，考上大学之后，同父异母的两个弟弟三个妹妹先后就降生，赵家又是一番欣欣向荣景象。

十　三

一场雨后，玄虎山的空气异常清新。玄虎山的空气完全可以拿到世界上去卖的，赵一仁却不理会，也辜负了这好时光，倒在炕上闷睡。沉沉一觉醒来，忽然看见屋里十分亮堂，对面墙上出现一片光影，袅袅款动，如无数的银蛇在舞，很是好看。他问："怡她娘，太阳出来了？"

刘氏在院中说："太阳出来了！"

赵一仁和刘氏生养了两个儿子三个女儿，他们相互称呼，却总习惯是

"怡她娘""怡她爹"的。怡是给赵家争了荣光的人物,这既是做爹的功劳,也是做娘的功劳。

赵一仁从炕上爬起来,走到院里,院子里还积着一摊水,屋中的光影正是这水的反射。刘氏正和几个老太太在台阶上说话。他们又说起了赵怡:假定当今金銮殿里还坐有皇帝,赵怡必会去做了后宫娘娘。那么,娘娘回到玄虎山,那就不是回娘家,是该叫做"省亲",爹娘也得下跪行礼了。刘氏嘎嘎直笑,说:"赵艮从城里回来说,城里的老婆子都工作,都会骑自行车的。我说,我是个瞎老婆子,啥也不会,可老娘肚皮子好,能生出个你怡姐姐哩!"

赵一仁打趣说:"你是老母猪生了金麒麟嘛!"

刘氏说:"我说得不对吗?壮了你赵家的,还不全靠了我的肚皮?!"

说罢,她倒笑了,几个老太婆也笑了。赵一仁想了想,还是笑了一下。老伴的话说得不雅,确也是实情。赵一仁这一时期来心绪不好,赵怡回来,也多少使他脸上活泛一些。这日阳光初现,山清气爽,他是有兴致出去走一走的。

到什么地方去,他毫无目的,不自觉地就走到黑河湾,望着那三道堰的田地,想到了很遥远的历史。后又上得山来,直爬上最高的峰上,玄虎山的沟沟洼洼尽在眼底,各处的庄子七户八户,十户二十户,散若晨星。有的人家正在屋前石碾子碾盘上碾米,姑娘尖着嗓子唱一种曲儿。更远的坡地上,一群孩子在拣地软,说话声音颇大,却听不清音,嗡嗡一团。一头毛驴驮了两个偌大的粪筐,在山路上无人驾驭,独自运输……这些庄子,这些人家,赵一仁看起来极其亲切,又极其伤心,想到了自己的过去,更觉得现在委屈。他不愿再看下去了。

他在一种无知觉的状态中,走到了八石洞前的草坪上,心绪坏得很,看见了石洞口的对联,也没有进入到对联的玄境中去,到后来就坐靠在一棵树下,沉起脑袋了。突然,白洞口涌出一团一团白云来,且一阵嬉闹声随之而来。赵一仁惊疑:是谁在洞里,这般热闹?遂一步步走进去,但见洞内朗朗光明,没有了八具钟乳石,而是八个女人,粗细长短,各不相同,皆艳美绝伦。女人们并未发觉赵一仁,极尽杂技:有的在潭面倒立;有的在空中平卧；有的在手指上托一同伴；有的忽大忽小，变化无穷。赵一仁哪里见得这等好景，如痴如醉。忽听那个在同伴手指上的女子说："爹来了！"便见八女全然静立，一时穿着一色，容貌相同，后文紧张地将潭水泼向洞顶，洞顶缀满水珠，八女又飞上摘下水珠，那水珠已成金珠银珠了。赵一仁在家儿女们口口声声叫"爹"，初听八女说："爹来了！"还以为说的是自己。正不知所措，一阵风起，洞中央出现一个白发白须老翁，说："我也太放纵你们了！让你们在这里采集金银珠，你们却如此嬉闹，胡逞什么精能？！"那曾空中平卧的女子说："爹，我们采集了这么多金银珠！"老翁说："采集了金银珠，就要更安分修身养性！谁也不能胡闹！"八女齐声说："是。"一阵风又起，老翁不见了，那曾在潭面倒立的女子说："爹想得倒好！"气冲冲地，抓一把金珠银珠撒在地上。有一颗金珠不偏不倚正打在赵一仁的脚上，赵一仁"哎哟"了一声。有一女急叫"有生人！"顿时洞内弥漫白云，什么也没有了。赵一仁大觉遗憾，狠狠捶打自己的大腿，大腿一疼，睁开眼来，原来是南柯一梦。

再看远处洞口，洞内走出两个小道士来，各挑一担桶，一路趔趄，水泼洒一地。

小道看见了赵一仁，先是吃了一惊，赶忙说："赵家伯伯，你怎么在这儿？"

赵一仁说："我吃一袋烟的。"说着，起身快快地走了。

十　四

这是"文化大革命"中发生的一件事：

距玄虎山后四十里的朱雀洼，有一烧窑的老巩。古诗上讲：两鬓苍苍十指黑，就是他的形象。这一年腊月二十三，老巩烧就了一窑木炭，父女俩各挑了一挑到县城去卖。天寒地冻，飞雪飘零，卖得好价钱，父女俩腰里系了绳索，肩上扛了扁担，踌躇于十字街心。街心有一个安全岛，原是站着一个交通警的。现在警察也造反去了，那安全岛还在。父女站在上边，东瞅是一条大街，西瞅是一条大街，南瞅也是一条大街，北瞅还是一条大街。不知该往哪里去。县城里人来人往，皆胸前别有一块领袖像章，老巩父女自惭形秽，也便去一家商店各买了一块。出得店门，日头已经正午，雪地里看得见自己的影子在脚下委顿。女儿说："爹，前腔贴着后腔了，咱去吃一碗羊肉泡馍吧！"父女赶到一个小吃铺去，正待买票，忽见有人急急往一家商店去，不解何事。有人就抱了领袖石膏塑像过来，说是新到的，如获得宝贝一般，双目放亮，得意之色溢于脸面。老巩便说："看看，咱那洼里是没有这种塑像的，隔壁那家有碗大一块领袖像章，还常常向咱炫耀，咱买了这塑像，就可以祛祛他的神气了！你去瞧瞧，那塑像一个几多钱？"香香旋即而去，立即回来，说："一个十元钱，两个二十元。爹，咱买两个，将来……"女儿没有说，老巩知道女儿想留一个将来要做嫁妆的。就将卖炭钱全部掏出来清点，正好二十一元零五分。父女就去买了塑像，又回过来各买了两碗汤面条吃了，欢天喜地回家去。

父女将塑像各抱一个过市，果然赢得众多的人企羡，打问出售的商店。但是，距家路远，抱着塑像行走不便，父女想来想去，想出一个绝妙法子，将系在腰里的绳索轻轻系在塑像的脖子上，然后就结个套儿挂在胸前。这么收拾好，刚走过百十米地，街上行人全都驻足注视他们，且目光发直，张口结舌。父女俩自以为得意，忽听得有人喊："他们要吊死伟大领袖！抓现行反革命啊！"旋即街上行人一拥而上，就把老巩父女扭住了，立即又打倒在地。香香喊了一声"爹"，鼻梁上挨了一拳，血流如注，昏厥如死。

香香醒来的时候，她已身在一个看守所里了。

不久，老巩死在牢里。

那时候，县城的监狱小，犯人骤然增多，于是有关部门就招了许多工匠在那里扩建监狱。工匠中有一个二十七八岁的光棍，是个见了女人就走不动路的角色，却偏偏命蹇，没能娶妻，就常常瞧着女犯人发痴发呆。

牢里有一女犯，被捕时已怀有身孕，数月后要分娩了，被保释出去一个月以便分娩。能出去一个月看花红草绿，见太阳，吸清新空气，与亲人团聚，其他女犯人就大受诱惑和启发，便有偷偷做些荒唐之事的。虽然那时看守并不怎么严密，但做这等事极少有成功的可能。香香先是在大牢押着，后因是属于政治犯，便单独关在院角一间小屋里。她常趴在木条格门上往外张望，巴望着哪一天能从这门里出去。这也就看见了一有机会就痴眼看她的那个光棍。

终有一日，也该是天赐良机，天黑无人之时，这光棍竟溜进院去，隔着那木条格门做了一场好事。没想香香竟怀孕了。虽然香香为此遭到一顿痛打，但九个月后，还是让她出牢分娩。光棍在干完那事之后，问了香香的家世地址，也告知了自己的原籍，但心头惊虚，很快就离开县城，回玄虎山一去不返。待到香香回家分娩，他探得消息，喜出望外，抱了孩子回家喂养，想今生今世也不枉到人世，没妻没室却可以有一个儿子传宗接代了。

四年后，香香的冤案得以平反，出狱后竟寻到玄虎山要她的儿子，光棍便再没让她走，第二年就又正正经经生下一个女儿来。

十　五

赵怡回来之后，香香就病得不轻，她患的是一种恐人症，终日不敢在村巷抛头露面，只躲在炕上喊头痛。赵怡抱着一堆礼品去看她时，她哇哇叫着，竟扑过来用手抓赵怡的面皮。娘过来打了她一个耳光，喝道："香香，你人狗不分，她是怡啊！"香香方怯怯地退后，又缩在炕角，翻白多黑少的眼珠，貌似槁木，形如饿鬼。

赵怡询问娘，二嫂怎么病得这样？娘就浑身发抖，老泪纵横，却不肯说下去。赵怡就责怪人病成这样，为什么不去看医生？娘说不知看过多少医生，中药也不知吃过多少服，只是治不好；仅花给庆元寺道士道姑的禳治钱也有一百五六了。赵怡这才发现，分给二哥他们的东厦房的门重安了，原是正南方向，现却斜向东南，夹门框的胡基并未涂上泥巴，缝隙里塞着一团一团头发窝子、烂衬棉絮儿；而门框上还贴着一张黄表纸符。

赵怡私下里问三嫂孙月绒。孙月绒五大三粗，相貌黑丑，人却是顶老实勤苦的一个。她见赵怡问她，便把实情一五一十倒出，毫无掩饰。自二哥挖龙骨发了财后，先是脾气变得特大，回家就要好吃的、好喝的，稍不顺心，便破口大骂香香："你娘的×，把你养活得要做皇宫娘娘？！"再后来，二哥就弹嫌香香牙长眼小，腰吊腿短，屁股像筛箩。香香说："我就这难看样，你当时还抢哩，那你是眼瞎了？！"二哥就大打出手。爹实在看不惯，一气之下，将一家又分了三家。分家后，二哥打闹一个时期，慢慢就安静了。娘很高兴，曾偷偷给香香说："男人家的毛病我知道，总是看着别人家的媳妇好。你年纪轻轻，也不要窝窝囊囊的。他现在是有钱了，给你买了新衣你就穿，他要怎么着好你就怎么着……"香香领会了娘的意思，也常以油抹头，一月半月用花椒汤洗身一次，夜里将灯也捻得似明非明。

但是，二哥自此虽不吵不打，夜里却总不归宿，三更时分回来，头一贴枕就鼾声顿起，死沉如猪。且家中经济香香再不能管理，到底挖龙骨赚了多少钱，二哥从不吐一个字。香香毕竟是过来人，觉得蹊跷，便格外留神，果然发觉二哥与玄虎山好几个妇人勾搭，所挣的钱有三分之一丢在不明不白的事体上。香香先是好言好语劝阻，二哥不但不改正，反更变本加厉；既戳破了一层纸，也就再不避讳，口口声声叫嚣："怎么着，我有钱嘛！"香香听罢，气得死去活来，脑子就坏了。

赵怡听三嫂叙说之后，对二哥的印象就极糟糕，作为妹妹，她不好对哥明言，就去告诉爹。

赵一仁说："唉，我有什么办法？都是钱害了人的德行啊！要是这几年还像往日那么穷，什么事都没有了！那年头，谁家有个什么事，乡里乡亲的谁不帮忙！现在呢，哪家死了人，抬棺材的人都叫不齐！咱赵家修造这房子时，请了那么多姓顾的人，要什么工钱了？只要管饭，人都来了……"

赵怡说："爹，别拉扯那么远，按你这么说，二嫂就让玄哥这么折磨着？"

赵一仁说："也该是赵家败落，尽出歪崽子。你二嫂得病，你云妹遭罪，这三女子艮艮也整日和我怄气，死不顺听顺说……我人不人鬼不鬼的活啊……你回来了，我好不高兴，你可以帮爹整治整治这个家了。"

赵怡说："都不听爹的，是不是爹思想太旧了？"

赵一仁说："玄虎山上就我私人订有报纸，政府的政策我哪一条不拥护？我主张儿女能出外就出外，能怎么富就怎么富，可富了不能忘了做人的德行啊！现在你歪我裂的，家不像个家了，社会还会好？"

赵怡听爹这么说，似乎要给自己上政治课了，就不做声。

赵一仁长叹一口气，改了话语说："你回来，没给你大哥去信说说吗？"

赵怡说："我给韩玫姐去了一信，她会给大哥大嫂说的。"

赵一仁说："这就好，你是给赵家争了脸面的人，你要和你大哥处好关系。现在你几个哥哥和解得也差不多了，你帮着使他们合成一心。咱家庭内部搞好了，爹出门在外，也是能说起话的。再过十天，就是爹的生日，你难得回来一次，将你们兄弟姐妹都聚一起，一家人坐下来好好议一议。"

赵怡说："就是。"还要再说下去，在地里挑粪的赵奇跑进来说："怡，韩玫姐回来了吗？"

赵怡说："去过信了，还没见回来。"

赵奇说："刚才我在地头，瞧着一个人往八石洞那儿去了，样子极像玫姐，我还以为是她回来了。"

赵怡听罢提脚就往八石洞去。

十　六

> 说个谎道个谎
> 干灰里头筷子长
> 蛇蚤拉得铁绳响
> 三十黑夜出月亮
> 贼娃子翻院墙
> 聋子先听着
> 瞎子先看着
> 跛子跳上房
> 抓住个瓣根子
> 才是个秃子光

这是玄虎山人说谎的顺口溜。玄虎山的小孩都会说。他们对于人生似乎全然敷衍了事，不负责任，一尽红嘴白牙胡说。其实，他们正话歹说，正事邪行，骨子里却极有分量。且说这一对夫妇，虽然也是玄虎山人，但至今已经离开玄虎山，过一种很时兴的生活。做妇人的，因为能力的差别，对丈夫并不敢闹什么独立，但她的心计，却硬是表面上顺从丈夫而实际里丈夫受到她的控制。这当然是丈夫并不发达的时候，也正是她青春姣好的时期。到后来，丈夫已经极有钱，她日渐衰老，丈夫便与她同床异梦了。妇人发觉了蛛丝马迹，却不声张，于一日约丈夫去河边散步。河里游鱼颇多，皆半尺长的黑脊梁。丈夫好不企羡，似乎闻到了肉香，满口涎水。妇人就从口袋里掏出一瓶凤尾鱼罐头，启开分吃，说："河里鱼很大。"丈夫说："很大。"妇人说："这罐头鱼太小了。"丈夫说："是小。"妇人说："可河里鱼再大，也不如瓶子里的小鱼啊！"丈夫说："这倒是的。"妇人又说："我是老了吧？"丈夫说："你再减十岁就好了。"妇人说："唉，做我们女人的，说老就老了！几时我给你在外瞅着，有年轻漂亮的让她和你……"丈夫则愣了。妇人说："我说的是真的。"丈夫说："你说的是真的，我可不敢。"妇人说："怎的不敢？要找找个有企图的女人，她想利用你的钱，你也可以利用她的权嘛！明日我给你买一张电影票，你去影院，你瞧瞧坐在你旁边的那个怎样？"丈夫直笑，说妇人真会说笑话。

第二天，妇人买了一张电影票，丈夫竟未拒绝，大大方方去了。可一进影院，坐在身边的果然是个女的，竟是与自己有苟且之事的女的。问她：票谁给买的？回答：你妇人呀！这做丈夫的就脸色煞白。

以后，这事天知地知，一男知，两女知。那位女的左右了这个做丈夫的，这个妇人又控制了那位女的。当他们知道了赵怡回到了玄虎山后，却都相当兴奋，极力想办法让赵怡能到他们那儿去一趟。

十 七

向后靠着玄虎山的主峰，两边是伸拱着的东西土梁，正中的这一片坟地就显得十分庄重肃穆。坟堆挺大，每一丘坟堆前皆竖起一块石碑。暮秋的黄昏，枯树上蹲着老鸦，荒草中逃窜着野兔，连最顽皮的牧童也不敢到这里来。

但玄虎山的每一个人，都知道这片坟地。远远地看着那夕阳腐蚀的墓碑，就可以说出玄虎山的全部历史，讲出一部赵家的族谱。

最上一排是赵一仁的爷爷和奶奶。第二排，是六个坟丘，是赵和的大爷和大奶，爷爷和奶奶，小爷和小奶。第三排则只有中间一个坟墓。赵一仁的爹为老二。老大后辈无人。老三有三个女儿。赵家是三老碗盛了一小碗。

而在这排列有序的坟堆之外，散落在左在右、靠前靠后的则是一些乱坟，但全然是姓顾的姓氏。当年金盆洼修造房屋时，姓顾的工匠都是从外地招聚的，其中有两人在一次挖土时被塌方压死了。赵家为了感念人家，也是为了自己吉利，把他们掩埋在此，又安置了其后代在玄虎山入户。顾家没有专门坟地，以后也便在这坟地边沿随便埋葬了。但不论是赵家的，还是顾家的，坟墓都十分讲究，男坟一律向左，女坟一律向右。

玄虎山主峰上，也正对着这片坟地上去的中部，有天然形成的一道渠沟。这渠沟一会儿窄细如线，一会儿宽阔成坑。人称这是金钱吊葫芦之穴。此穴位可以供赵家长绵不绝，但它的缺点则是赵家的人一辈兴旺一辈滞结了。

人们都在预测：赵一仁手里是一个人，却有赵和赵玄赵奇三个儿子，几十年后，坟地的第四排将又是兴盛的景象了。但无论以后这里还是不是一盛一衰一多一少的规律，但赵家坟地如今出现了奇异现象，则是有一场戏好看。因为第三排的独坟里埋葬着的是何氏，而赵家还生活着刘氏，赵一仁是两个老婆。

何氏通过赵一仁看到的是一派朗朗的阳世，刘氏通过赵一仁则看到了那过去了的另一个世界的往事。

刘氏在新做了后娘不久，她是并不想让赵和忘记生身亲娘的。她领着赵和到坟地来，指着何氏的坟给他看，也曾经生出过一种很古怪的念头：我百年之后，将埋葬在一个什么位置呢？她望着何氏坟头上一株弯脖子酸枣树沉思了许久，突然在牵着赵和回家的路上说："和儿，你要媳妇不要？"赵和说："不要。" 刘氏问："怎么不要？" 赵和说："我嫌媳妇麻烦。我只要娘。" 刘氏说："傻孩子，有了媳妇，媳妇就孝敬娘哩！" 赵和说："那我要媳妇。" 刘氏说："你看玲玲好不？" 玲玲是玄虎山来茂的小女儿，来茂姓顾。

十 八

以后，赵和果然与顾玲玲包办订婚。赵和上大学那阵，对这门亲事产生过动摇，但终拗不过爹和娘，且顾玲玲长大之后，身材得体，眉眼活泛，极善来事；而赵和毕业后又分配到县农技站当技术员，便只好结婚生子了。

包办的婚姻不一定就无幸无福。赵和婚后的日子，夫妻十分融洽。刘氏先是待玲玲如女儿一般，百般忍让，无奈家庭庞大，人口繁多，茶饭不好，这玲玲就常常在外翻说不是；又时常将赵和给她的钱买些糕点在自己屋中吃；又私养母鸡，下了蛋拿到别人家去炒。一年腊月，赵玄要到某水利工地去做工，家里掏高价买了一口袋包谷让他去交口粮，但夜里玲玲则偷了两碗包谷在她房中喂养母鸡，于是，赵玄就和嫂嫂吵闹了一场。此后，家庭不和。玲玲地里不出工，家里不做饭，出出进进，脸阴得能捏下水来。赵一仁便把赵和叫回家，让他们夫妻分家另过了。

分锅另灶，当然正中顾玲玲下怀。但她不愿落得不好名声，便在赵和耳边絮叨，认为是有了后娘就有后爹，故意生分他们了。从此以少积多，隔阂日益加深，赵和从县城回来也不大与爹娘说话。

刘氏为这事好不伤心，常常暗自流泪，越发与赵秀亲近。赵秀劝说过弟弟，赵和则说："我小时候娘是待我好，我长大了她就心变了。那赵玄不是个好东西！"

"文化大革命"中，赵一仁因当过伪保长，挨过批斗。赵和在外声明断绝父子关系。赵玄一怒之下，上门将他臭骂过一顿。兄弟俩就彻底决裂，反目为仇。

一晃十多年过去，赵和在家不得意，在单位更是不得志，他一肚子知识，却派用不上，受压受气。待到后来政策放宽，勉强将顾玲玲的农业户口转为商品粮户口，顾玲玲和孩子也都住到县城去，在那里干临时工了。赵一仁将老去，怜子之心更重，训斥赵玄他们要与赵和搞好关系，他也常去赵和那里转悠，僵持局面也渐渐缓和了。

到了某年某月，赵和应着社会潮流，竟停薪留职开办了一个培育蘑菇的工厂。夫妻两个经营有方，工厂盈利不少，已经是县上很有名的企业家。

秋后，在堰长的民主选举中，赵一仁失败了。玄虎山上的几个庄子是赵一仁帮助他们安身立业的，但赵一仁得到的竟是多年之后的"大权"旁落。老人悲叹着仁德沉沦，人心不古，但又毫无知己，在家里大发雷霆：骂赵玄不务正道，骂德发丧失人性，也骂刘氏没能处理好与赵和夫妇的关系……骂罢了，就自己骂自己：我连自个家都管不住了，玄虎山上我还能有什么威信吗？他很快就病倒了。

这一病实在不轻。得时如山倒，去时如抽丝，半个月未能好转。赵玄就紧张了，和弟弟赵奇捎书带信请赵和回来研究父母身后丧葬之事。玄虎山有一风俗，老人年近半百，就要将一切预备齐全。而赵家双亲已高寿七十多了，所有的东西还悬在空中。

但是，赵和没有回来。他因工厂事务缠身，全权委托顾玲玲回到玄虎山。

兄弟妯娌商量了一宿，终于达成协议：两个老人的寿棺由赵和负责购买。两个老人的寿衣、用具由赵玄负责缝置。两个老人的坟墓由赵奇负责打拱。各自分头去准备了。

顾玲玲回来，她打扮十分入时。原先眼睛近视，如今便戴上了白色眼镜。头发虽然未烫，却盖着一顶绒线小圆帽。顾玲玲已经不是农民，是工厂的采购员了，她操着一口蹩脚的普通话，庄人问："玲玲，几时回来的？"

顾玲玲说："昨晚。"

庄人说："'坐碗'回来的？你爹病好些了吗？"

顾玲玲说："病有回头。可我们把给老人该办的事都办了！"

庄人说："你们家准备的什么？"

顾玲玲说："老大嘛，当然是重头，寿棺我们包了。"

顾玲玲这些话当然是一种炫耀。说的尽是当地土话，但偏又拿着普通话的腔调。庄人便把腮帮捂住了。

顾玲玲问："牙怎么疼了？"

庄人说："酸的来。"

赵一仁的病，回过头慢慢又康复了。与其说是赵一仁想通了世事变迁，不如说赵一仁是在知道三个儿子妯娌能坐下来，一起商量家中大事而感到了一种安慰。

十九

进八石洞里的，果然就是韩玫。她赶回到玄虎山，老远就看见了黑山上的那个白洞。她在城关镇的妇联办公室工作。前些时，县委组织部的同志来了解过她几次，于是，四下里皆传说她要提升为县妇联主任了，所到之处，熟人相见，都逼着她请客，吃喜糖。她也真的花费了二十元钱买糖散了。可是，组织部的任命书却迟迟不见下发，且传出风声，组织部有过提升她的意思，但也一直犹豫不定。韩玫叫苦不迭，打听到组织部长的老婆害了一种病，需要一种石崩子草晒干碾末冲喝，韩玫就想起小时常去玩的八石洞：唯独八石洞里有这种草。当她接到赵怡的信后，喜出望外就赶回玄虎山，趁机又先到八石洞里去采草。

八石洞四季潮湿，洞的精光和泉的水汽产生了石崩子草。这草不生在土里，也不长在沙里，出奇的从石壁缝里繁衍。样子极小绿嫩绿嫩，手若一拈，几乎什么也没有了。韩玫贴在石壁上，采了许多，塞进预备好的一个网兜里。她没有注意到，远远坐在洞外的一个挑水的道士正向她窥视。一颗小石子落下来，不偏不倚打在道士的头上，那道士回头一看，撒脚从路上飞跑而去。韩玫听见响动，回过头来，发现是赵怡，就喜滋滋地锐叫："怡妹！"

多年未见的一对干姊妹，欢乐得搂抱着，跳跃着。

赵怡说："我整天盼你回来，还以为你太忙回不来的！你采这么多草干啥呀？"

韩玫说："路过这儿就顺便采一些。我们单位一个同志有病，需要这草做药引的。就你一个回来吗？崇培兄弟呢？"

赵怡说："他没时间，正写一部长篇小说的。"

韩玫说："崇培名声可大了，县上没有人不知道的。人家知道我是他的干姐，对我都另眼看待！"

赵怡说："他也想回来的，说是咱县委王书记在省上开会的时候，他们同在一个小组，好熟的，也想到县上玩玩。"

韩玫说："那他怎么没回来呢？难怪上次王书记见了我，说你和崇培还是亲戚？我说是的，他说，崇培几时拜丈人了，一定让他到县委来坐坐。崇培这次要能回来，那就太好了！"

两人说笑到家，合家大小高兴，忙烧水打鸡蛋。韩玫说："姨，你别忙活，我是外人吗？"刘氏说："可你也不常回来啊，我还对你伯说：'玫玫爹娘一死，她也不回玄虎山看望咱了。'"韩玫说："我也实在忙的，这一次，我要多住几天，伯不是要过寿了吗？！"

赵一仁说："玫玫还记得我的生日？"

韩玫说："我听赵和哥说的，他说工厂现在正忙，他走不开，让我给伯说，伯今年生日到他那儿过。老人生养他一场，他要趁机尽尽孝心。"

刘氏当下沉吟了，说："生日到他那儿过？他那儿会热闹吗？"

赵一仁说："赵和到底是读过书的人，他要尽孝心，咱就到工厂去过生日。那里是不会比玄虎山热闹，可每一年来人太多，乱乱哄哄的，说是给我过生日，倒累得我够呛。"

刘氏便也说："也难得他今年有这份心，只要你愿意，那就到工厂去吧。"

赵怡给韩玫去信时，曾顺便邀请大哥回来。不过她估计到大哥大嫂是不会回来的。现在给爹过生日又要爹娘到县上去，心里倒不悦起来，说："爹，你不是说趁过生日全家人要商量事吗？"

赵一仁说："你大哥能主动这么干，这就是好征兆。到那一天，你和赵玄赵奇他们都去，赵云带着娃也去。"

赵怡说："他两口子挣钱挣上心了，回来也懒得回来，那我也不去他那里！"

韩玫说："赵和大哥可整日念叨你的，你不去不行。也该到县城我那儿去转转呀！"

赵怡说："玫姐，听娘说，大哥给你做了红娘，现在情况怎么样？"

韩玫说："还在那儿悬着。"

刘氏说："玫呀，事情可不敢再耽搁了。你爹娘不在了，我为你这事也操心。怡，给你爹过寿那天，你得去，说是不给你爹过寿你也该去你玫姐那儿一趟的。"

赵怡就说："那好吧，我帮玫姐参谋参谋去。"

二　十

德发的爹在世的时候，面皮白净，能说会道，是一个小聪明了。娶陆氏为妻，天生一个细腰一对小脚，是个极风骚的女流。德发爹很爱这个老婆，后来爱转为怕，一直到死，陆氏则看不起丈夫，一个丈夫，老婆都看不起，旁人就更看不起了，所以德发爹活得很窝囊。

德发稍有思想，就知道爹和娘分居。娘一直睡在上堂屋，爹睡在西厦房。上堂屋的门总不关，夜里有一个人溜进来。爹曾经半夜上来吵闹，那黑影从后窗跳出走了，娘就让爹拿出证据，拿不出，遭娘一口唾沫在鼻脸上。

老犟头提出过要与陆氏离婚，他这是吓唬吓唬女人，没想陆氏真的就要离婚，老犟头作想：不离婚，我好赖还有个老婆，十天半月的也能睡一回；离了婚，一辈子也甭想沾女人的荤了。就又收了话。陆氏明白他的软处，越发在心里没他了。

一次又因事吵架，男的抓了盒火柴说："你再凶，我砸死你！"女的则将一个泡菜坛扬起，说："你敢把火柴盒扔过来。这坛子我就摔过去！"他噎住了，将火柴划着吸烟，老婆则一把夺过烟袋抓他的脸，他钻进床下。老婆说："你有本事就出来！"他说："男子汉大丈夫，说不出来就不出来！"

村人都取笑这汉子。可汉子是小聪明人，常能想出一些歪点子应付。

"喂，大丈夫，夜里还睡在西厦房里？"

"是睡在西厦房里，昨晚上堂屋门给我留了一夜，我就是不去！"

后来，犟头就死了。他是死于一次黑河涨水中。那是一天夜里，老婆正与那个男子幽会，被他当场抓住了，将一桶凉水劈头往男的头上浇下，男的逃跑了。老婆就和他闹，一定要他去找那男子回来烧热姜汤喝，他找到黑河，人到河心，上游暴涨的水就下来了。

爹死后，过四年娘便也死了。德发跟着叔叔过。德发自小为娘挨了许多骂，对娘很恨，阴期三年也没有给娘做过任何纪念的表示。他有一种强烈的更新家风的心理。这心理后来就发展得变形变态，将赵云就视做怀疑物，大施夫威。

二十一

赵云逃难似的回到娘家，将一肚子的委屈倾诉给亲人，她不停地打气嗝儿，说到伤心处就双眼流泪。

两个狼虎儿子，并不识人间忧愁，在玄虎山外婆家有更多孩子耍玩，又有好吃好喝，只是欢天喜地。这一日，与赵玄的女儿玩捉迷藏，两个儿子见表妹头上戴着一顶花帽，就抢夺过来，表妹哇哇直哭，去给娘告状，香香就出来将帽子夺了，骂道："土匪，想要帽子怎不叫你娘给你买去，就那么爱别人的东西？"这话偏让赵云听见，忙出去将儿子拉进屋，一边打着一边流泪。

孙月绒瞧着难看，去对香香说："你有病，你管孩子的事干啥？"香香说："我就烦那两个土匪！嫁出去的女，不在自己的家待着，要娘家养活一辈子吗？"孙月绒说："这话千万不要说，云云娘儿们住在娘家，吃在娘家，碍你什么事了？"香香说："她为什么不在她家待，德发为什么打她，她和赵玄是一路货色，她还有脸到这儿来待？！"孙月绒见说不转她，就出来拉了门，到娘屋中劝说赵云去了。

吃过午饭，赵云收拾着东西要回家去了，全家人都不解，娘说："怎么突然要回去？德发那样待你，你还丢不下你那个家？你就住在这里，你爹生日要到县上去过，你也和孩子到县城去逛逛。让德发那贼东西也受一受没老婆的苦处！"

赵云还是要走，赵玄就生气了，将妹妹怀里的包袱夺过来，赵云就嘤嘤地哭了。赵怡觉得蹊跷，问为什么突然要回去，是什么原因，赵云哭得更厉害，只是不说。孙月绒就将原委悄悄给赵怡说了。赵怡就说："赵云，越是这样，你越不要走！赵家是有儿子一份，也有咱女儿一份！"随手拿了十元钱，让赵玄当日下山给赵云的两个儿子各买一顶新帽子。

赵玄说："你这不是现亮我吗？你有钱，我也不缺呀！我给我那儿子买过好几顶新帽，就让云云的两个娃娃戴吧，我还以为是什么事情？！"

当下去西厦房翻箱倒柜寻找帽子。香香自然和他在房中吵闹，又说出许多难听话来。到了此时，赵玄才知道赵云要走全是香香所致，顿时火从心起，揪住香香的头发痛打了一顿。

香香是吃硬不吃软的人，挨打之后，只知号啕大哭，再也不说什么。之后，病情加重又是不肯出房门了。

赵玄打香香的时候，大家都觉得解气，后见打得凶了，就叫喊赵玄。赵玄上来说："你们整日说我的不是，现在瞧瞧，那是人吗？"

当天夜里，全家人又说起这件事，由儿子的帽子说到德发不给赵云添置新衣，连孩子的衣服也不添置，就一致主张：既然日月过不下去，干脆离婚罢了。赵云也说，她这次下定决心要离婚；就是日后再不嫁人，她拉扯两个儿子做寡妇，也不受德发的虐待了！

炕上，赵怡和赵云睡在一头，赵云正在经期。用的是烂套子，黑乎乎的，极肮脏。赵怡说："你怎的还用这个？这多不卫生，要生病的！"

赵云说："这是我洗过的。用过一遍，拿灰渗着……我没有钱，让德发买些纸，他说什么金贵东西还用得着花钱买纸？可他烟一根一根连着抽。"

赵怡说："他一月也挣五十多元吧。当民办教师自己带粮做饭，粮又不掏钱，那钱都派啥用场了？"

赵云说："人家把钱都存在一个匣子里，每个星期日查一次，查完了就锁上。"

赵怡说："应该把那匣子砸了！那你养猪的钱呢？"

赵云说："去年我养了一头猪，卖了一百一十五元。我准备给自己扯一身衣服，人家却要了去，说是要买化肥，就全拿走了。"赵怡在黑暗里好久没言声。赵云说："日子穷我倒不怕，他总是怀疑我不正经，我和别的男人说句话也不行。顶他一句，他就猛地从后边擂我一拳，要不就骑在我身上打，打得我现在什么记性也没有了。"

赵云又哭起来。赵怡劝她不要哭："现在大白天都看不见穿针，再要哭下去，上点年纪，那眼睛就要瞎了。"赵云说："我寻思了几回，觉得我活着真没什么意思；可一想到两个儿子，又不忍心……"

赵怡突然问："云，你给我说，他和你还过不过夫妻生活？"

赵云则不言语了。

赵怡说："我问这话，是想摸摸他的心思。是他在外有了相好的了故意整你，还是别的原因？"

赵云说："他每个星期回来除了要干那件事以外，就总是立眉瞪眼地待我。"

赵怡说："既是这样，还是离了好。明日我让三哥去叫大姐来，托她给你在他们村瞅实一个，谈得差不多了，就和德发离婚。"

赵云说："那怎么行？我还没有离就又谈……"

赵怡说："他对你这样，你还爱他？"

赵云说："重找一个人，我怕再待我不好，而且孩子有了后爹……"

赵怡说："嫁哪个男的我看都比德发强。你还年轻，过去再生一个娃娃，关系就拉紧了。"

赵云却又哭起来，说："怡姐，我做了结扎手术了。"

赵怡说："几时做的手术？你那么傻，怎么就结扎了？！"

赵云说："生第二个孩子时，学校对德发说：你老婆要再不结扎，就取消你民办教师资格！他回来就对我好过一阵，硬哄着我去结扎了。现在一结扎，他也知道别的男人再不会娶我，就更使劲地虐待我。"

赵怡气愤地叫道："他德发这个德行，就是再不嫁人，也不要和他过了！云，你有这个决心？"赵云说："我有。"赵怡说："那好，明日你一人先回家去，德发若不在家，你就寻到学校去，向他正式提出离婚。日后的生活，我帮你，你和孩子跟我走，在城里找个临时工干，慢慢再寻个婆家好好活人。"

俩人直说到天明，清早起来，赵云果然回家去了。

二十二

玄虎山常常有一些古怪刁钻的人，冒出些古怪刁钻的思想。比如，对于人生，他们最讲究的是三件事，即生得怎样？婚嫁怎样？死得怎样？第一件是生辰八字，那是爹娘的事，身不由己。第二件是男女阴阳两性金木水火土相生相克的事，世上少的是天成佳偶，也少冤家对头，多的是克不怎么克、生不怎么生的一般夫妻，这事一半天意一半人为，也就罢了。第三件却完全是人为的。只要不死在初一，不死在十五，不死在五黄六月，便死得都好。一生中或许享尽清福，或许受尽磨难，临死都希望有个好落脚。在另一个冥冥世界里情况如何，谁也不知道自己，谁也不知道别人，说穿了，对于死的安排，则完全是为给活着的人看的。所以，生得怎样，无可奈何；婚嫁怎样，不可定局；而对于死者的后事安排却是死者的亲属于人世的绝好表现。

后事安排，内容极其繁杂，比如铭旌怎样写，怎样发孝巾，娘家怎样审理，阴阳师怎样选葬日，请多少客，乐班响器闹几场，烧多少纸……但主要的是死者还活着之前就要做好的寿衣、寿棺和陵墓。

寿衣，少则五套，多则七套：衬衣，衫子，又衫子，再衫子，又再衫子，袍子，褂子。阴间里可能没有四季只是寒冷，五套七套是一块穿的。一律要绸子，不能用缎子。绸子可以"稠子"，缎子则要"断子"。现在在城市，有专设的寿衣店，或是在戏剧服装店设寿衣专柜（这似乎是城市人对死的幽默意识），但玄虎山人绝不去那里购买，就请庄里针线好的老婆婆在家裁缝三天五天。若寿衣做好，死者在生之年十分珍藏，每年六月六日拿出晒太阳。晒太阳的那天，各家老人大都相互走动，观看别人的，对照自己的，有胜，无限欣慰；略逊，勒逼儿子重做。

寿棺最好的是柏木，松木为次，杂木最下。顶体面的是八大块。即上盖八寸厚的木头两块，下底八寸的两块，两边各为两块，也是八寸厚。前后挡头就不算了。山地里有专制寿棺的木匠，皆身怀绝技，合缝要严，水浸不进，流不出，且善一手雕刻。小挡头处浮雕"福"字，大挡头处阴刻阳刻鱼虫花鸟山水人物。然后漆染。漆还必须是生漆。漆外部还罢了，漆内部则要裹一层白土布，刷一层漆，再裹一层白土布，再刷一层漆，坚如铁壳；敲之锵锵价响。寿棺做成之后，夏可以盛粮食，不腐烂不虫蚀；秋可以装衣服，不潮不霉。享用者只要阳寿不尽，寿棺每年在生日那天还得再漆一遍。

说到陵墓，那是死者的阴间住宅。穴位一定要选好，破土日一定要查旧皇历。然后决定什么人去挖坑。不要无子之人，不要痴傻之人。挖好后要鞭炮齐鸣、奠酒焚香，方下第一块砖。墓门面就是活人住屋的门楼，要有脊兽，要有飞檐之墙，要有雕饰，要画许多图案花纹，要书许多吉言祥语。拱好完毕，封住墓门，留好气孔，就在墓前墓后栽植柏树。享用之人将从此到死前，每一年每一月去那里查看培土，警惕有老鼠偷了粮食进去生儿育女。

做儿子的，为老爹老娘办好了这三件事，自身就完成了做儿子的孝道。做父母的眼看着儿子做了这三件大事，亦自感人生得意，将放心地慢慢老去。否则，庄人眼里有秤，谁家儿子孝顺，谁家儿子忤逆，即可结论。但凡做儿子的不孝顺父母，这儿子遭人白眼：连你老子都不爱还能爱别人？那老子也被人唾弃：你儿子都对你不恭还让别人怎么恭？而公论这三件大事办得最好的，老子身价倍增，儿子也走到哪里脸大如盆，气粗如牛。

二十三

这一秋，赵家的儿子们在为爹娘筹办着后事，玄虎山的黑河湾地也收获了大量的稻谷。在收获稻谷的同时也得到了大量的禾草。庄人们在议论着赵一仁两口的寿衣、寿棺和墓地的事，更议论着这一季的收成。他们不必过多地操心赵家儿子们筹办得如何，因为人家都是有钱的角色，也最懂得这后事安排的重要意义。他们也没有因为种了稻谷得到了禾草而十分懊丧。他们又在深翻田地，修复水渠堰，施播肥料，满怀喜悦地投入新的耕种了。

二十四

不等赵奇去叫大姐，大姐却主动来了。大姐十年前死了丈夫，人仍然活得精神。上中学的儿子学业很好，她闲着无事就到娘家来帮着拆拆洗洗，随便得到娘家的一点什么。她几乎已经对赵家失去了一个做女儿的感情，不怎么特别关注。团结也好，分裂也好，只是觉得这里是一处可以走动的地方，可以有好处而利于培养自己的儿子。今日来，她并不知道赵怡回来，是得了那个木匠的又一分重礼而来为赵艮的婚事的。来了见到赵怡，喜之不禁。因为赵怡为儿子买了一套高考复习书和一件上衣。姐妹俩一起，就数说小妹的不是，赵艮却还是那句话："我谁也不嫁！"噎得两位姐姐半天不语。

后腰庄一家姓武的人家滚死了一头牛，赵奇去买了三斤牛肉，说是要特意招待一下韩玫、赵怡和大姐的。孙月绒就忙活了一上午，做了一桌子饭菜。请爹娘也一同去吃，赵一仁说："你们姊妹一道吃吧。"他和刘氏没有去。孙月绒便给爹娘端来了一盘牛肉。又去请二哥和二嫂，二嫂不去，二哥要去，二嫂说："人家招待，是现亮了咱，你倒有脸去吃？！"二哥还是过去吃了几片肉，就放下筷子走了。

饭桌上，赵奇对韩玫说："玫姐，我有一件事还要你帮忙的。"韩玫说："我能给你办什么事？"赵奇说："今年化肥特别难买，我跑了川道几个销售店，货全没有了。今年又没有积下多少肥，我想请玫姐给我和大姐每人买三袋。"大姐说："如果能买到，我只要一袋就够了，把那两袋匀给赵玄吧。"赵奇说："二哥是不会要的，他那地全荒了。那玫姐就给买四袋吧。"韩玫说："化肥确实是难买呀。这样吧，到赵伯生日那天，赵怡一定要去，咱们一块去找找县委王书记，批一个条子什么问题都解决了。"赵怡说："为买几袋化肥去找王书记？"韩玫说："人家和崇培是熟人，你也该去看看的。当个县委书记虽然没什么了不起，可人家是父母官，咱一家人还得受人家领导啊！"

吃罢饭，韩玫把赵奇叫到里间屋里，悄声说："化肥的事，我可以给你搞到，种庄稼的地里没肥怎么行？玫姐就是伤着这份脸皮也要给你搞到。可赵伯生日那天，你们一定要让赵怡去一趟县上。她是嫌大哥大嫂没有回来。可她不去，不是更加深矛盾了吗？再说，姐还有一件事要托她，我又不好向她直说，就是我提升到县妇联的事。现在有人捣鬼，领导上犹豫不决，如果赵怡以崇培的面子给王书记谈一下，这事就成了。"赵奇说："我想赵怡她会帮这个忙的。你不好说，我给她说。买化肥的事，你就把钱拿上吧。"韩玫硬是不收。

赵奇便将韩玫的心思告知了赵怡，赵怡沉吟了半晌说："原来是这样，那我就去见见王书记吧。"便找着韩玫说："玫姐，这么一件小事，你倒转弯子让我三哥给我说？"

韩玫说："好妹妹，你是不了解我这人的，这是为了我个人事，我不好意思的。经过民意测验，下边一致同意我去县妇联，可总有心瞎的人，就从中捣鬼。我真恨死了这些小人，想当面去扇他个耳光。可气冲冲去了，心软了，手也软了。我吃亏就吃亏在没有狠劲哩。"

赵怡说："你要没个狠劲，那就不要去搞政治了。"

韩玫说："可不，要真能搞政治，玫姐连县长都当上了。"

赵怡说："那你到县妇联去不是受罪吗？"

韩玫说："我是憋一口气呀！到了县妇联，咱不为整人，但就可以免人整咱嗮！"

赵一仁插话说："赵怡，你玫姐虽不是赵家人，可比一家人还亲。你在外边为赵家争了光，在咱县上，你玫姐倒是个能在上边说话的人物。我早就听说韩玫要到县妇联当主任，那虽没多大实权，可也在县上说一句顶一句的，往后谁再欺负咱，也有个上告的地方了。"

赵怡就笑着说："玫姐要是当主任了，你第一件事就是要为赵云做主啊！"

从西厦房里出来上茅房的香香正路过堂屋门前，听见屋里说话，就说道："为赵云做主，也得为我做主啊！"说得一屋人哑口无语。

二十五

白皮松下，几个晚上都坐着一个人。

玄虎山新的堰长在见到赵怡之后，并不为一记重重的耳光感到耻辱，反而产生一种异样的感觉，就于夜深月明之时来到树下，心里默唱起一首很古老的歌子：

河岸上坐着一个姑娘

她用棒槌捶洗着衣裳

我愿做她一件衣裳

拿棒槌轻轻打着

洗净了又穿在身上

当他知道赵怡就是赵一仁的二女后，他为自己这种非分之想感到荒唐，同时也对城市里那个作家产生出一份忌恨。他早听说赵一仁还有一个小女叫赵艮的未嫁，想姐姐长得如此天生丽质，做妹妹的也一定是十分楚楚动人的。于是，在一个没有月亮的晚上，他在村长的家里筹办了一桌酒菜，让村长去请赵一仁了。

村长也是新改选的，年轻气盛，却深有城府。当下问堰长："赵家的姑娘，个个都是神仙一般的，谁敢这么大胆求婚？你虽是做了堰长，可你原先是什么嘴脸？"

新堰长说："原先是原先，现在却不是原先。什么事我不敢干？联合国若要人我也去了！"

村长就到了赵家，说赵一仁是玄虎山德高望重的人，村里有要事来请他过去商量。赵一仁先是疑惑，但还是去了。村长打的是松明节火把，他提着一只铁丝灯笼。走到半路，问商量事的还有谁？村长说只有新的堰长。赵一仁就不肯走了。村长说："赵伯，事情是这样的，新堰长虽然有些地方冒犯了你，可他也是一心为了玄虎山。他年轻办事欠妥，过后深感不安，现特意办一桌酒菜和你坐坐，缓缓矛盾，搞好团结的。"赵一仁毕竟有仁德，思想新的堰长既然能低头求好，设宴待他，他也就应该宰相肚里能撑船，一派长者风度了。

在村长家，新堰长果然毕恭毕敬，频频举杯请酒，连连给老人夹菜。赵一仁久时不能开怀，当下心情舒畅，将酒喝得过量。接着就讲玄虎山的历史，讲到新的堰长的父亲怎样乞讨到了山上，他是如何保媒成家，又促其独立开辟庄子。新堰长少不得又替亡故的父母为老人再敬数杯，请教这堰长工作的经验。赵一仁也就倚老卖老，谈大公无私之道，授纳怨含垢之术，最后以八石洞口的两副对联说到世事的玄妙，为人的德行。

他末了舌头僵硬，说："水渠堰是该在上水处修一个石坝，坝后修一个涵洞的。所需的水泥、施工的图纸，我可以找人解决，赵怡和崇培在省城，什么事情都可以办。再说赵和在办工厂，他本人就懂技术的。你们知道吗，韩玫也要当县妇联主任了！"

新堰长说："赵伯的儿女都成事了！这全是赵家积的德啊！赵伯活到这一步，真是皇帝老儿也比不得的！"

赵一仁说："还好，还好。等赵艮出嫁了，我就什么操心事也没有了。"

村长说："赵伯，那艮姑娘许配哪里了？一定是个吃国家净粮的吧？"

赵一仁说："这孩子，跟她怡姐过了一两年，高不上低不下的，找了许多家都不满意。现在这孩子，要嫁给什么人呢？吃国家粮的就一定好吗？她的心比天高，命比纸薄啊！"

酒桌上突然沉静下来。

新堰长给赵一仁重新添满了酒，冷丁说道："赵伯，我能不能做你的女婿？"

赵一仁似乎没有听清，脸上只是笑着，猛地僵起来，眼睛直愣愣地看着这年轻人。

村长说："赵伯，他说这话是不是有些唐突了？可他是真心，老早就对我说过的。我掂量过了，他虽不是工作干部，可他家缺什么呢？什么都不缺！人又聪明能干，又会体贴人，赵艮若能嫁给他，一来天成佳偶，二来都在玄虎山上互相能照顾上啊！"

赵一仁"啊啊"着，不知说什么好，迷糊中说声"这也好，这也好"，一时头重脚轻，靠在椅背上睡着了。

待他摇摇晃晃返回家去，家人正等得心焦，要派人来找他，瞧见他喝得酩酊大醉，就怨怪上了年纪的人不该出去喝得这么多。赵一仁则嘿嘿笑着，对赵艮说："艮，我来问你，你大姐给你找的那家愿意不愿意？"

赵艮说："我谁也不嫁，你们收了人家东西，就给人家退去！"

赵一仁便说："不愿意了也罢，爹给你找一个，包你满意的。"

赵怡说："爹你是说酒话，还是真的？找的是谁？"

赵一仁爬上炕去，还在笑着说："明日再给你们说吧！"鼾声顿起，不省人事。

第二天，赵一仁还没有起来，村长却到了。他正好在赵家门前碰着赵奇和赵玄，说了来为赵艮保媒一事，赵玄当下说道："没门，没门。"就关了院门。赵奇则飞跑进屋去告知爹了。

赵一仁和全家赶出门外，村长已经被赵玄赶走了。赵玄一见爹就训爹怎么糊涂到这步田地，人家抢了你的堰长，你倒要将女儿嫁给人家？家人听了原委，也都不愿意这门亲事，赵一仁则摇着头说："不愿意可以商量嘛，不让人家上门，这不更得罪人家吗？"

二十六

赵艮领着家里的黄狗一直顺着山根的路往前走，走到很远很远的黑河滩上，她就四肢伸长地仰倒下去了。黄狗卧在她的身边，亲昵地在她胸部嗅闻。赵艮突然翻身上来，一把搂住了黄狗，搂得那么紧，以致使黄狗叫起来。她还是不松手，和黄狗在沙滩上打滚，弄得人狗一头一身的沙。末了，就死一般地又瘫睡在那里，眼里白多黑少。

她说不清她出来是干什么的，也说不清为什么对黄狗这么搂抱。现在，人眼看着狗眼，狗眼看着人眼。她勃然大怒，竟拳打脚踢起黄狗来，黄狗还以为主人又在和它戏耍，但见踢打得十分狠毒，便惊慌地逃窜了，于远处一块石头下奓腿撒尿。

新堰长托村长求婚的那天，她是不在家的。她给那军人去了一信，每隔两日就要去山下的小道上等待乡邮员送来回音。那日，军人的信来了，写得十分简单，几乎仅一句话："我已经结婚了！"赵艮看后，没有哭，反倒哈哈大笑。跑回家来，已经是二哥赶走村长之后，她说："为什么不等我回来？"

赵玄说："你要嫁给新堰长？"

赵艮说："让我见识见识他嘛！"

赵玄说："你是疯了，疯了？！"

赵艮并没有疯，她真的想见识一下新堰长。在她的印象中，新堰长虽然不是城里人，但他有和军人一样的蛮力。她见过大姐给她介绍的那个木匠，当大姐借故出去让他们两人在屋里说话时，她看见他是那样胆怯和畏惧，一头大汗。"孱种！"她顺门就走了。如果单独在屋里相谈的不是木匠，是新堰长，情况又会怎样呢？但新堰长毕竟不是城里人，他缺乏城里人的脸面和风度。

"你结了婚。结了婚我也要嫁你啊！"赵艮重新将军人的信又看了一遍，再看了一遍。恍惚之间，她突然看见面前走过来两个人，是新堰长，又是那个军人，后来两人又成了一个。他把她拉起来说："你一定肯嫁我吗？"赵艮说："是的。"他却啪地扇她一个耳光，她半个脸顿时发痛，眼冒火花，但她说："你打吧，让你打死也行！"他突然笑起来，将她抱住了，说："我是考验你的，艮，我要与我妻子离婚，就娶你！"赵艮就和他重新倒在沙滩上，他是那样重重地压迫她，似乎要压碎她，使她疼得大叫，在大叫中畅美无比地昏去……这时候，走近来站在赵艮身边的是黄狗。它看着赵艮双目紧闭，脸色绯红，嘴唇抽动，吟声羞涩，同时闻到了一种少女身上特有的异味。

二十七

庆元寺的钟声每日在响着。老道长清晨里还在检查着所有的被褥，而受惩罚的小道一次又一次挑着水桶去八石洞。

后山庄的一堵照壁下，懒洋洋地散坐着一堆长舌男女，他们在说着白皮松下的新闻，打听着村长家的那桌酒菜。

当披着衣服，手里拿着一台音量大到极限的收音机的汉子走过来，有人瞧着他额上有拔了火罐的酱黑印，说话的人忙将正说的新闻变成另一个故事，说——

从前，有一座山。山上有一个洞。洞里坐着一个老头在说：从前，有一座山。山上有一个洞。洞里坐着一个老头在说：从前，有一座山。山上有一个洞。洞里坐着一个老头在说：从前，有一座山。山上有一个洞……

二十八

去县城的人已决定下来：爹，娘，韩玟，赵怡，赵奇和孙月绒。赵玄坚决不去，爹训斥他，他说香香病重了，他要在家照看，让儿子随奶一块去。赵艮是哪儿也不去，而且毫无商量余地。娘最后提出赵秀要去。孩子在校一星期才回一次，她是有空闲的。但原先说定赵云必须领着两个儿子去的，可赵云回家之后，却一直没有回来。

头一天下午，娘让赵奇去接赵云，赵奇只身又回来了。

赵怡问："云呢？"

赵奇说："她说她走不开，就不去了。"

赵怡说："是离婚遇上麻烦了？"

赵奇说："云给我说，让我给你和爹娘说，她回去待了一夜，又不想离婚了。她还是咒骂德发，但说她的命苦，离了这个，若再找个不如德发的，那她更没脸面活了。她说她是结扎过的人，日后到什么人家去也是没好日子过的。她说她就这么赖活下去，活一日是一日。她家里有猪，前几天没回去，猪险些饿死了。她让大家从县城回来，到她家去，她要给爹补过生日，她攒了一坛子鸡蛋。"

赵怡叫苦不迭，连连跺脚："她说得好好的要离婚的，怎么又不离了！她活该发牢骚啊，她活该受罪啊，她活该！"

去县城的人走下了玄虎山，在川道一个镇上搭车赶到赵和的工厂。乘车人的车费，一律由赵一仁掏，拢共是二十五元。赵和并没有在县城车站接，一见面却说："吓，来这么多人，晚上怎么睡呀？！"

晚上，顾玲玲擀了长寿面，赵怡没有吃，她到城关镇妇联韩玟家去了。韩玟做了许多菜，并且当下就托人把化肥买下运到赵和家交给赵奇和大姐。那边自然又是说了许多感谢话，摆了酒喝不提。

一直到了半夜子时，安排来客人睡后，赵和与赵奇到工厂的办公室去歇息，赵和问起赵玄怎么不来？赵奇不敢说有成见，只说是要给二嫂看病。赵和说："我只说他是会来的，来了咱兄弟三人还要商量一些大事的。"

赵奇说："大哥有什么大事要商量？"

赵和说："以前咱们商量了两个老人百年之后的事，不知你和赵玄筹备得怎么样了？我是一直惦在心里。寿木现在价涨得厉害，原要给老人备红心柏木八大块的，可四处托人都没货，我就申请要了几方松木。"

赵奇说："二哥把寿衣已买好了，大哥也开始筹备寿棺，就我不成器，还没有把墓拱好，砖是订了货了，也没运回玄虎山去。"

赵和说："墓是大事，你可要拱好。地点就在咱老坟吧。按老规矩，男左女右，爹的墓就拱在我妈墓的左边，娘的墓拱在我妈墓的右边。你该早早动手才是。"

赵奇点头说是，各自就睡了。

第二天，是爹的生日，顾玲玲买了一壶白酒，做了八个菜、二升米的干饭。饭桌上，顾玲玲谈笑风生，不停地喊夹菜，而每一次夹菜又总是先夹给赵怡。

赵怡说："嫂子给我夹什么菜，这不是反着来吗？"

顾玲玲说："怡妹几时才能回来一趟呢，咱们赵家还不多亏出了一个你！"

赵怡说："嫂子也是大哥的好帮手嘛。这个工厂能有现在的样子，嫂子是大功臣！"

顾玲玲说："爹和娘在这儿，说一句自夸的话，咱们赵家应该说凭女的吃，你是在外，我是在内。"

赵和说："这么说我们做男儿的都没出息？"

顾玲玲说："出息是出息，赵家是金盆子，可谁来箍的金盆子？"

韩玫说："嫂子是贤内助！"

顾玲玲说："要说贤可以说是贤到家了！韩玫清楚！"韩玫脸红了一下。顾玲玲是注意到了这些，就又说："怡妹妹，你回来了就好，你韩玫姐把她的事都给你说了吧，你可一定要帮你玫姐的。保你玫姐上去，她上去了是忘不了你的。我想，她也不会忘了我这个贤内助的嫂子的！"

赵怡说："这我给玫姐说好了，晚上就去办的。"

赵和便说："去了，要给人家带些礼品，烟酒我已准备好了。去一趟还不行，你明日给崇培去一信，让崇培也给王书记专门写一长信谈谈。"

赵一仁一直默默地吃饭。刘氏说："今日是你爹生日，你们尽说别的话，让你爹冷坐着。"

赵一仁说："让他们说，只要他们能谈到一块儿，我也高兴。"

顾玲玲就又给爹敬酒，给娘敬酒，说了许多祝爹娘长寿的话。一时满桌快乐，赵一仁几乎有些醉了。

顾玲玲就又突然说："爹养活了赵和一场，做儿女的是该尽孝心，原本是要用小车去接爹和娘的，可厂里的车因公又出差了。我们有这么个想法，请爹和我们一道到华山去旅游。华山虽然很高，慢慢上还是能上去的，不知爹乐意不？"

赵一仁："去旅游？几时去？"

顾玲玲说："明日一早，我们已经把票买下了。"

赵怡惊讶道："你们明日就走？爹和娘昨日才来，明日就去旅游？！"

顾玲玲说："怡妹住在省城，见的世面多了，我们可比不得你们！厂里好容易有个空闲，我们也该去风光风光呀！"

大家再没有接她的话，默默吃罢饭。赵奇和孙月绒忙着要回玄虎山，因为还有几袋化肥要带，几个孩子就全交给了爹娘。韩玫则叫剩余的人都到她那儿去。

去韩玫家的路上，大姐说："我还以为县城里的人整日吃什么好的呢，原来也是一般的菜饭嘛！"

韩玫说："赵和哥钱赚得那么多，这饭菜也太寒碜了！"

赵怡就说："大嫂就是一张嘴会说！兴师动众让大家来，明日一早他们倒远走高飞了！"

爹没有说话，娘也没有说话。

第二天一早，大家估计赵和和顾玲玲会招呼送他们走的，可一等不来，二等不来，赵怡便去车站买了票，生气地说："人家怕早都走了！他们不来买车票，不来送，怕咱们要困死在县城里了吧？！"

二十九

庆元寺的道姑会捉鬼。她已经为香香禳治了几次。在她的眼神里，是发现金盆洼里有一个少年男鬼，不时到香香的身上作祟。香香信这些，赵玄见香香什么中西药都吃了皆不见效，也就依香香的主意再次去请道姑。

这道姑年方三十四五，若在尘世，正是少妇；身体线条颇好，比少妇更具风韵。赵玄请她进屋，赵家院中无人，大门也关了，在西厦房中摆设了道场，让重病的香香静卧炕上，以黄表纸符贴在额上，就在外间案桌前烧香念咒。赵玄则跪在案前，低头不准乱看乱语。

道姑先在案后默念许久，就又绕着案桌跳着念咒。时正中午，阳光溢彩，洒下房阶，屋顶几处漏洞，金光激射，香烟缭绕，一派神秘气氛。赵玄跪了一会儿，觉得万籁俱静，唯道姑的咒语清脆悦耳，不觉得思想沉到另一个境界中去。也该是事从人愿，道姑跳着跳着，竟停在赵玄身旁不动弹了，于是，赵玄突然站起来，猛地扑上去，搂着道姑在地上翻滚起来

此时，静卧于炕上的香香忽觉病轻了许多，听得见窗外的喜鹊声。

三　十

有了化肥，赵奇和孙月绒深翻了土地，播下了种子，又去大姐家帮助种了，就开始请匠人在祖坟里下木橛吊线，动工打拱爹娘日后所需的坟墓了。

这天夜里，他对二哥赵玄说："明日你不要出门了，帮我到坟上招呼吧！"赵玄问："你要着手拱墓了？"赵奇说："你们该准备的都准备了，我再不动手，就太不像话了。"赵玄说："那也好，要拱就给爹娘拱个双合墓。"赵奇说："咱祖坟里都是男左女右。"赵玄说："双合墓也是男左女右嗬。"赵奇说："可咱还有个大妈，双合墓怎么拱？我在县上见到大哥，他说让爹的墓在大妈的左边拱，娘的墓贴着大妈的墓往右边拱。"赵玄一听就火了，说："你听大哥的？他操的什么心？！他讲究要给爹过生日，过得怎么样？他是想把爹和咱娘拆开。爹和娘现在都活着，你这么分开拱墓，是啥目的？"

赵奇听罢，也顿觉自己糊涂，连连拍打自己的脑门，说还是拱双合墓合适。

可赵奇之所以是赵奇，他给二哥表了态后，又害怕大哥生气，就去征求双老的意见。赵一仁说："分开拱有什么不好？人一死还知道什么？何必为这事闹得家里又不团结？！"娘却脸色发黄，气得说："我不进赵家坟了，我一死，把我扔到乱葬坟去算了！"

于是，这天夜里，召开了全家会议讨论，赵艮、赵怡坚决支持二哥的主张，不同意将爹娘分开。赵奇则含糊不清，赵玄便扇了他一个耳光，说他没脑子。但赵一仁还是害怕家庭再起矛盾，引起外界议论自己生分了赵和，坚持不要双合墓。赵怡说："怕不团结，这根子是谁引起的？两个老人拱双合墓，天经地义，怎么大哥他就要提出分开？！"赵一仁也生气了，说："你做女儿的，又不担承这些后事，你多说这些话干啥？"赵怡说："女儿和男儿是一样的！要说养活这个家，咱可以算算账，大哥结婚后这些年给了家里多少钱？我又给了多少？！老人百年之后的事，我不是不担承；你们是按风俗定的，而且赵家的家产我们做女儿的得过一条线一片瓦没？现在我当着大家的面说，赵家的家产我还是一文不要，两个老人的寿棺我来买！大哥当时分的管寿棺，我看他安心就不想买，到现在了，红心柏木的没买到，连松木也是买公家的，公家木材站现在有八大块好料吗？我想他是等到临了将就买个杂木的应付了事！"赵一仁说："你有钱嘛！"赵怡说："我有钱也不是为了打气憋，我是尽我的一份孝心。我买了寿棺，他大哥若还念道爹娘的养育之恩，到时候他负责后事花费就是了。可我买了寿棺，我就要求拱双合墓！"

第二天，爹气得睡下了，娘也睡下了。赵怡和二哥三哥商量，做了三件工作：一是联名给省城的崇培写了一信，让崇培给爹来信说拱双合墓的好处；二是给县上的韩玫姐去信，让她几时回来再劝说爹；三是赵怡亲自去已经回家的大姐家，先取得大姐的同意。

赵怡给大姐说过之后，赵秀说："爹和娘一起生活的时间毕竟长，拱双合墓是好，我妈她是死得早，也无所谓的。只是你要买寿木，那我们其他做女儿的怎么办？"

赵怡说："好姐姐，你们就不要看我的样子。就这样吧，寿棺由我出钱，名义上就算咱姊妹四个为老人办的。你和云妹过意不去，等做寿棺时，你们带些粮食给爹，也好款待工匠就是了。"

如此这样，赵怡就托二哥四处打听哪儿有上等柏木，结果寻来找去，觅得后山一家坟地里有三棵百年古柏，就掏了六百元买下，请人砍倒运回家来。

而崇培的来信和韩玫的再次回玄虎山，使赵一仁无话可说，赵奇就破土动工拱墓了。

三十一

新的堰长和村长发奋要在玄虎山上做出一番事业。他们动用了玄虎山的所有集体资金，动员了几乎多半的劳力，两个月里修复了黑河湾地的水渠堰，又在堰上游的黑河边筑了拦水坝，还建了一个过水涵洞。这工程完全是依老堰长赵一仁的意见干的。但整个工程并没有请赵一仁去包办水泥、钢材和技术力量的采办事宜。等赵一仁赶到那里观看之后，大吃一惊，也着实为年轻人的政绩而自惭形秽了。

县政府为此表彰了年轻的堰长和村长，也以玄虎山近年里各项工作的起色，经济发展显著，奖励了二万元。庄人们都欢腾跳跃，以为这两万元将按人头平分，各家又是一笔可观的收入了。

在村长和新堰长商量之后，一分钱也没有分。他们以此改建了玄虎山小学。小学原在破旧的七间房里，设备极差，故分配来的教师皆不安心，连聘用的民办教师也不大肯来。现在校址扩大，新盖十间瓦房，焕然一新。在制作门窗和课桌时，资金不够，堰长便主张砍伐那棵白皮松。白皮松是后山庄村的风水，可一个学校是玄虎山的大事，其风水可管百年千年，且是新堰长的主张，无人敢有非言，结果这树就被伐倒了。

金盆庄的赵家瞧见白皮松被伐倒，赵一仁自然是要叹息一番的，赵怡看见树倒，似乎听见了一阵惊天动地的响声，浑身为之战栗。她先是惊慌，继而感到放松，那棵使干娘羞辱的证物终于消失了！但随之又觉得牵动自己十多年来的心绪之弦嘣地断了。她不知道在地下的干娘是否听到了这倒树的声音？

白皮松伐倒之后，玄虎山人用大锯分解为板。人们惊奇地发现，这白皮松的年轮竟是二百二十三圈，且二百二十三圈木纹忽圆忽椭，忽开忽合，线条生动，图案绝妙。他们就全以这木板做了课桌，而不涂颜料，刷过薄薄一层清漆就罢了。

新堰长和村长竟意想不到地将德发聘请为该校的民办教师。

赵怡去那新教室里看过课桌，她想，玄虎山的孩子在学习的时候，伏在这桌上，就等于面对着玄虎山的历史。孩子们会读懂这些历史吗？赵怡将一片剥离的树皮带走了。

三十二

赵和办工厂赚了大钱。他知道在没钱的时候受过没钱的窘困，而有钱了，却坚决不能被钱拖累。顾玲玲更是轻狂得意之人，完全支持丈夫的主张。故他们的旅游相当开放。先去省城，后去北京，再绕道上海、广州，吃了南北名菜佳肴，逛了四方名胜古迹，最后就登华山。偏在一个漾漾的早上攀上华山西峰。华山西峰以险峻称雄天下，且细雨之中，分外壮观，一家四口站在天外之间，顿作非分之想，想伸手摘星，想化羽作仙，末了再想将他们之行记载于峭壁之上，顾玲玲就用刀子在石上刻。刻了赵和大名，刻了儿子小名，再要刻上"顾玲玲"三字，"顾"字还未刻完，山风倏来，白云翻滚，她身子稍一晃动，竟失足坠落峡谷。

当时赵和正举了照相机拍摄这英雄举动，突然发现石壁前没有了顾玲玲，以为眼花，再看时，顾玲玲真的不见了。立时父子惊呼，哭声一片。

华山上有专职的捞尸队。赵和将所剩的四百元，拿出二百交给捞尸队，打捞了一天，死不见尸。又给了一百，要求上下搜寻。原来顾玲玲并没有跌入谷底，而是卡在半山处一棵树杈上。顾玲玲死里逃生，她竟还活着，但从此一条胳膊再也没有了。

顾玲玲被送到华山下一所医院里治疗，赵和给玄虎山发了长文电报，央求家人来帮着转回。

赵玄因为有一批龙骨化石要尽快推销出去，收到电报后，安抚了全家人，便先走了省城，将龙骨高价脱手，后转道华山脚下。兄弟相见，赵和则大动肝肠，抱住二弟号啕大哭。

顾玲玲却说："他二叔，华山上景致着实是好呢，你不妨也走一趟，然后咱们再回。"

三十三

赵怡回玄虎山已经很久了，她并没有给赵一仁挽回更多的声誉，也没有帮爹解决好赵家的内部矛盾。女儿毕竟是作家的美貌妻子，她的作用仅只局限于满足了作家在人稠广众面前的虚荣心。赵怡心肠极好，但也错误地估量了自己。她好心没有好报，反倒使赵家的形势、玄虎山的形势越发复杂。赵怡也无可奈何了。

玄虎山上的风使她的面皮明显粗糙和黧黑了。她用完了带回来的白粉和口红，连赵民从城里带回的眉笔也用竭了。赵怡开始做梦，梦见崇培，梦见女儿，她不明白人怎么有如此怪现象：曾经腻烦的城市生活，曾经腻烦的花瓶式的应酬，现在却又突然怀念起来了。

她终于决定要回城去。

爹说："你不能再多待几日吗？你二哥去接你大哥大嫂了，大嫂的伤势到底怎样，你看看心里不是也踏实些吗！"

赵怡说："我还是不等着好。爹，我有一个想法，就是让你和我娘跟我一块走，在城里过几天省心日子。"

爹说："我怎么走得开呢？"

赵怡说："我看清了，现在是谁也不顾谁的社会。你这么大岁数了，还操玄虎山的什么心？！"

爹说："玄虎山上的事我不管了，家里的是是非非我也不管了，可我和你娘还没有死，总得操挂赵民的婚事吧？还有赵云，德发调到山上来教学，还是打打闹闹……"

赵怡便不言语了。她临走时，去赵家祖坟看了三哥新拱打的双合墓。

双合墓的丘堆颇大，使旁边何氏的坟如一堆黄土圪垯了，她又反复叮咛赵奇，一定要买上等生漆，将她购买的寿木做好、油漆好。

迷迷糊糊的赵怡，下了长途汽车往自己的小家赶。在玄虎山极尽炫耀的赵怡，一踏进省城的大街，她却感到了无限的失落。她不想回到属于自己的那个小家去，甚至于迷失了方向。她好像不认识这座城市了，也不认识自己小家的走向。她徘徊于繁华的街头，突然一回头，发现后边的人群里有一个人一闪不见了。她觉得那人极像是小妹赵艮。赵艮怎么会在城里呢？她从家走时，赵艮还是在家里的！她以为自己是产生幻觉了。

直到天黑，她走到了城西门外的一片居民楼区。中国的居民楼皆是一样的结构，赵怡迷惑了，哪一幢楼哪一个单元里是自己的家？她在楼区内游转着。一位巡逻的警察，久久地注意着这个标致的女人，以为是小偷，或者是流氓，于是走近了问："你在这儿干什么？"赵怡说："找我的家。"再问："你的家你也不认识吗？"回答："我不认识？我怎么能不认识？"警察要随她到她的家去，她气呼呼地走上了一幢楼的三层，这或许就是她的家吧？钥匙恰好打开了房门，一拉开门，果然是她的家。一推套间门，里边的沙发床上正睡着两个人，一男一女。她将套间门又拉闭了。

警察问："这男的是谁？"

赵怡说："我丈夫。"

警察又问："那女的是谁？"

赵怡说："是我。"

警察明白了，却说："你患了夜游症？！"就走了。

赵怡静静地坐落在椅子上。套间里的人还在睡着，一点不知声息。她突然觉得自己患了夜游症，她是从这个房间出去的，去了相当长的时间，她记不起她出去干了些什么，就又回到这个房间了。

三十四

×年×月×日，金盆洼的赵家坟里突然发生了一件异事：第三排的坟墓一夜之间那何氏的小坟和赵一仁与刘氏的双合墓土堆合为一体，隆成一个巨大的极圆极高的坟墓。

赵家的三个儿子：赵和、赵玄、赵奇赶到墓前，忙刨开土堆寻看墓门面。但见已是三合墓。何氏的墓门紧封，赵一仁和刘氏的墓门用砖虚挡着。

三十五

又一个秋季过去，到了冬天，玄虎山的一个人在一声枪响后倒地死了。

死者是被两个人架着从雪地里蹚过去。他虽然并没有软作一团，但架的人跑得飞快，他的一双脚几乎没有用，是拖在地上，所以平平的雪原上就像犁过的地畦一样。

他后来跪在那里，竭力看着雪原的远方，雪线上正升起一轮太阳，红装素裹，分外妖娆。于是想起了许多女人。他在一个龙骨洞里强奸了一个来偷他龙骨的女人；为了防止她的反抗又用被子蒙住了她的头；以致事毕之后发现她死了，就极恶心自己原是在奸尸，就对这女的印象全然模糊。但他没有忘记那个道姑。

唯枪响的刹那，他想到了年已高迈的爹和娘，似乎有些伤心，但还要继续作想，就倒下去了，那要掉下来的一滴眼泪终于没有掉下来。

三十六

也不知在什么时候，八石洞里的八具似人非人的钟乳石已经完全变成人。人当然不是活人，是石头人。

这种变化，出奇的是谁也没发觉，所以也没有丝毫骚动，似乎这种人的石像一直就是如此，甚至玄虎山的人到了那洞里，还说："这是八神洞呣，怎么原先还认为是八石洞；神像怎么全是混沌石头呢？"

庆元寺的小道士却感到惊骇，说明明原先是似人非人的石头。玄虎山的人就笑小道士是道观中人，看人世都是冷冰冰的。

外乡外地人到庆元寺烧香祈祷，听了小道士的话，为了进一步证实，也就到八神洞来向旁边汲水的或者打草的人打问事实真相。汲水的或打草的便指着黑黑的玄虎山的这个白洞，就说："从前，有一座山。山上有一个洞。洞里坐着一个老头在说：从前，有一座山。山上有一个洞。洞里坐着一个老头在说：从前，有一座山。山上有一个洞。洞里坐着一个老头在说：从前，有一座山。山上有一个洞……"

洞口，来人亲眼看到了那一副对联：

云在山头登上山头云且远
月在水面拨开水面月更深

剥脱的两个字，已经拟而补之，拟补者是年轻的堰长。

第四章　马角

一

　　苟且在过风楼生成三十来岁，还未娶妻逮子；村人看他不大，他也伏低伏小，痴痴望着山梁上的一尊石牛而默声恨爹。石牛是传说一牛在垄上耕种却企图上天作仙，遂整日立于山梁往空张望形化为石。苟且恨过爹了，倒对石牛生十分的怜悯，日暮间款款上山，读石牛身上的一首古刻诗文：

> 苔藓作毛淋雨长
> 葛藤穿鼻任风牵
> 他年不饮池中水
> 何日能耕垄上田

　　苟且文墨浅，未能全懂，却有意会，放沉了一颗脑袋回过风楼作息。
　　过风楼为三角沟岔里的小镇，一条街分两个小街形如人字，很偏僻。街上的人或许都英英武武，立石牛山梁下视，万山丛岭，镇如一皱褶，人荒唐似草芥。但战争年间屯养过一支中央的红军，现在该算小小的一块圣地。这正恰是过风楼人的得意，虽然此地没有一家商行，没有一所作坊，且三角沟岔里的风方向不定，回旋强硬，城里保护得至今巩固。于乾坤朗朗之日，微风浮街上零落毛羽袅袅起飞，孩子们以及大人皆注目凝视，一方说：那是鹰的羽毛，一方说：那是鹞的羽毛，其实是一根鸡毛，终未飞过城堡，停止在堡门洞上。堡门壁被青藤盘绕，如乱蛇纠缠，其中有些许斑驳字迹，依稀辨认的是"□□□□匹夫有责"。估计是战争岁月的宣传。

活该是一桩天意，当年红军在镇上住不下，三角沟岔里的崖坡到处有挖了住人的窑洞；就那么些薄田，竟也种啥长啥，养活了数年时间里的万人部队。红军走后，这里又恢复了贫困，经年干涸，树发不开身，禾苗多不分蘖，以致人与人相见不论何时何地，皆问候："吃了？！"

新编县志记载：过风楼保养过革命的势力，也同时为革命输送过人才，单战争年代随红军出走的就达三十五人。数十年后，有的或升云不归，有的或托形假死，健在的如今皆在首都和省府做了领导。做了领导的其直系亲戚自然也都走出了过风楼，现存的芸芸众生，却"匹夫有责"的风气犹存。他们的气质非常好，说话行事，俨然太阳是从这里升起，振臂一呼，便可以应者云集；相形见绌，就显得苟旦极其委琐，外地人一见他竟甚至怀疑他不是过风楼人，是骗子，扭了胳膊要送到派出所去。

苟旦爹三十岁的第二天，参加了部队，不久就赴朝鲜作战，回家的唯一一个晚上，约相好的一个女子到山根，黑天风地里要那个，女人先不肯，脸烫如炭，后来说："反正馍是你的了，你吃了心就甘了！"这便有了苟旦。因这一夜他们是靠在一棵杜仲树身上行的事，树叶摇落了一层，苟旦以后的腰不疼，身体挺好，但在惊惊恐恐之际，苟旦的脑子便不聪灵。苟旦爹一年后死在异国，他应属烈士的遗骨，但过风楼每一块石头都有革命的价值，他爹就算不得什么，且先行事而后又未娶，是私生子，苟旦的出身不算好也不怎么风光了。

每一个时期，过风楼都有时兴的词语，苟旦只会讲"保家卫国"。这是爹说给娘的，娘又说给他的；娘死后，苟旦就把这话记死了。

在街上，苟旦正看着一只狗叉了后腿在墙根尿尿，肩头上被重重地打了一拳。回过头来，是泼皮武二，武二说："谁骂人谁是野种！"苟旦疼痛得脱口要骂，想了想，不言语了，瞪着眼睛。

"苟旦，学大寨好不好？"

"学大寨好，能保家卫国……"

"那给我修地去！"

"我还没吃哩。"

苟旦的前腔贴了后腔，家里没了粮，饿得肚里烧烘烘的。

"拼命干革命嘛！"

武二一扯，苟旦立脚不稳，一个趔趄头撞在隔壁的门扇上，门开了，新划了漏划富农的麻文仁老汉正吃饭，给了苟旦一个菜饼，苟旦一边啃着一边往山上修田去了。

收工的时候，队长把苟旦喊住了。

"苟旦，你中午吃的什么？"

"菜饼。"

"谁给的？"

"隔壁。"

"你是什么农？"

"贫农。"

"贫农怎么样？"

"贫农……保家卫国。"

"那你脑袋长到腿缝了？麻文仁这是拉贫农下水！"

"那是一个菜饼，苦不兮兮的，吃得肚子好疼的。"

"……漏划富农在坑害贫农！"

苟旦回家，想队长的批评是对的，再不到麻文仁的家里去借盐借醋，见面也不问候："你吃了？"饭辰的时候，院墙那边老少围着石条桌子吃喝，苟旦冷清清地蹲在这里喝糊汤，糊汤稀而烧嘴，他夹着酸菜，偏大声说："抄！抄一块嫩豆腐！"毕竟不是嫩豆腐，苟旦喝得肚圆如蜘蛛，气呼呼地拿眼看天空，天空昏蒙蒙的，麻文仁家的一棵柳树树冠颇大，有一枝竟伸过院墙这边来。他立即将火气发泄于树上，爬上院墙，拿斧子砍那树枝。

"苟旦，你怎么砍我的树？"

"它侵占了我家领空！"

"你，你……"

"我保家卫国哩！"

随后，"文化大革命"运动开始，过风楼是全县最早轰轰烈烈的地方，人人都有了观点，大字报刷过一层又是一层。苟旦不会写毛笔字，就拿笤帚涂糨糊，有时大字报要贴得高，没梯子，别人会踩着他的肩膀上去一个，再上去一个，多时达到四人，他在下面累得嘴脸乌青，像庙堂碑下的乌龟。每当另一派过来辩论，双方就伸长了脖子口战，日光斜注，他们的影子就投在墙上，一来一往，你指我的鼻子，我指你的鼻子，后来鼻尖就对着鼻尖。苟旦口齿笨，就静立一旁，关注形势。

"你要怎么样？"

"你要怎么样？"

"凡是牛鬼蛇神，就要批判，就要打倒，打倒了再要踏上一脚，叫他永世不能翻身……"

"你们牙上有韭菜叶，你擦了再说吧。"

有韭菜叶的愣了一下，顿时泄了锐气，一时反不上话来。

苟旦见同盟略逊了风骚，几乎在一刹那间，刷的一声，他将笤帚上的糨糊甩对方一脸一身。

武斗爆发，苟旦不知道爹在朝鲜是如何作战的，但苟旦只觉得要保家卫国，别人差不多皆带伤了，苟旦却无恙，可这一派为了声讨另一派，让他装扮挨打受害者，他将鸡血抹在脸上，被人抬着过街游行，他长声呻唤不止。

"苟旦，你锻炼出来了，有政治头脑了！"

"……我保家卫国……"

苟旦原本会在"文化大革命"中成为一位真正的过风楼人的角色，但运动结束了，日子又过得寡淡。在生产队集体出工的田地里，因为无聊，也因为肚子饥饿，大家就穷开心，竟将苟旦"装裤裆"。过风楼的小儿做玩是金鸡独立姿势的"拱仗"，鸡窝里一阵斗喝，大人们则带有性的意识，将一人裤带解下，反缚了双手，头塞于大裆裤内。苟旦干农活并不内行，也乐意被这般捉弄；在别人看着他那没穿裤衩能露出来的黑屁股而开心中，大家也乐意替他完成他的那份活计。

一日，苟旦照例在昭昭日光下装了裤裆堆在地边，听大家在痛快地欢笑，他就此可做一个幽幽的长梦。约摸昏昏欲醒之时，太阳照得裤裆很热，臊臭气难闻，却听见劳作的人在说另一种的话题。

武二已经在"文革"武斗中死去。他在世的时候，裤带上总别一份报纸要在做工时读的，武二死了，二珠的徒弟继承了作风，他拄着锄把在看报。

"看过报了吗？北京正开×届×××会哩！"

"这我知道！一直拖了三个月，怕人事上又要变了！"

"×××开幕式上怎么没出来？！"

"他完了！"

"完了？"

"去年冬天我就估计他不行了，我和二珠打过赌！"

"二珠当教师，没你看的报多？！"

"我说联合国秘书长是瑞典人，他说是意大利人……这民办教师的水平，还张狂要写书！×××在省上工作时我就认为他不行……"

"他不行你行！"

"我倒还真比他强！"

"你连个生产队长都当不好……"

"能治国的不一定能治队，刘备会耍丈八长矛吗？"

话语从近及远，由大到小，是劳作人锄到地的那边去了。太阳开始偏西，人的影子比人拉长了二尺，人们忘记了，田埂的这边还有装裤裆的苟且，说，收工吧，就收工了。

苟且脑袋在裤裆里，浑身的骨头节节都酸痛起来，他开始蠕动，结果就从埂梁上滚跌到满是坷垃的地里，那脑袋从裤裆里挣脱出来，一个赤红的肉球，好长时间里眼睛睁大。

三角沟岔里一片晌午的寂静，太阳的光脚在山梁上移动，峭墙摩空，形势倒悬，无声无息的风摇动起松叶，影子落地款款，似乎要幻化为泉。苟且自然不会欣赏这天地造化，却油然奇怪那些红军居住过的洞口，春草萋萋，山花迷媚，遂也作想每夜每夜的月在岩头上也未曾被寒云锁住。

队长在家里端着比脑袋大的土瓷碗喝糊汤，酸菜把牙床嚼困了，忽然想起还堆在地头的苟且，呵斥着儿子去解放。苟且摇摇晃晃进村了，四十八级的堡门台阶上，他走得很懒，很散。

"苟且，你吃了？"

"狗吃了屎！"

"……苟旦该拾掇个女人做饭吃了。"

队长的关心，使苟旦骂他不得，咕哝道："把你女子嫁给我？"

苟旦后来就做了专门出外的劳力，村里派他到十五里外的山里修水库，水库修起了，到南川修公路。苟旦在过风楼是最蠢的，在外却显见爱开会，喜欢看报，踊跃地在会上讲话。水库和公路皆是数多年的产物，它们被不断地更换着名称："反修库""斗私路""批儒库""灭资路"。苟旦既要表现他过风楼人的特点，却什么都要和保家卫国连起来，弄得不规不则，不伦不类。当公路彻底修好，定名为"胜利路"后，苟旦是回过风楼了，却家里什么也没有，满地里栽下了石头：他分到了一亩五分的责任田。

自己经营自己，当了数十年农民的苟旦却不会当农民了，他始终记不住二十四个节气，不会撒种，亦不会扬场。早晨起来，他一句不吭地坐在门槛上，似醒似乎又未醒，逮听队长的摇铃声或者招呼开会念报，那铃终没有醒，也无人招呼，他方清醒已经不能集体出工了，也不能被人装了裤裆堆在地头了，茫然间无所适从。他开始揉眼揉膝盖骨，打很长很响的哈欠，开始等待谁家来叫他去帮工。

打地基，淘井，扯锯，白天里凭着蛮力打发过去，夜里是他最难熬的，他就会随便到某一家去，和人家海阔天空地谈讲，都涉及的是大人物，都是天下事，一边谈讲，一边从主人家的烟末匣子里抓烟卷着吸，鼻里口里三股浓烟滚滚。

"苟旦，你小子也知道这么多！"

"看报的嘛！"

苟旦其实并没有报纸看，有报的人家有意占据新鲜消息，看罢了还要糊墙，包辣面，剪鞋样；苟旦的知识一半是从旧队长那儿听来，一半从二珠的口里听到。

"苟旦，你说困了吗？"

"不困。"

"我烟末完了。"

苟旦只好出了那家，一个人沿着街巷走，听谁家的女人在硕大的便桶里撒长时间的尿，听谁家儿子屙了屎锐声喊舔屁股的长舌狗，最后就去民办教师的家了。

民办教师张二珠好长的脖子，脖子上好大的喉结。他是过风楼一帮年轻人的精神领袖，他们后悔着没能赶上在战争时期成长为人，就一心从事业余写作，企图以文学出人头地，改变自己的命运，也改造天下的形势。苟且进去的时候，屋子里的小桌上放着一瓶白干和一碗酸菜，四个脑袋围着灯在研究着一张报纸。

"瞧瞧，这一段话提法变了，和 × 月 × 日的有出入。"

"你还记得以前的提法？"

一个小黄脸眨着眼背诵起来，高山流水，阴阳有致，果然和现在报纸上的提法有三个字不一样。

"清楚了吧？"

"清楚了。"

苟且并没有被邀请到桌前喝酒，他们说的话他听不懂，但还是静静地坐在一旁听着。人家愤怒之时他也恨一声，人家开心之时他也笑一笑。"苟且，你笑什么？" "我听得懂。" "你懂个屁！" 他们把苟且轰出去了。"我保家卫国……你们不肯吗？" 他站在冷清的巷道骂了一句，觉得极丧气，就听见前边有脚步声，似乎是三四个人。

"谁？"

"是苟且吗？"

过来的是旧队长一伙人。他们对苟且很热情，他们低声怨恨着乡长，甚至要咒骂乡长，说他不该与刘家寡妇来往，苟且就明白了。"要去捉奸吗？" "乡长是到刘寡妇家去了。" "这算屁乡长！你当也比他强！" "他舅舅在县政府呀！" "那你怎不给他劝劝？" "谈过，屁事不顶。为了不让他犯错误，咱去捉一次，伤他个脸儿，他就清醒了！"

五个人摸黑到了刘家寡妇门前的篱笆下伏了，他们大气不出，缩小着身子，拿眼瞧着那窗口的灯光，听见里边有窃窃说话声。

"苟且，你去敲门，就说找寡妇有事。"

"队长……这……你让别人去敲门吧。"

"××，你去！"

"还是你去好。"

谁也不肯前去敲门，他们的脚开始发麻，直到麻至脖颈直到瞧着那关闭的门吱儿打开，乡长闪出去走了，大家方一拥而上冲进寡妇家去。寡妇衣着完整着坐在炕沿。他们质问她，她反驳他们，后来闹到骂，那寡妇抢天呼地地哭，他们说她是神经病了，她回骂他们才是患了神经病。

二

相传过风楼在宋朝时是边界，金人入侵，朝廷割地求和，分线就是石牛山岭。山岭西属金，山岭东归宋，石牛的神话就从那时远近播衍。数年之后，朝里的一个翰林学士告老返里，来到石牛山岭，大大耻笑了石牛，便写下了那首至今刻在石牛身上的诗句。不想翰林步入岭下，竟发现三角沟岔里好一片风光，四面坡崖环匝，拱出方圆一片平地，立起可听见石牛山岭下黑河流水沉沉，倒卧则万籁俱静。经风水先生察视，认定此为金盆穴，翰林遂造屋安家。这一夜，黑河忽涨大水，从上游冲下一堆大小木料，翰林用木料建筑，四合大院，一明两暗，木料不多一根，也不少一根。现在，过风楼的人都说此镇是天地作合造设的。那翰林一直是活到一百零三岁寿终正寝。这恐怕就是苟旦的祖宗了。

翰林家族的坟地是最大最完整的，一直是过风楼人类的主宗，到了苟旦爷爷辈，则化泰为否，人丁不旺。当来了红军，出了许多土著的英雄人物，姓氏都为卢，卢家是真正的翻身了，暴发了。远近人皆在议论，翰林家族败了，败在金盆穴上，卢家为"漏"，金盆虽然能聚却不能守，全然漏失，元气自然殆尽。

卢家暴发之后，万般感念的仍是这个金盆穴，他们看重这里的山山水水，一面石崖，和石崖上的一棵怪木，自然更加播衍石牛的神话，说石牛原本是女娲补天遗留下的一块石头，这孕璜的遗璞虽然曾变作了人世间的一头孺牛，但它仙心未灭，才成了如此情况。过风楼就每年三月十八有隆重的祭石牛社会。

从三月三日，社会就筹备开来，他们要扎许多纸火届时抬上山梁去焚烧，于是产生了极其精美的纸扎艺术和工艺极其精美的民间艺术家。二珠的爹就是最绝的高手。他每一年从河滩地砍下芦苇，从高高的黑崖上砍下青竹，就挑最长最直的存放于楼板上，在清明踏青之后，麦场上的石碌子就滚起来，二珠的爹演杂技，双脚蹬得石碌子来回往复，芦苇和青竹就碾成亮亮的细软条子，收揽住灿灿的跳跃阳光。然后，掩门谢客，净手焚香，二珠爹就呆坐在堂屋从事自己的工艺，此十天八天，谁也不知道那芦苇和青竹眉子是怎样被扎成各种鱼虫花鸟，更不知道那金纸银纸是怎样叠成山水人物。这简直是一个弥天大谜！待到三眼铳声响过，过风楼的街巷里欢呼：开纸火了！二珠爹方走出来，他已经长胡长发，两颊消瘦，双目红肿。他为神的贡献煞费了心血，村里人慷慨无私地送去鸡蛋、羊肉、菠菜。纸火被一架一架抬至过风楼村中的大碾盘上，它工艺精美无比，华丽令人叹为观止。每一架是独立的一个世界，上有日月，下有峻山，山有莽林，林有走兽，一带云雾，深藏人家，楼阁亭台，台上生旦净丑，扮演今古奇事，那一抬脚一举手，那摇曳身姿，顾盼眼神，无一不惟妙惟肖，最为二珠爹得意的，是那架石牛图，他在同一环境中纸扎了石牛下凡和盼望上天的四个动作：立在云际，纵身下凡，作牛耕勤，望星化石，情节的瞬间动作分解为四个单位，足以使每一个观众皆感受到人生世事的遥远和神灵。

三月十八的前一天，即三月十七日，过风楼锣鼓紧敲，村人要抬着十架、数十架纸火在镇中游行，这似乎是翌日祭石牛神的前奏，是一种演习，那锣鼓敲打如五雷轰顶，后来就集中所有的青壮男人，一边敲打，一边狂呼乱叫，且互相推搡撞冲，他们这样做是乞求"下马角"。马角者，是第二天护守纸火上天的神的力士。而马角为谁，所有的男人皆不可知，全在这五雷轰顶的锣鼓声中，在推搡撞冲的摇撼中生产，于是，便会有一男人突然双目圆睁，几乎裂眦，手舞足蹈，癫狂不已，口吐"吾马角来也！"这人便是这一年的马角。立即，有人就将铁打的四十斤重的大朴刀交给他，他当众砍，杀，劈，跨，翻筋斗，打列子。马角的产生，完全不是人为的，因为他的一切举动全然越过常规，或许他从来是腼腆好静的小子，或许他从来不会做什么武功，但一旦神附于身，则别是一番举动了。

马角既已选完，村人筹款要付他四十元钱和一双鞋的，先是麻鞋，到后是胶鞋。第二天凌晨，镇中锣鼓一敲，马角先到，过风楼的全体人集队出发，前边是三柄三眼铳，冲放震耳欲聋的火炮，后是马角，再后是纸火，是七面白旗，七面红旗，七面黄旗，七面蓝旗，往后是人群，人群中则又是马社火，差不多是十二匹或十六匹，每四匹为一组，人骑马上，演动古旧戏文，一组与一组分隔并不远拉距离，而将起首的马上人物倒转身来皆可。这支社会队缓缓向石牛山岭进发，至每一个山岔，到每一处十字路口，马角就左砍一刀，右杀一刀，那铁打的真刀砍在树上树倒，杀在石上石裂，威力无比，曰为"开路"，锣鼓就更响了，三眼铳就连珠炮似的放。

苟且在年少的时候，年年都经历过这种惊心动魄的场面。每当三眼铳一响，万山丛岭似乎一起酥动，其时天色微明，路旁黑柿浓浓垂垂，上百万千的乌鸦突然离枝而去，柿林顿时稀疏明朗，天白地亮，看每一棵柿树如佛堂的千手菩萨。而成群的乌鸦从头顶飞过，先是一片漆黑，渐渐黑白交错，再是集中到沟的对面山坡的柿林去又是黑白交错，渐渐一片漆黑，浓浓重重。苟且此时就浑身发冷，感到一种说不出的惶恐。

石牛神社会是一代一代传下来的，它的隆重远远赛过了新春过年，但是"文化大革命"中却废除了。石牛神原先是有庙宇的，建筑不大，屋脊雕饰十分精巧，运动中队长和苟且破"四旧"，便喊着"砸碎上层建筑"而将屋脊上的龙头凤角一一捣碎了。庙中的一只钟，八磅大锤砸不碎，架了柴火烧了两天两夜，泼水方裂。忽有一日，过风楼有了消息:要过社会啦!这话由一长舌妇说起，极快在男人们中传延，询问谁说的，结果根子在旧队长，人人皆疑惑了。

旧队长确实说过要过社会的事，但却并没有挨门挨户落款筹资，他实则去了石牛那儿焚了一沓草纸。人们向他证实此事，他直言不讳，又谈讲天下大事，他出奇的竟再不言语，而且很快，就在一次上屋檐补添新瓦时从上边掉下来，将一条腿跌折了。

"老队长，你这是怎么回事，你不是给石牛神烧过纸吗，神也不保佑了?!"

"怎不保佑? 不是烧那纸，掉下来能是折一条腿吗? 脑袋早没了!""你说是该恢复社会了？""大家看吧。""乡长会不会批判是迷信？""日子好了嘛，不该热闹热闹吗？！"这时候，瘫在炕上三年的乡长的母亲倒头了。乡长的长相，是过风楼里男人们最标准的模子，卢家的人全都大块头，高鼻梁，唇红齿白。乡长曾经说："我们卢家的祖奶奶八成是被金人强奸过的。"他说得很粗鲁，又极自豪。旧队长他们捉奸未成一事，事后乡长是知道得一清二楚，他甚至在事后特意用自行车带着年轻漂亮的女子每日里从过风楼的街上东骑到西，西骑到东。老娘殁了，他选定的坟地偏在林家祖坟的上方，立即有风水师出谋定策道：此穴位埋人必须要碰上一个戴铁帽子的人方能入土。过一日，过风楼的人几乎全部去行礼，他们用麦面蒸一个升子大的献祭，买一刀麻纸，去灵堂上表情严肃地作拜，然后劝说乡长节哀。当浩浩荡荡的送葬队伍向山坡上行进，旧队长担任了全部的指挥，他不允许抬棺木的人将棺木放在地上换肩，他反复训斥撒阴纸钱的人要每十步当空抛撒，不能随便丢在地上，他叮咛乡长在封墓的时候一定记着要带一块墓砖返回。但是，棺木停放在墓穴口，远近却没有戴铁帽子的人出现，鞭炮便不停地响着。

这响声震动着坡下的来往行人，距过风楼八里的集市人做罢买卖返回，都吸引了前来观看，不想就哗哗啦啦地下起大雨来。苟旦知道乡长了解了自己曾经参与捉奸，他没了脸面去向卢家吊唁，一早就去集市上买锅去了。返回山上，听说旧队长也送葬了，心想：这队长倒会活人，把我现亮了！遂也赶到坟地去。雨下得生大，苟旦没有雨具，便将铁锅顶在头上，还未跑到坟地，坟地上旧队长锐声叫了："戴铁帽子的人来了！"

夜里，苟旦又是没处去，在街巷里溜达着，瞧见旧队长的屋门洞开，一人在家里坐喝白干，他进去了。

"苟旦，你这狗东西，你为什么到坟地去？"

"你都去了，你让我做仇人吗？！"

旧队长呆呆地看着苟旦，伸过手却拉他坐下喝酒了。

"过社会！"

"过社会！"

"过社会！"

三月十八日的石牛神社会热热火火地过起来了，扎纸火的是二珠。他虽然没有其父的手艺高超，但他的纸火的内容却比其父新鲜。他扎的是另一种世界，没日没月，没山没水，没花鸟，更没人物，全然是楼台亭阁，庄庭院落。他是领导着四五个文学青年搞创作彻底灰心懒意，甚至将笔也折了，但也毕竟更懂得一些艺术的动机，这楼台亭阁的庄庭院落，墙的横竖，楼的内外，皆异角度观察后的印象，使时间与空间相互依附，将不可视的时间过程理解为可视的细小空间的组合，如果有理论家在此，那就会解释为是以四维空间和五维空间来处理骨架、位置和边框的。可谁也不明白他为什么就是没有一个人物。

过去社会中马角使用的朴刀，是镇西头老爷庙里周仓手里掌握的武器，文革庙毁了，朴刀做了武斗中的工具，后被县上收缴了去，旧队长就在镇中收缴了一堆烂镢和破锹，背着去铁匠铺里重新打制。铁匠铺的主人是麻文仁父子，麻文仁惊得眼珠老大。

"这事乡长同意了？"

"你挣你的钱，管这么多的事？！"

"我可不能没个头脑呀！"

"我这头脑不比你的头脑？你造吧，社会是我承的头，我就要组织过社会，石牛神它懂得我的……"

"队长，队长……"'

旧队长却脸面抽搐，鼻子发响，哽哽咽咽地哭起来了。

麻仁文不明白他为什么就哭了起来，瞧着他发乱胡长，衣衫破旧，倒觉有些同情，开始架起炉子，拉动风箱了。

"老麻，你啥事不管，你只挣钱，这好，好……"

"队长，你要入伙，我乐意哩！"

旧队长却再没有言传，自己动手拉风箱，炉上的火红起来，红如出山的太阳，如血。烂镢破锹的顽铁疙瘩在炉火中发稀发软，炭一样地夹出来，大锤咚咚，小锤当当，震响着四山围闭的过风楼，回音又在长长的街巷从这边墙弹射到那边墙。

旧队长先将新造的朴刀在铁匠铺门前的土场上如驴打滚一样耍了一身

臭汗。

三月十七日"下马角",锣鼓敲得价天地响,马角却"下"不来,一群粗壮的男人们在狂呼乱叫中,互相撞冲中头脑异常清醒,言辞异常规范。旧队长跑前跑后,各处照应,就急得满脸汗珠,最后只好来分配了。

"苟旦,你是马角!"

"队长,神没有附我身呀!"

"分配你就是你!"

"分配?"

苟旦从被正式承认为劳力在生产队下地干活的时候,他一直是被分配干什么就干什么的,但他还是第一次分配来当马角。他抬起脑袋,疑惑地看着旧队长,看着敲锣的男人,后来就看着了过风楼堡门洞上那隐隐约约的"□□□匹夫有责",他突然眼睛放亮,饱藏着一泓感动之情,如神果然附身,竟旋风般打起趔子,倒立着走路,在众人一片喝彩声中,那倒竖上来的双腿,一屈一伸,犹如神话中的刑天,没有头颅,要以双乳为目,以脐眼为口而舞蹈了。等旧队长将朴刀递给他的时候,他气喘咻咻地坐在地上,说:"'保家卫国'了……吾,吾马角来也!"

三

过风楼出现了几十年来未有的安静,街上闲散之人锐减,但小卖铺却三步一个,比比皆是。冷冷的月光从街房的前檐斜面上流下来,街道白一半,黑一半,猫的叫春声使每一位老少都听得真切。有人从堡门洞的四十八级台阶往上走,一步一个空洞,各家的叫卖就此起彼伏,希望那月光拉成的黑影首先来到自己的铺前,但脚步声倏忽消失,卖主们呼不来饥饿,呼不出寂寞,叫卖声的最后一句就被自己咽下了。

旧队长的腿留下永久的残疾,行如雀跃,办起了一家根雕艺术厂。他不懂什么艺术,却认识了一位会雕刻的县城人,他负责挖山上的各种树根,用架子车每十天运往县城一次。旧队长当了多半生的农民,他竟没有想到一棵树根甚至和树冠一样庞大复杂,树苗出土之后,一方面努力向高空上长，一方面更极力地向下扎进。一丛梢林，根系互相盘错，形如网状，使得他的刨镢常常嵌在里边，拔也拔不出来。民办教师二珠，经过满是树根的旧队长门前，不免两人惨惨地一笑。"吃了。你吃了？""吃了。"旧队长会丢过去一根香烟。"我戒了。""戒了，写文章的人能戒了？""你瞧瞧这指头……我胖了呢。"旧队长似乎记得他应该问问二珠：他家的三小子学习怎么样？二珠却已经匆匆地走掉了。

白天的街巷没有了许多人，晚上更没了扯话的场了。苟且没有消磨时间的去处，就双手拎起来在石碌子碾盘上晒太阳。后来就陪着他也来了几位，皆微闭了眼睛，在光照下沐浴，体验着虱子在身上的某一部位窸窣爬动。偶尔，苟且看着山岭上的石牛，众人也扭着头看，到底在看什么，苟且没有说，众人亦不说出。"山那么高的。""山梁上离太阳近吧。""离太阳越近越冷的。""哦，石牛是冻在那里变的。"乡长的儿子在县城工作，媳妇是过风楼早先的业余宣传队的。这小女人长得很稀，她坐在不远处的一片太阳下织毛衣，朝这边说话，媚眼活泼。

"看报了吗？原先那个联合国秘书长被人告了，说是纳粹战犯！"

"……"

"这怎么可能，他成了战犯？全世界让一个战犯领导着？！"

"……"

"听广播了吧，×省长检查工作到县上啦！"

"×省长和×书记尿不到一个壶里，两个老婆见了面，听说是你往地上唾一口，我也往地上唾一口……"

"……"

"现在走到哪儿没个囫囵单位了。"

"……"

"喂，你们都哑巴了吗？"

石碌子碾盘上的晒暖者没有羞愧，亦没有发笑，他们依然看重着天上那一轮太阳，看重着手里那一根烟袋，叽叽咕咕地说着天文地理。苟且一直不明白，却已感觉到过风楼开始不像过风楼了，是另一种味。他替乡长的儿媳受冷落很觉遗憾，给他们使眼色，暗示接应那女人的话，但他们还在说他们的：韩伯你看本年收成如何？韩伯说夏至如在五月中高处大熟，若在初八初九初十早谷有收，若有平稳在五月末早苗有旱。韩伯雪雨冷冻你可知之？韩伯说如何不知立春有大风大雪青禾苗有损虫蝗有侵。韩伯一年十二个月四方起风是啥看法？韩伯说正月初一起巽风禾苗结实，二月初一起震风主有八成收成，三月初一起离风宜得麻油，四月初一起兑风宜种黍粟，五月五日……苟旦不得其解，听得头疼，他抬起身往乡长儿媳那里去了。

"苟旦，你们在说些什么？"

"鬼念经。"

"这些人脑子不正常了呢。"

"不正常呢。"

"……这里怎么啦，日子过得没盐没醋的。"

"没盐没醋……"

苟旦在和乡长的儿媳说过这话的第二天，过风楼却又张罗唱起大戏了。热心主办的仍旧是旧队长，而且旧队长找着苟旦，让他参与活动。苟旦表示，能信任他，他会尽职尽责的。他果然积极，逢人宣传，甚至将过风楼的东片和西片的代表召集到了一起说了许多保家卫国的话。东西两片就各筹款三百元，各请了一个县的剧团共同要在街中心的大场子上演出，对台戏谁家唱赢了，六百元里可以拿走四百五十元。

开戏那日，苟旦又被分配用白灰在大场中画一界线，午时三刻，一声三眼铳炮响，两家剧团一起开锣，粉墨登场。先是东片的戏台下人多，苟旦在西片，便在台下拉人，西片台下人又多过来，对抗得不分高下，难辨雄雌。戏台下就喧嚣开来，人如流水旋涌，倏忽漫向东，倏忽悠向西。苟旦十分体面，在人窝里挤得黑水汗流，却觉得谁也见他笑，后来，脚跟未动，身子极度倾斜，就倒下去，同时有许多人也倒在他身上。

"保家卫国！保家卫国！"

他愤怒地骂着，却发现倒在自己身上的是乡长的儿媳，几乎脸要碰着脸了。这一照面，使苟旦印象颇深，骤然身上有了异样感觉，眼睛也乜斜了。乡长的儿媳赶忙爬起来，抱歉地冲他嫣然一笑，遂挤到另一边去了。苟旦自此心魄摇动，忘了其责，看着那女人的行踪。后来。女人出了戏台，往戏台后的那一排杨树后去，他终于鼓足了勇气从人群出来也往那里去。杨树后，那女人却不见了，树后的沙地上有湿湿的一片，形如地图，且湿沙地中有冲出的一个小窝儿，一只小螃蟹高扬双钳横着爬动。苟旦竟呆呆地看着那小窝儿好长时间，末了用手去提那小螃蟹。但立即，他被一个耳光扇倒，站在面前的是乡长的儿子！

苟旦一脸羞愧，撒脚就跑走了。

东片的戏到底没有争过西片的戏，戏一毕，立即宣布观众不准移动，以白灰界线清点人数。找苟旦清数时，千呼万唤没有了苟旦的踪影。苟旦是一口气跑出了三里地，软倒在山根下的石碴地里回头看时，乡长的儿子并没有追撵。但他不敢回去，他明白自己干了最丢人的事体，索性就站起来，独身去了县城。

在县城流浪了数日，没想在汽车站的候车室过夜时认识了一帮贩漆的人，他们瞧着苟旦忠诚而相貌凶顽，就邀他一块去做生意。贩漆人从过风楼南六十里的大山将漆收购，兑上百分之二十的水贩到山东、广州高价出售，为了逃避车上的检查，他们将漆分别装在塑料袋里，再装进大帆布提兜，而三四人将货运到车站，让一人去搭车带货，交与山东、广州车站的接应人。苟旦就成了这个贩漆集团的脚夫，三日之内，由收漆处背一百斤漆袋翻山越岭到县城。苟旦是有这种蛮力的，且出了蛮力可以获得不少的报酬，苟旦渐渐地忘了过风楼，忘却了乡长的儿媳和儿子，他生活得紧张而有趣。

八个月，苟旦知道了许多从前并未知道的世事，挣得了裤衩口袋里鼓鼓囊囊的一堆钞票，他衣着新鲜地返回过风楼了。

隔壁的邻居麻文仁，灰屑满面地从铁匠铺回家去吃饭，巷口碰着了苟旦。

"苟旦！简直不敢认了！你出去赚了钱了？！"

"赚了。"

"外边世事大啊！"

"大啊！"

苟旦附过来，神秘地告诉说：×省长到本县检查，你知道他说了些什么话，对本县领导谁谁满意谁谁不满意？×省长回城后开了什么会，做了哪些指示？麻文仁却一派麻木，毫无反应，只问苟旦在外做什么生意，日里能赚多少钱？

"钱多钱少没意思！人活着还得那个……保家卫国嘛。"

过风楼里正进行着××乡代表的选举，过风楼是极严肃和认真，他们要把选民资格的条件和候选名单一笔一画地抄写在大红纸上，张贴于街头巷尾，这自然是二珠和他的文学徒弟的手笔。于是，每天会有人到领导小组来汇报：××不能参加选举，×××名单上的年龄和实际年龄不符。苟旦一到家得知此事，忙跑到街头的名单表里看自己，从前到后，从上到下，他看了两遍，竟没有自己的名字。他去问二珠。

"怎么没我的名字？"

"苟旦发了？！"

"那女人虽然是乡长的儿媳，可我没对她怎么样呀！"

"苟旦倒会做生意了？！"

"二珠，这名单是你写的？"

二珠正经起来，告诉说名单是他的儿子代抄的。两人一起到街头，用枯笔在名单上加上了苟旦。

翌日，即是投票选举日。人到得并不多，大家提议：不需要在一张纸上画圈圈，也不需要将画了圈圈的纸投到那个木箱里去；口头提名，举手选举吧。于是，会场并没有沉默，有人提出苟旦，众声附和：就选苟旦，让苟旦当代表！

苟旦万万没有想到人们选到自己，他大受感动，站起来说话，不免又是夹三夹四的保家卫国之类，人们就哄哄地笑，他就从怀里摸出一张报来，竟一字不漏地往下念。

选举结果报上去了，苟旦当选的理由是他有了钱，由贫到富，应当给他奖励吧。乡长对苟旦当选也十分赞同，诚心诚意地评价他是真正能代表过风楼的气质了。自然，又一次的村长改选，又是苟旦莫属了。苟旦拿上了每月十二元的干部补贴金。

苟旦再没有去贩漆，贩漆集团的人曾经来找过他一次，他说他现在是村长。

"就那十二元钱？去一趟山东那是多少？！"

"……"

"你不去也可，过风楼是老镇了，旧社会的银货多，你收收，去广州比漆挣钱多哩！"

"贼苟旦，你怎的不说话？"

"我是村长嘛！"

"离了你天就塌了？"

"这，这……人人有责……保家卫国……"

苟旦终没有被诱惑，他老老实实去乡上开会，开完会老老实实在村里执行责任。治国治天下的政策苟旦是不懂的，生产安排也是用不着苟旦去教训每一家村民的，当乡政府开罢计划生育会后，他挨家挨户动员做手术，动员不了，指标完不成，乡长指着鼻子骂他。

为了保证政策的贯彻执行，乡长下令撤销了苟旦的村长职务。

苟旦找着了那帮旧友，又去贩漆和贩银货了。

又是三个月，苟旦重新返回到了过风搂，声称他在六十里外的大山里生活得很好，已经与当地说妥，他在那里落户，做上门的招婿。而且说出令人瞠目的话：要把祖宗的遗骨也迁移去。

苟旦的祖宗里，最有名的是翰林，这是给过风楼增添无限光荣的人物啊！"苟旦你真要刨根吗？""刨。""这是翰林爷选的金盆穴呀！""刨。"过风楼的人都觉得苟旦神经真有些不正常了，但旧队长却认为苟旦在外边经见多了，已不是往日的苟旦，他恐怕迁移祖骨是假，谋望祖坟里埋着的银货了。

苟旦家的祖坟十分庞大，他并没有请别人来帮忙，做了好多小匣子，挖开一座，将好几片白骨用红布裹了装在其中。待开掘翰林的墓时，那是一个月明风静的夜晚，墓穴里却什么闪光的东西也没有，唯一架白骨骼，而脊椎骨的下部竟又有一小盘细骨，那细骨不能接连，是一块骨片一块骨片，愈来愈小，愈来愈细。

"这是尾巴骨？祖先是长有尾巴？！"

灯笼掉在穴坑里灭了，黑暗里苟且惊骇不已，那一只手不自觉地摸到了自己的屁股。

又是一年的三月十八日，开始了石牛神社会，在三月十七日的"下马角"中，竟同时有七个人言语癫狂，举动反常，皆口称"吾马角来也"。结果七个人同时当马角，一人用铁打朴刀，六人用棍棒，保卫着纸火上了山岭。可山岭上的石牛身上，那翰林的题诗整块凿走了，大家莫不怀疑这是苟且的作为，他是为了文物盗窃的。社会就过得冷清了许多，待纸火焚过，马角恢复常态，他们从山岭上往下走。

"这山是有多高呢？"

"谁说得清？"

"往下走着记着步子，到山下数步子就知道有多高了。"

说话的是旧队长，他步伐雀跃，叮咛二珠用步丈量。

过风楼的送纸火的人认真默数着步子，却皆在同一时刻心中作想：这事情好怪，人明明是往下走，却其实往上去，天地间有什么鬼谜儿在捉弄？

翌日的堡门顶上，白灰粉亮了那残留的标语。

第五章　瘪家沟

一

未必是对那一块地方的耻辱而羞以不公明于世呢！十五年前，这学生从那地方初到中国西部的最大一座城市去，在一所高等学府就读，教授问：名姓？他说 ×× 凹。教授对"凹"字颇感兴趣，遂问籍贯，再回答：瘪家沟。是的，天底下没有姓瘪的，它是学生家乡的土语，专用词，代表雌性生殖器的。教授惊得几乎掉了眼镜："荒唐！"说罢，立即将村名同"凹"字相联系，对这学生很有些瞧不大起。这学生孱弱，自那以后写其家乡时再不写"瘪家沟"三个字了。做了城市的市民，吸收文明的东西多起来，渐渐，却觉得家乡的名字起得并没有什么过错。瘪，第四声，实在，而又有别一种意味。中国的一位很厉害的皇帝武则天，她生前特意在关中平原上堆积一个女人形的坟陵，且专门有两个乳房，叫奶头山的，造成远远一望是个地平线上仰躺的女人。到了现代，以弗洛伊德理论，花朵就是草木的生殖器。而这个城市的每一家居民不都是大养特养，供于案头，插入瓶中，晨起悦目，夜来闻香吗？即就是最普通的道理，任何一个伟人，或者一个乞丐，皆不是从那一个地方来到人世的？！

于是，这学生在毕业之后从事了作家的职业，他在一篇速写里勇敢地描述了家乡的那块地形：

一个椭圆形的沟壑。土是暗红，长满杂树。大椭圆里又套一个小椭圆。其中又是一堵墙的土峰，光光的，红如霜叶，风风雨雨终未损耗。大的椭圆的外边，沟壑的边沿，两条人足踏出的白色的路十分显眼，路的交汇处生一古槐，槐荫宁静，如一朵云。而椭圆形的下方就是细而长的小沟生满芦苇，杂乱无章，浸一道似有似无的稀汪汪的暗水四季不干。

学生写的仅是瘿家沟一处的地形，他并没有详尽描述出瘿家沟周围的环境。瘿家沟前是胭脂河，流水缠绵，沙石为五色，且多生藻絮。沟后偏左的一座山为仙山，相传秦时住有方士，秦始皇想长生不老，派人上山寻访方士，采集仙药。当然，史书上记载，秦始皇并未老而不死，但当地人一直认为胭脂河是始皇后娘娘的洗脸水所致。而在沟口，也就在那棵古槐之下，于一片锦绣样的黄麦菅丛中盖有一庙，称瘿神庙的。

瘿神庙的香火极盛。几乎在胭脂河上下，大凡夫妻想要生儿育女，都来朝拜祈祷。又几乎跪倒在庙台尘埃里叫喊：给我生一个吧！这叫喊声异常虔诚，什么人不知鬼不觉的事也皆要明白直说。三十三年前，张家的媳妇过门不生，曾祈祷道："瘿神呀瘿神，你让我生一个吧！若说是我不会生育，可我在娘家做女儿时也曾生过一个呀！若说是我男人不能生育，可我一直并没只指靠他一个呀！"当时村中的老贯是画匠，正骑在庙梁上新描画纹，听之忍不住发笑，一下从梁上跌下来，摔瘸了一条腿。但张家的媳妇之后也果真生下一儿，后叫生林的，相貌奇丑，前崖颅后马勺的，成为村中出怪人物。

胭脂河岸上有瘿家沟，香火又不断，故这里人口十分兴旺，单瘿家沟下的村子，虽为一姓，繁衍数支，房屋住所就分前院、腰院、后院和新院四处。腰院、后院人发展极快，差不多三世共存，四世同堂，而儿儿孙孙娶妻生子后搬迁到另一处盖房筑屋，混居成堆，这就是形成的新院。前院则人口不旺，几乎要绝了根本，但值得提及的，也最为远近炫耀的是画匠老贯。算起来，老贯应是瘿家沟村所有人的爷。他是父亲的爷爷，也可能是爷爷的爷爷，以此地风俗一到爷辈就封了顶，老贯爷是全村尊封的老"先人"了。

老"先人"每每在做饭的时候，玉米面和在锅里，不住地往外泛气泡儿，他就会意到一种事体。可惜老贯没有文化，又没有走出过山地，当那个学生，后来做了作家的石顺于十五年后回到瘿家沟，说起城市的地铁出口，咕涌涌，冒出一个脑袋又一个脑袋，他就呵呵呵地大笑不止，说人到世上正好如此。但是，同样一个瘪家村，腰院、后院、新院人口兴旺，而他的后院只留下他一人，他免不得有些黯然失色，肚里当然要骂几句周寿娃了。

四十年前，烽火台的洼地里出了一户恶霸，这就是周寿娃。周寿娃瞧着瘪家沟的风水好，瘪神庙的香火红盛，就掏钱买了整个地皮，归己所有，凡烧香祈祷的人皆要出钱方能进沟。但这数年的霸占，却并没有使周寿娃大发横财，反倒在解放初受了政府的镇压，而周家大院在正月十五日夜一疙瘩天火落下焚尽了。周家的大老婆一生无育，小老婆生一女儿，这女儿后来便改嫁了老贯的侄孙。

"这全是周家带的灾！"这话老贯差不多说了几十年，所以对于自己的高龄绝口不提，以为是羞耻。看着他的村中的儿辈或孙辈的人老态龙钟，鹤发鸡皮，他慢慢也不知道自己是活着还是死了，也不知道自己与别人说话是活着的在说死人，还是死了的在说活话？

这当是后话了，不提。而瘪家沟的瘪神庙香火依然不绝，欲生儿育女的夫妻在三叩六拜地祈祷：给我生一个吧！给我生一个吧！甚至在细雨漾漾的清晨或黄昏，求子心切的夫妻坐卧于瘪家沟穴位中的杂乱无章的芦苇丛里，看大椭圆和小椭圆内外红腻湿漉，念叨他们家的富有和乐哉，以引诱来世者。此时天空常常打雷，哗唧唧，似乎在世者业已答应，遂也似乎使做妇人的肚腹有了沉甸甸的感觉，也似乎是闻到了瘪家沟的一种异样的气味。

<h1 style="text-align:center">二</h1>

田王庄在瘪家沟的下方，远五里。原本胭脂河的北岸西伸出一个月亮垭，东伸出一个烽火台，抱一个怀状，拱瘪家沟在中央的。但月亮垭伸出的石崖短，一缩一拐，窝一个小湾子就搁下田王庄了。庄里树茂，尽是苍榆，从头至脚附生绿苔，阴森森地觉着天上的太阳没有成熟，青涩的。湾口有一堆乱石，乱得很艺术，很浪漫，常有画家去写生。乱石中扭曲着一条土路一直到沟里去，人家遂横七竖八地存在。

这是河北最偏僻最荒凉的去处，却有一座石头砌成的极古怪的房子。

民国初年的时候，一个意大利人，大胡子，极度的困难和辛劳，传播天主教。当然这传教士后来死了，教堂在"文化大革命"动乱中也曾做过牛圈，圈三头犍牛，五头孺牛。这些年里，石头房子里又有了钟声。有一张画，很漂亮很温顺的女人，开始有人送给某某人，有一些人将自己的名字和指印画押在一个本儿上，便得到这张画贴在中堂。于是这画给许多男人以遐想。后来也都传说在教堂里住过的八头牛一年内死了，都患胆结石，剥了很多牛黄。牛有牛黄如同人能上天做仙一样。八头牛是到了极乐世界的。

木匠炳根来田王庄侯七奶奶家做寿棺。侯七奶奶是新院侯家的二姑。做过三天，傍晚间抱了水烟袋在火塘边吸，侯七奶奶说："炳根，你没人？"

炳根说："我不会，也就没输。"

他眯着眼睛从门道处看着对面坡上的那个山洞。洞里日夜有赌博的，输了，赢了，输输赢赢，炳根资产不行，还没有个女人，炳根发誓不染指。侯七奶奶"沙"地笑了。

侯七奶奶说："我说，没人给你一张画吗？"

炳根为自己的误解而羞愧，说："那女人像？眼不见心不乱。月亮垭的德水有一张，夜夜跑阳，人都虚脱了。"

侯七奶奶忙画十字，说："胡说，那是圣母像！"

几天里，炳根悬在空中拉长条子大锯，就想侯七奶奶很慈祥，很可笑的。侯七奶奶是教徒，为什么老患头疼病呢？我的母亲活到七十四岁时常说："瞧，穿针都不行了，可我怎么不死了呢！"总说死的人才死不了，她活到八十二上才谢世。侯七奶奶刚刚六十一岁就忌讳说"死"了，早早要做寿棺相冲！

炳根将寿棺做到一半的日子，侯七奶奶病更重了。她捎书带信召见亲戚好友，竟想到二十二岁时曾在戏台下捏过她的脚的一个相好。八十里外来了个核桃脸老头，两个讲说了半晌话，老头就走了。侯七奶奶样子很凄凉，把她的白锡铜水烟袋要送给炳根，留一个长长久久的作纪念。教会里的先知逮了风声，来说："没事的，甚事没有的。不要吃药，中药不吃，西药也不吃。天天向耶稣祈祷病会自然消除的。"侯七奶奶日夜做祈祷。双手合掌在额前，动也不动的，炳根以为她是打盹了，有几次去扶她，侯七奶奶拿指头戳他的圆额。再祈祷就关了门。

田王庄前临着胭脂河，村中又贯穿着沟里的溪水，这时候水的节奏很明显。炳根无声地笑，笑过了，觉得几分是笑侯七奶奶的，又觉得几分或许自己笑自己。偶尔听到村人议论侯七奶奶害的癌病，真怨恨那么祈祷，不如花了全部积蓄去吃好喝好，看好外边世事。

他在村后的树林子里解手的时候，看见那个先知正从一旁过，想骂一声"骗子"，想把一泡热尿浇到那贼头顶上去。

三天后，村里来了一位城里人，带了许多糕点和一捆书，炳根原本很活泼，气盛盛的，一到那人面前就蔫了，走路都不稳。城里人是侯七奶奶的儿子。儿子查了书，说娘患的就是癌，特意买了一种药，蛇杨梅草的，好说歹说，让娘喝了。

侯七奶奶喝了药，病并未好转。先知赶来问了情况，先一脸愠怒，遂说："既已喝了药，那你进天国的时间将至了，天国已经做好了准备在迎接你了！"城里的儿子听罢勃然而怒，举手要打先知，侯七奶奶抱住了他，一直把先知送到教堂。返回，儿子却昏厥在门口。

是柄根掐了儿子的鼻根，使儿子和炳根惊骇的是侯七奶奶从外边进来，气色非常的好，刚才以前还卧床不起，这是怎么走出，又怎么走回来的？

儿子说："娘，你是好了？"

侯七奶奶说："我是什么地方也不疼痛了。"

儿子说："这就证明'先知'尽胡说了！"

侯七奶奶说："我还有五天，我就进天国了。"

第一天，炳根将寿棺装钉成。第二天，炳根雕了前挡头上的"福"字。第三天，炳根刻了小挡头上的花饰。第四天，炳根用生漆涂染。四天里，侯七奶奶一直守着炳根干活，说趣话，说到做女儿时的情境，也说到那个核桃脸老头。

她说："他是老了，不中看了，年轻时他会敲腰鼓，那鼓点稠的呀……"

第五天早上，炳根起来上茅房，院子里坐着一个新鲜人。是侯七奶奶，穿着了早预备好的寿衣，洗头洗脚哩。

侯七奶奶说："炳根？今日不会阴云吧？"

炳根说:"昨夜儿我瞧天四脚高悬……"

侯七奶奶说:"会出太阳的,五个太阳。"

炳根就糊涂了。侯七奶奶就又对正起床的儿子说:"你有表,现在是几点,娘中午十二点要走的。"

炳根蹲在茅房咻咻笑,认定侯七奶奶又说趣话了。

这一日,天气果然很好,到了十一点,突然当空布一片云,即刻朗朗乾坤,光明灿烂。侯七奶奶说:"天门已经给我打开了。"笑笑地,几分舒坦。十二点,院子里极红,炳根跑出来看见天上果真绕着太阳出现四个光环,互相接连,遂两道红光十字射开,每个光环中有四个亮点,大而红如太阳。

炳根喊城里的儿子:"稀罕啊,五个太阳!"

两个欢呼了一阵,忽想起什么来,进屋视时,侯七奶奶已经睡在了寿棺里。睡着,没有了气息,面部慈祥、平和、充满了幸福。

炳根领了工钱离开了侯家,回到瘪家沟后,一番打听,主动去讨要了一张女人画,虽然这画使他好长日子里心不守舍,身子已很虚弱。

三

省城出版社的编辑陈某,一日下班时,收到寄来的一份书稿,顺手丢在小山似的稿件堆里。正起身要走,偶然瞥见那稿上附有一信,仅三行:"寄上拙稿《我的故乡》,因身患癌症,盼能尽快审阅。"陈便心想:一个行将去世的人,还著书立说?觉得好奇,顺手翻开一页,不觉移近书案,慢慢将身坐下,竟读得如痴如醉。晚上九点二十分,家人寻到编辑部,见他正手捧书稿侧在椅上,看得入神,问:"你还回家不回家?!"不答。再问:"还吃饭不吃饭?"答说:"谁没吃饭?"家人摇头苦笑:"魂儿又被勾去了!"陈方醒悟,却笑而不答,又抱书稿去敲总编家门,要求连夜复审,说:"此人朝不保夕,此书可长存于世啊!"

复审后,需做局部小改,陈便于次日去本城此作者的单位。单位领导说:"他病已不可医治,十天前未婚妻送着返回原籍了。"陈又按地址搭车去了瘪家沟。瘪家沟正值雨夜,陈将书稿藏在怀里,猫腰寻到腰院,则见此家锁门闭户，问及邻人，答说："石夫？瘟家沟村没有个叫石夫的，你是找错人了！"陈某疑惑不解，说："他明明是胭脂河瘟家沟人，怎么能没有？！"旁边一小学生，是后院茂林的儿子，说："我知道，石夫就是石顺。"邻人说："是石顺呀，你问的是石顺呀！他怎么又叫石夫？！"陈某方明白石夫是石顺的笔名，再问时，邻人则潜然泪下，说："病危，昨日送到镇医院去了，怕已不在人世了。"陈大惊，让茂林儿子引着，脚高步低又寻到镇医院，石夫病已到晚期，其身长不足五尺，体重不过六十，面色青黑，身瘦失形，卧床不能起坐了。两人相识，互道"相见恨晚"！旁有一女子说："陈老师，石夫今日昏迷不醒，口里却叫我去买茶来，说是有客要到。没想你果然就来了！"陈某看那女子，体态丰盈，满面愁云，猜知是石夫的未婚妻了。遂问石夫昏迷中怎知我要来，石夫却全然不记得昏迷中说了些什么。后，石夫伏床改稿，但力不能及，每写一字，需一分钟，手抖不已。陈便说："我替你改，改一句，念给你听，同意的点头，不同意的你用嘴说。"如此改过五更。医生、护士无不为之感动，握住陈手说："石夫真是奇人，病成这个样子，犹念念不忘他的书稿。是你拯救了他，我们也真要感谢你了！"天明，陈回省城，临走时说："我回去，稿子立即以急件编发，很快就能印出校样，你多保重！"石夫笑道："我不会死的，我还未见到铅字啊！"

陈走后，石夫病急剧恶化，疼痛难忍，滴水不咽。医生已经无奈，预料存世之日不过一两天。未婚妻已含泪去购置棺木和葬衣了。但五天过去，终未瞑目。又过五天，疼痛尤烈，任何针药无济于事，满床翻滚，只好用被单扭成绳将手足缚在床上。医生皆惊诧：此人生命力如此顽强！但眼见得日夜折磨，不忍卒看，夜里只留未婚妻在床边候守。子时，豆点油灯，昏昏欲灭，窗外风起，萧萧森然，未婚妻见石夫已失原形，哽咽泣哭，遂俯近相吻，减轻疼痛。石夫虽不呻吟，手却用劲将被褥戳成十个窟窿。女说："石夫，活着你太难过，你还是闭眼去吧。我看着你去吧。"石夫不语，眼睛大如环。

到了第二十一天，忽有省城邮包至，未婚妻拆开，《我的故乡》校样，遂大叫："灵丹妙药来了！"果然，石夫倚床而坐，让人扶着，将校样一一看过，神情安静，气色盈和。末了，满把握笔，签上"石夫"二字，忽然仰身大笑："我无愧矣！"随声气绝。

消息传到省城，陈正整理稿件，便以笔作香，伏案痛哭失声，又二十日，样书印出，陈携书再到瘪家沟，在石夫坟上以书作纸钱焚之，纸灰浮空，翩翩如蝴蝶，无一片落地，时正值石夫"三七"忌日。此后陈更热心编辑，手书"以文章会朋友，举事业为性命"于案头，作座右铭。

未婚妻姓杨名珺，省城北郊人。下葬石夫那日，一身白孝，扶棺哭丧，将自己一彩色小照与石夫的照片，相对合拢，放入棺内。后，返城嫁一姓石男人，年年清明偕夫带《我的故乡》十本来瘪家沟为石夫扫墓。一年，清明好雨，山桃灼灼，夫妇搭船顺胭脂河而下，行至瘪家沟前，忽见水面一片红云，静目，则是一堆山桃花瓣，瓣瓣相接，绕一花环。丈夫觉得奇异，指与杨珺，杨珺大叫"石夫！"昏厥不醒。丈夫忙掐人中，杨苏醒，说是看见石夫躺在花环上正读《我的故乡》。两人再看时，并没有石夫，那花环也荡然无存了。

四

后院原住有兄弟三人。先，父业农，略认文字，小筑三椽，颇有幽趣。后来前院、腰院相继屋舍堂皇，也费尽全力将院落扩大，堂房六间，厦屋四间，头道楼门，二道楼门。父一死，兄弟三人分家另灶。老大严肃，老二有些痴呆，一派忠厚。唯老三风度超逸，好出门做生意。一年，时当长夏，贩火纸到南阳，于船上见一女长眉入鬓，双眸炯炯，不觉心魄摇曳。那女子却并不避，反回首嫣然一笑。由是三十里水路两人目挑眉语，上岸后遂成野合鸳鸯。半月之后，并没有贩回火纸，却将一胜于艳雪的女子领回瘪家沟。老大瞧这女子，不是度家过日之人，反对成婚，于是兄弟二人意见不合，结下怨恨。那女的又枕边唆使，以致妯娌吵骂，鸡犬不宁。父的坟宅在老三所分的田地里，老大一心想把自己的墓拱在父坟之旁，老三拒不同意，兄弟自此仇恨更深，见面不复言语。再后，老三再往南阳从商，被一伙土匪抓去，说是拐走了土匪头的小老婆，用铡刀拦腰斩断。老三上身和下身分离之后，心脏并未停止跳动，手蘸着鲜血在地上写道："惨！惨！

惨！"遂命绝。消息传到瘪家沟，后院一片惊慌，时那女子身怀有孕，哭嚎不止，老大老二只顾派人去南阳搬尸，在家做棺修墓。待尸首搬回，却不见了那怀孕女子，第三日从南山来了一姓刘人家，出示契子，说是那女子将房舍卖与他了。老大老二叫苦不迭，四处寻找那女子，终不见影，骂道："我后院硬是让这狐狸精毁了！"自此后辈男儿再不找外地妻子。

刘家搬进后院后，三家关系平平，说不上好，也说不上不好。天长日久，老三的事渐渐忘却，忘却不了的是那老三的遗腹子，张家的血肉，不知是死是活，今在何处。

几十年过去了，也就在画匠老贯一百零一岁的那天，瘪家沟收到了一封来信。信是从××省发来的，写信人是省委的一个副书记，说他人到老年，寻根溯源，他是瘪家沟后院张老三的儿子。后院的老人皆已作古，活着的张、刘数家似乎不记得有个老三的上辈人，大觉疑惑。遂持信去问寿星老贯，老贯突然拍手大叫，忆起当年的一幕，不禁感叹："人生说不得的，说不得的，老三的遗腹子竟做官人了！"

既然瘪家沟出了一位大官人，后院张家岂有不认之理，甚至瘪家沟村所有的人都觉得脸面光大，演义起过往的故事，他们传说着官人的父亲如何相貌堂堂，官人的母亲又如何艳若仙人，龙凤相配，必生贵子；瘪家沟村便派两男一女去××省视亲，回来都衣着新鲜，说省府的门口有卫兵站岗，凡人不能进入，说官人的厕所，地洁如镜，坐着可以拉粪，遗憾的是他们拉不下来，还得蹲上去才行，说官人安排他们睡的房间，地上也铺的毡，不理解的是那床太软，睡着腰疼，后来还是睡在地毡上。村人问起他怎么就做了官人，回答说：他说了，他小小就参加了革命，当过县长，当过专员，他娘"文化大革命"前一年死的，死时还念叨没回到咱瘪家沟一趟。

瘪家沟村人修复了张老三的坟茔，四周栽了干枝柏树。

又二年，官人由××省上任到本省，负了这个省的主要责任。瘪家沟第一次接待了远距八十里外县城的书记。书记很有魄力，当场说定新编的县志一定要记载瘪家沟的山势地形、人物风俗，且又参观了张老三的坟陵，指示要竖一碑子，隶书勒刻"张老三先生之墓"。

此后，省城拨下专款，瘪家沟前的胭脂河开始了筑堤砌坝工程，河面缩窄，新造出了三百亩水田。瘪家沟的地理好，水稻获得丰收。县上又在沟根兴建起驴场，培育高脚牲口，出奇的是这牲口体大膘肥，远近的驴马皆来配种。后院的张德仁任的是驴场场长。

这一年，官人来信，希望家乡能有一个女孩儿来家当保姆。瘪家沟村人寻思：能到官人家里去，也是攀高枝儿享福的。古语讲：相府的丫环七品官。官人虽不是丞相，但若在古时，也称得一路诸侯，故细细审查，派去新院一女孩儿叫西贝的。

西贝年方十六，生得细皮白肉，小巧玲珑，手脚利索，眼里有活，到了省城，才知道官人是个精瘦如柴的大矮老头，不禁"呀"了一声。官人问：呀什么，莫非没见过这种场面？遂将身边的工作人员挥手而去，和蔼问长问短。西贝点头，心里却想：原以为官人又高又胖，满面红光，却这般平凡，若在乡下，该是个糟老汉哩！

官人家里已有厨师，西贝的任务只是洗洗衣服、打扫房子罢了。事情单调，她也常下厨帮师傅洗菜刷碗，就知道了官人夜间最喜欢喝汤。汤是第二锅面条的汤。那面条就作废了，先是师傅和西贝吃，吃不了就倒了，西贝很有些可惜。几乎是一种规律。每星期日家里要吃一种肉菜，形状像牛肉，但又不像牛肉，切出的肉片儿中间皆有一个窟窿的。西贝不知那是什么菜，在厨房问师傅，师傅说："是驴圣菜。"

后来西贝才知道，这圣菜是他们县每星期派人送来的，张德仁的驴场专门保障供给的。

一个夏天，官人总要住到城郊外的一座招待所去。官人去，也要西贝去，西贝喜欢那个地方，有成片的竹，竹丛绿中，衣服皆作碧色。招待所的另一座小楼上，住几个女人，弹唱歌舞，西贝一心想去看看，官人叮咛不能去。于是，几个月明晴朗的晚上，她只是静静地坐在小楼的远处往那边瞧。这一夜，楼窗哑然四辟，有女斜倚阑干，手支双腮若有所思，样子很美，似乎又很忧伤。

也就在这一夜，官人突然被人从小楼上抬下来，患了一种瘫病，且不能言语。这病使西贝吓哭了，嘤嘤直哭，回到官人家，夫人问了情况，打了她一个耳光。西贝觉得自己该打，没能照顾好官人，是失职，要回瘪家沟村去。夫人却又替她擦了眼泪，让她还留下来。

官人住了好长时间的院，虽保全了性命，却依然瘫傻，口里流一种涎液。西贝天天用缸子接那涎液。之后，四处找名医名药，皆不能治，瘪家沟村的代表也来探视了，偶尔提及瘪家沟后的仙山上有一寺院，寺院里一位道士会气功，治过许多疑难杂病，不妨试治试治。这道士便被专车送来，竟两年住在官人家。

道士相貌奇古，却气宇清明，每日发功治病时，室内要空静无人，运气半晌，忽长啸一声，距官人数尺远，推，挪，勾，引。官人就呼吸平和，心明目亮。功罢，道士则大汗淋淋，身软如泥，然后让西贝端出好多吃食，狼吞虎咽。

官人气色好转，就又投入繁忙的工作，参加各种会议，要念很长的报告。当他得知现在社会上服务行业的服务质量下降，便一定要到火车站，在列车上为旅客送茶水。当然，省府的工作人员得知大官人要去列车上服务，他们做了许多安排，比如戒严车站，以防坏人行刺，比如电视台派摄像师来录像，比如报社的记者来采写新闻。这么一大天的折腾，官人病又复发了。道士又做功了数日。官人稍能活动了，却突然极怀念起他的故乡，他在病房里指示：拨一批专款采买树种，让飞机在胭脂河一带飞播。大官人有这么多劳心之事，病便时有反复。道士说："原本一个疗程，可以使身体恢复半月，如果这样下去，那只能维持一星期的。"官人说："我能为人民服务啊！"于是，病情加重，他就静静地躺在床上接受治疗，病一减轻，就要布置和安排许多工作：要让城市文明起来，用白涂料粉刷所有街面上的墙壁，用绿染檐头，用墨刷门；要选定中国槐为城树，将××街道两旁的法桐一律砍掉，栽槐植槐；××县的大型水库要竖纪念碑，他亲自写碑文；××县要建成一座七层图书馆，省府拨款去购置一批书籍，他来题词。甚至他有一个宏大的心愿，要将瘪家沟一带建设成全省重点的游览区。这样，道士就不能再走，治疗也不可停歇，七日一次，三日一次，一日一次，无穷尽地疗治下去。

一年零八个月，道士没能回仙山寺院去，西贝也没有回瘪家沟看过父母。中秋节，接到一信，说西贝的奶奶病危，西贝回瘪家沟住了三月半。眼看到了年底，西贝想起官人，欲想重返省城，才要到胭脂河渡口寻便船，上游处呀呀地划下一个排子，有人叫道："道士回来了！"等排靠岸，西贝急要问官人病情如何，但见道士无声无息僵硬躺在一张床上，瞎眼斜嘴，皮包骨头，原来运回的是道士的尸体。

西贝大吃一惊，问："道士怎么死了！死了怎么会这般可怕？！"

运尸人说："他是把元气失尽了，死在官人床下的。"

西贝忙问："那官人治好了？"

回答说："道士死的第二天，官人也就死了。"

西贝再没有去省城。随后，张德仁的驴场经费亏缺，不久便解散了。

五

瘪家沟有个规矩，凡招呼人就得称官衔；张德仁是驴场场长，见面便是"张场长"。支书，队长，会计，出纳，保管……人几乎要忘了他们的真名。实在没有官衔的，想法儿加上。李茂林是记工员，人称李记工，张二马秋麦二料曾昼夜在大场上看守粮食，人称张看场。牛十一负责过队里分粮时看大秤，他便一直被称作"牛过秤"的。

牛过秤很欣慰这个称号，试问，人以食为本，一村上百口人，粮食是经谁的手分到各家各户的？所以，这称号听惯了，间或谁叫他牛十一，脸就封黑，理会也不作理会。

人当面尊称牛过秤，背过身却骂将他"牛势利"。他身瘦体长，上唇短，下唇长，相面书上论定长下唇是会舔溜肥屁股的，且生就舌头长，吃罢饭，长舌伸出四下一转，不用擦嘴，又喜欢舔吃过饭的碗，人又骂他"牛舌头"。议论说，他在过秤时，逢着干部家，秤撅得高，逢着没头没脸面的人，秤是老牛喝水。这咒骂声，牛过秤多少是听到了，先是并不以为然，后在省城里的那位大官人逝世了，方心寒起来。大官人是什么人物，顶天立地的，可死后，村人开始说大官人生前讲究吃驴圣，吃一只驴圣宰一头驴，且一星期吃一条！是驴在阴间里向阎王告状哩，故，阎王将大官人叫去了，阎王也惩罚场长张德仁的老婆尽生女孩，如何在瘟神庙里祈祷要个男孩，生下来还是女孩儿的。话说得很难听，牛过秤就寻思：自己一旦死后，村人是怎么评价的？雁过留声，人过可是要留名的，听说大官人将死之前，指示秘书写了追悼词，一个字一个字念给他听了，才闭目死的。当然瘟家沟人死了不会开追悼会，可他死后，给他治丧的有多少人，怎样提说他，怎样写铭旌、写祭文……牛过秤心里慌慌的。

一日，闷坐在家喝一壶烧酒，门外吵声价天，出来看时，一群孩子正在他家的牛粪堆上玩"争老爷台"，一批批攻上去，一批批被击溃下来，全用着拟作的手枪，"叭"的口舌一响，相应就倒下一个对方。对方倒下时觉得很痛苦，浑身发硬，又如电影中的慢镜头，倒下去的就算死了，活着的人骑在他们身上，死尸就爬动着，身上的还要叫："爬好，你这牛马！"看样子死去的都又变了牲口。牛过秤想：人恐怕是活着都不想死，死了的即使变牛变马也想再活着。随之又想，自己将来若能做了牛马活着，听听反映也好。但能不能做牛做马活着，牛过秤不敢保票，遂在小木楼上翻寻爹留下来的阴阳书，一心想学到爹那一手。

爹是非凡的人，同寿星老贯是同辈，但年龄比老贯小，会仰观天象，俯察地理，画符念咒，精明奇特一辈子。他死前选好坟穴在瘟家沟东边的月亮垭上，墓楼修得很体面。死了十三年后，也就是到了张老三横死，房子卖给了南山姓刘的一家的第三年，这姓刘的，即木匠炳根的爷爷，赌徒，又善盗墓，赌输了盗牛过秤爹的墓。棺木打开，冲一股白气，人已化为泥土，白历历一副骨架，而狰狞的头骨上有一块白绢，上书道："×年×月×日夜盗我墓者亡！"炳根爷不看则已，一看大惊，掐算日子，此日正与绢布上的日期投合，不觉魂飞魄散，当下吓死在墓穴里。牛过秤毕竟不如爹有才气，他看不懂书上的话，忧愁熬煎，果然就病倒了。这一病，汤水不进，不屙不尿，第三日气息竟无，呜呼哀哉。时值子夜，家人起了哭声，村人纷纷起来，见面皆说："牛过秤倒头了！"三个孩子还未真正成人，哭叫着分头去众亲广戚发丧，见人就磕头。有男人就去帮设灵堂，卸门扇支寿床，几家女人开始烧艾叶水为其净身漱口，剃头刮须。漆油灯碗燃起指粗的两根芯子。

天明，灵堂下铺了厚厚的一层麦草，孝子们坐在那里长哭，用铜钱打过的麻纸一沓一沓地烧，烧得满屋空气烫灼灼的。院子里，木匠开始打制棺材，打墓的帮工一会儿跑回来取石灰，一会儿跑回来说砖瓦不够了，牛过秤的老婆就一边长声长调地哭，一边到楼板缝里摸出钱夹来点钱让去购买。院子里的"响器"开场，其律哀婉，听之催人泪下，院子角的一张八仙桌上，一戴镜先生蘸金粉在丈二丝绢上书写铭旌。写一句，念一句，征询众人意见，尽是古言古语："绍祖宗一脉真传克勤克俭，教子孙两行正路唯读唯耕。""心作良田百世耕之不尽，善为至宝一生用而有余。""落花流水渺然去，白云青天不再来。"旁边人说："这词太文太古了，我们没什么文墨，牛过秤也文墨不深，你这么写谁晓得什么？"先生就驻笔，说："那乡邻说说，说说他一生的功德。"一人说："他生前是过秤的，谁吃的粮也经他的手，写上他为人忠厚，有公无私，过秤准确，以后每一年分粮就会念起他了。"一人说："他过秤真个准确？是有公无私吗？"立即有人反对："罢了，人已死了，怪可怜的，还提那些干啥？没他人了，想着也难受，他毕竟辛苦一生，是个好人，愿他坤德不朽！"

　　这边书写铭旌的议论，被牛过秤的老婆听在耳中，不禁勾起诸多心思，泪水肆流，大骂丈夫死得早，还不到该死的时候。"你去了，撇下我母子不管了，这个家怎么支撑呀！你哪怕患重病，就是痴了，傻了，我给你端吃端喝，接屎接尿，可我也算有个主心骨呀！你今不在，我再刚强毕竟是没主儿的女人啊！"娘一哭，儿子哭得更惨，娘就让儿子多烧纸，说丈夫在阴间多有钱花，多享阴福。三个儿子将纸全烧了，又打发人去购买。主持的人见状，也大受感动，将三个儿子叫到一边，说："你们都是孝子，如今你爹死了，你们就成了大人，恐怕不久便要分家另灶，趁今日说定：头七，二七，三七，你们集体为老人过事，到了周年、二周年、三周年，就得各人筹办一次，你们有什么意见？"三个儿子说："这没意见，只是过周年，二周年，三周年时要写祭文，我们都不会写，趁先生今日在，你去说说，能否今日一并先替我们写好了。"主持人说："这不难。"遂去请求先生，先生也写了三张，开首都是"维公元一九××年岁次××不教之男××谨以蜡烛之明，香烟之绕，酒浆之奠，纸钱之化，制祭于恩父之灵前日：……"

其时，牛过秤的魂灵并未走远，他在冥冥之中，看见阴路漫漫，小鬼往来穿梭，全是拿了他家的阴钱，前为寻导，后为拥簇。而家人哭声喊声化为一种韶乐，绕耳而过，飘然远方，甚感欣慰，顿消寂寞。接着，一鬼手捧了铭旌、祭文匆匆走过，边走边看边说："写得好，写得好！"牛过秤看时，此鬼正是瘟家沟的前贫协主席，他已死十年，没想在阴间还任了这等职务，便充胆叫道："主席，你认识我吗？"那鬼说："认识，你过秤老给我称得多。"牛过秤说："你能让我看看那铭旌吗？"鬼将铭旌交付他看了，不看则已，看罢泪水流下，说道："我牛过秤一生没有白活人啊！村人对我评价这么高，老婆儿子对我如此不舍。这些我以前竟不作理会啊！看来，活人还是有乐趣哩！"那鬼说："你既然来了，就不必说活人的话，阎王知道可是了不得的。"推牛过秤走，牛过秤迟迟疑疑，作难半晌道："主席，你既是记得我，你是不是行个好，让我再去活人？"鬼说："这怎么行，我敢担这个风险吗？"牛过秤说："你能让我活人，这些阴钱就全归你。"鬼沉吟半天，瞧瞧左右，说："瞧在你面子上吧。我把这钱一半给无常，托他重去勾一个冒名顶替的。"遂猛地在牛过秤的背上推了一掌。

村人正为牛过秤入殓，才将他盛入棺内要上盖，他突然身子抽动了一下。村人以为是诈尸，慌忙闪开，再看时，他竟窸窸窣窣爬坐起来，才醒悟牛过秤是阴里转阳又活过来了。

牛过秤重新活人之后，胭脂河岸传为奇话，每远远看见他走过来，有人就指点讲说。牛过秤知道他死后村人对他评价不低，愈觉得当年执秤时良心有愧，就竭力在重生之后，要多做善事，以赎罪恶。他常常起得十分早，用扫帚扫净村巷的垃圾。修补田间的便道。而镇上逢集过会，他也去做小买卖的铺前，帮经营张罗。但他若一拿那秤杆，顾客便嚷："你不要过秤，你会在秤上捣鬼的！"窘得他满脸赤红。且后来得知有人指点他，总是作践道："就是他，过秤上造了孽，人见不得，鬼也见不得，死都死得不直截了当！"牛过秤就深感悲哀。心里有火，在家就发脾气，脾气发得多了，老婆嫌，儿子也嫌，斗开嘴，老婆不免说起上次他是装死，倒害得她花了那么多钱！牛过秤仰天长叹，人原来活得这般不舒心，真还不如上次死了倒好！就说："恨吧，恨吧，我死了就不恨了！"便当着老婆儿子面搭绳在梁上去吊，自然被救下来。自后，他就以死威胁，动不动就要上吊。如此这般折腾得多了，就习以为常，一日在外又受了指点，回家与老婆又吵，就去上吊，老婆以为他又在威胁，就拿了鞋底坐在院中捶布石上说："你上吊吧，我是怕你上吊？"偏不回屋。牛过秤脖子套在绳环后，蹬了凳子，只说老婆会来救的，但老婆没有来，待到要喊叫时，已经喊叫不出来了。

牛过秤弄假成真，果真彻底死了。他将绳索没有套好，舌头原本长，就全吐伸出来，死相凶恶。

六

三十三年前，张家媳妇在瘟神庙祈祷，因为一句很坦白又很有趣的话使老贯从庙梁上跌下瘸了腿，很在村里耍说了一个时期，但这媳妇毕竟生下个男儿来。到了乙丑年间，这媳妇业已老死，男儿张生林已长大成人，娶烽火台村陆家小女为妻，生育一女，聪颖乖巧。原本这是一户极平和之家。张生林分到二亩责任田后，日起上山劳作，夕晚回家睡觉。饭虽然粗淡，但饱肠饱肚，妻虽然丑陋，但铺床暖脚。生林没有嗜好，不酗酒，不赌钱，喜欢抽烟，专辟二分地栽植烟草，老婆便把烟叶晾干，晒焦，揉了末子，还拌上香油。不想这一年村里许多人出外跑生意，赚了好多钱，生林眼也热了，他寻思跑生意没有资本，却见外地来人喜欢收购桐树苗子，就在半亩地上种桐树。桐树长到一握粗，卖了好价，很是刺激了一番，就又谋算在一亩地里育葡萄苗。结果，深翻土地时，竟又挖了几百斤桐树根，灵机一动，全截成一尺长短，出售桐树种根，又落了二百元。第二年出售葡萄苗，县城来了车，一并包买，再收入一千二百元。以后三年，如此育种果苗，倒发了大财，张生林就再不种烟草，开始抽一角钱一包的"羊群"香烟。在村口碰着张德仁，说："张场长，到家坐吧！"

张德仁说："忙哩，改日吧。"

张生林说："那吃根烟吧！"

张德仁问："什么烟？"

张生林将"羊群"烟盒亮亮，抽出一根，说："香烟！"张德仁接烟看了，说："兄弟，发财了还抽这烟？吃我的一根吧！"丢过来的是"金丝猴"。

"金丝猴"香烟一包六角五分。张生林脸很红，自惭形秽。自此，更加努力，将果树苗所赚的钱全部带在身上，去省城做生意。张生林到底是张生林，一肚子聪明，一旦挖掘出来，精明得全不像个乡下人。他先在一家建筑工地帮小工，后硬是打听找到石夫生前的那个未婚妻杨珺，杨珺念其是石夫的乡亲，介绍他去一家书画店去推销书刊。此时社会正兴流行歌曲，他带有一本《流行歌曲汇编》，竟一下子售出十万册，分红了一笔相当可观的票子。张生林从省城回来时，他是穿了皮鞋的，在县城又买了一辆自行车骑着回瘪家沟的。虽然从脂胭河渡口到瘪家沟村路骑不成车，车骑在他肩上，村里人都跑出来看稀罕。

晚上，有许多人来，老婆烧了开水让喝，生林说："白开水怎么喝？我提包里有茶！"老婆从柜里取了"羊群"烟一根一根给来客散，生林说："那烟烧嘴，抽这个吧！"拿出的是"金丝猴"，还带着海绵嘴儿。

张生林在家待了一月，一月里只和老婆到一块儿有五次，他觉得老婆脸太黑，头发总粘在头皮上，走路不会走一条线，叹息：咱山里，女子是墩墩，婆娘是黑黑，核桃是格格，柿子是涩涩。老婆说："就我这黑黑，你那阵三番五次托人说情娶下的，你那时眼瞎了？你一走几个月，回来不睡一个枕头，我是给你守活寡啊？！"生林夜里就到老婆那一头去，却将一本《流行歌曲》的封面贴在枕头后的墙上。封面上是十二个美如艳雪的女歌星。

张生林一月后又去了省城，一去半年，再回来就将老婆离了婚，重结婚的是给大官人做过保姆的西贝。大官人死后，西贝回了瘪家沟，现已二十岁。因在大官人家做过保姆，经见了世面，养得心比天高，好多媒人说亲皆未同意，生林托人求婚时，寻思年纪相差大是大些，但此角色出怪，混得已不像个农民，就应允了。一个是过来的男人，一个是有经见的女子，婚后两人床上功夫颇高，如鱼戏水，畅美无比。蜜月罢，西贝闭经，呕吐思酸，肚里开始有了胎儿，生林就又进了省城。又是数月，捎回几百元，西贝将钱交付西王庄建筑队，新盖了一院房子，待生林回来，两口就搬进去，大摆筵席，欢庆了一番。接着，西贝坐月，生林就没有再往省城里去。

画匠老贯已经多年不作画了，闲得无聊，就到这家来坐，听生林说外边世事。久而久之，村里的老少都来，生林家成了穷聊点。聊得夜深，西贝和孩子上炕去睡了，生林越发将一说二，将二说四，讲得一口白沫，讲说到最后，却长叹数声，情绪甚为低落。

听讲的人说："生林，你有什么不如意的，住的新瓦房，睡是花一样的西贝，又得一子，又见了世面，又发了财，你还叹什么息？"

生林说："我比你们谁心里都难过呢！"

听讲的人说："心里还难过？"觉得生林说笑话。

生林说："我现在才理会了林彪当年为什么要害毛主席？那时批判，咱还文化浅，听文件上说林彪披着马列主义和毛泽东思想的外衣，就发言说：林彪太不像话，他官那么大，什么没有，还要偷马列和毛主席的衣服穿？"

大家都笑起来，笑着那一阵荒唐。

生林说："我现在日子过得是不错了，可到省城看看，咱活得还不是人呢！人家吃什么烟？都是'三五牌'，一根就值二三角钱的。人家的老婆是什么样？现在讲究线条，风度！乡里的女子长得再好，可一到城里，你会一眼看出是个乡下人，那味儿不同哩！"

听讲的人并没有引起反应，他们还达不到张生林的层次，只是那么笑笑，说："生林心是没底洞啊！"

冬天里，张生林在县城开办了一家杂货店，买卖兴隆。他将西贝母子接来住了几日，就又送回瘪家沟村去，只自个在那守店。店旁边住有一户工人，夫妇皆南方人，那女人个头不高，皮肉却十分细腻，眼睛细细的，似乎还向下弯。生林看惯了西贝的大眼睛，便见这细小眼睛更有味。这女人到店里来买东西，次数多了，靠在柜台上同生林说话。问："生林，你这么有钱，老婆一定漂亮哩！"生林说："瞧我这丑样，漂亮的女人谁看得上！"女人说："你是前崖颅后马勺的，可女人眼里的男人是论本事的。"生林说："我有本事？"女人说："你是深山的鹰鹞！"生林给了她许多洗衣粉、洗头膏，把钱记账着。

记得账多了，女人没有还，生林也没有要。一日女人来说："生林，晚上有空来家看电视呀！"生林去了，那丈夫并没在家，女人说："电视也没甚看的，你会跳舞吗？"生林遗憾自己不会跳舞，那女人就自跳起来。这一跳，城里女人的风度就跳出来了，他前一个老婆没有这点，西贝也没有这点。生林看得呆呆的。

这一夜，生林没有回杂货店里。他将女人欠款的账一笔勾销。多少天里，他感到一种胜利的愉快，这愉快犹如他与西贝结婚时的情绪。但是，之后他就是更加的痛苦。在和西贝结婚后，他知道仅仅是一个农村女人代替了一个农村女人，而现在第一次享受了一个城市女人，而县城的女人这么多，何况省城的，他感到自己太可怜。

生林渐渐不愿回到瘦家沟去，他又相好上了另一个县城的女护士，就在一个中午急急在女护士的宿舍里交乐的时候，他听到了门外有一声咳嗽，极像女护士的那个丈夫，他慌忙起身就走。虽然那并不是女护士的丈夫，声音是走廊中一个无意人的无意咳嗽，但生林回来就病倒了。此病延续了半年，转为肝部硬化，当他拿到化验证明单后，他一下子瘫软了。他极度地怕死，将杂货店撤回后，整日唠叨他要死了，死了，就不耐烦，骂西贝，骂儿子，骂瘦家沟的人，也骂城市里的人，要吃好的。

七月十五日起，张生林突然安静下来，其时已经腹水，他对西贝说："死就死吧，我总算享受过福了！死有什么怕的？我不在乎，我对死看淡了！"他要求西贝能领他到省城去，他还没有坐过飞机，他想像鸟儿一样在空中飞飞。西贝答应了他，开始变卖那些货物，筹集巨款。但是，生林的病转入疼痛期，昼夜呻吟。他忍受不了，吃了安眠药自杀了。

张生林到底没有坐上飞机。

七

寿星老贯无后。其弟有个独儿，独儿生子独孙，独孙又生下独曾孙，正应了三代传一。且这一支人的寿命极短，孙子手里先生了三个孩子，胖乎乎的惹人心疼，却一生下来叫几声就死了。作家石夫曾经在《我的故乡》一书中写过这件事，感叹说：生的层次导致自我超越，死的层次导致自我丧失，每一次生的超越都向死的层次逼近。石夫的文墨深，可以这般说，但连他也不明白既然一生下来就死，何必苦苦酝酿十个月到人世呢？村人解释:这是谎花。哪条瓜蔓上不开几个谎花呢？这一支人是单传,循环得快,生者顶着死者,孩子一生下来,做娘的就死。寿星老贯总觉得这其中有蹊跷,在侄孙媳妇,即周寿娃那个小老婆,生下三子未成后,便发现前院的屋顶上居住了一窝大蝎子,黑黄焦亮,凶相毕露,且发现母蝎怀孕后,背自裂,子生出,子爬下背就将其母嚼食。老贯认为这是蝎精所致,遂购买三斤重的大白公鸡,放在屋顶灭了祸害,后果然家宅平安,侄孙媳妇再生第四子时,安然无恙,而侄孙媳妇活了十五年后方死。这后代为鸡所救,起名鸡保。鸡保却是个傻子。

傻子长大,父母就过了世,老贯一直抚养。但傻子到二十四岁上依旧娶不上媳妇。新院有一赵家,穷,其父死时,没钱埋葬,老贯将自己备用的一具棺木借去用了。这赵家感激涕零,却无力偿还,后就将女儿赵玫许嫁于傻子。赵玫读过小学,与田王庄的田大京是同学,关系友好,但拗不过爹娘,哭了三天三夜,还是应允嫁了傻子。娘说:“鸡保是欠些成色,可家底好。听人说,患傻病的人一结婚就好了的。”赵玫盼望娘的话灵验。

婚后,傻子还是傻子,竟傻到不会安排赵玫。赵玫当然不是为那事要求强烈的人,可夫妻不像夫妻,赵玫夜里常咬着被角哭。老贯看出了问题,托茂林娘去开导。

自后,鸡保懂得了事体,尝到了美妙,却不管黑天白日,一有空就缠着赵玫。赵玫原先恨他不懂,如今又恨他没够数,伤心透顶,趴在炕上尽是哭。哭过了她就想田大京。想得厉害了就跑到县城去找田大京。田大京已当了工人,在县建筑公司,盖四层楼、六层楼。她给大京哭,大京也陪她哭。哭罢心里舒坦了,她又回到瘪家沟村。

一日,瘪家沟过瘪神庙会,人一溜带串的,赵玫引了鸡保也去庙上烧香,鸡保突然冲动,嚷道要雀儿进窝,赵玫粉脸羞红,不言一声和他返回,一进院关了门,劈手就打了鸡保一耳光。鸡保打人却是无师自通,当下起怒,一脚踹在赵玫心胸,当下就吐了一口血。夜里,天转阴,晒在屋顶瓦槽上的红苕干儿要收拾,赵玫让鸡保上去,鸡保在上边收拾好了,要下梯子,赵玫在下用脚蹬了梯子一下,鸡保就跌下来,正好头朝下跌在台阶上,脑袋就裂了,五颜六色的脑浆喷了一地。

鸡保一死，村人叹息了几声，说这一支人阳寿都短，也就不追究死因，草草埋葬罢了。赵玫又惊又怕，之后暗暗有一种喜。一月后，她就去县城找田大京，才在大京的宿舍坐了一会儿，一个女的推门进来，大京介绍说："赵玫，这是我的未婚妻，你俩也交个朋友吧！"赵玫当下如雷轰顶，看那女的，天生风流，花枝招展，相比之下，自己一派委琐，强装欢颜，起身让座。那女的则伸手过来要握，她刷地脸红，手却藏在身后，说："咱农民不兴这个的。"相坐片刻，赵玫瞟见人家目挑眉语，便看也不是，不看也不是。那女的说："大京，约好不是要出去照相吗？"田大京说："赵玫，咱一块去吧。"赵玫知道自己在这里不能久待了，就推辞着先走了。

走到街上，已昏昏如痴，仇恨田大京竟无意于她。恨过了，又觉得不能恨，便又哭那女的是妖，是魔，是狐狸精，占了她的好事，恰此日县城开公判大会，宣判了五名罪犯死刑，当刑车从街上驶过开往城南河滩执行时，赵玫在人群里看见了死刑车上有一个女的。那女的极美丽，白净皮肉，一头秀发，围观者先是看呆了，再是遗憾，再是感叹女人比男人更凶残。一打问，原来这女的因奸杀夫。赵玫当下眼前发黑，叫了一声："鸡保！"就瘫在地上。

赵玫在县城的刑车下瘫软，且叫了一声"鸡保"，正好让瘪家沟的一个人在那里看见，回来后就说知了寿星老贯。寿星老贯在侄曾孙死后，也多少怀疑死得奇怪。听了这话，就又察看了当时放梯子的地形，又将回家后痴痴呆呆的赵玫叫去询问当时跌下来的情况。赵玫心慌意乱，半夜里悄悄就逃离了大家，限天亮赶到县城。她要再见一面田大京，当面提出要他娶她的要求。但是，田大京不在宿舍，隔壁人讲，大京昨晚去未婚妻家去，一直没回来。赵玫披头散发开始在县城大街上走，她也不知道她要往哪儿去，这么走着又要干什么。后来，竟瞟见寿星老贯和几个瘪家沟的人在十字路口，她明白一定是事情败露，他们来追寻她了。一不做，二不休，慌乱中赵玫突然冷静了，她决定投案自首，到公安局去。公安局的大楼在街西头，是田大京他们才盖起的全县城最高建筑。赵玫从大门进去，上了二楼，已经看见写有"刑事科"的门牌了，她却在心里叫道：我有什么罪？我有什么罪？！咚咚又上了三楼，又上了四楼，又上了五楼，她爬上了楼顶。

一分钟后，她从楼顶跳下去了。

当赵玫尸体运回瘪家沟，瘪家沟村人全惊呆了。已经多少年不再流泪的寿星老贯也热泪纵横。他们不明白赵玫为什么竟会死在远远的县城里？村人将她埋在鸡保的墓旁。

八

赵玫死后，瘪家沟村人一直认为是谜，后来张德仁的老婆发高烧，昏迷不醒，突然口气大变，说她是赵玫，进行了一番"通说"（鬼魂附身后借他人之口的说话），讲了事情的原原本本，村人才恍然大悟，说了赵玫的是，也说了赵玫的不是。

这就让腰院的张治五心里忐忑不安了。

治五女儿多，四十岁上得子，疼爱得如宝贝一般。待到六十三岁上，给儿子娶一房妻，日夜指望在有生之年抱上孙子，但儿子结婚三年，没有身孕，老少夫妇不知在瘪神庙里烧了多少香，磕了多少头，也无济于事。儿子读过书，信了科学，让媳妇上县医院去检查，诊断无病。儿子就惊慌了，自己又去检查，原来问题出在他身上，他只有一个睾丸！悄悄回来对爹说了，治五道："儿呀，这事万万不可声张，也绝口不向你媳妇提说一字！你要装作无事一般，脸上不要哭丧，笑笑的。"治五这般叮咛儿子，自己却愁得吃睡不宁。自己又跑到县医院，询问医生此病能不能治？医生说：能治，就要接补一个睾丸。治五作难了：到哪儿去找睾丸？总不能杀一条狗吧！蹲在医院门口抹眼泪。后来便又找到医生，说："接补一个什么人的睾丸才行？"医生说："只要是人的睾丸都行。"治五说："罢了，罢……"要说什么却没再说出来。

治五想到的是摘除自己的给儿子，话到口边，思想县城地方小，这事传出去，瘪家沟村的人少不得知道，就住口了。回家和儿子商量，说要到省城医院去做手术，儿子不愿意，认为不能让爹干那事。治五说："那谁肯呢？就是肯了，不走漏风声吗？爹年纪大了，再说摘掉一个又不要了爹的命！"父子俩瞒着村人和家人，扬言去省城跑生意，就走了。

在省城医院做手术，住院费昂贵，所带钱不够，治五想来想去，找到炳本，炳本是木匠炳根的哥哥，属瘘家沟除石夫以外又一名上过大学校的知识人。石夫死后，他就是一帮年轻人中的骄傲了。他学的是理工科，毕业后分到一家研究所，研究得入痴入迷，甚至神神经经，娶妻生子后就极少再回瘘家沟村去。治五找着炳本，说是住院看病，前来借钱，炳本十分热情，交付了三百元，又招待一桌饭菜，又问要住哪个医院，手术后他要来探视呀！治五本不想告诉，见他热心热肠，方说了医院名称。

　　手术做得很成功。儿子到底年轻，伤口恢复得快，治五多比儿子住了半个月医院。因为时间长了，花销也大，治五不让儿子服侍自己，打发他先回家去了。这期间，炳本来探视了几次，几次询问治五得的啥病，治五搪塞过去。但炳本是搞研究的，与此医院大夫熟，一次偶尔碰着，又说起研究的课题。大夫说："有个新鲜事哩。"将治五父子的事说了。这炳本搞科研入了迷，遂即来就对治五说："治五伯，你给儿子摘睾丸，怎么不给我说呢？"治五当下老脸赤红，无以言对。炳本说："你真了不起的，能想到这一点啊！这事对我启发大哩！治五伯，你就是没受过高级教育，要不你能当科学家的！"治五说："炳本，甭提了，让外人知道笑话的。这事咱那儿谁也不知道，你要能替伯守了这个口，伯让儿儿孙孙将来塑了你的像敬哩！"炳本说："我不企望你家塑我个泥胎，我的科研要是成功了，国家怕要塑我个金像哩！"

　　论起科研，炳本就激动，这一夜也未回去，说他从事的研究是怎样将世上的伟人，比如政治家，科学家，文学家，艺术家，凡一切脑袋瓜极端聪明的人永远保留下来。他说人的矛盾就是生与死的矛盾，生怎样战胜死，长生不老是不可能的，灵丹妙药也是没有的，但他设想要将伟人的脑细胞如何提取出来而培养，而储存，然后移植于一个新生儿身上，使这个新生儿或许长得与某一伟人一模一样，或许不一样，但大脑一样。他说，这种科研成功了，世界将为之改观，没有愚昧，没有文盲，没有落后。伟人群居，创造的社会财富将一日等于现在的一百年。

　　治五几乎没有听进去炳本的辉煌研究课题，他核桃一般的脸舒展开来，觉得自己干的并不是一件丢人的事体，看眼前的炳本是好人，有知识和没知识到底不同，他不会像还住在瘟家沟村的那些人说长道短的。

这一年夏天，治五在田里给水稻施肥，天热得厉害，施完肥后他就在胭脂河里洗身子，没想前一年的手术伤口因潮气却发炎了。发炎了却不好对人讲，也不好去镇上求医敷药，那阴囊感染，病沉重得奄奄一息了。

儿媳并不知爹患的甚病，请医生爹又不允，就日夜端吃端喝，其间她已怀孕，在爹床边说话，不时吐唾沫，想呕吐。治五让儿媳去歇了，将儿子叫来问："你媳妇是有了吗？"儿子说："有了。爹。"治五笑了笑，头一摆，眼睛闭上睡着了。治五这一睡着，再没有醒，脸上还是笑笑的。

治五的孙子生下来了，体质不佳，村里人说，长得又像其父，又像其爷。

搞科研的炳本到底还没有研究成功，当弟弟炳根有了对象，领着去省城旅游结婚时，向哥哥说起村里的变化。炳本问："治五伯好吧？"炳根说："夏天就殁了。"炳本问："他得了孙子了？"炳根说："有了，他儿媳开怀迟。治五伯是四十得子，到儿子辈，还比他早，二十七上就得了子。"炳本喃喃地说："治五伯是好人，善人，能人，能复制出他来让他物质精神不死就好了……"炳根说："哥哥说梦话，是人能不死？"炳本说："我说的是科研……你不懂的……"弟弟当然不懂科研，炳根就不言语了。

九

村上稍上些年纪的人相继都死了，不死的是老贯。

作家石夫在他的最后一部书稿《我的故乡》之中，很多篇幅就写到了这位老寿星："十五年前，我还在瘟家沟当农民的时候，父亲还在。他那阵身体很不好，冬天里犯气管炎，一口痰咳不出来，身子就揪缩得球一样，问过老贯爷的养生之道，回答是：一要饭后百步走，二要每晚一口酒，三要心里不记愁，四要老婆长得丑。爹说，老贯爷的老婆——我该是叫老婆的——确实长得丑，一对黑豆小眼，一对锄头脚。老贯爷讲的时候，描述道：她鼻涕流到前心，袜子溜到脚心，脑油腻到后心，见了恶心，出门放心。但这位丑老婆活到五十二岁死了，老贯爷整整三年每顿饭都是在她的灵牌前献上一碗，且端端正正摆好竹木筷子。爹还说，他小的时候，看见老贯爷是这个样子,他活老了,老贯爷还是这个样子。这又是多少年过去了,老贯爷还是我十五年前见到的样子,简直如瘪家沟大椭圆上的古槐,永远看不出它老! 所以老贯爷在村口见到我,一会儿叫我的名字,一会儿又叫我爹的名字,我同他说话,也似乎不知道了我是我,还是我是我爹?"

老寿星不仅将石夫与石夫的爹分不清,他几乎把死人和活人都混淆了。他夜里走到巷口,远远瞧见有人提着灯笼过来,说:"是阿宝吗?"阿宝是牛过秤的儿子,说:"是我,爷。"爷说:"就你一个? 黑天黑地的哪儿去? 你爹在后边吗?"阿宝说:"我爹?"牛过秤已经死了,阿宝疑惑地说。爷说:"你爹见我和你说话,躲在那墙后了。牛过秤,我是老虎,不敢见我吗?"吓得阿宝夺路就跑,蜡烛倒下来将灯笼也烧着了。

恐怕是在人生的旅途中跋涉得太久,经见的太多,时间的概念已经完全没有了。村中人常常为某某事过了多少年,争吵不休,就说:"问咱活先人去。"问他,他说:"月亮垭原先站在院子中能看到的,现在站在屋檐下台阶上才能看到。风把月亮垭刮低了。"前五年,县文化馆的一位文物干部到胭脂河调查、收集古董,结果一件清代瓷瓶也没搞到,却意外发现了他,称他是活文物,写了一篇文章在省报上登了。这事为胭脂河一带争了荣光,也为县争了光彩,县政协的人送他一块表。表是马蹄表,老贯不识字,让小学生指着表上的数字教他。但他老是记不住,末了说:"不学了,我已经知道,那个短针走一圈就是一天的。"学生说:"一天是二十四个小时。"他说:"一圈等于一个白天,再一圈等于一个黑天。"学生说:"按爷的说法,一年就是七百三十个圈了?"他说:"你们学过习,算算,爷一辈子是多少个圈圈?"在他的观念里,表是天的浓缩,是天的平面图,长针是月亮,短针是太阳,月亮和太阳在转着,人将生出,人将老去。学生们看着他,想起课本上的古诗:"洞中方一日,世上已千年",或许老贯爷已经成了人精了,是站在白天和黑夜之间的人,是站在生与死的界线上。或许他已经不是人了。

对于表的解释,以致使他看什么都是圈。治五死后,其孙子生出,他说:"这孩子比他爷爷大。"治五的儿子不解,他又说:"治五死了,要托生还早哩,说不准下一世,又会在这家托生,该叫孙子是爷爷的。"所以,他自己有时感到自己活得太老，有时倒又认为自己是全村最小的人。有一年石夫在报上发了一首诗，村里人传着看，他让念给他听，诗中写道："离开了家乡我向北行，我越走越远，沉沉地背着乡愁。"他说："怎么是越走越远？孩子们在学校学习，说地球是个圆的，石夫他一直向北走，转一圈不是就走回来了吗？"

村人都说他这是老了，说话与正常人不一样了。可他年轻时，却是精明的一个。他是画匠，会画万字图，会画流水纹，画鱼画鸟，瘟神庙几乎是过十年就重新彩绘一次，到六十岁左右还能上高爬低地作画。自张家那一个媳妇在庙里祈祷说出有趣的话而使他跌下瘸了腿，才收拾了笔，不画了。

停止了画业，他养过一头种猪，远近的人都来为自家的母猪配种。配一次，收五升包谷，两升喂了种猪，三升留给他享用，以此为生。他所分得的那一份地，什么也不种，单栽瓜秧，收北瓜冬瓜，用瓜种绿豆做一种"懒饭"，每顿吃两大碗，竟吃得脸上很有颜色。常常做饭时，门口来了配种的，他要一边骂着来的不是时候，一边就牵起种猪来配，种猪总是先寻不着那母猪的某一部位，将精液射偏，他就用手去稳住那鞭杆，弄得一手脏东西。配完了，手不洗又去做饭，饭的第一碗必是慰劳种猪的。有了马蹄表后，邻家的孩子可以来查看去学校上课的时间了，再一个功能就是被种猪派用上了。他说："来配种的多，这一家的母猪刚配过了，那一家的又来，猪哪儿架得住？现在是走半圈才许配一次的。我有表啊！"

不管怎么说，老贯总不死。他不止一次笑话过大官人，何必用气功呢，也耻辱过牛过秤。村里谁死都见过，见过就会瞧不大起。搞科研的炳本在多年的惨淡经营中一无收获，只得暂时停下工作，回来要研究研究老贯长寿的秘密，怀疑起世上会不会真有了永不死的人。老贯热情待他，领着去看了自己的墓，墓是早年拱打的，如今已坍了。看了放在楼上的棺木，老贯说，这是制的第三副了，一副给了赵玫的爷爷用去，制了第二副又放朽了。炳本谈得兴趣，夜里就睡在老贯家。这前院的房子是翻修了三次的，屋内很暗，四壁漆黑，窗子极小，冬夏不曾糊纸，门挺大，没有门关。等炳本在炕上呼呼睡觉了，不知什么时候醒来，月亮明晃晃地从门缝泻进，在门道处闪一个惨惨的白三角，他恍惚间觉得炕角坐着一个人，很是一惊。看时，是老贯，盘脚搭手坐在那儿睡得正香。炳本忙摇醒他，说："爷，是我占了你的炕，你没能睡好，现在你睡吧，我坐一会儿，天就亮了。"老贯说："我这不是睡得好好的吗？"炳本说："坐下瞌睡不解乏的。"老贯说："睡好了。你要没瞌睡，咱再聊吧。"自此，炳本才知道老贯睡觉从来都是坐着睡的。两人就又聊开来。到了第二天饭辰，老贯又一定要让炳本吃饭，照旧在锅里熬了一个北瓜，又烧了一个白菜汤。他切白菜不用刀，双手一扭就煮了，讲究原形原质。

炳本一边吃着，一边说："爷，你就这样生活，怎么身子还如此好？"

老贯说："我也说不清，你瞧瞧我这头发，今春以来又变黑了。这一嘴牙已经是换了三次了。"

炳本吃惊地问："爷，你老真是奇迹，永不会死吗？"

老贯说："我还是不知道。"

炳本突然问："那，你老想没想到死？"

老贯呵呵大笑起来，说："想怎么着，不想怎么着？你这孩子……"

猪圈里那头种猪在嚎嚎地叫起来了。

老贯说："它肚子也饥了！"遂将碗端出去，将剩北瓜倒在槽里。炳本也跟出来。

老贯说："我眼看着村里的人一批批老了，死了，我先前也觉得我活得太长了。为什么叫我不死呢？人说阎王爷有个花名册，每天翻着用朱笔点，点到谁谁就死了，我疑心是不是阎王爷把我的名字写在装订线外边了，一直未发现。可看人死得多了，我倒不在乎我活的是长是短哩。你瞧瞧，这门外的杨树、柳树、柏树，这花花草草，这屋顶瓦棱上的草，这石头，这猪，鸡，连地上的蚂蚁，身上的虱子，它们到这世上和人有什么不一样的？都一样的。天让你活个什么，你就活个什么，让你活多久，就活多久，是不是？就为这，我琢磨通了，生也没高兴的，死也没苦痛的。那大官人，你越想活，你越苦痛，那赵玫，想死不想活，你也苦痛。是不是这个理儿，炳本？你是有文墨的人，你倒来问我，我知道什么，你偏还要问我！你要问我是什么的话，爷倒问你，你能说这树，这草，这石头，这天上的太阳、月亮都是什么？"

炳本一肚子学问，能言善语，这会儿却回答不上来了。

但一心想将来获得诺贝尔奖的，想将来人类给他塑个金像的科研工作者炳本，似乎又明白了什么，他突然萌生一个念头，回城后要写篇论文发表。

这当儿，恰有人去瘟家沟内的瘟神庙里烧香祈祷，用木槌撞击那一口铁钟，其律悠悠。

十

又是一年过去了。瘟家沟似乎极平静，太阳照例每日从烽火台那儿出山，黄昏从月亮垭那儿坠下，人们白日劳作，夜里在不点灯的土炕上悄悄做享受的动作。到了清明时节，正是地气上升，春情勃发的佳期，寿星老贯家的生意极好，前来为母猪配种的人家排了队，老贯每日熬三大锅玉米粥，分七次为种猪进食。这种猪愈是配种，情欲愈强烈，前来受配的母猪，或许去年已经来配过，或许是去年配过之后所生下的母猪的女儿，或许竟也是受配后的母猪女儿的女儿。它们不计较它们的父亲和爷爷，受了孕，就怀大肚子，生六个七个崽儿，甚至是十个十二个。老贯看着种猪，真担心它承受不了了，可一见种猪对母猪那么冲动，而母猪的主人又言语那么诚恳迫切，他只好再不以马蹄表为限制，一日配一次，一日配几次。

一个春天过去了，种猪却倒地死了。

种猪死得很惨，是从一头母猪背上跌下来死的。老贯还以为种猪方位没找准，去帮忙时，见种猪一口白沫，眼睛已经闭上了。

老贯当时感觉头脑上被什么击了一下，就叫了一声，也昏过去。醒来，满脸泪水，骂受配的母猪，骂母猪的主人，当母猪的主人慌忙放下五升玉米要逃走时，他是将玉米像泼水一样泼在那主人的身上。

他没有宰杀种猪，而为它做了棺材，自己背着到门前的榆树下掘坑葬埋了。此后，老贯得了一病，这病十分奇特，要睡就睡，要醒就醒，一睡竟睡半年，身子僵硬，气息活动，要醒则又是半年不睡，日日吃了饭就坐着，坐着饥了就做饭吃。先是村人都来照看独鳏老人，到后来也慢慢怠了，似乎觉得他活着也是死，死了也是活，就一日日淡忘去。

几乎与此同时，中国西部最大的城市里，科研工作者炳本，夜以继日地待在工作室里苦思冥想。他的那篇论文写了老贯长寿的秘密，但却极瞧不起老贯，认为那是一种"惰性的活"。"人是万物之灵，人是创造的，人能征服这个世界和这个世界的一切"，他这么坚信着自己的信念，却终没有完成自己辉煌的科研项目，又从工作室走出来，到一些集会上，到街头，甚至游走全省各县，回到瘟家沟，讲演自己的设想。这讲演先是极吸引人，听众颇多，一片喝彩，之后，人一见他就哗地散去，怀疑他讲演得激动了，会用针管将自己的脑细胞抽去。

瘟家沟的人最后一次看到炳本的时候，他是独自一人往胭脂河后的仙山上去了。

而瘟家沟的瘟神庙里依旧香火缭绕，村中的人开始在神庙的左右开设了旅馆、饭店、纸铺，大做生意，皆大发财。

一年一度，石夫的前未婚妻，杨珺，携着现在的丈夫坐船到胭脂河渡口，再往石夫的坟上祭奠，依旧忘不了带有石夫的遗著《我的故乡》。这一年，她见胭脂河渡口船已是机动船，岸上又建了八角飞檐的休息亭，又有了个体摄影户，大发感慨，进了瘟家沟村，新房幢幢，老少穿着新鲜，甚为惊讶，问村中人缘故，回答说："现在是富了嘛！"杨珺说："是大官人生前拨款照顾的结果吧？"村人无语，却用手遥指烽火台、月亮垭以及仙山。远近并没有一棵成材的树，亦没有成片的梢林。那人却拂手远去了。夫妇俩好生疑惑，遂听见钟声飘来，鞭炮作响，寻思那瘟神庙还在，香火还盛，便前去观看，几乎被庙前庙后的小吃小卖摊铺惊昏！杨珺蹲在一家瓜子摊前买瓜子，摊主就是西贝，收拾得头光脸净，杨珺是认识的。

杨珺说："西贝，你也做买卖了？"

西贝说："都做买卖呀！"

杨珺说："买卖还好？"

西贝说："行。我是小打小闹，亏了人多。"

杨珺拿了一包瓜子边吃边走，吃到最后，要丢掉包装纸时，突然目光盯在纸上立定不动了。她看见这包装纸正是石夫的遗著上拆开的一页。

土 门

一

当阿冰被拖下来，汪地一叫，时间是一下子过去了多少岁月，我与狗，从此再也寻不着一种归属的感觉了。

那时候的人群急迫地向我挤来，背负了如同排山倒海的浪，我只有弓起脊梁去努力抗抵。倾斜了的院墙下，支撑的那根柳棍就是这样吧？老冉收藏的博山陶鼎，以小鬼做成的鼎腿也是这样吧？五十年前的晚上，正是风高月黑，云林爷家的老牛挣脱了缰绳来到村口，不想遇着了那只金钱豹的，两厢就搏斗开来，豹的前爪抓住牛肩，牛头抵着了豹腹，谁也没能力立即吃掉对方，谁却也不敢松一口气的——一夜的势均力敌——天明时便双双累死在大石堰下。我是不行了，我真的是难以再支持，后腰发酸，胸部胀得生疼，想到膝盖一弯就要扑倒，立即会有千只的男人脚和女人脚从身上碾踏过去。这是谁，拎不着，也扫不动的，得连泥带土铲起来，这是谁的肉饼呀？好了！蛮脸的警察提着警棒跑过来了！短短的腿。黄胶鞋的帆布帮渗着黑的汗渍。警棒并没有举，张开的嘴又合住，只透出一条红舌头舔了舔干裂的厚唇……人群便向后斜去。——只要有风吹过，任何小草小木都要飘摇的。但现在，一切骚乱却未发生声响，只有着阿冰在一声汪后又吭鸣了两下，如瘪嘴的老太太高声说过一句还要低声再嘟囔嘟囔，软嗒嗒的，是无可奈何的叹息。我是多么感念这两下余音啊，不至于在一时的寂静里更加恐怖，耸耸肩站稳在那里，眼前依旧又恢复了七月天里袅袅不绝的热线。水天一色。是的，水天一色；但远处并不是孤帆远影，广场外一幢一幢水泥钢筋砌起来的楼房，都在热线里开始变形，弯弯扭扭，如醉了酒的汉子。行驶而过的车，一辆一辆，软和得失去棱角，似乎随时要稀化在那里了。四十米外的第一幢的第一层的谁个人家，竟会有着一个小小的篱笆，用建筑工地废弃的脚手架的破竹竿编织，种着菜蔬，栽着几株葵花。葵花开得金黄耀目。凡·高！我当然知道，那个割掉了自己耳朵的丑陋荷兰人，他的油画就是这样的。他是在夏日里发疯的吗？夏日的太阳容易使人发疯吗？范景全是曾经坐着飞机俯视了全城的，"你知道吗？"他说，"西京是以蜘蛛的形状建的。"这广场又是蜘蛛的哪一块部位呢？广场这么大的，学着外国的样儿，全植了草皮，但草皮并不完整，一块发绿，一块发黄，甚至有裸露着的肮脏的黄土，斑斑驳驳有些像爹的那颗癞疮头。

爹是死了，有着铜包叶的旧樟木箱里，还留着爹的工作证，原籍的一栏是写着"仁厚村"三个字的。一生走遍了天南海北的铁道工，那个夏天退休回家，一坐在门槛上，卸了帽子就往下挠，脱了袜子又往上挠，说："嗬，最美的还是咱这儿嘛！"在井台上摇着辘轳把的爷爷嘿嘿地笑，娃子，你终于晓得故乡了！爷爷把辘轳把撒了手，辘轳把哗哗哗地打旋转儿，咚地，桶掉进井里跌成碎片。父亲是一株老树，他到底还能叶落归根，而我充其量还只是棵弱苗子，却就要被连根拔起，甚至拔起了还要抖掉了根根爪爪上的土，干净得像是洗过一样！五年前修建这个广场，村人还热衷着把田地翻开来，掏出下边的沙，夜夜用马车运到老城东门口去出售，高兴着可以赚好多钱。而市长亲自为广场命名"城市广场"，在电视上讲述这个命名有着如何从农村走向城市化的象征意义，我们是怎样地参观过，向远在外地的亲戚们炫耀过，如炫耀我们仁厚村的菩萨庙会有明王阵鼓一样。但是，城市数年的扩展，在仁厚村的左边右边，建筑就如熔过来的铅水，这一点汇着了那一点，那一点又连接了这一片……做了一场梦似的，醒来我们竟是西京里的人了。我们在西京里，就真的如这些可怜的丧家狗啊！瞧呀，獒犬、圣班纳犬、秋田犬、牧羊犬、阿拉斯加雪橇犬，自得宠于人类后就只有主人没有了家，而人是靠得的吗？西京里靠得住吗？以至于一纸公告颁发了无证狗的禁养令，就得遭受全城范围内的捕杀了！在水泥柱上，狗的眼前晃动的是什么呢，是落着雪和一片片黑色松林的北海道峡谷和辽阔的瑞士草原，还是豪华的客厅里那些闪烁的壁灯和柔软的沙发？六月天的打着旋涡的麦浪没有了，静穆得如千手观音的柿树没有了，乌鸦再不来报丧，喜鹊也不来叫喜，再不能提着竹篮去剜荠荠菜，蚂蚱在脚面上飞溅，酸枣刺破了手指……在今天，我们——人和狗都是不配有什么故乡的！

人群里，紧贴着我的是一位肥胖的女人，厚厚的粉脂在汗水冲刷下弄成一个花脸，真丝的裙衣湿嗒嗒在身上，完全暴露了那坠吊的奶子和凸起的小腹。上了年纪的女人就是一身臭肉吗？我竭力想从她身边挤过，一抬头，不远的那个男人还在热辣辣地盯我。他已经很久时间在盯着我了，我瞪过他，但他还是勇敢地盯我，勇敢如苍蝇。流氓！在这么个场合还有这份心思？我这么暗暗骂着的时候，竟也真的看见了几只绿头的苍蝇从水泥柱上起飞，盘旋在头顶，后来一只就落在胖女人的左耳轮上。在仁厚村的经验里，即便到野外，你怎么也寻不着苍蝇的，但只要一解手，它立即就出现了。我和眉子去给云林爷屋里搞卫生，云林爷的绝招是能用筷子在空中夹住苍蝇，他不愿劳动我们，笑着说："这是我养的！"苍蝇是永远在这个世界上藏着的，这只平日又藏在城里的什么地方呢？西京是明万历年间修建的城，如果也是养着的，嗡嗡，嘤嘤，西京城里的苍蝇就从明代一直飞下来的吗？"喂，扯起来，胖子，扯紧绳！"

"他娘的 ×，解不开这圈嘛！"

"文明点，胖子，语言要文明哩。"

"他母亲的生殖器！还真是真皮做的项圈！"

"用刀子割断！"

"嚓！"

项圈割开了，阳光下一条丝麻编织得非常精美的狗绳，日地丢过来。我弯腰拾起，看见套环的布片上写着"德国狼犬"。我差不多已经拾到十二条写着各种狗名的狗绳了，许多拾狗绳的人以忌妒的目光乜斜我，他们必是认为我是女的，那个警察就以此要讨好，殊不知胖子和眉子熟的，我只是在眉子家见过他一面罢了。

胖子眯了一只眼看我，牙齿白花花地微笑。

"他认识你？"胖女人硬着声说。

"我只认识他。——他是破获'一·二八'凶杀案的立功者呀！"

"那这是名人嘛？！"

胖子应该说是名人。几个月来，西京城里到处在议论着这宗凶杀案，人们以为家里装了护窗网、防盗门，回到家里就是最安全的了，一个画家，却偏偏就全家四口被人捅死在住宅楼里。街上曾经张贴着悬赏二十万元举报线索的告示，这告示诱惑了多少人，据说举报者有过十五余例，但都是毫无价值的一派胡说。最终在案件一筹莫展的时候，胖子审讯另一桩案子偶尔诈出了这一案的结果。罪犯，两个吸食白粉而又没钱的街上痞子，他们就住在画家所在单位的街的对过，且与单位的人相识，当上百人的破案组带着警犬忙活了一月理不出头绪，他们还跑去看热闹，拍着警犬说："这家伙肉吃得多了！"可是，其中的一名因别的偷盗被抓住，两天两夜轮番的审讯时，他的毒瘾犯了，鼻涕眼泪流下来，浑身筛糠。胖子拿着白粉说："你要交代了，给你吸！"白粉给他吸了。"你知道这白粉多少钱吗？""多少钱？""二十万！"他说，"二十万我要送你呢！"胖子还没有醒悟过来。"我现在瘾越来越大了，可我没钱买白粉，就是有钱，货也越来越难买，而且还常是假货，我恨死这些做假的！"他咬响着一阵牙齿，叫着胖哥，就哼哼地笑了两声。"我感谢你还能给我白粉吸！但我不想活啦，真的，不活啦！小弟要学雷锋，让你立个功呀！"于是交代他们如何制造了"一·二八"凶杀案。这罪犯或许已决定要死，一切都无所谓，或许是白粉的作用，他交代杀人经过时简直是在炫耀：带了两把刀子，第一刀斜着从熟睡儿子的下身送进来，抽也没有抽，那一根肉却断下来在地板上蹦跶。女儿被捅死在小房门口。听到响动，画家从另一间房子出来，大裤衩，一只赤脚，一只脚穿了拖鞋，他们就抱在了一起厮打，还是另一位抓着砚台砸了画家的头，他才补了一刀在小腹上，让肠子咕嘟流出来。然后，刀逼了主妇交钱，她不交，刀尖剜进每一个关节处转着搅……"我这是第一次杀人，胖哥，杀了那老女人我就瘫在地上，汗把毛衣毛裤全湿透了。就在这时，我看见了一条狗，是条土狗。这土狗长得真是漂亮！它原来一直在厕所门口目睹着，差不多吓呆了。我说，你全看见了？你这漂亮的狗！举了刀向它扑去，它却钻进了另一间屋子，竟能用身子撞关了门，又大声吠叫。我们才匆忙开了大门跑了。"交代出的情况与现场吻合，但庞大的破案组一直认为凶手是一人，是职业杀手，怎么会相信竟是眼前这么个不足一米六的瘦弱男人？随后抓获了所提供的另一同案犯，两人交代一致，此案才被定下来。胖子就成了破案最大的功臣了。胖子真是个幸运的人，他将杀人犯送上了刑场，杀人犯却送他二十万元——杀人犯或许前世是欠着了这笔巨款哩！

　　胖子气喘吁吁地把粗大的绳索挽环套在了那条德国狼犬的脖子上，他的大盖帽下的肥脸淌起汗，腰带松松地勒着，因为肚子硕大，裤腰在前边提得很低，屁股就绷得紧紧的。德国狼犬脖子上的环套越拉越小，被胖子牵着往水泥柱前拖。已经被勒死的狗横七竖八堆了一堆，这让所有还活的狗都看到了，德国狼犬或许吓昏了，却并没有叫，本能地将四足僵直撑在地上，胖子便和狗在那里做拔河比赛：一会儿狗被拖前去，一会儿又拖了胖子后来。人群里已有了轻轻的笑声。这笑声使胖子羞赧，水泥柱下观看的警察也走过来，从胖子手中拿过了绳索的另一端，两人强行地往前拖，先头勒死的那条笨狗一推下车厢就瘫在那里的，胖子几乎是抓了它的项圈提了过来，贱东西的两腿之内便稀稀淋淋地往下滴溜粪便。狗屎是十分臭的，太阳的暴晒下臭恶越发熏人。——这一定是那个小老板的看家狗，项圈里还系着一颗民国初年铸造的小铜铃。勒死的那条阿拉斯加雪橇犬，听说是一家公司老总的宠物，咬伤过周围十多位群众，这次捕杀无证狗，第一个就抓的它。这比利时的种族，体形强壮，毛色铜黄，其英勇就死的行状使围观者无一不震惊，它几乎并没有被拖着过来，而碎步小跑向水泥柱，扬着头让套紧了绳环，然后咕咕嘟嘟发出了声音，声音不躁不暴，如大人物做什么讲演。这条德国狼犬与它前边的同类断然两样，胖子和另一个警察将它拖过来，四蹄在草坪上犁开了四道沟。不知这是什么命运，它没有直接被吊在水泥柱上，而要当众勒死，我清楚地看见它在胖子和另一个警察拉紧绳子的两端时吊在了空中，长长的舌头吐出来，三只苍蝇立即就飞过去，有一只落在那黑色的鼻尖上。胖子分明是很累了，也是以为狗已经被勒死，才一松下绳索，德国狼犬却动了，倏忽翻身而起竟拖了绳索向广场的一边跑去。它明显地跑得不快，在二十米外前蹄一软跌倒了，爬起来又是跑。

这一突变使围观的人都呆了，所有执刑的警察也呆了，约摸过了一分钟，警察们一齐向狗扑去，人狗便在广场上兜着圈子跑。当狗折头又跑过来企图冲开围观的人群时，人群哗地往后闪开，但拴在狗脖子上的绳索绊住了胖子——胖子，胖子永远是好运气的——这一绊，狗又跌倒在了地上。我看见了从它的口里鼻里喷着血，血星乱溅，在阳光下形成了一个粉红的雾团。胖子就双手抓住了绳索；它又被重新拉回到水泥柱前。这次，警察们在围观人的面前丢了脸，仇恨便成十倍地发泄在德国狼犬上，粗长的绳索再一次被胖子和一脸青春痘的警察拉直，青春痘在喊：

"灌水！灌水！——把它的气憋住！"

有警察就将自己配用的塑料瓶矿泉水拿过来，往狗的口里灌。水灌进去，发着咕嘟咕嘟声，水又往出喷，又是粉红色雾团。我从来没有见过口喷出来的水柱这么高，又这么匀散，太阳下甚至出现过一道一闪即逝的彩虹。狗再一次四肢抽搐，后来安静垂下，胖子才一放下绳，蛮脸警察就喊道：

"不能放在地上！没完全冷却，狗是不能见土的！狗是土命，见土就要复活——吊上去！吊上去！"

我不知道我怎么就再也忘记不了这句话了。

我的手上是有一块疤的，娘曾经说过，长大了疤就没有了，但现在疤依然还在。那是六岁时看着爷爷吃水烟，爷爷吃水烟从来是不用纸媒儿的，他能极快地从火盆上抓颗明炭按在烟哨子上，一边呼噜呼噜吸着，一边开始讲我的曾祖父的关西书院，和他当年授课的那座私塾学堂，教我念："要大门间积德累善，是好儿女耕田读书。"我不醒爷爷的话，也伸手去火盆里抓明炭，这一抓就疼得大叫，往外扔时，火炭竟落在胳膊上。爷爷说：烫得好，这一烫我的话你也能记住了！爷爷老早就死去了，我在长，这胳膊上的疤也在长。仁厚村被征用了最后一亩田地的那个冬天，我们屠杀了独有的十头老牛。能分得牛肉吃，这令我和眉子欢天喜地，我们炒了一顿萝卜牛肉丝，又自己炮制着做酱牛肉，得意地去六斤伯家显夸手艺，六斤伯家的院子里晒着一堆牛粪，臭气烘烘的，他正把分得的那块牛肉埋在台阶下，高声骂着造孽：猪羊生来是一道菜，但牛却不是人吃的啊，人吃牛还算是人吗？这仁厚村人我认不得是仁厚村人啦！他弓着腰向我们吼，唾沫飞溅，眼珠要爆出来，瓷光光地像两颗铜铃。我和眉子回来就恐慌，吃了为仁厚村耕作了一生的老牛的肉，一定会有什么报应的。果然我们的胳膊上都生出一片黄绒毛来。尤其是我，在那块烫伤的疤的周围竟长出了一圈。眉子是认识了推销员后用进口的洁毛霜除去了毛，而我的还在，变成了我向人叙说我是农家出身的唯一标志。

我深深地悲哀起这条德国狼犬了，甚至怨恨它死前的一切愚蠢的举动，却又想：这垂死的反抗多么得不偿失。如果是一种本能，别的狗怎么不这样，它是要在暗暗提示着我什么呢？但无论如何，我后悔了来"城市广场"看到这一幕。我开始往后挤，人群里有人趁机撕夺我手里的那些拴狗绳，那个涎脸的男人甚至趁机拧了一下我的腰，我狠狠地甩了一下手把绳统统系在腰里，昏昏沉沉地就离开广场去城南角的农科所找老冉了。

老冉的宿舍里又坐着他的同事范景全，这个年轻轻的就白了发的人，学的农业却喜欢写小说，小说总是发表不了，但总是在将新作来念给老冉，老冉就闭了眼睛静静地坐在那里听，我进去的时候，他是不念了，说："老冉，你瞌睡了？"老冉说："听着的，你念吧。"眼睛还闭着。"听屁哩！梅梅来了你都不知道，你还听我的小说？"范景全精得如猴子一样，他是能闻得女人味的。我才在门口对着斜对面的玻璃门拢头发，湿淋淋的刘海总是贴在额上，听见他话，忙正经了立在那里微笑。每次来这里，我都要做出是自然而然地路过的样子，曾多次黑水汗流地跑了来，猛地在大院门口就碰着了范景全，便视而不见，昂首挺胸过门不入，使范景全喊动着才走进来。老冉睁眼瞧见了我，慌忙站起，说："明日我也要写小说呀，写了小说给你念，你就知道逼着让人听是什么滋味。"范景全"这个，这个……这老冉"一阵尴尬后，就笑了："梅梅，是来寻爱情的，还是来请教的？"他是我学函授的辅导老师。我说谁都找的，范景全就眨巴着小眼睛，"我知道了，"他说，"你们忙吧。"就走了。

剩下我和老冉，老冉就殷勤起来，那副近视镜还未更新，腿子儿缠着胶布，我不喜欢的那条大裤衩还穿着，两条细腿踮踮着跑出跑进，买了这样那样的小食品让我吃。我是小孩子吗，怎么不买了泡泡糖？老冉说，梅梅你气色不好，怎么啦？我说广场上在勒狗，上百只狗被勒死了！老冉似乎并没有忧伤，卸下眼镜擦拭，甚至笑眯眯了那一对鱼泡眼。德国狼犬最后被吊上了水泥柱，舌头从嘴角伸下来，眼珠蹦出，像两颗线吊的玻璃球。"你把眼镜戴上！"我说，"卸了眼镜我就认不出是你了！"老冉戴上了眼镜，恢复了以前模样。他说："公安局我有熟人的，弄一张皮子回来铺床，你冬天就不可能犯气管炎了。"我哼了一声，无法再和他说下去，仰身睡在他那张吱吱作响的小木床上。老冉就在一旁说他又收集到了一件明清的家具，是叫杌儿的，檀木，可以放在床上能坐能枕，也能斜倚了身子，古人真是会享受的。——今日脑子里不装明清家具，我蜷了腿侧睡去，脚上的凉鞋就嗒地掉下去。老冉便不再说家具了，说热，果然满头的汗，却瓷眼儿盯我的光脚。"你的脚真好！"我恶心的就是我的脚，五趾并齐，肉乎乎的，不能像眉子的那样瘦条条的可以穿尖头的皮鞋。我把脚一伸，伸到被角里。"真的，趾甲盖儿像是瓷片儿。"老冉还在说，又卸下眼镜擦拭。椅背上挂着那些拴狗绳，拴狗绳都是五彩的丝麻编织的。我眯着眼睛，听着了老冉的呼吸急促，开始结结巴巴说那些爱我的话，问几时能答应结婚，是在家里做席待客还是在城里的酒楼上包饭？我依旧不搭理，他就在嘴里咬着一阵舌头，听得出有一汪水的搅动声，后来去拉上了窗帘，小心翼翼地挨近来，一双手摸我的脚，腿，摸到小腹和奶。他的举动如小偷一样，窗台上那一处阳光没有遮住，泛滥了金色的光芒，又透过床边的镜子，将一个白块反射在天花板上。一本书上讲：打麻将可以忘掉读书，读书可以忘记打麻将。那现在呢，我在老冉的抚摸下，安静如猫，极力不去想广场上的事了，却在晕晕乎乎的气氛里，意识里感觉门外有人经过，停在那里侧耳听到了房子里的吱吱的床响，并趴在门上的窥镜往里瞧。这窥视人一定是小偷，会持了刀悄悄走进来，先刺倒老冉，当着我的面用刀尖扎进老冉的关节处一搅一搅，老冉就死了，深度的近视镜掉在地上，血沫子如肥皂泡一样堆在口鼻上。然后持刀人双手卡了我的脖上，我被倒提了双腿，似乎他还在说："不让你沾地！你这小母狗！"

我浑身一阵痉挛，老冉却已趴了上来，一张口在我的脖子、脸上疯狂地吻……我什么都不想了，现在能救我的只有老冉！老冉！老冉！我的老冉！我推开他，自己剥衣服。衣服是大衣领的麻纱衬衫，往上脱的时候蒙住了我的脸，"来吧，"我说，女人毕竟是女人，平日如何的自强，到头来能拯救自己的还是男人，我知道我已经是一脸的淫邪了，脸面也就全然不要，"要来咱们就好好来一回吧，反正我是你的人，你把我糊涂了去，弄死了去！"可怜的老冉，在那一时是愣住了，他没有想到以往守身如玉的我会突然变成了荡妇，他只会在我的拒绝下放肆冲动，一旦我主动起来他却惊慌无措。我甩掉了衬衫，老冉还瓷瓷地站在那里，我说："要嗯，我要嗯……"他愣过之后，突然一脸的羞涩，将我的身子像凉粉一样拍了拍，拉过被单盖了，喃喃着说他不行了。我探手一摸那裆里，蔫溜溜的，一摊湿滑的异物——他是在抚我吻我的时候就泄了。

二

我那时犯迷瞪，从冬天到了夏天，越发儿地严重，每天的早晨已经是睡过了长长一觉，起来还糊涂，浑浑噩噩要五分钟至十分钟才能清白，接着就无来由地出现身心的爽朗或是莫名状的烦躁。我也说不清是什么缘故，这时的心情就要决定这个整天里的情绪。或许是仁厚村的集体遗传吧，当年爷爷就这样，只是他要静静地坐在院门外的上马石上，巷道里吹进来的村外田野里的草腥味，以及不知什么地方，一股一股飘过的牛粪味，泔水味，这种气息易于使人清醒，爷爷就揉搓半天的膝盖，然后站起来，掐着了土院墙头的毛拉子开出的花，进堂屋熬茶喝，问道："梅梅还没起来？"炕上睡的是我和眉子，隔门缝瞧见他直喝了三缸稠得吊了线儿的茶汁，那朵淡淡的小花就插在卧屋的门闩上。后来，爷爷下世了，爹和娘也下世，墙头上的毛拉子还在开花，却再也没人掐了插在门闩上，等我梳头时来戴。眉子又同我睡过十年，两个老大不小的姑娘，村里人都在评论着我们是熟了的蛋柿，到了手一碰就要流水的年龄。这个年龄却更多地生发了烦恼，每天醒来后，杂货铺的光头照例在他家后院的桃树下拉胡琴，弦索上的声音悠过来，悠过去，我们的眼皮又合上，意识里天空中有一只大鸟平着翅膀在往下落……就又睡着了。直到一帮孩子在窗前大声在唱："这么大的窗子，这么大的门，这么大的女子还不嫁人？！"我们就在炕上嘻嘻地笑，鲜红的太阳从窗棂射进来，照耀着我们的红被和露在红被外的半个身子，眉子说："太阳一竿子高了？"我说："才有你一屁股高嘛！"我们还是不起来，相互拔着对方额上的荒毛，眉子就说我像我的爷爷。我长得是像我的爷爷，同字形脸，长长的法令，但眉子说这话的时候，她是在得意自己的漂亮。我比不过她的漂亮，可我长得像爷爷我也就自豪了，我开始背我的曾祖父授课关西书院时为书院拟的门联："余以幼孤旅寓渭河自伤老大无成有类夜行思秉烛，今为童蒙特开讲舍所望髫年志学一般务力惜分阴。"我又指着还挂在中堂上的爷爷自撰的对联，念："身无半亩心忧天下，读破万卷神交古人。"我这么念过了，眉子便蔫下来，幽幽地说："梅姐，你将来给咱上大学啊！"两人就都不再言传。——不再多言传的日月越来越稠了，我终于没有考上大学，眉子却出落得更加好看，但我们明显地有了生分。不再嘻嘻哈哈戏闹的原因是都有了爱情了吗？爱情是孤独的，孤独如老虎，也如猪。眉子就像那猪一样蠢！几十年里，城里人都在作践仁厚村，说"柿子是涩涩，核桃是隔隔，婆娘是墩墩，女子是黑黑"，好不容易出了个美人眉子，自和那个健身器传销员恋爱后，她就变了。她开始和我疏远，开始说谎，真的，她总是在我邀请她夜夜睡在这儿的时候，她说她娘的哮喘病犯了，得回去照顾。可后来见到她娘，她娘身子好好的，说吃了云林爷的三剂药，整个冬天病都没有犯过，并且还嘟囔眉子和我在一起，什么时候能嫁人呀？"最好嫁个兄弟俩，姊妹俩就不拆伴了！"我立即明白眉子每晚是和那毛胡子传销员鬼混了。

那一天，我的家里新住了两位病人，老冉也委托了范景全送来两本关于函授的辅导材料，我们说米说面说天气，后来便说到云林爷的医术。当然啰，云林爷的医术是高明的，甚至不可思议，他一个独眼瞎子，又从小患了小儿麻痹症，天知道他是怎么懂得医学的，可他治那些疑难病，尤其是乙型肝炎，几乎是药到病除。如果云林爷像城里那些个体行医者，他绝对是这个城里的首富。但云林爷现在还住在旧祠堂后的三间土屋里，除了一个板柜、八斗瓮和一个箱子，没一件可以闪光的现代家电。他没有孩子，没有老婆，就那么冷清地生活着。病人蜂拥着来我们村，云林爷每月只能收诊八十四个病号，每天三个，村里的人家都有他发给的挂号证，每月当然也只是这三个挂号证。凡是来看病的，就并不去直接找云林，挂号在某个人家，这人家就负责病人的吃住和买药。如此，轻者可以住十天八天，重者则一月两月，每个病人就该付给这人家数百元乃至千元，而云林爷只收两元钱，顾住自己的粮钱和菜钱罢了。仁厚村之所以这般殷实和祥和，我们全仗了有这么个云林爷。"云林爷是我们的甘地！"我说，我看过关于甘地的书，说这话完全是一片真诚。但门口有人却说："你怎么不唱'东方红'？！"这是眉子的声。果然是眉子。我没有理她，拿眼睛盯着穿得花枝招展的眉子和眉子身后的那个毛胡子。我知道毛胡子就是那个传销员——女人的感觉在这方面不会错的——可我立即又明白这是眉子来向我炫耀了。我没有拆穿她以前的谎言谎行，故意嘎嘎嘎地笑，笑得在床上打滚。"梅姐！……你笑什么？""满脸的头，满头的脸。"传销员的脸红堂堂的，是听了我的话发红，还是他本来就是烤鸡的皮肤？

眉子当然晓得我在嘲笑她了，她闪动一下鼻翼，吃惊了她的朋友在第一次正式见到自己的情人时不给面子。范景全低声对我说："梅梅，你不如眉子——"范景全也是嫌我太过分了吗？范景全却说："眉子的恋爱观是要换人种哩，你相好老冉，将来后代还是个小迷瞪！"

"去，去！"我说，从床上坐起来，又看着传销员大笑不止。

但眉子就扳着我的肩头，说："梅姐，你牙上一块韭菜！"我的笑立即停止，拿镜子去照时，牙上并没有韭菜叶子。这下，就轮到了他们的哄然大笑和我的尴尬了。

也就在这一次，我们的关系彻底发生了分裂。原因是我们安定下来的时候，眉子告诉我，她重新寻到了一份工作，即不在宾馆的吧台上做小姐了，加入到一家房地产开发公司任办公室的秘书。这家公司的老板就是邵毛胡子的朋友。并邀我一块去，她可以推荐我做售楼部的售房员。我一听就火了！正是这个城市有了那么多房地产公司，口口声声要改造旧城，扩大新城，才使我们仁厚村被水泥包围，面积越来越小，甚至企图消灭这个村子。仁厚村的人一直在仇恨着变得凶恶的西京城，仇恨着那些有权有势有钱的房地产老板，为保卫我们的家园而苦斗着，可眉子却要做"汉奸"了！我惊讶眉子变化得这么快，为了爱情——爱情是可以将父母放在了次要的地位——却怎么能出卖自己的土地和亲人呢？我们当场争执起来，我几乎在做挽救工作，指出她行为的危险，将成为仁厚村最不受欢迎的人。我甚至把我在函授学习中得知的柳如是的故事故意讲给她，说明朝的一个歌伎，在清人南下的时候，她还劝自己新嫁的男人钱谦益自杀殉职哩！而眉子并不知道柳如是，她说她懒得去想那么多，她要发展，她要日子过得好，为什么不去那个公司干事呢，什么家园不家园的，麻雀才讲究自己的窝的，你见过老虎的窝在哪儿？我越是要说服她，越是看不惯她的恶赖富丽，说她不像农民，眉子说：如果还是农业学大寨，我可以去做铁姑娘，可我现在已经是公司的秘书了，我就得像一个女人那样地生活呀！我再没有了词去说她，我们不欢而散。送走了她，我也闷得去村巷里散心，我看见巷头院墙下跮蹴着一群人，有老的，有少的，男男女女，端着海碗吃饭和聊天，我突然有了说服眉子的话：眉子，眉子，一个农民，不管他怎样地逞强使能他都是一个农民，都要在农家墙根的太阳地里找到归宿的啊！但是，从那以后，眉子却再也不来我家了。她当然还住在仁厚村，明显地，村人小瞧了她，以前她的美丽是仁厚村的骄傲，现在下班归来从村巷里走，没有多少人肯招呼。我看见过风把栓栓家院中晾着的衣服吹在巷里，她捡起来去敲栓栓家的门，说："喂，衣服吹出来了，我给挂在门闩上了。"栓栓在院中问："谢谢——你是谁？"她说："我是眉子啊。"栓栓说："眉子？眉子是谁，我不认识！"我那时在厕所里提裤子，从厕所墙头看见她的难为情的脸，心里有过同情感，但故意又蹲下去，鼻子哼哼着，而幸灾乐祸地冷笑了。

今天的早晨，睡梦里有了什么声音，隐隐地，却好沉重，如地层的深层岩浆在涌动。仁厚村清晨的寂静，第一次被这奇怪的声音打破，使我稍稍感到意外，但毕竟没有冲醒我的瞌睡，迷迷糊糊间，悠来悠去的琴音在哪儿呢？却似乎窗外有了纷沓的脚步声，许多人在骂脏话，在叹息，在喊喊啾啾地说三道四……终于听明白是村边的那一片洼地旧房在改造了，一家房地产公司的推土机来推除旧的建筑。我吁了一口气，情绪就坏起来，知道从此之后，寂静的早晨是没有了，紧邻的洼地旧房一改造，势必下一步就在仁厚村动手了。我郁郁不乐，披头散发，把便盆端着去厕所。厕所里蹲着居住在我家厦房的那个肝腹水的男人，他的老婆一直在里面照料他，听见我的脚步就出来，抱歉地说让等一会儿。我们就站在厕所墙外的石榴树下说话。

"大妹子，害扰你了！"她说，"他一直便秘，那么大个的人，却像羊羔一样拉屎。"

石榴树热烈地开了花。脸黄黄的。会不会她也传染上了呢？

"不急的。"我说，"吃过三服药效果怎样？"

"当然是神了哩！害了三年病，什么医院都去过了，只是没用，药是一麻袋一麻袋地吃，一身肉都吃成苦的,晚上蚊子叮我也不叮他。三服药下肚，我也不敢有大的指望，死马当活马医吧！可腹水就排下来了！"

沉沉的倒塌声又一次传来。厕所墙是土坯砌的，年长月久墙根已腐蚀了，踢一脚会塌倒吗？"云林爷是神了呢，你们安心住下来治一段时间，保证会治得好的。"

女人的脸立即笑成菊花，不住地点头。

"是呀是呀。才来时他一见我男人，开口就说：病上身三年了吧，肝肿大到肋下二指了。我还以为是你把情况先告诉了他，可昨日去，他说腹水下来了，今日广场上杀狗，你去接一只白狗的尿做药引子吧。你瞧瞧，他是瘫痪，怎么就知道广场上杀狗？我拿了茶缸去广场，挤都挤不到跟前去，挤进去了，狗是一个个吊死了，哪儿有尿，还要是白狗的尿？可谁想到，你们村一个叫眉子的就领回了一条白狗！今早露明我去找眉子，想喊了你一块去，你还睡着……药已经熬上了，你说神不神？！"

云林爷的神奇我已经见多不怪了，令我吃惊的是眉子竟领回了一条白狗！在拉到广场吊死的那一车狗里，白颜色的狗是很多的，我离开的时候，活着的只有后来我们称作阿冰的那条土狗，眉子怎么就能领了阿冰回来呢？对于眉子，我从心里反感了她，她竟能从广场救回了一只可怜的狗，这不能不使我对眉子又产生了好感。我望着天笑了一下。

"她救了一条狗，也是救了她自己。"

"救了的是我男人！"

"她还算仁厚村的人。"

"她原本就是仁厚村的嘛！"

我没有给眼前的女人作解释，即去眉子的家去找眉子，但眉子没有在家。院外的几个老太太抱着孙子码花花牌，唠叨着去年雨没落下，今夏又热得早，五谷怎么个结呀——可哪里又有了五谷？——就说到洼地的那个戚老太太搬走了，可怜她再也没伴玩这纸牌了，眼睛发潮，将鼻涕大把地摔在地上。"你问眉子呀？"她们说，"她领回个狗哩，眉眼多亲的狗！一早领阿冰登记去了。""阿冰是谁？""你竟然不知阿冰是谁？"于是她们告诉我，六合家的鸡下了颗双黄蛋，光头的老婆昨日吃饭，把一颗门牙吃掉了，阿冰就是眉子给狗起的名嘛！"梅梅，说个谜语你猜——小时候用，长大了不用，丈夫有而老婆用，和尚自己有，和尚也不用。你学过习的，你猜得出来吗？"我离开这伙老太太往村里寻别人去，便突然醒悟了谜底：这不是姓名吗？这些老太太一定是瞧着狗有了阿冰的名就为自己的一生而悲哀了！我再一次为眉子高兴，有义务为朋友的义举而宣传，但是，在我接触到的所有村里的人，他们一见面就谈起了眉子和阿冰，甚至指责我为什么不去广场，为什么就没有领回阿冰来呢？他们啰啰唆唆地讲着，说勒死了那么多狗，纪州犬，德国狼犬，阿富汗猎犬，土狗，细狗，笨狗，轮到阿冰这条白色的土狗了，它从车上被拖下来，叫了一声，叫得十分凄惨，人们都听见了，注视着它而同时被它的美丽而惊呆着。它是六十斤重的、身高七十公分的大狗，毛质为细细的下毛与粗壮的上毛组合而成。太阳光下，它被牵着往水泥柱前走，它竟走的是一条线的步伐，头微微扬着，半张半闭的嘴巴，米黄色的小鼻子，黢黑的眼圈，它简直是在展示着它最后的美艳。所有的围观人一时间都忘记了这在围观屠杀，倒屏息静气地看着它走，如看一场名模的时装表演。但当它一步步被牵拉到了水泥柱前，经过了堆得高高的一堆狗的尸体，人们终于清醒了接下来的场面是什么，就一片嘘声，浑身都发僵了。发僵得最厉害的却是警察。胖子一边牵着它走，手竟不自主地去摩它的背，行走的姿势完全变形了。青春痘的，曾经用矿泉水灌德国狼犬的那位，甚至指挥屠杀的那个队长，他们都在惊艳中放亮了目光，瓷在那里不动。最后，队长在说——围观的人也听见了——"真美丽的一条狗！"胖子就说："队长，这条也吊死吗？"队长说："你说呢？"胖子说："这是画家的那条狗，邻居后来收养着的。"队长说："这邻居为什么不给它登记？！"胖子说："唵？"两人叽叽咕咕耳语。胖子就走过来，在人群里瞅，瞅了好久，问道："谁是郊区的人？"眉子就举了手，大声说："我住在南郊！"胖子笑了一下，就招眉子走进草地，说："记住，把这条狗带走，不要留在城里，能保证吗？"眉子就牵过了阿冰，很快地从广场走掉了。

"你想想，那么多的狗都被勒死了，它竟被留下来，它身上一定有什么神奇的力量！"

"这狗真命大，罪犯没杀了它，警察也不勒它！"

"肯定的，生前是妖冶的女子！谁对美下得了手？"

"先生，它是公的，公狗！"

"什么叫缘分，这就是缘分，那么多人偏偏就轮到眉子！"

但我知道，胖子是眉子的朋友，胖子在人群里瞅，一定是瞅着了眉子；眉子会眼睛说话，所以胖子才把阿冰故意让她带走的。

三

不管怎么说，我们都是狗命，与狗结下不解之缘，或者说，我们的前世就是狗变的。成义还在村的时候，成义好为人师，他咬定人是有灵魂的，并且灵魂的伟大与渺小与身体无关，身体只是灵魂的存寄处：伟岸的身体里可以寄存渺小的灵魂，丑陋的身体里也可以寄存崇高的灵魂。当身体为一辆铁与木做成的车子或麻绳织成的袋子，要腐烂败坏了，灵魂就飘离而去到天上，天上到处都飘浮着类似这样的灵魂，它们如云一样在汇集、融聚和分散。物以类聚就是这样的。它们慢慢地在空中游走，所经之处，地面上或许有一只蜂将采到的粉带到了另一花心上，这花要孕育果子了，灵魂就附下来，这果子从此就有了灵魂，或许地面上一男一女正交合，灵魂附下来，孕育的人就有了灵魂。所以，有灵魂的并不全都是人，可以是兽，是草木，飞禽游鱼和石头。而人呢，当然就会发生这一世你是父亲，下一生你又成了曾经是你孩子的孩子。成义这么说着的时候，我是哈哈大笑，"如果这样的话，"我说，"世上就没有高低贵贱之分喽！"成义说，就是，皇帝和乞丐是一样的，将军和妓女也是一样的。我是将这话说给云林爷，云林爷只是笑，说："成义要流浪了。"果然成义几年里不在仁厚村。但是，当我再一次见到阿冰，我想起了成义的话，真的感觉到它的前世就是美艳的女子。女要俏，一身孝，它一身上下的银白，连一根杂毛也没有，那么大的个头，四蹄却小小的，走过来就在地上踏出梅花瓣一样的印痕，你简直要闻出幽幽的暗香了。尤其是它的一对眼睛，水汪汪地看人，似乎还略带淡蓝，眼线极黑，我敢说我化不出那妆来，连眉子那么讲究的人也化不出来。

俗话说，丑能辟邪，太美的东西容易招来祸灾，但在那个半明半暗的月夜，阿冰出现在厕所门口，持刀的杀人犯在一瞬间里迟疑了，水泥柱前，胖子的眼睛为之一亮，美是战胜了死亡的！战胜了两次死亡的阿冰，一定是成了精的小兽，自己以后的长长岁月里，我是不愿与它单独相处的，我害怕的是一种妖气。

眉子家的房屋并不大，先前她母亲还健在着，是个病包，除了哮喘，又患了类风湿，四肢的关节都变形了。小院的葡萄架子养着一箱蜂，每日斑斑驳驳的阳光从藤蔓中筛下来，我和眉子就捉了那蜂来蜇她母亲手上腿上的关节，蜂咕咕涌涌总要飞，黄色的翅膀闪现着一团虚幻的灿烂光，我们必须捏住翅膀，将小小的屁股往关节处一按，毒刺就扎进去了。每扎一下，她母亲口里便吸冷气，能忍耐住蜂蜇的疼痛，却是可怜扎一下，一只蜂的生命就死亡了。"我不活了，我不活了，"她母亲说，"我活着要死多少蜂的。"她真的就拒绝蜂疗，一个夜里偷偷将蜂箱打开，把蜂全放走了。她母亲死后，眉子在我那儿住，直到我们闹翻。现在的房子已经不是昔日模样，土坯墙用白灰搪过，又贴了壁纸。装有天花板、窗帘盒和拖地窗帘。水曲柳板包饰了门框和墙裙。矮柜上是电视机、录放机和音响。花梨木的沙发椅，沙发椅后细杆儿大罩的立式灯。

"哈！"我站在门口，一半真的为她的房间震惊，一半却有意地虚张声势，"眉子真正成了现代人了嘛！这是什么，拖鞋，皮革的，大热天穿皮拖鞋！让我试试。"

眉子明显的是瓷在那里。

女人的脸成画布了，什么颜色都上得去。老冉说怎不见你化妆？我敢素面朝天！

眉子立即殷勤起来，帮我试穿拖鞋，指点了夏天穿皮拖鞋凉快，床上铺的就是一张牛皮凉席的，我为我的土老帽呵呵呵地笑。

"这都是老邵买的。"眉子稳定了情绪就又是眉子，她忘记了给我倒茶，也不拿糖果，哗哗地打开衣橱的三扇门，衣橱里全是挂着四季时装，仅各式的皮鞋，高腰低腰，尖头圆头，方跟的锥跟的，竟三十余双。取出一件灰绸上衣,加上时尚的直身阔脚裤让我穿,我没有她那样的鹭鸶腿,穿不成,又取出一件灰黑相间的细格子运动型上衣套在我身上,关了门,扯下我的碎花裙子,将一件百褶长裙给我,直嚷道我穿着合适。

"眉子,"我在镜子里扭着腰身,"过去的事你还原谅丑姐的吗?我胯太大了,穿成捣米桶了!我今日来,真还害怕你不理了我哩。"

镜子里有个窗台,窗台上放着眉子的相框,是柔光镜拍照的。

"是吗?你来阿冰没有咬你嗨!"

阿冰那时正忙活,用嘴叼着门后的那些高跟皮鞋,叼一只放在木沙发上,又叼一只放在木沙发上。

"这狗像是认识我,活该都是姐妹的。"

"阿冰是公狗!"

"那就算是老邵的小弟弟!"

阿冰听了这话,不折腾了,后腿立起来,前爪软软地合抱腹前,如村口等待家人回去吃饭的老太太。那洁白的体毛里,后腿根,赤露着一截红肉,却软不嗒嗒的。老冉笑得那样的难堪和卑微,有牙的时候没锅盔,有锅盔了他却没牙。

"眉子,你知道吗,它这是亮鞭!"

"它就这点不好……怕是在广场吓出病症儿来的。"

这话题我们没有再说下去,眉子还是忙活了从抽屉里往外掏小玩意儿,什么路易威登旅行袋、证件袋、法拉利咖啡皮包夹,什么娇兰真皮拉链手挽梳洗袋。要把一盒雅诗兰黛护肤霜送我。眉子是怎么啦?她为我的到来而感动着,还是又在向我显摆?我讨厌了我从心里生出的丝丝缕缕的嫉妒,暗暗提醒自己:我是和眉子趣味不一样的!但我毕竟是女人,女人是如何的独立性,也永远摆脱不了男人和服饰的……我无法压制我心理的不平衡了。眉子认识大胡子老邵,原是阿顺的姨夫介绍给我的,我有了老冉,才让眉子直接去见老邵的。老邵是个款儿,但老邵是离过婚的男人;且有一个小男孩。我的嫉妒心使我就问起老邵的儿子怎么样?眉子认真地回答着我,还是在推荐着雅诗兰黛护肤霜的好处,我就又感到我的卑鄙了。

我说:"我什么都不要了,真的,都是一堆英文字,什么都不要的。你知道吗，村里人又对你好了！你还在那个公司上班吗？不管你嫁什么大款，要过什么样的日子，你到底还是仁厚村的人，这房子还是在仁厚村里。"

"这我知道。"眉子说，"梅姐，村人另待我，我哭过多少次哩。……我现在还在那里上班，可公司拆这儿那儿的房却绝不来拆仁厚村的，这我给老村长说过，村里好些人也知道……我没想到是阿冰给我带来好运，我救了阿冰，其实是阿冰救了我。阿冰，阿冰——"

阿冰出去在小院的葡萄架下撒尿，它轻轻地摇尾巴，一只后腿抬了搭在错综复杂的葡萄树根上。我又看见了那条亮鞭。眉子说人为灵狗为半灵，才一两天时间，阿冰已经能维护她了，老邵打她，它就咬老邵，你不信了打打我。噢嚎，我心里想，它那么忠诚的，罪犯杀画家时它怎不去咬？我没有去做试验，也没意思去抱阿冰玩，将带来的那些拴狗绳挂在床头上。但是，院门咚的一响，阿冰惊慌失措地往回跑，尿点子淋了一地，钻在我的怀里直拿黑眼睛瞅我。

进来的却是七八个村里的人，还有传销员老邵。村里人知道我到了眉子家——他们为眉子的妥协而高兴着，但并没有好意思就到眉子家来——便以我来为借口，以看阿冰为借口，偏又在巷口遇见了大胡子，嚷道着要喝酒，便买了几包热炒的花生，跑来了。突然间家中来了这么多人，眉子分明有些受宠若惊，她慌不迭地就去拿镜子照脸，梳了两下头，又取唇膏，我骂了一声"臭美"！她却对我小声说："你把发卡取了，刘海卡上去显得老气哩！"我气得不理会她，她撩开门帘已站在门口一堆笑地招呼大家，甚至并未让他们脱鞋，七八双鞋就在地毯上踩出泥印。大胡子打开床边的小柜，取出一瓶金王马爹利，分盛在高脚杯里给各人喝。这些土包子，洋酒也不是没有喝过，但这个时候偏要装痴卖傻，问这是什么酒，哪个国家造的，怎样个喝法呢？我有些生气：这样太巴结了眉子！眉子毕竟是触犯过仁厚村的人，如今对眉子好，首先是眉子有了好的表现，到她家来也是显示仁厚村人宽怀大量的，为了那么一瓶金王马爹利就犯得着这样吗？我感到悲哀的是，前巷的高丰今天竟穿了一双类似美国士兵式的大皮靴，他一定是要显夸自己的靴子，大热天的也不在乎，为的是来见大胡子，不至于让大胡子嘲笑自己的寒酸和土气吧？哼哼，高丰又在问那台"爽安康氧气健身器"是什么了，大胡子就让他仰睡在地毯上，将双脚放在器盘上去摇晃，这下，可怜的高丰必须脱下美国士兵式的大皮靴了，肮脏的袜子破了一个洞，臭气熏天。

"这是目前最现代最科学最方便的健身器，日本科学家发明的，他是以鱼在水中游动，浑身以脊骨而摇摆振动的原理设计出来的。鱼为什么不患肠胃病？能治肝、治肺，五脏六腑的病都治。还可以减肥。你问问眉子，她现在体重减了多少？摇一分钟相当于跑步十五公里的活动量，好的是没有跑步引起的心跳、气喘和疲倦……你可以舒舒服服地睡着了！你眼睛闭上，感觉怎么样？你把感觉给大家说嘛！"

"嚯，"我实在看不惯了，"这就是传销吧？"

"什么是传销？"高丰头抬起来。躺平是不能抬头的，六合就制止了："嗨——"

大胡子从口袋取了把小得可笑的梳子梳理头两侧的长发，说："传销就是靠消费人的层层推销，形成一个几何形的销售网。简单地说，一般是生产厂家生产产品，中间经过商场卖给顾客，而现在是厂家直接面对顾客……比如，这种健身器，是香港厂家买断专利在香港生产，我每月去香港提货，我发展了你买一台，你的名字和地址就输入厂家的电脑销售网，你如果推销了三台给另外三人，另外三人又推销各自的两个人……"

"哎呀，这如同发展特务组织了嘛！"

仁厚村的那些家谱现在谁家呢？贾氏族的是在一张油布上写的，但还是被虫蚀得花花点点，是六斤伯爷家见到的吗？阿冰还在我怀里。我翻着一本香港的杂志，眉子取糖给我吃，我不吃。

"可以这样理解吧，六合，你买一台，做我的线民。"

"做你的线民？那你呢——"六合说。

"我是这个城市的主任。你如果发展到六个人，你也就是个小组长，你就可以通过我去进货，或者你直接去香港进货，售销了六台，你就能赚得一台的价钱，你的线民若不停地壮大，认识不认识的，每月你就可以净拿提成的钱了！"

"钱原来还可以这样赚啊！"

老邵越来越胖，眉子能不瘦吗，他命里一定克着眉子的。人瘦，奶子却翘得那么高，八成是做过了手术，听说可以在里边放硅胶。为老冉受那伤疼呀？去！

十五分钟过去了，高丰摇摆结束，他从地上爬起来，大家都问他有什么感觉，高丰悄声说了一句，都噢地叫了，有人说："让我摸摸！"高丰猫了腰，就拿眼看我和眉子。我知道高丰的口里没正经，他经常在有女人没女人的场合说些流氓话。我剜了他一眼，恨的不是他说流氓话，而是他今日之所以这么小声完全是为了尊重眉子的。仁厚村人现在是远不如过去了，他们太受不得诱惑，落到这步田地，也真是天报应！我没好气地说了一句："胡子，高丰瞧你这里是仁厚村的外国租界了，他那么喜欢的，只要他能受得了，脸上不怕上火出痘儿，你就把这台机器送了他吧。"

大家哄哄地笑，大胡子也笑着，但看不见嘴。"很快仁厚村每户都会有一台的，这是村长亲口对我说的。"老邵说，"如果村委会给每户买一台，每户都住有病人，这就可以作为病人治疗器械，半年里机器钱就捞回来了。"

大胡子的眼神里闪动着得意和狡黠，我脑海里立即是另一幅图像：传销员和村长已经在烟雾腾腾的房间里谈了半天，他答应了如果村里能一下子买这么多的机器，村长的名字就输进传销网，一次性可以拿到一笔巨款，而且又将永远地得到提成。村长微笑着，把窗子推开放烟，开始喊老婆擀长面，汤要宽，辣子要汪。——大胡子看着众人，他一定也回味了交易的记忆，他的企望是大家对这一消息激动得要跳起来，但是，连同高丰和六合，没有一个表示出兴奋。在这一瞬间，我为我的乡亲而振奋了。

"老村长呀——"叫连本的轻蔑地笑着。他的笑音很短，笑完了还吹了一口气。"他是个软蛋，我们要推翻他！他是不是意识到仁厚村人不信任他了，要卖好大家？可卖好大家，实际上还是他想挣传销钱的，他是个软蛋，给自己捞钱了就大胆了！"

这消息使我吃惊！

仁厚村的规矩，凡是村民，不管是男是女，都可以享受到一份庄宅地的，而靠体育场那边出租着的一排公房，每年的房钱也是按人头分红，甚至包括已经出嫁到城里但没有工作的女性。我并没有出嫁，老冉的老家仍是仁厚村的，我应该是正经八百的村民，这么大的事怎么一点不知道？我怀疑了消息的可靠性，放下阿冰，走过去夺下了连本手中的酒杯。"你洋酒喝多了吧，不会说话不要说话，你那嘴巴子忘了被人抽吗？"

大家都笑起来。连本的左腮比右腮大，里边自幼就生着一个肉疙瘩，看上去如口里含着一颗杏似的。杀害画家的案子发生后，警察们在这一带篦梳篦虱一样把每个人调查了一遍，并且每人都得留下手纹和脚纹。询问连本的警察就是胖子，原该是胖子问一句他回答一句就是了，他天生的爱说话，又吐字不清，江江水水说个没完了，胖子就动了怒，一巴掌扇在他的脸上。他说："你凭什么打人？"胖子说："你往严肃些！"连本说："我怎么不严肃了？"胖子说："把嘴里糖吐出！"连本才知误会了，张着嘴让瞧腮里边的肉疙瘩。

"这事你不知道？你真的不知道？！哈！"连本得意起来，"那么，仁厚村一直在抵抗着不让改造的事你知道吧？"

"知道。"

"学函授的，知识分子，你当然知道。可现在是一个副市长的儿子在南方搞房地产，在那里吃不开了，二返身又回到西京来发财，与另一家房地产公司联手又瞄上咱这块地皮了，哎，眉子，是与你们公司联手吗？"

眉子脸刷地红起来，说："我不知道。"

"他们这次打的旗号是市政府的名义，层层往下压，就让区政府农副局出面找老村长，老村长竟意向上同意了。他来遭到了人骂，哭丧个脸说他是屎壳郎支桌子，支不住嗨。呸，他真是个屎壳郎，要出卖仁厚村呀！村长不为村里谋利益，这村长做醋的？我一见他就来气了，一个村长怎么能长那副模样，完全是猿猴没进化过来嘛！"

"甭论长相，"我说，"你最多比他早进化十年！"

连本自己也笑了："所以大家酝酿着要改选，候选人中也没有我呀！把他掀下来，推云林爷上，但云林爷死活不肯，大伙就提议成义，狗东西成义是一身的毛病，可他是能顶住事的人！这小子倒牛了，官位已经替他弄好了，他却满世界跑得无踪无影，那老爹只说快回来了，问什么时候回来，只是不说……"

连本的话听来倒像是真的，原本是一场阴谋，现在让他的长舌变成了阳谋。老邵还在笑着，但笑得很硬，眉子已经弯了头直愣愣地看我了。

"是成义？"她说。

"是成义？"我说。

成义和光头进城去卖沙，麻袋里还装着一堆蛇，要给餐馆，嘟嘟嘟的拖拉机到了东井街，街上人拥得水泄不通，两拨痞子打架哩。光头要绕道，成义不，光头说："这是警察管的事！"成义说："谁管警察？"光头喝不退人，脑门顶还被人轻佻地摸了一把。成义就下车了，提着麻袋往出一掏掏出三尺长的大蛇来，刀剁了头，蛇身就塞在嘴里吮起血，说道："打嗬，要打就往死里打嗬！"围观的哄地散了，打架者住了拳脚，看了看他，也撒腿跑去，跑远了还躲在墙角一遍一遍往这边看哩。但这时警察跑来了，训斥拖拉机不准白天进城，为什么进城？成义说："进来了怎么办？"警察说："罚款！""罚多少款？""二百！"光头就急了，把身上的口袋全掏了底，说："就这二十元，你全拿去！"警察骂道："你别给我耍滑头，治不了别人，还治不住你这农民？！"成义说："城是你们的，该罚！罚多罚少你得开个罚款单的，我们真的没钱，我给你买烟去！"成义红嘴白牙地给警察笑，警察也看着成义笑了。成义就跑过马路，在对面的烟摊上掏钱，叽叽咕咕说话，那摊主就锐声喊着："警察同志，烟钱交过了，下岗时你来取烟啊！"拖拉机被放行了，光头说："让他罚二十元够他的了，你偏去买烟，一条'红塔山'一百多哩！"成义说："我只给他买了一盒'哈德门'！"光头怔了半会儿，叫道："你这是流氓嗬！"成义说："小痞子遇着大流氓嘛！"

成义的故事成段成段地在仁厚村流传着，但几乎全是些劣迹。他的人缘绝对没有老村长好，老村长慈祥，和善，主持红白喜事呀，调解邻里、婆媳、兄弟分家的矛盾呀，他年纪和权威，倚老卖老，硬吃硬压。但谁更适宜于仁厚村，我无法作出准确判断。从眉子家出来闷闷不乐，高丰就撵着，涎了脸说："梅梅，你今日化妆了？"

"本小姐从来就不化妆！"我冷冷地说。

"那脸色倒这么好，红扑扑的！"

"我是麻子！"

"梅梅，"高丰瓷在那里。"我可没有得罪你，大家在那儿说眉子，那还不是逢场作戏吗？眉子漂亮是漂亮，但她哪有你气质好，贵族是三代才能培养出来的，她怎么和你比？"

他这么一说，明知道又是在奉承我，我却如一个皮球被扎了一针，扑哧哧地把气全放了。回过头来，我说："我还那么重要呀？那我问你，选村长的事你们都闹到五马长枪了，为什么偏就避着我？认为我小，我是女的？"

"哪里，"高丰说，"仁厚村谁都可以不放在秤盘上，但敢不放你？只说你是知道的，都这么认为，偏偏就疏忽了……我还提议推选你哩！"

"屁！"我骂了一句，仰头看天上的太阳还是火红，旁边魏小小家的院墙头上一丛毛拉子草开了花，红艳艳地抖着精神，自己倒笑了：瞧，我把我惯成什么样儿了！

"梅梅，你笑起来好看得很哩！"高丰又说。

"今夏这毛拉子花开得早。"

高丰立即跳着去掐毛拉子花，每跳一次，手快要挨着毛拉子了，却又掐不着，身子就坠下来又跳，又坠，反复三次，院墙内的一只鸡就惊动了，嘎嘎嘎地扇了翅膀起来。我走过了巷头，听见高丰在大声骂魏小小。

四

已经到了六月十日，成义还没有回来，村外低洼处的呼隆呼隆倒塌声日夜还在响，残垣断壁上，粗野的墨笔画着圆圈，圈内写着"拆"字，周围是蹬踏上的脏兮兮的泥脚印，你无法想象有一个脚印竟蹬踏得那么高！重新寻找住处而迁移的人家，汽车，架子车，三轮车，将沙发、被褥、床板、煤球、菜瓮、门窗竹帘和竹席，一堆一堆往外拉。推倒的旧屋木檩和椽，大多败坏，横七竖八如小山一样扔在那里，有人蹲在背后拉屎，碰着来往者，忙用废顶棚纸遮住自己眼。门窗挖了下来，玻璃全部破碎，旧家具收购站的老汉在收购，用脚踢着，大幅度压价，气得卖主不卖了，举了石头咚地将菱花格子砸个稀烂。伐倒的树木，撕烂的芦苇顶棚，破了的花盆、鱼缸，干硬翘足的破皮鞋和草编椅垫到处狼藉不堪。这些丧失了家园的人，将架子车拉过仁厚村的巷道，仁厚村人总要拦住问去哪里寻暂居地，旧房拆掉将来分配多少新房，院子算不算面积，拆一返一而不够居住若想增加新房面积，每平方米的价钱又是多少，是将来能返回原处呢还是随便由人家安置？愤怒的叫骂声就起了，有人啪啪地拍打自己的屁股，将唾沫吐在空中，空中的唾沫又落在自己脸上。一个老太太就坐在车帮上哭，哭她是人经几辈住在这里的，老了老了，把她的根拔了，"让我去做鸟儿嘛！"分配到将来的七层高楼上，她永远就不能下楼了，她害怕寂寞，她的老姊妹将住散，她没有说话的人！一只肥胖的老鼠从那堆旧顶棚下跑出来，一直顺着地上的车辙跑，在不远处站住往这边看，老太太立即喊："咱家的老鼠！喂，喂！"孩子们也瞧见了老鼠就扑过去，他们已经逮住过十只，浇上煤油，点着了让在地上跑死，这只老鼠便掉头又跑回旧墟不见了。老太太一辈子恨死了老鼠，现在却可怜它了，又担心夜里再没有老鼠在顶棚上跑贼地闹，又怎么去睡着？眼里又流出泪。拉车的儿子粗声呵斥母亲："你哭么，哭么，那眼睛还嫌没烂完嘛！"蛮脸作态，恨恨地吐一口浓痰，把车颠颠簸簸拉走。仁厚村口的路还是土路，常年聚着坑水，车辆的胶皮轱辘轧得路面凹凸不平，苍蝇和蚊子汇集在那里的西瓜皮上，人一走过，嗡的一声。低洼处东头的洼沿上，一院房子还孤零零地独立，从槐树上一直牵到院门柱头上的铁丝，挂满了印有尿渍的被单和洗过的衣服，证明着这一家人还在。中午里，一张大白纸就贴在院墙上，同样的大白纸在低洼地通过仁厚村的巷口贴了一张，还有一张就贴在仁厚村光头家的小杂货铺对面墙上。仁厚村人先以为本市又执行了一批死刑罪犯——这样的布告最惹人兴趣——就去看杀掉的那些抢劫犯是怎样抢劫的，强奸犯是怎样强奸的，然后就又挖掉布告下院长大名后的一个浓笔鲜红的句号。不知是谁的说法，这句号是镇邪之物。但这次的大白纸上没有句号，上边写着勒令钉子户陈××限期搬迁，如违则公安派出所强行拆除。将对钉子户的勒令一连贴了三张，一张竟贴在仁厚村口，这是对我们施加压力和严重警告了。

可怜的老村长就住了医院。老村长十几年建立的威望几天里崩塌下来，他的老婆，一个秃顶的女人，出门再也不戴上她的假发套，在村里逢人就

172

说老公的病。"成夜成夜是睡不着觉呀，低压一百一，高压二百，他是风地里的灯，扑忽扑忽就要灭了！"她说，"我现在才知道当官要当大官，当小官上不是人，下也不是人，老鼠在风箱里两头受气！给群众办好事是你，得罪群众也是你，群众不管朝里事只知道个你嘛！"老村长老婆的话说得也有理，但没有理睬的，更不相信老村长就病了，他家门外的垃圾堆上，见天倒出的仍是鸡蛋皮，羊骨头，就明白老村长这是为什么住院了。老村长的官职是不大，可也学会了当今大官们惯用的一套：但凡仕途上对自己不利，政治形势一时难以清白，单位分房子、评职称，他们就住院了。大官们在高干病院里可以看电视，洗温泉，玩康乐球过舒适日子，老村长却只能住到区卫生院，霉而窄的病室。失去了威望，如果在这个时候挺身而出，村长的位子或许还是他的，一月除了风风光光活人外，仍能拿到三百元的补贴，但他一住院，仁厚村的人就彻底失望了：他不仅是一个软蛋，还简直是老奸巨猾！

而成义却仍不见回来。

光头家小杂货铺前的碌碡上坐着成义的爷爷，这位清末民初的刽子手，已经老得鸡皮鹤首，记不起了眼前的事，却喋喋不休地谈说当年的英武。"城东阳街的采花大盗是我杀的，三阴县土匪刘巴是我杀的……我杀过的人鬼知道有多少，名人就这几个！午时三刻，刘巴是剥了上衣跪在木圆台上的，我就绕着他转，瞅他耳后的那地方，瞅得他也慌了，说：'还不下刀？'我不理，我得聚气，猛地将噙着的一口凉水呸地喷过去，刘巴那厮一激灵，刀便落下去了！你以为刀是直砍下去的？直砍是砍不掉的，要斜着一抹，像不经意地，头掉下来，掉下来不能滚地，得连一点皮，这叫金线吊葫芦。那脖子就白茬茬地开始聚泡了，样子像菊花绽瓣，没有血的，小拳似的一个疙瘩就在肚皮里蠕动，直蠕动上去，呼的一声，血就喷上空中，足足有两丈高哟……"这样的说话，村里人已经不害怕了，害怕的是他一边说话，一边喝酒，一边就眍了眼直看你的耳后部位。勒令搬迁的大白纸贴在酒馆对面的墙上，光头在柜台里边问："你老瞅着那布告了？"刽子手不识字，说："现在的杀人有什么劲，谁都会放枪的。"光头叹一口气，给我挤眼，又说："成义什么时候回来呀？"刽子手说："成义要回来了。"酒劲上来，就昏昏欲睡了。

我不明白，村人为什么一定要等成义？三十年前，一辈子老光棍的刽子手，黎明早起，背了背笼去生产队苜蓿地里偷割苜蓿，地垄上坐着一只狼的，老刽子手提了拳只管走过去，那狼就跑了。一生好强使硬的角儿，要想看看狼是不是被他吓得拉了一道稀粪，粪是没有，垄沟里却睡着一个婴儿。婴儿是个男的，包布又是灯芯绒小棉被儿，这肯定是城里的什么人家孩子，那么，是狼叼了来的，还是野合的孽种，遭受遗弃，而狼在此护守了一夜？老刽子手却一定要相信后边的设想是真的，认定了这孩子是在等他，是狼要送他，便抱回来用米汤养大。这就是成义。成义长大，书并不安生去念，人却嚣张如匪，他是脑袋极灵的人，学什么会什么，干什么像什么，叹气的是认为世上无难事但什么事皆不能一以贯之，往往一宗事情眼看着成功了，出乎意料地又去谋算别的事。他种过菜，饲过鸡，从地下淘沙开办过水泥预制板厂。也干过装潢木工。甚至有人在议论他走私倒贩文物，有一日从窗口往外丢破烂，砰的一声就把一个汉陶罐儿摔得稀烂，说："谁稀罕这个？不值钱又显眼占地方！"他到底还干些什么，我不知道，但我在帮着老冉收集明清家具时，他竟能陪我一块去市场，对那些旧家具的用材、做工，以及艺术水准的优劣是头头是道地懂得，知识一点也不比老冉差。我们在市场转了一上午，惹得许多脸上涂抹了红红白白的姑娘拿眼睛盯他，我说："成义叔——"按村里辈分，我该叫他叔的。"这些姑娘喜欢上你了，拣一个回去做我的婶娘怎么样？"他说："青柿子！"我听不懂，问："俺？"他说："没长熟哩！"样子十分得意又傲慢。他的嘴里永远没有表示过对女人的好感，总是骂骂咧咧。我没言语，过了一会儿又逗他："成义叔，你怎么不结婚？"他说："你结婚了，叔也就结婚了。"说罢有些不好意思，补充道："你要叔成药渣呢？"我笑了笑，说："书上写着的，男人不结婚对身体仍不好的。"他便一脸的流氓气了，说："你以为不结婚叔就不懂得女人吗？！"呸呸，我在肚里骂他是瞎髁。也就是那次从市场回来，他说："你去把叔的钱拿来，明日我要出门哩！""什么钱？"我莫名其妙。他说："我在你的床席下放着五千元的。"我回家揭床席，果然下边放着五千元，出来问他什么时候放的，我怎么不知道，怎么能把钱放在我这儿？他嘿嘿笑着，说："放在你那儿最保险嗳！我要给你知道，你肯替我保管吗？"我那时真怀疑了他在干什么勾当，赚了钱，又不明不白地让我窝藏！但我没有再问他也不说破，心里从此对他是有些提防了。

从前年的夏季开始，成义就压根儿地不在村子了。他是去外地做生意，还是闲逛，无人知晓。他既然连个影儿都不可见的人物，仁厚村人却一定要推选他做新的村长，甚至连云林爷也这么坚持推荐他，这令我不可思议。

我去见云林爷。一推开土围墙的栅栏木门——我的感觉里——历史就推开了。

贾家氏族的祠堂，庭院已经颓废，以前的三道大门是什么结构，次东西的走马廊又有多少柱子，又次大厅后的茶亭八角还是四角，一概都不知道了。去年雨季里，一排鱼鳞式的漏砖花墙倒塌后，云林爷住着的三间厦屋越发孤孤零零，只是屋顶上的脊垒、瓦当，门前残留的一根雕着石榴头的石柱，还显示着这是一座久远的建筑。现在，屋里人声喧哗，浓浓的烟草味从窗格里飘出——鬼晓得又是什么人来这里闲谝了——并不去叩那两道大铜泡钉间的螭虎门环，立在隐约可见的铺着六方式砖纹的地上，看着屋后的那一片墓地。墓地的最高处该是仁厚村老祖先的坟丘，坟头上长一株干枝柏，别的干枝柏长到酒盅粗的枝股便不长了，这一株十五个枝股齐头并进，扶扶摇摇三丈多高，一早一晚就包容了众多的鸟儿。坟丘的周围曾是种罂粟最肥沃的一块地，解放后罂粟不种了，村里死了人就依次围绕老坟丘埋起来。再后政府有令，死人不许土葬的，老村长几经交涉，政府同意保留这一片墓地，成为全市独有的一处景观。未知道这大坟丘里埋着的是不是我们祖先，但我们却无一例外地到处宣扬我们是这里的土著，生衍我们的是明朝朱元璋军中的一位鼓师，这鼓师或许算不得个勇敢的士兵，出身于农民，但绝对是出色的音乐家，一生在制造声音，以至于我们村一代一代传下来了一种鼓乐叫明王阵鼓。有了这么些原因，仁厚村是久负盛名的村，而这片墓地因仁厚村保留，保留了又增加了仁厚村的观光价值，墓地就打起了土围墙，使以后火葬回来的骨灰盒存放在那一排一排茶几大小的水泥堆里。每个人活着的时候，拥有着太阳、空气，这里的每一处都可以说是自己的，死后却只能占据那茶几般大的地方——可这已经是全城最优越不过的特权了。

　　云林爷没有疯的时候，云林爷最贫，一个下肢瘫痪的人，饲养了种猪，为村中谁家要生崽的母猪配种。这种营生或许并不适宜于在墓地前的祠堂里进行，却奇怪的是谁也未提出非议——顾嘴吃饭，是那个时代的人最基本的生存要求。长得一身红绒毛的母猪牵来了，就拴在土屋外的石栏柱上，牵猪人进门说："吃啦没？"其实云林爷并不在屋，在屋外侧的厕所里，出来一边系裤带一边说："没的。"牵猪人就把一袋十多斤的包谷放在那里，这是给种猪的补养料，然后让云林爷看着，将二元钱放在桌上，且用碗反扣了。云林爷开始让座，问这家的油盐柴米，老人的安稳和孩子们的乖好，吸过一袋烟了，才把种猪从里屋拉出来在土场上配种。种猪是一头高大的红眼长嘴乌克兰种，见了母猪就急，那一根生殖器在未能寻着部位时便往外淌水，瘫痪的云林爷会不顾一切地扑过去帮忙，以至于那水儿就沾上自己的手，一边看着，一边抓着地上的干土搓指头，说："好了！"猪的配种，当然是公开正当的工作，没有一丝可以视做下贱和伤风雅，但云林爷是不是得到猪主人的许愿，每年终能吃到被送来感谢的猪下水，比如一颗头、一条尾巴，或一副肠子或心肺，而我从未见他当众清点碗下的那一卷钱是二元还是两个五角，虽然他就仅凭这点钱来生活的。

　　现在的云林爷已不再以猪配种，云林爷发挥着的是他神一样的医术。世上真有难以相信的事，云林爷在一场三个月的发疯之后突然身怀了绝技！我参观过多少地方的寺院和教学，看见过多少满脸高古的住持和教堂，我就每每想起我们的云林爷，住持和教主都有着一种威严，使人有神与上帝的可敬而难能可亲的感觉，云林爷却是亲近得仍是一个爷爷，他双足瘫痪，貌有乞相，你甚至觉得他窝囊和卑微，根本用不着尊重似的，可以口无遮拦地无度嬉闹。

　　"哈，咱们的知识分子来了！坐到爷这儿来吧！——尊重知识，谁给倒一杯水呢？"

　　我咯吱推开了门，烟雾就流云似的往外涌，云林爷这么招呼我。就是知识分子，又怎么啦？所有的人都在对我微笑，我却手脚扭捏走不成路。我后悔今天穿着的连衣裙衣领开得太低，总害怕别人就注意到了，尽量地不让上身动，一坐在了云林爷的身边，伸手将他鼻尖上的一点黑灰揩了去，然后就双手抱在胸前。

"是有黑灰吗？"云林爷说，有些恼了，"你们看着我脸上不干净，偏不说，要我出丑！"

"你是爷爷辈，我们还以为你故意留的，戏上做宰相的也常是三花脸！"

说话的是范景全！范景全竟也在这儿，我就红了脸，懊丧刚才云林爷说我是知识分子时而没有反驳。"老师怎么来了？"我赶忙打招呼。

"你还认得我是老师？"范景全说，"你来了好，我是来问云林爷能不能治了我这白头发，药方没求到，倒遭到围攻，头发越发要白了！"

"你诉冤枉吧，你学生来了，你寻着同盟者了！"

来旺嗷嗷地起哄着，他们又七嘴八舌地争起来，已完全不顾了我听得明白听不明白，范景全从草蒲团上站起来坐到椅上，又从椅上回坐到草蒲团上，说得嘴角两堆白沫，但他招不住众人反对，内容全是说成义好的，骂成义坏的，气愤世风堕落的……范景全就一扭头，不说了，从口袋掏出一把小剪刀修起指甲来。有人就说："范先生是城里人，和咱们怎么也尿不到一个壶里的，不说了不说了！梅梅，你来找云林爷，敢情又是来谈谈新近收藏到什么好的明清家具了？"

"别作践我！"我说，"要说收藏，我来收藏云林爷啊！"

"这说得好，云林爷真是老古董，我们小时候瞧他就是这么个样，现在还是这么个样，他是仁厚村的活家具哩！"

"你知道什么？"我骂着六斤伯的小侄子，"云林爷的种猪配最后一窝猪崽，如果还活着，年龄倒真比你大！"

小子在哄笑声中起来打我，警告说他再也不与我好了，他舅舅村的一户人家有个明代的花床的，他本要给我提供线索，现在决意不提供了。"人小鬼大，"我骂了，"我还敢劳驾你？要你提供线索，我一样东西也收集不来了！"我说了在上个月，这小子帮我去他姨家看一张明代的椅子，椅子确实好，构件细，弯度大，尤其靠背板上有花纹浮雕，是由朵云双螭组合的，遗憾的只是后腿断了一截。我说好了价钱，讲明三天后去取货，没想取货时那断了一截的左后腿重换了一个新的，座面又刨削了一层，他姨父还说：

你能掏这么多的价钱，我怎么会把残缺的东西给你？！结果这椅子倒真成了一文不值了。小子最害怕我这么奚落他，顺门往外跑，我去抓，没抓住，旁边的板子窗被梆梆敲响。是眉子在里边喊："梅姐！梅姐！"我推开斜开的小房门，那里是隔墙改做的小厨房，眉子正在里面烧饭。"我听见你来了，也不过来看看我！"眉子却拿眼睛盯着我，突然伸手把我的衣领往下一拉，咕涌涌抖出一堆奶子。我忙捂了怀，骂道："骚货！"

"你才发骚哩！"眉子说，"这裙子好啊！平日裹得不显山不露水的，真委屈了这对奶子！我要是你，我才要穿性感些，不争气的是我这太小。"她斜了身子让我去摸，我摸出她戴了两个乳罩。

"就这，"她又得意了，"讨厌得很，一出门就有人尾随，下一世若能托生，我再也不当女人啦！"

"别显摆自己啦！说这话你让姓邵的吃醋呀？"

"他才最爱听这话哩，每日上街回来，他还要问：今日有没有人对你骚情的？男人就爱别人注意自己的老婆，可真正有人寻上门了，你与生人搭话了，他才是个醋罐子！老再是不是这样？"

"我没醋，他吃什么？"我不愿与她再说这些，一揭锅盖，"你给云林爷做什么好吃的啦？"

"来人只管说话，云林爷还没吃中午饭的！我说去买些肉来包饺子，他不允，说锅里有剩饭，烧烧就是了。"

锅里的米儿面，是稀粥里煮了面条，有豆子也有白菜叶。云林爷的饭永远是这么简单！我揭开厨房里的矮柜，里边是无数个口袋，分别装着米、面，各类豆子和包谷糁。他没有冰箱。调料就是盐、辣子、白醋。

三间的祠堂屋，东西砌了隔墙作卧室和厨房，卧室那边的山墙上画着什么，平日没有留意，厨房这边烟火熏燎着，山墙上的壁画却依稀看得清：一个武人，头戴倒缨荷叶盔，身披锁子连环甲，腰系弯带，足蹬虎头豹皮靴，手持了一条丈八长的矛吧。想仁厚村正经氏族姓贾，魏氏族据说是贾家的上门女婿族，说到底该敬一个祖先的，这祠堂里画的是不是祖先的故事？一个江南人，农民，鼓师，这般的剽悍凶猛，可能是突出了武功，若是文才呢，戴了丞相冠、如意翅、蟒袍玉带五绺髯的，卧室那边的壁画该是这样吧。而我的曾祖父画起像来又是什么样儿呢?

我听见木门那边又在继续说他们的事了,仁厚村人素来少言默语的,如今竟变得这么能言好辩!

"……你们说这些,还不是井蛙之见?"

"我们承认是井蛙,可我们爱这井底啊!天大不大,大着哩,鸟落下来只在一个小枝上!大城市我们能住多少?人活一世,草木一秋,偏偏咱活得不自在嘛!"

"肯定有一种不适宜!你们不适宜,我也不适应,今人有今人的不适应,古人也有古人的不适应,明亡后,清兵入关,许多人就都自杀了!现在谈历史,津津乐道秦、汉、唐、明、清的繁荣和稳定,可这几个大治的板块之间,那些混乱时代却不被人重视,其实这些混乱的作用更大,没有黄老时期哪会有汉,没有魏晋南北朝哪会有唐,没有辽、金哪会有明清?正是这几个乱七八糟的时代里,民族融合,地域扩大,外来文化交流,才是由乱到治,一次上一个台阶。那么以后还会出现不出现新的大板块呢,而新的大板块什么时候到来?依我看,或许很快就要到来,或许我们已站在临界线上!"

"我们听不懂的,先生,什么大板块、临界线,历史以百年为数,我们现在怎么办?你是城里人,你饱汉不知饿汉的饥!"

"我就没痛苦啦?我虽是城里人,但老家也在乡下,小时候就在乡下长的,而且我的老家比你们这里穷得多,更苦得多,进城这么多年了,一做梦还是乡村环境!我怎么能没痛苦,社会治安这么乱,工资低物价又这么高,出版社需要赚钱的书,而我的小说又发表不出去,这么大了还寻不下个媳妇,就是寻下,我家已三代单传,如果生个女孩……但是规律是不能跨越的,发展规律是不能以价值观念带来的痛苦来否定的。问题是现在一切都犯急,副作用就来了,这如同吃药,深山老林里的人对药性的反应和城市人对药性的反应不同吧,城里人有了抗药性,患感冒你得服'先锋'抗菌素,而山里人感冒了你给服'先锋'抗菌素,那就要服出别的毛病来了。"

"对了,我们现在就是被人服了'先锋'药了!"

"什么药也不要吃了,吃饭!"我端了剩饭推门说,"你们说不过范老师吧？范老师用手捂了一半嘴，仁厚村人捆在一起也说不过的！范老师还写小说，几时让他拿来给大家念念！"

范景全说："对，你们再要围攻我，我就来念小说呀，一念你们就全瞌睡了！"

"六合！六合！"眉子坐在了范景全的椅子下首，才对着范景全哧啦一笑，锐声就叫起来。

六合的嘴搭在云林爷的饭碗上，呼噜吸了两口，待眉子说"就那点剩饭，你吃了让云林爷饿着呀？"便笑着说云林爷的饭香哩！

"那我就吃啦，"云林爷说，"不让大家了！"

大家笑着说："你亲自吃！"看着他一碗下肚。眉子起身要去盛第二碗，六合的小女儿跟跟跄跄推门进来喊老老爷。云林爷问："什么事？"小女儿说："土场子外来了一个怪人，坐在核桃树桠子上，头上戴个草帽，问你是不是住在这里，向你要一样东西哩。"这是什么人，是不是城里那些流氓泼皮，知道云林爷是神医，来勒索钱财了？几个人就摸门后的木棍要出去撵打。云林爷闷着头呼呼噜噜扒饭，然后极响地咂着嘴。云林爷的吃相难看，咂嘴是贱命人。云林爷就笑了，从身后的篮子里取出一包茶叶给小女儿，说："你把这个交给他，他就来给我磕头了！"小女儿出去，不一会儿果然门外有脚步响，门打开，白花花的门槛外的太阳光里，一个人把头磕在那里。这人却是大胡子老邵，在说："云林爷真是神人！"

眉子就气呼呼骂他作怪，对云林爷说："这就是我对你说过的姓邵的，他说他认不得你，没想这样作践你！"

"咱仁厚村的女婿嘛，起来起来！"

我琢磨了半会儿，终于悟到，头上戴草帽是草字头，人在中间，身下是树为木，正是一个茶字，云林爷把他的哑谜破了。这尖秀的城里人真是有心计！大家也都醒悟了，噢噢地叫。我看见眉子脸上无了怒色，拉起了大胡子，开始眉眼得意。傻眉子，嫁这样的男人，把你烧着吃了你还以为给你取暖哩！

"云林爷，我寻不着眉子，估摸在你这儿，果然在这儿！"大胡子说，"我是来送球票的，今晚有足球赛，我特意买了十多张——谁愿意去看呀？"

满屋子立即叫起好来，许多双手就争着去夺票。眉子早从大胡子手里接过了票，一张一张给大家发。首先是给我的，问："谁家比赛？"大胡子说："北京的一个联队和本城的球队。"就喜欢地说："梅姐你负责背了云林爷一块去热闹啊！"我没有理她。

仁厚村人说起来没一个不念叨云林爷的好，但云林爷是太好了，他们一有了足球赛票就丢下云林爷作鸟兽散。——人活着一刻也离不开空气，可谁又觉得空气重要呢？我为了表示我的不满，就留下来偏不出门。云林爷似乎更不生气，低着头很香地吃他的饭，饭碗的热气随着他的鼻子、下巴往上散发，额上就沁出汗珠。我没有说话，他也没有说话，村外传来乱哄哄的吵嚷。

"你怎么不去？"他吃过一碗，笑眯眯看着我。

"我不去。"我说，"你要去了，我背了你去。"

"年轻轻的不爱足球？……那地方不适宜我。"

"我还嫌那儿吵哩。"

云林爷就嘿嘿笑。任何人在云林爷面前都是玻璃做的，他当然看出我的鸡肠小肚，但他不说破，我也绷了脸不说。云林爷就开始抱了碗伸舌头舔。这一种习惯仁厚村没有第二个继承人了，那长长的舌头使我感到难堪，夺了要去洗，他坚决不让，说："你要真不去，推我到五泉嫂家聊天去，行吗？"

云林爷常去五泉婆婆那里闲聊，这我们已经知道。五泉爷的身骨还好，五泉婆却一生病蔫蔫的是药罐子，两年前又双目失明，五泉爷虽照顾着老伴，可他性子急，在家待不住，老两口在一处又没更多的话，他就跑去街上看年轻人打台球赌钱。五泉婆饭后和老头说话，她看不见了话却多，嘟嘟嘟地唠叨不停，说过半天，见老头没回应，拿了拐杖去捅坐在炕上那头的五泉爷，一捅没捅住，才知道五泉爷早走了。云林爷一有空就去陪瞎子闲聊，两个人一双眼，四只耳朵却灵，苍蝇在飞，能听出飞到什么地方。今夜里，五泉爷一定要去足球场的，他当然不会买了票进到场内，但他会在场外的花生摊醪糟担前卖呆眼的。我推着轮椅把云林爷送到五泉婆家，天差不多全黑了，五泉爷果然不在，五泉婆还坐在门外的捶布石上——白天和黑夜对她是一样的——我们刚一转过门前的梨树，她就叫着云林爷的名字。

五

　　仁厚村西边是姓贾的人家，同宗分前院、腰院和后院，屋舍破旧，但都是砖木的滚道檐的结构，门前蹲石狮，狮子不是威严状，而相互对视有扭捏相，门后立照壁，雕螭虎，宋锦，流云红蝠，蝴蝶梅。前院的小巷还有姓李两家，与腰院并排又有姓李两家。后院分两道院门，房南北向，院门朝西。原住兄弟俩，因妯娌不和，老二搬走时不卖旧屋给老大，偏出售了姓刘的。姓刘的蛮横，一生恶了半村人，死后得墓生儿阿顺，阿顺却腿勤嘴乖，是个猫儿狗儿角色。门外经过一个小土场，稍有慢坡，坡上是六合家。六合爹是泥瓦工，手艺也传给了六合，能修房改灶，砌墙垒炕。村北东西一长溜为杂姓，武、赵、钱、南、冉，都是外来的新户，当时统一盖房，四间上屋东西连廊厦屋为一院，厕所都在院墙西南角。往东是一棵药树，树冠巨大，成群的鸟吸进则无踪无影。云林爷出道后，这树就被村人认作风脉树，范景全用小刀在树身上刻过诗，有一句是:树有包容鸟已知。村下原还有一个打麦场，七个青石碌碡，一排拴驴拴牛的柱，柱上雕有丑面人，自没有了麦田，场子就盖了房，住着魏家人。场北是云林爷的祠堂住屋和墓地，紧挨墓地围墙外的西边是姓魏家族，屋舍因地形而筑，门开东向南向，极不规则，巷道也便弯来拐去。传说贾氏家族和魏氏家族原是亲戚，但几代前却有了隔阂，现虽不那么严重，贾氏家族还是看不起魏氏家族的。老村长是贾家腰院的，老冉也是前院贾家的，从小过继给拐把子亲戚冉家，后来便改了姓。成义则是魏家人，他家人口不旺，在魏姓中辈分就高，据说家谱排到他这辈再没有续下去。村原本是一个拐把形，这些年许多人家儿女长大，大家分小家，又辟庄基在南北处发展，村落几乎成了长方状。墓地围墙的东边，转过一条巷道，是一栋高楼，楼前便是体育场，其实这楼就做了体育场管理处的招待所。这座建筑在全城独一无二，有双层楼壳，先是生意清淡，发生过顾客跳楼自杀的事故，风水先生便解释说靠墓地太近，有鬼魂的骚扰，楼外层便加固了一层，窗子也做成一头窄一头粗的竖立的棺材形，以邪压邪，生意才好起来。

将云林爷送到了五泉婆的家后，我在仁厚村就这么无聊地转悠了一遭。我也暗笑自己，今夜里差不多的人家都锁了门去足球场，我却夜游神地在这里转什么，是恨四月份以来，每一礼拜都要在体育场赛一场足球？恨仁厚村人懂不懂足球，却去赶时髦？恨邵传销员就这么投其所好地给送票？经过贾氏后院外的丁字巷道口，谁家的猫在凄厉地叫着，接着有扑沓扑沓的脚步，而且踩了一下脚在唬猫，猫就在那边跑，那人也撵着猫跑，后来长长的身影就钉在那里。这是刽子手老头。在这空洞的巷道里，孤独的是我，猫，和这怪性情老头。但我不愿意碰着他，躲在黑影地里瞧他又扑沓扑沓地远去。不知怎么，就想到将来要做村长的成义：成义能领着仁厚村抗拒这块地方不被侵占吗？抗拒得住城市的侵占又能抗拒得住城市给仁厚村人的种种诱惑吗？

我回坐到自家，家里的病人也不在，我打开灯开始欣赏收集到的那些明清旧家具，极力在远处的呐喊声中平静自己。

毫不掩饰地说，当初老再收集这些家具，我也学样儿收集，那全是为了一份爱情，而一旦收集起来了，我才清醒了我的天性里原本就有这种爱好！今夜里，拿灯细细地照着这一把椅子，黄花梨木的，方方正正的造型中寄寓了弧曲的柔和，支架骨骼又瘦到极度，是有了多么好的大大小小的空间空白啊！过去的仁厚村，这样的椅子是不少的，现在差不多的人家新购了沙发或兴致勃勃地在自家院里制作沙发，这旧家具就闲搁在杂物间里。正是不再为人用，它的独立欣赏的造型价值就突出来，你能想象，那弯斜的靠前板，翘角的搭脑、扶手、鹅脖、券口牙子、罗锅枨，上上辈人在坐着的时候，人体组织在如何地转折呵，而现在空着，却多么具有人的机能与性灵！……过去岁月的大门徐徐地开启了，而这扇门轻轻一合，又隔开了一阵一阵传来的足球场上的嚣烦，这时一个人却悄然地从脑海里浮出来：瘦细的四肢，脸却是圆乎乎的虚白，胡须稀少。我们这是什么样的缘分呢，为什么以前竟没有发现他有这么多的缺点：男人的脸怎么会是这样没棱没角呢？稀稀落落的胡子，为什么总要用小镊子一根一根地拔光呢？

我坐在了明式的椅子上，我把我的下半身托付给了椅子。我又仰躺在明式的花床上，我把我的全身托付给了床。但我浮躁起来，翻身拳打脚踢椅子和床一通，走出了家门。

　　我走出来，原本如五泉爷一样去那体育场外人多的地方忙乱眼目而空闲大脑，才在一家食摊上买了一串山楂糖葫芦吃，却见穿着美国士兵式大皮靴的高丰被一群人压在地上争抢什么，等高丰爬起来，高声大骂，骂都是疯狗，是狼，买票就一张一张买嘛，手中撕夺的算什么，这下好了，五张票全成了碎纸片！他从地上捡那些碎纸片，捡了又气愤得扔去，抬头就看见了我，忙笑一笑："没了，一百元钱就这样没了！"活该！我看着高丰，高丰你也学会贩票了？！高丰哭一样的脸上又显出一丝得意："梅梅，你也没票吗？有被撕碎了的票还能没你的票？"从怀里又掏出了五张票，扯一张给我了。我不看的。"怎能不看？"他强拉了我推进检票门，将票交给了检票员，还在说："我现在有经验了，这四张票一张一张出售呀！"

　　这就是我第一回现场看足球赛。置身在了看台，我才明白了足球是什么。数万人集中在这里，全部倾向于自己的球队，稍有进攻，一齐呐喊，对方队得到球了，又顿起嘘声，且时不时全场一哇声地骂：裁判，×你妈！他们这么狂热地呐喊，一夜制造声音，全是因为太空寂和无聊了！我竭力张望能寻着仁厚村的人，一个也没见，但我能想来在这冲天撼地的呐喊里有仁厚村人的声，或许他们比其他人喊得更凶。一站起身，竟发现就在我前左方的人群里，眉子、老邵和三个本村人在那里嘶哑了声地呐喊之后，却为双方球队在场上的人数而争执起来，一个说十人，一个说十一人，谁也说不服谁，就打赌，让眉子来数，眉子一遍和一遍数的结果又不一样，一个就拍了腔子："十个！绝对是十个！输了你得掏十元钱！"旁边的一个老者回过头说："小伙子，你是输定了！"我不愿意看到他们，也不愿意他们发现我，猫腰离开那面看台，站在了另一处，独自为眉子他们发笑，也为这么多狂热的人们发笑。足球场或许是一个巨大的厕所，任何人，懂得足球的或者不懂足球的，都是来排泄污秽的吧！却又想：人这一生，可能就是为找寻音籁而存在了生命，当我们还在婴儿时，一出世就要哭泣，为的是宣布着自己的到来。在摇篮里，母亲一走开就喊叫，为的让四周空间响起声音而不寂寞。今晚里云林爷去对应五泉婆，瞎眼的老太太需要喋喋不休。眉子和传销员在球场，阿冰在家里是不是也在汪汪叫？我家屋梁上的老鼠一定又磨牙了。

足球踢到了下半场，本城的球队占据了场上主动，攻势如潮，但偏攻不进一个球，反被对方防守反击拔了头筹。这一粒球当然是无可指责的，急躁不堪的本城球队的那个长发后卫却愤怒地手指着巡边员，然后又怒不可遏地一腿跪地，双拳捶地，全场便齐声叫喊："越位！越位！"主裁判不理睬，抱了球急促地跑回中线，比赛又继续着。双方的队员此后动作粗野起来，时不时就犯了规，黄牌已经领到了三张。我随着数万人同时在喊："进一个！进——一——个！"终于九号队员一连冲过了三道防线，看台上的人全站起来，人人都在喊叫，却谁也听不见自己在喊叫着什么，对面看台上的指挥呐喊的几个铁杆球迷已剥了上衣，在跑动，硕大的旗帜在闪动，精赤的身子在闪光。但是，球传到对方门前了，遭到截断，对方后卫一个大脚，球又到了这边，而这边的后卫在堵截中自己竟滑倒了，滑倒时伸手去拉带球的队员，没拉住，已经进入禁区，斜刺里冲过来又一后卫，还在一米之外就身子平行着铲来，对方的球员就歪倒了，在草地上翻来覆去地打滚。点球！裁判的哨音一响，主队的队员立即包围了裁判，数万人又一齐咒骂了："裁判——×你妈！裁判——×你妈！"裁判企图冲出包围，但冲不出，他掏出红牌，扬起来的手又被队员压住。这样就发生了推搡，而四面看台上则一派混乱，东边有人从看台上跳进了球场，快速地往场中间跑，随之所有看台上人纷纷往下跳，场上人越来越多。

我紧张起来，但更紧要的事又发生了。旁边的看台上，出现了一个人，也是赤剥了上衣，他竟能立于看台的铁栏杆上举着白布衫子呐喊，那么一点粗细的铁栏横杆上，站得十分平稳。

成义！仁厚村的人许多天日都在盼等成义，成义竟会在球场上出现，这狼一般的人物，是什么时候回来的？我大声地叫喊着："成义叔——成义叔——"巨大的混乱声里淹没了我的锐叫，台上台下的人谁也不理会我的激动。立即，我有了一个预感：成义会从栏杆上也要跳下赛场的！我急忙边喊着他的名字边向旁边的看台上跑去，乱哄哄的人阻碍着我，有个一脸油彩的男子嘿嘿地向我笑着，手舞足蹈，那样子似乎要拥抱我，把我像旗子一样举起来。我骂了一声"流氓"！夺路而逃，就踩着了另外人的脚，已经跑过多远了，还听着后边骂："这娘儿们也发骚了！"终于跑到了那面看台上，成义已从栏杆上下来，双手抓住栏杆柱，身子球状地悬在空里要往下跳。我是在隔着栏杆抓住了他的双手，我说："成义叔！成义叔——你回来啦！"

"梅梅？"他回过头了，吃惊地看着我，身子因吃力更紧缩着，脊梁弯曲，肋条历历可数。"梅梅，咱们一块下去，太痛快了！太痛快了！"

"你不能下去，下去要出事的！你瞧瞧，你瞧瞧嘛——"

下边的球场上，四面看台上人还是下饺子一样往下跳，有的跳下去就立即往场中跑，有的则摔在那里一时不得起来，起来了一瘸一跛又是跑。场中央就形成了河汉中的一个大旋涡，裁判员被围在中间，对方的球员被分割了，也是一人一人围住在小旋涡里，甚至本队的球员也被围了，看不清是指责是殴打还是崇拜他们，反正人在那里拥挤，手在空中乱抓，裁判和球员的衣服被撕着，一只球鞋弧形地在空中飞过。广播里已一遍又一遍声嘶力竭地宣读制止球迷进入赛场的命令，担任防卫的保安警察从两个通道跑出，有三架摄像机对着人群拍照。有一个抢得了一件球衣，迅速脱下自己衣服，将球衣穿上，在摄像机前做得意表演，忽有人尖锐叫道："会按录像抓人的！"那人立即就跑，人群也哄地散开，如蚂蚁窝突然扔个火炭，又是无数的人顺着场子四角的通道栅栏门往上爬，有爬上了栏杆而将塑料矿泉水瓶恨恨地掷下去，有从栏杆上又掉下去的，有双手扒在栏杆下的水泥台沿儿，身子吊在那里如蛇一样扭动。我把成义的头发拔起，硬拉上来，不容分说，扯了他就往场外跑。同时已看到场西角草地上，警察们摁倒了一个人，又举着警棍打下了还吊在栏杆下的一个光头。我们不知怎么被人群拥着出了看台口，场内的情景再也不知，场外却乱得更是一塌糊涂，许多车在叫骂声中被推翻了，拥来拥去的人群祸及了那些小吃摊，金属撞击声、瓷器破裂声、哭闹声，搅成一团。我紧紧地拉着成义的手，生怕他一时挣脱，如牵着一头红眼的斗牛。人潮几次把我们撞倒，忽地悠过来又忽地悠过去，地面上遗下无数只鞋。突然有人啪地打了成义一个耳光，一个女人在骂成义是流氓。"谁是流氓？怎么流氓了？嫌挤你坐在你家炕上就没人挤了！""你为什么拉我的辫子？！""谁拉你的辫子？"成义倒来劲了，"我看得上你吗？梅梅你来和她比比，比比这个猪八戒，我看得上拉她的辫子？！"旁边有人就说："你冤枉人了，是你辫子挂在我口袋上的钢笔。"女人扭头看时，自己的辫梢上还挂着一支笔的，就给成义说："对不起。""对不起？打了我一耳光，说对不起就完了？"女人说："那你还我一耳光吧。"我说："成义叔，快走快走！"成义竟扬了手打过去，但手到女人脸上了，却变了姿势，只轻轻那么一摸。我拉他到了棵树下，他又回头要扑过去，"你听见了没，她骂我农民！"我气得说："你就是农民，你为什么偏要那么摸人家一下？"成义就抱住树，嘿嘿地笑起来。那一排被掀翻的车后，一片嗅嗅的叫声："打呀！打呀！"左边的人呼呼呼地就往右拥。成义说："那边又怎么啦？"我死死拉了他不丢手，意识里今夜的骚乱必然要酿成一场祸害的，不能让成义去出事的！跟跟跄跄终于拉他跑到招待所的后门外，门却被怕事的服务员从里边锁死，使劲地敲，敲不开。第三个窗口还开着，我跳进去，成义也跳进来，我们就通过那房间到了招待所前院，冲出街面。街面上已经有了警车笛鸣，一列列武警急促地往体育场跑，成义竟也折身往体育场跑，我一下子扑过去，啪地抽了他一个耳光，"你疯了！疯了！鬼迷了心了！"自己倒气得哭出声。成义说："那么多人不跑，我跑什么？"我越发骂他，将仁厚村人的决定告知着他，我看见他在那里站住了。

"这是真的？"

"我骗你是猪！"

"怎么会看上我？这是谁的主意？"

"云林爷吧。"

"云林爷？！"

成义突然双手一举，身子竟腾空向后翻了一个跟头。"梅梅，仁厚村是对的，云林爷是对的！"

原来成义也在乎仁厚村，在乎云林爷，他那么个海阔天空的人物，根还是在仁厚村嘛！

我说："轻狂了！轻狂了？！"

他说："只要给我个梯子，我真的就能上天！"

路灯下，他狠狠地盯着我，眼里放着一种瓷光。我立即把衣领往上提

187

了提。

"梅梅，这我得谢谢你！"

"别谢我，我只是为了仁厚村。"

"人说你像你爷爷，真的，长得真像！"

"你是笑我不漂亮吗……"

他笑了一下，目光冷下来，慢慢地从我身上移开，后来就一边看着一辆又一辆开过去的警车，喃喃着，却把系在腰间的衫子解下来，扔到路中，一辆车便呼啸从上边碾过去，然后捡起来穿上。"这是做什么怪？"我说。"车这么一碾，权当我死过一回。"他说，"现在没事了，哈，梅梅，今晚上我是挨过女人的两个耳光哩！"

六

经过全体村民的认真选举，其实那非常简单，村人集中在药树下投黄豆，谁同意谁就在树根碌碡上的谁的碗里投一颗，成义的黄豆最多，成义便成了新的一任村长。但村长职权的正式生效须取得区政府农贸局的批准，原管辖仁厚村的老公社主任，现在是农贸局的局长，哼哼哈哈地来寻着成义喝酒，说："骚乱没村里人吧？"成义说："没。"局长说："你命还大，没赶上骚乱。趁我在局里还能待两年，你就干吧！"

有史以来西京独有的一次足球骚乱在那一夜就平息了，但关于骚乱的形形色色的新闻，瘟疫一样感染着全城的人。仁厚村人没有被警察抓去一个，只是眉子的一双高跟凉鞋断了一个后跟，崴了脚脖子。五泉爷自然不会成为闹事者，但被闹事者撞倒，左坐骨发麻发疼，倒可以整日待在家里与瞎眼老伴说闲话了。

球场的骚乱，使比赛未能踢完九十分钟，国家足协宣布了这场比赛的无效，且惩罚性地取消了西京城作为西京球队主场的资格。这无疑使西京名誉蒙受了巨大的耻辱和打击。市府领导人将愤怒迁移到那些被抓起的骚乱分子，扬言要从严从重处理害群之马。结果有判了一年刑的，有判了六个月刑的，有罚了重款的。农科所的一个年轻人，拘留了十天后无罪释放了，范景全就怂恿着上诉：研究人，将人首先当动物看待，足球是易于让人发狂的运动，并不存在着蓄意的破坏与捣乱，指责的应是组织者的举措的疏忽和防范的无能。既然认定无罪，为什么要拘留，拘留按法律××款××条不得超过二十四小时，为什么竟长达十天？名誉损失如何补偿？经济损失谁来承担？范景全的口才是江河而下的。上诉是上诉了，开庭也开庭了，但是就在当庭，公安局又来将那青年再一次拘留了！取消了西京主场的资格，意味着西京所有的人，包括仁厚村，将失去集体制造声音的机会，这个城市顿时觉得空旷沉寂，而范景全帮人又害了人的事，使我们心里都不是个滋味，仁厚村——当然是成义的提议——决定着该鸣放一次鞭炮了。鞭炮是两万头的两大盘，在村口竖起的两根粗椽上缠绕而下，如两条长龙，毕毕叭叭地爆响。一时轰天动地，烟屑弥漫，引惹了过往行人聚来看热闹，以为是被抓的什么球迷释放了。老村长依然还在医院，他的老婆听见鞭炮声，戴了假发套出来瞧究竟，发现了现场站有范景全，就一溜风去医院说知了老村长。老村长竟告到区政府：成义聚众发泄对骚乱处理的不满情绪。当一层厚厚的纸屑还未清理，警察就进村了。

警察是胖子，他当然与我们熟悉，问明了为庆祝新村长产生而放爆竹，说了一句："这和骚乱风马牛不相及嘛！"就问起阿冰的事。我们就在眉子的家接待了他。

阿冰一见到胖子，竟汪汪大叫，颤抖不已，后腿间的那根东西更长更红地垂吊下来。可怜的阿冰恐怕永远摆脱不掉那一次屠杀，它已经记不得这位胖子曾是解救过它的恩人，而对于一身警服就条件反射地恐惧。

"它怎么是亮鞭？瞧呀……瞧这鞭！"胖子大声地说。

眉子却一下子脸红了，拿脚踢阿冰的屁股。

民间的说法，男不养猫，女不养狗，女子养狗而生淫乱，眉子一定是为自己养了阿冰，阿冰却成了亮鞭，而且今日当众如此不雅便羞耻了。偏偏的是，她这么用红皮鞋的脚踢着阿冰，阿冰则不知趣地后腿直立，忽地半人多高，前爪搂抱了她的腿来套近乎和寻求保护，几个人就嘿嘿地笑着，眉子把狗一摔，提了腿重重地扔到了门外。

爱虚荣的眉子这样对待阿冰，令我无法接受，我在门外去抱阿冰，阿冰的左后腿已跌伤了，几次要站起来，几次又倒下去，一双眼睛那么委屈和困惑地还看着眉子，接着就流下泪来。我从来未见过狗子流泪，泪水灰浊粗壮，缓缓地从长脸上滑下，如蠕动的一条蚯蚓。

我让阿顺抱了阿冰到村巷里去，阿顺却从那一日将阿冰抱到了云林爷那里，此后眉子虽后悔了自己的行为，企图再养阿冰，阿冰却见了她也是浑身发抖，只好久留在云林爷处。

当下胖子又说了一遍："这狗！"坐在了眉子的沙发上喝咖啡，说开了这场足球骚乱的可怕：在比赛场中，裁判员被打破了头，左边一根肋骨折断。十三个球员被剥去球衣，也被夺去了脖子上的白金项链。捡到踏落的鞋两筐，手表六只，眼镜二十三个。在场外的更惨，掀翻了三辆小汽车，烧着一辆中巴，砸抢了一个小茶叶店和一个服装精品屋。

"抓了多少人？会不会无法控制局面了，就自己派人砸了汽车，制造恶性事件就可以抓人了？"成义说。

"你怎么能这样想问题？"胖子说。

胖子的神色庄严，屋里的空气就沉下来，我瞪了成义一眼，成义偏不看我，在花盆上折一个小枝棒儿掏耳朵，咔咔地咳嗽了两下。

"捡那么多鞋呀？眉子还有一个鞋后跟在里边哩！"我说。

"是吗？"胖子关心起来，"你没遇到流氓吧？有一个女的就被围住，无数流氓的手都去摸脸，揣身子，衣服便一丝一缕地撕了去，乳房被摸得发肿，连乳头都没了。女子后来双手护胸蹴在地上，竟也被把尿道至肛门处拉伤，如今还在医院里治疗着。"

胖子的话使人人都毛骨悚然了，眉子甚至有一个动作，拿右手的食指在左手背上按，手背肉乎乎的，按了一下又按了一下。"成千上万次这么按，骨头怕也要按出来了！"她脸色就煞白。有那么多的人，骚乱开了，必然会形成一个巨大的气场的，任何人都容易被气场左右，据说足球场外掀汽车那会儿，大批的武警还未到，那些零星的治安警察也赶忙脱下了帽子和外套，可这女子为什么不早早避开呢？

"她并不漂亮！"胖子在强调，"她只是穿得薄了些，妆化得浓，一个流氓上去侮辱她，百人千人也就上去了。活该她前世是妓女，是汉奸，是秦桧老婆托生的……"

漂亮的就应受侮辱？不漂亮的受了辱前世就是妓女？混账的胖子！成义掏完了耳朵，在口袋里掏烟，烟没掏出来，却掏出的是一颗爆竹，就点着了捻子要丢到屋外去听响动。我伸手把捻子拔了，低声说："你得是又犯错误呀？"他说，"咱要在这里陪一下午？"我说："他是警察，你耐着性子！"他说："晚上咱们得聚聚，在我家里，你要来的。"我说："聚什么，是大家给你接风还是你招待大家？"他说："吃风屙屁去！村子以后怎么办，总得有个设想嘛。"我说："新官上任三把火，那就看你的了。你得走动走动区政府，了解上边到底怎么对待仁厚村的？"成义点着头就要站起来，我拉了衣襟又让他坐下，他霍地发了一个笑。

这笑声并没有惊动眉子，她还是问着胖子："罪犯呢，查出来了没有？""到哪儿查去？"胖子说。"看我是不是？"成义却大声说。大家哄地笑起来，高丰就指着来旺说："我看你像！"来旺也叫起来："哎呀，最像罪犯的是高丰！高丰没结婚，没见过女人嘛！"

于是众人就嬉闹起来，你指着我是罪犯，我指着你是罪犯。谁是罪犯呢，这世人从来没有谁生下来就是罪犯啊，而人人又都是罪犯吧！几乎是十多年了，全社会都在声讨着"文化大革命"，可四十岁以上的人谁又不都参与了"文化大革命"，在那一场史无前例的运动中真诚地激动过和争斗过？这场球赛，我是在场的，在座的所有人也都在场，场上的人太多了，如果没有那么多人，即使那女人是赤身裸体，即使她面前站的是采花大盗，他也不敢在公共场合中有流氓举动的。谁是罪犯，裁判是罪犯，运动员是罪犯，所有的观众包括我们都是罪犯，那女人也是罪犯！

胖子和满屋人一边为女子的遭遇叹息着，一边又反复地谈说那女子受辱的场面和胖子在医院看到那女子的形象。他们已经将女子变成了一个稀罕物，凭借了想象，似乎是隔了门缝看女人洗澡，透过墙头看女人在厕所，或眼前看到的是一部黄色的录像带，在调剂着今日午后的无聊时光。胖子难道来的目的就是为说这个吗？我突然觉得真正的罪犯，第二次犯罪的就是这个满屋里的人，那无数双手摸掉了女人的乳头，又从背后伸向尿道和肛门，这手就是他们的手！

"她结婚了吗？"他们的兴趣还没有退。

"病房里有个男子，小白脸，好像是。见了我们就先避开了，脸色不好。"

"这男人一定是不想要老婆了！"来旺叫起来，"女人的衣服是给丈夫脱的，这男人怎么在人面前抬头？我敢说，女的一出院他们就离婚了！"来旺是生了牛皮癣，手在怀里抓着，然后弹弹指甲缝里的银屑，空气里都有了腥臭味。

"尿道和肛门撕裂了可以缝补，乳头却补不上的，生下孩子怎么去吃奶？"

"安塑料的……"

我站起来。窗外的葡萄架下落着了一只雀，又落着了一只雀。成义却在身后大声说："瞧瞧这个！瞧瞧这个！"成义奚落了胖子一句后又一直在沉默着，我满意的就是那恶作剧的奚落，但他拿出什么东西要让众人看的？立即一片惊叫："阴阳手？！"

我回过头来，窗外的鸟还在那里啄食，梆梆地响，成义的双手长长地伸展在那里，果然比较出了大小不一，粗细不一，黑白不一。成义的手我从未注意过，那天足球场上他往场下跳，我曾抓住过他的手，但我仍没有注意他手的不同，一个男人就应该长着男人的手，他却是这般奇怪。

"是嫁接的，"成义说，"手多难嫁接的，医院还能不会修补上个乳头？"

成义收回了双手，话题却从此由女子的乳头转移到了他的手上，胖子的中心就消失了。大家都在问这是怎么回事，前年他在村里的时候手还好好的，这一年半出外出什么事了，左手怎么断的，在哪儿接的，成义只笑，闭口不答。成义永远是神秘。他又一次伸出手来动着，那只女人左手还做了个兰花指。

胖子问："接上自如吗？"

"当然自如，"成义说，"能吃饭，能写字，能干活，怎么会不自如，只是——"成义不说了。

"噢，只是不能小便，一小便这手抓着就不放啦！"

来旺的话逗起了爆笑，我和眉子骂了一声走到院里，眉子却忍不住又咪咪笑。我听见胖子在说："这纹路细，太阳穴隆得挺高，又有金星带，是个神经质型的女人，怕是个才女哩！"他是在看那只手的手相，但他这是胡说。

眉子却伸出她的手看，我抿了抿嘴拉她到葡萄架下，两只鸟儿就飞走了。男人们是丑陋的动物，由他们说去，我才要对她说关于阿冰的事，她仍摆不脱男人们，说："怪怪的，成义叔怎么有那么一只手？"又悄声问我："老冉怎么样？"我说："老样。"她说："有过那个了？"眉子一定听了成义手的事想起了自己，偏要问我。她自有了老邵，老邵培养出个骚娘儿了！我说："我哪像你们！"眉子说："肯定是你不主动！女人嗯，嫁男人就为吃好穿好玩好的，男人们为什么都喜欢杨贵妃而不喜欢武则天，杨贵妃有女人味嘛！"我没有理她，眉子又嘻嘻地给我笑，却说："你得帮我一次忙哩！"我说："什么忙？""明日你陪我去一次医院，"她低声说，"我不敢再耽搁了，我挺害怕的。"我立即明白了，吃惊地看着她，眉子再也不是以前的眉子了，而我呢，我算什么呢？

七

成义回来带了个嫁接的女人手，也带回了一个牛头和一块佛石。牛头的脸面骨已经破损，两只斜着翘上的角长约一尺，其势十分雄伟。佛石则相反，一块扁圆形的细白石头上，刀法流利地阴刻着一尊丰满俏俊的观音菩萨。牛头是雪山上的牦牛头，电视上也播映过的，一堆石头堆起了高高的祭台，游牧民族在祭天祭地祭他们的祖先，祭台上就放着这雄物。对于佛石，成义特意拿出了一份说明材料，上面写着：

公元九世纪中叶，西藏吐蕃王朝末代赞普朗达玛被刺身亡，他的儿子欧松和永舟争夺王位发生冲突，乃至兵戎相见，接着爆发了平民大起义。九二二年，欧松的儿子贝考赞被起义军杀死，贝考赞的两个儿子，一个留在卫藏，另一个叫吉德尼玛衮的西逃到了阿里的普兰。尼玛衮在普兰娶妻生了三个儿子，三个儿子又发生分裂，一个到拉达克建立拉达克王朝，另一个在冈底斯山附近的普兰继续发展势力，第三个儿子德祖衮到了象雄古格地方建立古格王国。古格王国从十世纪创立到十七世纪灭亡共存在七百余年，这石原镶嵌于王宫墙体外部，为佛教徒还愿所刻。

到这时，我才知道成义这一二年里是去了西藏。

成义为什么去的西藏，去西藏又干了些什么，成义缄口不谈，仁厚村的人不免就喊喊啾啾说闲话了。他们除了老村长的老婆外，或许并无恶意，但他们喜欢议论，都是些碎嘴的女人和男人，关心别人的事甚于对自己的关心。村中有一处四十八个蹲位的公共厕所，农业学大寨的年代建的，为的要收集肥料，那时集体的粪便常常被偷盗，如今屎尿溢满了大粪池，蛆虫满地，苍蝇乱飞，许多人却越来越愿意来解手。联合国是一个国家还是一座楼，台湾能否"独立"还是大陆能否有打过海峡的炮弹，毛泽东年代好还是邓小平年代好，随着国际国内的形势发展，他们的结论都在这里产生着。于是，现在该讨论成义的问题了，隔着一面界墙，男女各蹲在蹲位上，一边喊着腿累，建议村委会出资更换坐式抽水马桶了，一边说到遥远的西藏。成义一定是去那里贩卖文物的，他的手就是在走私中被砍断的，只有在那样的地方，医疗条件低于内地，才有被嫁接上一只女手的可能。这些闲言碎语，成义多半是听不到的，长舌妇和长舌男们在背后可以将白说成黑，在当事人面前却都极注意谦和和热情，他们喜欢见到成义就握手，趁机要看看那一只女手的样子，便又传出女人和成义握手时，手是毫无力气的，而男人与之相握，握得是那样紧，甚至小拇指还在男人手掌心挠一挠。我和成义在一起，不好意思多过问，他将那块佛石送给了云林爷，是我将佛石供奉在那张为病人摸脉的案桌上，说："成义叔，这佛石是在古格王国的遗址上，你怎么就得到了？"成义说："三百年前古格王国就灭亡了，有人说是河水消失的缘故，有人说是战争的原因，反正古格王国神秘地没有了。这些佛石就散落在王宫四周，有个藏族老头看管着，你得带上酒上山，灌醉他才能拿出这佛石的。我带下了三块，已经到山下了，老头醒过来，追回去了两块。"安放好了佛石，他是主张要装饰一下云林爷的屋子的。云林爷不同意，说何必呢，再破的地方，睡着了和宫殿又有什么区别？成义说："这倒也是。但用泥捏了像，一放到庙里，是神而不是泥像了，神像年年要刷一层金粉哩！"云林爷还是笑笑，不为所动。

成义就对我说："软的不行，硬来！你得想个法儿骗出他，我来整理土屋。""他不愿意，也就算了嘛。"成义的那只女人手就一根指头梆梆地敲我额头了："你还讲究学函授的，就是这号脑子？你以为我在扶贫吗？！仁厚村面临的局势和今后的村委会方针是什么？既然云林叔在村里这么重要，咱们要统一人心，就得尊重他这个神哩！"

"你是说得寻个凝聚力？得培养宗教意识？"

"我没上过函授，我管他什么词儿的！"

这一日，计划在秘密进行着，我谎说五泉爷又和老伴犯口角了，得云林爷去劝说，就让阿顺背了云林爷离开祠堂。阿冰却不跟了去，只绕着我转。云林爷一走，我们就在门前的大铝盆里搅和赭红的涂料，再是将家什一样一样往外搬，无非是那张木桌，木床，一卷被褥，一个大木板柜，里边塞满了棉衣单衣床单网套，五个陶瓦罐儿，分别装着米，面，杂面，包谷糁，绿豆，小米，还有一瓷瓮泡菜，一竹筐病历和成包成捆的中草药。

云林爷的生活简朴我知道，冬天里几乎顿顿吃萝卜菜，常用铁锅煮那么一锅，泡着米饭和馒头，夏天里总少不了每日吃一顿浆水面的，人说他不是和尚却是和尚命，可真没有想到他的所有存蓄竟会是这些！

"瞧瞧床席下压没压钱？"

"没有。有一张纸条，写着：'没想到你比我还穷啊！'这是什么意思？是曾经有小偷来偷他时留下的？"

我从屋里又抱一个紫色细瓷坛出来。这算得上全部家产中最有色彩的物件了，打开来，却是清亮亮一坛水，明白这是云林爷冬日蓄藏的雪水。"哈，总统却喝不上这天水的！"我说。

把土屋腾空，成义就指挥着清除灰尘，搬掉了卧屋的隔墙，将床重新安置在正庭的墙根，令我贡献出一张明代的炕桌放在床上，又将村委会办公室的那两条能坐八人的长板凳抬来倚床摆到门口，然后把搅和了清漆的墨汁刷出长长方方的门框窗框，用赭红的涂料涂在四壁。我从未见过室内装饰把墙壁和门窗框涂成这种颜色，但成义说我不懂，又说了一句"古格王宫是涂了这颜色的！"我看着他，他也看着我，他是笑了一下没有再说什么，眼睛十分明亮。古格王宫是什么景象，我未见过，西藏人把四壁涂成赭红，门窗染黑，云林爷的祠堂屋也成了仁厚村的王宫吗？

房子一切收拾好，成义显得非常高兴，又指点了墙壁说我认识那个范景全，让范景全写些歌颂神医的锦旗、镜框、匾牌挂在这里。"你觉得一进来有没有一种神秘感？"他说。

"有。那胖子来也不敢胡言浪笑了。"

他跪倒在佛石面前，叫着我："梅梅，这佛石真的灵哩，你许个愿吧，许什么灵验什么！"

"那你是偷了这佛石才浪子收心回来的吧？"我挖苦着他，还是跪过来，十指合一，在心里说：愿菩萨保佑我们村庄，我们已经推选了成义做村长，就让他改掉以前的成义，真正做一个好村长吧！

我默默地许着愿，成义却在旁边低声说道："我走遍了中国，浪不掉的还是我这一身农皮，农民就是农民，天下哪儿有像故乡这样收留我呢？可我们的土地被城市吞噬了，唯一剩下的只有我们的村庄。我们再不能连我们的村庄都要失去了！让城市的人都患上肝炎吧，都来仁厚村治病吧，他们来治病就像朝圣一样……只有这样，我们才能保住村子，才能保住一个民族，我们是明鼓族……"我格格地笑起来，笑得倒卧在蒲团上。

"我们是明鼓族？我怎么没有听说过，中华民族哪儿有明鼓族？！"

"你没听过见过就是没有？"成义显然是生气了，"咱们的祖先是明王阵中的一名鼓师，这你知道吧？最早祖先一定讲的话与这里话不同，在后代里慢慢被这里同化了，但我们却传下来了明王阵鼓曲！记住，我们要坚信自己的信念，这就如在仁厚村或者在别的任何地方，谁要说云林叔的不是，我们就不会依他！"

他说得非常的严肃，样子有些怕人。我说："你这么说还真像个村长。"

他怎么就在我向佛石祈祷后说出这一番话呢？是菩萨显灵，已经让他自觉起一个村长的职责了吗？呀呀，我在心里大叫了起来：天下若真有这么一块灵石，也活该是仁厚村的大幸了！我急切地盼望这一切都是真的，为了进一步证实，我又说："菩萨呀，你能让阿冰过来也跪在这里吗？"话出口，就后悔了，这样的发愿是对菩萨的不恭，神灵只能信赖，容不得试验的。

令我惊骇不已的是，阿冰一直在屋外撵着地上的麻雀玩，这阵不声不响地走进屋来，虽然没有跪下，却坐在了佛石面前的蒲团边。

云林爷的居室改变，云林爷回来说了一句："给我修了庙了！"也就无所谓地住下来。明显地，来仁厚村治肝病的人越来越多，他们来了就自觉地在屋外的土凳上排队，无论就诊的还是换药的，轮到号了，推门进去，云林爷就坐在床上，穿着一件宽大的藏蓝色大褂，身旁是我的那张明式小炕桌，炕的两边是垂吊的从屋梁一直下来的白色的布帘，而从炕到门口的两张长条木凳上，坐着我、阿顺、高丰和六合。我们分左右对面坐着，完全是成义的安排，名义上是云林爷的副手，实际上高丰和六合坐着无事，就盘腿练气功，更增加了一种威严又神秘的气氛。云林爷这么干了三天，不自在了，赶走了我们，只留下阿冰在他前后左右。

阿冰自跟随了云林爷，云林爷在它的腹部贴了膏药，亮鞭明显地回缩了许多，愈发忠心耿耿，它能汪汪地叫着把土场上的候诊人排成队，一个病人诊过走出屋门，它就在门口叫一声：汪！轮到的病人就走进屋。这人若是不安分的，或好奇心重的，进了屋东瞅西看，摸这动那，它就又是一句：汪！

这天的傍晚，逢星期天，村里放映电影。放映电影是仁厚村的传统，在老村长执政时这每一星期日的露天电影就放映的，现在家家都有了电视，离村不远的地方也有几个电影院，但我们村依旧如此。在这唯一能体现村庄特色的活动中，成义交给我的任务，是招呼所有人都去看，也一定要云林爷去。我去了祠堂，云林爷却在拷打着阿冰。

过去的一出戏是"拷红"的，呀的一声，崔老夫人唤出小红娘，两个人你一句她一句，唱得行云流水……而到这一对，却是没嘴的葫芦，床头上坐了云林爷，阿冰在蒲团上，后腿跪了，前爪举了，头上顶着一只臭布鞋。我一进去，噗地笑了，要拉阿冰起来，云林爷气呼呼说道："我把狗养成贼啦，我是贼头啦？！哪儿来的你送到哪儿去，再敢小偷小摸，你就滚，滚出仁厚村！"我终于弄清阿冰成了云林爷的侍从后，先是病人带了糖呀、点心呀酬谢医生，云林爷不收，病人出了屋子就让阿冰把这礼物又叼回屋去，这阿冰慢慢便胆子大了，开始不知从什么地方就给云林爷叼回吃喝，例如一包巧克力、一包米花糖，还有袜子和头巾。今日又叼回来两只半新牛皮鞋，两只还是一顺儿的，云林爷一怒之下就拷打开了。我把阿冰头上的臭布鞋取下来，阿冰却又自动把鞋放在头顶，我就忍不住又要笑这一人一狗的样子，但也板平了脸说："算了，阿冰怕是念及你在治它的亮鞭病，要报答的。"阿冰汪了一下，声音极其温和，又看了我一眼，似有感激之意。云林爷也被它的样子逗笑，说："好啦，梅梅要不来，你往天明着跪吧！"阿冰立即放平身子跪到床前，一条尾巴呼呼摇动，百般献媚。我告诉云林爷去看电影，云林爷说他不去了，我说是成义让去的，你一去，去的人就多了，热热闹闹的村庄也像个村庄。云林爷头垂下来，想了想，同意了，却说他自己去，让我领了阿冰把叼回来的皮鞋送还去。

阿冰哪里还算是狗呀！云林爷收养它时我倒担心照顾不了它，没想竟调教得比人还灵醒，阿冰前世真的是人，或许，在云林爷眼里阿冰从来就不是狗！我提了皮鞋，阿冰就领了我穿过巷子，来到的竟是魏小小家。魏小小不在，院门开着，台阶上放着一堆晾着的旧鞋，把皮鞋放好了刚出来，魏小小就提着尿桶回来，一见我，说："狗日的，欺负人也不看看皇历嘛！"

"什么事？"我吓了一跳，"谁又惹下你了？乡里乡亲的有什么闹的，招人耻笑啊！"

"还不是体育场那些娘儿爷儿的，狗日的，有张市户籍卡好像就是贵族了？！"魏小小气得将尿桶一墩，没想尿桶底却掉下来，蹲下去按着桶底，弄得双手污秽，就在土墙上抹起来。"我们把屎尿涂在门柱了，看他们还是不理？"

"我去瞧瞧。"

我拍拍阿冰头，叮嘱它回祠堂，就往村口体育场家属院那儿去。这体育场和体育场的家属院占用的原本是仁厚村最好的一块六十五亩地，在老村长的手里被征用了。征用也就征用了吧，可家属院的大门对着村口，他们竟又要在大门外的左边墙根盖存车棚，仁厚村人就不愿意了。仁厚村只剩下这么个村子，谁都张着嘴想要吃掉，我们无法寻到那些打着政府旗号的房地产商，我们就把愤怒发泄到体育场家属院那些人身上！已经有十多天了，村里一些人自发地立在家属院大门口谩骂，声张着仁厚村寸土不让，要保卫我们的领土和领空，但家属院的人虽暂停了存车棚的修造，却对于村民的示威不理不睬，他们似乎根本就没把村民放在眼里，院子里人来人往，出出进进，各干各的事，那个门卫老头也平静地打扫院地，然后几个人又坐在栅栏铁门里下象棋。他们的冷静和平使我们难以承受！我去的时候，暮色苍茫里，家属院门口明晃晃一片，才知道村人将巷道里的污水、稀泥倒在那里，而大院里的走出来，依然若无其事，提高裤脚，跳跃着通过了泥水。村人已经把大门左边的柱子涂上了屎尿，正把另一桶屎尿往右边门柱上泼，脏水点子就溅到了坐在门里的门卫身上。

"你把我泼成屎人又有什么用？"门卫终于说话，"有能耐进来把屎尿泼到每一户人家门口才是！"

"你以为我们不敢吗？！"几个人提了尿桶要进。

"别上他的当！"有人说，"咱进去了咱就进了人家地盘，有理也说不清。咱现在站在仁厚村的土地上，谁敢把咱怎么样？强盗你们听着，不停止盖存车棚，我们就天天来骂着，把这里变成个大粪坑！"

村子里已经有了电影放映前的歌曲声，许多人扛着板凳去丁字巷的，瞧着这边嚷起来，又都拥过来，瞎声起哄。

"喂！"我走近铁栅栏门叫门卫，"谁管着你们？谁是负责人，你去叫他出来，他得给仁厚村一个说法呀！你也看到了，今晚这事放不下了，过会看电影的全村人都会来的，闹出什么事了你们可得负责啊！"

门卫老头惊慌地看着我们，用一把大锁从里锁了铁栅栏门，然后小跑步向院子的深处。不一会儿，一个戴眼镜的人走出来，大家忽地围住他，他立即摘下眼镜装在口袋，问："谁是头儿，我只和头儿谈！"

这些傲慢惯了的人物，原来还是害怕我们嘛！我说："我是头儿，你说吧！"那人说："你得保证我的人身安全！"我说："你以为农民就是痞子吗？真正的流氓都在城里！我领你去见我们村长，仁厚村是有新村长了，不是乌合之众！"我和那人往露天电影场走，围观的群众就拥簇着我们，有人已风一般的先去报信了，成义便坐在那里的一张太师椅上等候着。

那人站在那里，给成义递纸烟，成义摆摆手，还坐着，说："你是体育场的？"那人说："我姓侯，体育场的后勤科长。"成义说："噢，科长？我是村长，我只见你们主任，你让你们主任来吧！"那人瓷在那里。天已经黑下来，看不清了他脸上的颜色。成义就指示着放映员准备开机，自个却对着麦克风在说："全体村民请注意！全体村民请注意——体育场的主任终于答应要和我谈存车棚的纠纷问题。当然，还要一并解决他们向村口倾倒垃圾的事，仁厚村不是公共厕所，我们不允许任何人想扔脏东西就扔脏东西，仁厚村更不是一盘豆腐，谁想割一块就割给谁了！所以，告知大家，如果他们承认了错误，停止了侵占和损害，仁厚村的任何人，男的女的，老的少的，都不许再到人家家属院大门外泼脏水，倒稀泥，骂粗话！谁违犯谁负责！——就说这几句话，现在开始放映电影吧！"说毕，对我说："梅梅，你是组长，你送科长回去，让主任到村委会办公室来，我八点前在那儿等他！"

我将那个矮矬子主任领到村委会办公室后，我就看电影去了，成义和主任是怎么谈的，不知道，电影快放映完了的时候，成义披着布衫子，啪啪地拍着肚皮来对我说他从饭馆来的，肚子好胀好胀。

"你没有和主任谈判？"我说。

"明日一早车棚就拆了！"成义说，"他敢不拆？他还请我去饭馆吃饭哩！体育场南边的那家粤菜馆还真不错，门口的对联有一句是'鼓腹而歌'，我真是鼓腹而歌了！"

"那对联是范景全写的。"

"写得好嗨，几时你让他也给咱村子写一副！"

"那得你去请，范景全不比那个侯科长！嗨，你今晚上真会拿派，幸亏仅仅是个村长！"

"人是要架子呀，猪没个架子都长不大哩，村长也是个官啊！梅梅！"

八

七月十七日早晨，一起来，空气就闷得像在蒸笼，虽然夜里一直开着窗子，屋子里仍到处是酸腾腾的臭味。竹凉席上汗湿的一个人形，这是另一个我吗？啪啪地打两下，这一个梅梅嘲笑了那一个没灵魂的梅梅，就瞧见打开的蚊帐里，还趴着三只红肥红肥的蚊子。它们一夜吸饱了我的血，翅膀已经不能飞动，但我不能用手去打，拿蝇拍慢慢地接着一个爬上去。突然对着窗子一拍，一道肮脏的血就溅在玻璃上。这是蚊子的血呢，还是我的血，腥气十分刺鼻。蚊帐顶部铺着的报纸，沉沉地往下坠，旧年的绽板上的陈泥巴一夜又落了一层。这些有七十年间的房子，如成义的爷爷一样衰老了，而且瓦楞处、椽眼里，有了大的孔隙，虽然下雨还漏不下来，但月夜里就透着圆白光点，睡下了总觉得是那老刽子手的一双瞅人耳根后处的眼。在未撑蚊帐之前，绽板上的陈泥碎渣儿夜夜往下掉，早晨起来，嘴里也落的是，一合牙就咯咯碜，蚊帐就只好从夏撑到冬，从冬撑到夏：蚊帐成了挡泥土的工具。西京的动物园里原是老虎豹子装在铁笼子里让游人观赏，现在据说改造成立体动物园，老虎豹子自由地生活，而游人却坐在缆车笼子里观赏。这是人在观赏老虎豹子呢，还是老虎豹子在观赏人？函授第五册。赤了脚去水龙头冲澡，褪去了一身黏腻腻的汗油，把什么又全让镜子瞧见了。函授第五册上尽是古文，古人说话就是说那样的话吗？昨日晚上看得明白的是《浮生六记》，芸儿，世上最可亲的女子，真的有心情，和丈夫看那蚊子是云中的仙鹤吗？我为什么学函授呢，函授毕业是不管分配的，仁厚村也用不着文凭。当初想得天真，要对得住我的家风，要能配得上老冉，要能与他有共同语言，可有了知识，谁又能与一个没情趣的人合得来呢？！立在镜子前我久久地看我，眉子说，梅姐你去除了那几颗乌痣，你就是最漂亮的，我不漂亮，有七颗乌痣就是七颗乌痣，你看我就是如观天象嘛！转身坐到柞木枕凳上吸起烟来。

这可是正经的明式枕凳。那日陪眉子去流产，她在手术室里爹呀娘呀地叫疼，我坐在室外的长椅上可怜她也责怪她：既然未婚干那种事，为什么不采取避孕措施？你处处为那个离过婚的男人说好，可你为他在蒙受血肉分离之苦了，姓邵的却因一家公司欲购健身器而仍跑去推销！眉子被宰杀一样地嘶叫着，我的双手就握了拳为她鼓劲，直到她的嘶叫终于结束，我手里拿着的两瓶酸奶全被捏扁，脓一样的奶汁流得一腿一脚。我搀了眉子差不多从医院一步一挪到院外马路上，姓邵的才赶来，他抱歉地给我笑。

我不理他。眉子说，"拳头大的血块呢！"竟发娇地哼哼唧唧起来。贱眉子！我瞧着姓邵的，他是健身器的传销员，他也是一副健壮如牛的身子害你眉子哩！但也就是这男人，一直待我陪眉子回到他的住处后，他才说出谢我的话，拿出了他家的柞木枕凳。

吸过一支，脑子仍不得清醒，又吸一支。我是吸过了五年烟的女人。成义在三年前就说过："你要再吸，找不下男人哩！"可我还是要吸。与老冉相好时，我声明我是吸烟的，老冉说："我不吸烟，我爱看女人吸烟。"那一句话我就知道他是个孱头，将来要怕老婆的。女人毕竟是女人，她希望以后的家庭里男人能尊重她，给她自由，但更希望男人能管了她，控制了她。屋梁上的老鼠又在跑动了。这一群家伙，已经习惯了我早晨起来的吸烟，多半也是有了烟瘾了。这倒好，在这死气沉沉的早晨，一个大龄女人的闺房里有老鼠作陪，我吸烟，它们也在梁上吸我吐出的烟。

城中的那些大街上，现在或许车水马龙，正是上班最拥挤的时候了，人声车声的如风浮动而来的轰隆就是明证。但这种声音不属于仁厚村。我提了水壶从梯上爬到门楼的平台去浇花，远远望去，那些老屋斜顶上支平的木板上，在三棵四棵紧挨的榆树上架起的吊床上，男人们都还蒙着单子睡觉。昨晚上，这些人在体育场家属院门口，还有在与仁厚村相连的那些单位部门的门外，吵吵嚷嚷地下象棋，早晨就睡得死死沉沉。与体育场家属院闹过一场，我们是胜利者，胜利了就转过身来表现仁厚村的宽宏和平，成义号召着会下棋的人去以棋联络与四周的关系。这些人现在坦然熟睡。不熟睡又去干什么呢？仁厚村人没有了土地，也没有了工作，到南方去打工或者像西京城中的南方人一样从事修鞋、补伞、缝衣、钉锅，他们吃惯了面条和辣子，吃不了大米和生猛海鲜，而又看不起做那些鸡零狗碎的活计。仁厚村有的是家家大院子，院内有住不完的空房子，可以租赁给附近工矿企业、机关单位的职工，再是云林爷使仁厚村成了医院，已经使我们的日子过得还滋润的。

"小心着，连本！翻个身就掉下来了！"

"哪会呢，整个夏天都睡在这里！蚊子咬不上，又有风，比你们城里人舒服吧！"

"城里压根就没蚊子，有空调怕什么热？"

"咦，皇帝看不上叫花子，叫花子还看不上皇帝哩，你们城里人这阵蜂一样地上班呀，我们尿朝上睡哩！"

"说得好，连本，猪也睡一天哩！"

我低头看去，巷道里走过来的是范景全，一边笑着走来一边甩胳膊。

"范老师，这么早怎么来村里了？"我说。

"吓，梅梅起来早！我休三天假，昨日就住到老冉家来写点小说了。"

"写什么圣经的，寻清静地方？！我还思谋着这几天去你那儿请给我讲讲古汉语哩。"

"怕不是为古汉语去吧？"

"我叫你老师哩，你倒只管耍嘴！"

"好，好！可我得提醒你，老冉的嫂子说你久不去她家了，她对你一肚子意见……"

"她倒管得宽……母老虎！我才不怕的！"

"不怕了，你中午过来聊聊。"

"事先说好，我可不听你念小说的！"

回头来，门楼下站着我家的病人。这女人的丈夫还没有起来，她是在院子的水管前洗脸。"今日还让云林爷换方子吗？"她问我。她的丈夫一天天好起来，自己的脸面也开始活泛，声语清朗，昨天下午还给我唱过几首青海"花儿"。女人的衣服一角没有拉下来，露出裤带，裤带上佩戴着一个石疙瘩。

"老薛今早感觉怎样？没有听到他长声嘘气了。"那男人夜半或者清早总要发一种"啊"声，似乎肚里有一种浊气，只有长长的一声啊，其疲乏才能从骨骨节节里嘘出来。"你戴的是什么，一块玉吗？"

"是一块玉，叫鬼头，能辟邪哩！"

女人把衣服拉扯好，有些不好意思，就取下玉鬼头来。"在我们那儿，公安人员都戴这个。你瞧瞧，多好的一块玉，只是刻得鬼丑，鬼也和人一样，长得越美，越有妖气邪气，丑倒能辟邪——丑人也有福！"

"那我就有福了？！"我看起鬼头，整个玉是青绿色的，高高的颧骨却是墨气。云林爷是丑的，成义是丑的，这或许就是仁厚村的福。可眉子漂亮才嫁个有钱的老邵，阿冰也是以美保了命呀！

病男人在厦房里咳嗽了，咳嗽得好像闭了气，人要过去了，我和这青海来的红颊女人没有说话，一直等着那一口气过来，咔咔咔……呸！一口痰从小窗口飞出来。病男人什么都好，就爱随便抹鼻涕，乱吐痰，他的女人也看不惯，指责过几次，仍是不由得毛病就犯了。头从窗口伸出来，看着我，不好意思说："老学不会你们城里的规矩。"我说："我们这儿不是城里。"他就笑笑，说："秀，秀，你拿铲子把痰铲了！"女人铲了痰，掩饰说："云林爷今日给换方子吗？"

我和他们一起去祠堂。男人一直不让搀扶，自己走，就摇摇晃晃，一身衣服显得宽大不贴体，飘忽得像个纸人儿。村里差不多的人都起来了，照例去倒尿盆的，打扫庭院的，立在门口的皂角树下满口白沫地洗嘴，更多的还是眼屎粘着眼皮，半醒半迷糊地坐在门槛上发怔，蚊子就在腿上、头上叮，手扬起来啪啪地拍，说："又是个红天！"巷道里转悠得最多的是那些住在各家的病人。病人分散在各地的时候，我们并不觉得怎么，可仁厚村的早晨，你就要惊异这人类怎么啦，都患病了吗，患的又都是肝炎！这么多的病人集中在这里，或许是同病相怜，或许是病了才这么珍惜土巷土村，珍惜这无尘无噪的清晨，他们碰着什么人都努力微笑，停下来让路，谦谦如君子。这时候，我看见了阿冰从那个小胡同过来，在一堵墙根下乍了腿尿尿，"阿冰！阿冰！"阿冰看着了我，忙收了腿跑来，又掉身过去，用后蹄刨着土掩埋了尿渍，再小跑近来，红颊女人赶紧给阿冰让路，避身侧在一边。

"你不要这么客气，"我说，"阿冰，是来接我们的吗？"阿冰摇着尾巴，说："汪！"我便笑着对病人说你跟了狗先走吧，阿冰果然掉头就又走。

"这狗有灵性的，"女人说，"我在老家的时候，我姨在城里，我见过那里好多猫儿狗儿，伺候得比人还周到，可猫儿不逮老鼠了，狗儿见了贼也不咬，那还算什么猫儿狗儿？！你们这城里狗还算狗……"我说："我们这里可不是城！你们两口子总是说这话，城里有这土巷子吗？以前你要来过仁厚村就知道了，到处都是树，树外有苜蓿地，做苜蓿蒸饭才香哩。我小时候村里还闹狼，这墙上用石灰画大白圈儿，夜里狼一见这白圈就得吓跑。五黄六月，'算黄算割'就整夜地叫了。……你们老说我们这儿是城，是不是我们这里乡不乡，城不城的？我们现在就混到这一步了嘛！"女人吃惊地看着我，样子像个小姑娘，我压制我的激动，笑了笑，动手擦了她眼角的眼屎。女人脸色刷地羞红，忙从怀里取了一面小圆镜照自己。

这时候，一只苍蝇迎面飞过来，这苍蝇是急着往公厕去的，一时无聊，我说："你说它多大啦？"女人说："不知道。"我说："活文物，明朝的。"说过了，觉得后悔，就胡乱搪塞，问起青海那边的风俗习惯：没有海，怎么叫青海，她说因为有盐湖吧，青海人爱说海字，凡是大的都叫海，譬如，大碗叫海碗，谁厉害了叫海啦。我说青海那里的城市有没有像仁厚村这么个都市里的村庄？她说城里没有，郊区就是郊区，也都富啦，却也住许多暗娼，长途汽车的司机晚上就来，你听得着她们说：二十元，开水烫了的！听着让人起鸡皮疙瘩。

巷道左边的院落里有了吵闹，吵的什么内容听不清，但声音尖锐，接着哐里哐啷，一只粉红色的高跟鞋就从一堵墙里丢出来，鞋后跟儿就断了。这鞋是眉子的鞋，村里只有眉子穿这么高的红的鞋。我赶忙让青海女人立着不动，转过这堵墙，去推眉子家的院门。眉子脸上已浓重地涂了脂粉，头发却还未梳，站在两个院落的隔墙这边骂："你家昨日没人，我怎么不能去挂号？你家人死光了，来的病人还不看病了？"矮墙那边的女人个头小，站在一只反扣的背篓底上，手拍着自己的胖屁股："你争男人，也争病人？！"把晾在矮墙上的另一只粉红高跟鞋又扔了出去。眉子说："你扔吧，你来把我这房子也烧了！"那女人说："谁把鞋占在我家墙上，我就扔破鞋！"眉子气得往墙头扑。我过去，推开眉子，指责着都不要骂，大清早的图什么吉利还是好听？！眉子见我就哭，说不出话来。那女人就说："梅梅是你朋友，你狗仗人势了，倒会装委屈！梅梅你说，一家一月两个号，她家住过两个病人了，活该她的病人病轻，十天就走了，她竟又去挂了我家的两个号！油光光的太阳下，她是仁厚村的，我也是仁厚村的，她凭什么要吃了我家的食？你凭什么，凭你水蛇腰，凭你长条腿，你去勾野男人么，你什么饭吃不得？！"我也生气了："你说得难听不难听？你再骂一句，我对云林爷去说，让村长也来，永远也不给你家号了！"那女人被震住，便说："梅梅你主持公道，我白白一个月没病人啦！我家是三个孩子上学，我娘又是瘫子，我一家喝风屙屁呀？"我说："下一月你把眉子的号挂了去，这我做主。行了吧？"女人说："这可是你说的，你说出的话是泼出的水，收不回去的！"眉子却说："那她骂了我就完了？她那嘴屁眼一样脏，臭了人就白臭了？"女人得意地往自家堂屋去，一边走一边还说："不骂好人还不骂坏人？呸呸呸！"进门把门关了。

我拉眉子往屋里去，"你挂她的号干什么，你是缺钱吗？"眉子说："我厦房闲着，有病人住着也能照看房子……"一进屋，床上却坐着腆着大肚子的邵传销员，一支一支吸烟哩。姓邵的瞧见我，用脚把床前的脏纸踢到床下，说："我说不让眉子在这儿住了，她偏要住，城内单元楼谁也不管谁，多清心的！"我没有理他。

九

成义在巷道里碰着我，问："吃了没有？"我说你当村长了也不会文明些呀，现在是什么年月了，见面还是问吃了没有，如果村人见面还是吃了没吃了的，就证明你这个村长没当好，村人连温饱都没解决嘛！成义听了，合掌道："说得好，说得好，梅梅，今日忙什么来？"

"这就对了，"我笑着说，"读书来着。"

"读书来着？"

"读书是吾家事嘛！"

"咦，像关西大儒的后人，清高！"

他这么一说，我倒脸红了："这是杜甫的话……"

"你也算是知识分子！"成义说，"村里这么些女子，我看还是你的素养好，家教不同，人到底不一样，我这村长要重用你哩，你当个组长吧！"

"当组长？"我嘎地笑了，"谁能选我当组长？"

成义说："我是村长，我愿意任命谁就任命谁，就这么定了！"

我还在打哈哈，说这官容易当的很嗨！

"我给你说的正经话，"他说，"晚上你提一瓶酒到村委会办公室来。"

"吓，要我上贡呀？要行贿你也让我有个主动劲儿，这么索贿我可受不了！"

"晚上村委会开会，你把酒拿来，大家一边议事一边喝，我趁机宣布新组长，你也给大伙一个喜欢唔。"

我嘻嘻地往过走，他却又拉住，压低声音问："和老冉不热乎了？""谁嚼我舌根啦？""人常说，女为悦己者容，你毫无变化嘛！""我怎么才算变化？""你应该多穿漂亮衣服，也化化妆嘛，女人么，要和男人两极分化才是女人。"

"你让我当组长呀还是当村公关小姐呀？"

"可你出门毕竟代表仁厚村的，咱仁厚村也应出美人儿！"

"咱同城里人作斗争哩，怎么能学城里人的打扮？"

"难道我是个陈永贵的服饰，你们女人缠了脚，穿对襟袄才去对抗城里？！"

"行呀，我几时去买几身时装，你可别说我花里胡哨了！"

"你今日就该去城里。"

"这我得去老冉家，范景全在那里，我得让他辅导函授课哩！"

"去老冉家？"成义突然脸黑下来，就蹴在地上给我写字。写一个"田"字，问：认识不？我点点头：嗯。他就手压了"田"字的上部，再就压了田字的下部，又左一压右一压，问：认识不？我说：你上一压是日，下一压是日，左压左日，右压右日，你要说什么？成义便拿指头敲我的脑门，说真是一家人不说两样话。我丈二和尚摸不着头脑，问他这是什么？成义说，你就告诉你那冉家，我成义不当村长作罢，当了村长，谁的尾巴一翘我也知道他要放的什么屁，如果那些房根基还不搬掉，他是老虎，我就是武松！

我不知道老冉的家有了什么事让成义这么光火，但老冉的那个嫂子，刁钻蛮横的四川女人，我却是领教过不止一次。去了冉家院门口，左门墩前的那棵胳膊粗的柿树不知怎的就干枯了，枝杆僵硬，不挂了一片叶子。靠巷道的那面院墙倒坍了一半，几根木椽临时搭成篱笆模样，上面乱七八糟地堆着棉絮和破鞋。门合不严，推开也无声。人呢，老冉的嫂子并不在，上房门栓上吊着一根还未拧好的绳子。范景全正坐在厦房揭窗里写什么。我才要猫了腰去吓他一跳，院子里一群鸡就咯咯叫，范景全抬头看了，走出来在台阶上笑。

"仁厚村人躁得没头苍蝇了，你倒悠闲得很嗯！"我说。

"才烦不死人哩，写了三页撕了三页，我这成猪脑子了！"范景全说，"我才寻思，你要不来的话，得到城里歌舞厅寻个小姐去！"

"吓，老师还是这德性？！"

"这又怎么啦，排寂嘛！社会发展到现在，性与道德品质无关。"

"那好么，怎么头发白了还找不下个师母！不知你们男人是怎么想的，没感情作基础，寻那些女子有什么意思？"

"你没经历过，你没有体会！去年我第一回进歌舞厅，一个朋友给我找了个小姐，我才想着怎样和她拉话，怎样地培养感情呀，那小姐却说：'你来不来，不来我就走呀，外边还有人等着呢！'你瞧瞧，我和老冉……"

"甭说老冉！"

"老冉又没讲过歌舞厅……在老冉家里不说老冉？"

"不让说就甭说嘛！"

我把函授书掏出来扔在桌上，我让他讲古汉语。范景全看看我，嬉笑就收敛了，我们就又是一个学生一个老师。但他终究不服气，辅导一会儿就嘟哝"我这老师当奴才了"，过一会儿又说"孔子教学生也收三束干肉的"。我说："让老冉的嫂子给你做好的吃。"他说："老冉的嫂子你不叫嫂子？"我说："孔子讲课时就这样不专心？"他就又开始讲，院子里有了啪啪的响声，便听着老冉的嫂子大声说："范先生，你出来帮我捉了那只黄母鸡！"

我出来，穿着大花衫子的女人满头大汗靠在院门框上，脱了一只鞋往腿上拍打鞋壳里的沙土。我撵着那只黄母鸡兜了一圈，捉住了，交给她，她一指头塞进鸡屁眼里试了试，说："范先生，这黄母鸡今日有蛋，下出来了我中午摊煎饼！梅梅你几时来的？"

"才来。"她待理不理我的，我也冷着脸说，"让老师辅导我哩。"

"梅梅现在忙呀，红火了，整天跟着村长跑前跑后，已经少来吃我做的搅团了！"

她把鸡放在鸡窝，再用竹筐儿盖住，呶着嘴看我。她的上嘴唇有一层绒毛。

"也不穿我那兄弟给你买的皮鞋啦？"

"那鞋太小，夹脚！"

"越跑脚越大嘛！"

范景全出来立在杏树下看着我们，只是笑，说："梅梅，我来了两天，你这嫂子可是七八次念叨你了。"

"我贱嘛，子和和我们分家另过的，可总操他的心嘛，人不能多读书，书读得越多人越蠢，原先只是爱个收集旧家具，现在，越收集家里越没家具了！"

"是他放在我那儿的，你要，我给你全拿过来！"

"我可没说要的话！范先生，你瞧，我又得罪人了！"

我气得喉咙发噎，又不愿让范景全看见我的脸色，就往院子左后角的厕所去。厕所前原是一间柴草棚，还空着一片栽着香菜、蒜苗，现在却全挖开了，新砌了三间厦房的根基子，木橛子是已经拔了，垒起的一排砖也倒了一半。我猛然想起成义的话，立在厕所里说："你要盖厦子房吗？"女人立即跑过来，立在厕所墙外说："可不是要盖三间厦房的！"我说："房这么宽展的，还差的什么呀，咱农民就是一有个钱就会盖房！"她说："你还讲究学函授哩，眼光就那么短？村西低洼地改造时，有人看得远，有人看得近，一样的旧院子，新归回的房子就不一样了……你还不懂？！"我说："我不懂。我来的时候村长还开着会的，就是研究乱建房子的事，你趁早把这收拾了，省得更丢人的事在后头哩！"

厕所里长着一棵椿树，椿树上被揩屁股揩得黄蜡蜡一层干屎，我恶心得走出来到水管上洗手，女人也跟过来，说："成义来欺负我的事你知道了？"

"知道！"我说。

"你知道你不帮我说话！范先生你评评，城里不让乱建房，乡里也不许了？我在院子里自己建也不行了？！成义那是个绝死鬼，他至死是找不到老婆的，他不建房了，可他也让别人不建！这房给谁建的，还不是为将来的你梅梅和我那兄弟！"

"我不稀罕！"我说，就想起成义写的那个田字。"你安的什么心别人看不来吗？大家都在保卫村子，你呢，建房子就等着有一日拆了，拆一还一，可以多分些新房，可你这么一建，明明在盼着这村子快点拆嘛，那人心不全乱了？！"

女人说："我就是这想法哩，保这村子有什么好处？房破成这样子，没暖气，没洗澡水，没下水道，土墙土顶的，住着能比城里的洋楼好吗？你掠住心口说，当农民好还是当城里人好？""就是住到城里，你还是个农民。""对了，只要成了城里人，有知识就可以寻个工作嘛！你不那么想，你学什么函授？"

"我就不学函授了！"我气得一甩胳膊进厦房去。"你有能耐你去找村长去！"

女人呆在了院中，突然笑起来，笑得又干又硬，后来说："我和你争什么呀，我真是，让子和回来又说我的不是吗？梅梅，我是直肠子人，你别生气，我去商店买件衫子去，要是子和回来了，你可别给他说起！"

便把一壶热水提到厦房，说："渴了你们喝！"抓下头上的帕帕啪啪摔打着身上、脚上的灰土，走出去了。

我半天缓不过劲来，把函授书也收了，"不学了，学它干啥呀！"范景全却看着我笑，说有意思有意思。

"有什么意思？"我说，自己也笑了。"我生她什么气哩，来，你给我念你的小说！"

"还没个眉目，"他说，"只是来整理些材料，现在倒真能写写小说了，仁厚村真有写头。"

于是，我们就转开了话题。

在以后的范景全唯一发表出来的一部小说里，我读到了其中的一章，写的是一个作家与一个城乡结合部的村庄的女子在交谈文学，这完全就是写着这天的我和他的事。小说是这么写的——

我们已经谈得很久了，火辣辣的太阳从屋檐跌下来，又溜下台阶，窗前的杏树上一只蝉在硬着声地叫。

女子一直双手搭在膝盖上听我说，后来就一展身子，斜躺在床边的被子上。我可以躺下看你写的这些素材吗？她说。

当然，我说，你看书，我看你。

她看了一会儿——我知道她并没有看进去——问道：你小说里的人物都是真的吗？

以真人为依据。我说。

依据？依据达到何种程度？

一开始动笔几乎总会想到一个真人，不过接下来这个人物就发生了变化，以至于有时他与人物的原型不再有丝毫相似之处。一般情况下，只是那些次要人物才是直接取自生活中的原型。

截至目前，你认为你哪一部小说最好呢？

至今未指望过这一部小说会使我认为没必要再去写另一小说……我现在仍是一事无成，因为我相信，我的传世之作就是眼下正要创作的这一部。

什么是好小说家呢？

一位作家首先面临的是观察社会，研究社会状态，他观察的结果被写入小说，被小说纳入的部分有多少可以成为正在形成的历史，小说本身的价值就有多大。

那么，怎样才能当个好小说家呢？

作家必须对自己时代的戏剧性事件有充分认识，每当他能或者知道应怎么做时，就必须坚决站在某一边，但他也必须不时地坚持或继续保持某种与我们历史相关的距离。如果必须分担时代的灾难的话，那他同时也必须使自己离开这种灾难，以便考查那种灾难并赋予它以形式。一方面，谴责当受谴责的东西，要疾恶如仇，坚决有力，另一面，最终也应赞扬仍值赞扬的东西！

你说得真好！但我看你的小说，当然只是一部分，为什么不能引起注意呢，甚至多是不能发表，被编辑部退稿呢？

因为当今的文坛满足于自己的象牙塔，小说已失去了自身的目的。

事情确是这样，但你为什么还在写？你觉得你会成功吗？

我的作品，可能最后成功也可能最后失败，这如同我的生活一样。但我在告诉自己，最终作为我一生奋斗的结果，如果已经把沉重地压在人们身上的各种形式的桎梏减轻或减少的话，那么，我就是正确的，我也可以原谅自己了。

不知过去了多少时间，我听见范景全的肚子里咕咕咕地响了几次，老冉的嫂子才高喉咙大嗓子在巷道里说话了。隔壁的没正经的六斤伯，可能是站在院门脑的紫藤架上修剪枝条，戏谑了这女人穿了高跟鞋，又拢了发髻："是十八娃吗？"她就回骂："站得那么高，看女人，小心儿媳妇抠了你那泡儿去！"进得院门，却柔声喊："子和，子和！"

范景全从窗里探了头，说没见老冉回来嘛。

"那你和谁说得那么热闹？"

"梅梅。"

"梅梅还没走呀！没走了好。梅梅，你瞧瞧嫂子穿了双什么鞋？上海人脚是怎么长的。做这鞋这般瘦！"

我偏没有出去。女人就把鞋脱了，换上拖鞋，嚷道不早了，不早了，摊些煎饼，再做搅团呀，就忙忙火火去了厨房。饭熟的时候，老冉真的回家来，在厦房里见着我了，喜欢地说你来了，你们学习吧，我帮忙做饭去。后来又连声喊我去端饭，我去了厨房，他嫂子到水管前洗脸，他说："嫂子说你来了半天了？"

"有半天。"

"景全来图清静写小说的，你怎么能和他说笑半天？"

"我们有说的嘛！"

"都说些啥？"

"说《孙子兵法》哩！"

"《孙子兵法》？""《孙子兵法》第九条：速战速决！"我一摔筷子，赌气出了院门走了，任他怎么叫，只是不理。

十

仁厚村的四个大的巷口，卧着有八块青白石头的，先前这是上马石，据说最早巷头还有竖着的四个石鼓，任何人不能骑马进村，在那石鼓前停了，马缰绳拴在拴马桩上或墙头的拴马环上，要出村了，解了缰绳，踩上马石登鞍。现在一切都毁了，只有青白石头，每日那些上年纪的人就坐在上面码花花纸牌。这些一辈子在村里生活的老人，念叨最多的是西京城里的城隍庙会没有了，也埋怨村里的菩萨庙当年拆得可惜，但他们对游走于村巷里的猪、鸡、猫却熟悉是这一家的或那一家的，一有陌生人出现，必然就会上前询问：来找谁呀？是××的什么亲戚朋友？就要领着去那一家。来仁厚村的小偷是很少的。这些是我们对外津津乐道的事，邵传销员，甚至那个胖子警察也不得不承认，曾托我给他的几个老板朋友在村里找了几个保姆。遗憾的是这几个保姆干不到一个月就都回来了，一是她们急，没人说话，待不惯，二是主人家反倒嫌她们话多，动不动和左邻右舍的人聊闲天，惹是非。农村人到底是农村人，这有什么办法呢？去年春上，连本的爹倒了头，阿顺娘前去缝制老衣，炸供品麻叶——她是村里唯一能料理这种事的人，偏有人要传我手艺，让我也去帮忙——连本兄弟俩却为家产的分配争吵，老村长也便去主持公道了。中午里一切处理停当，连本兄弟俩正招待我们在院里喝酒，门外就有人来对老村长说："高丰和三娃打架了！"老村长说："乡里乡亲的打啥呀？快拉开！"那人去了，一会儿又跑来，说："高丰把三娃打伤啦！"老村长说："这土匪高丰！那快送医院呀！"那人再出去过会儿再跑来："三娃昏迷不醒了！"老村长说："出人命了？出人命了快去派出所报案呀！"老村长见得多了，老村长有老村长的无为而治法，我跑出去看，人命倒没出人命，三娃缓慢过来了，但血头羊般地被人架回了屋。我气呼呼回到我住的那条巷里，巷里的妇女们却很平静，各坐在自家门槛上摘菜或做针线，口里说过了那一场打架，便又说起东家的日子好过，可他家生了两个女孩就是没男孩，为什么没男孩，少挣些钱就有男孩了，人是不能十全十美的呀！又论起西家的孩子多，老婆是枣核形的嘛。于是，另一个说了，是呀，魏小小女人是蜂腰，屁股小，哪儿能生下孩子？一个就说，不怪那女的，是男的事，别的男人小便是双手端哩，满把手攮哩，听说魏小小尿尿，只用两个指头一夹，夹纸烟哩！另一个说：那她应借种了。她们就放下手里活计，掰指头说谁行，谁不行，谁看着行其实也不行，然后嘎嘎大笑。

今年的夏天，魏小小的女人却生了白白胖胖的男孩！魏小小家摆了酒席，招待旧亲故戚，三朋四友，每日屋里有喝酒划拳声。满月那日，也就是足球骚乱第三日，魏小小抱了孩子出来认干爹，头明搭早的，偏偏村道里没有人。依风俗，这日抱婴儿出门，碰上谁谁就是干爹，往后一生中，逢年过节干儿要给干爹送礼，干爹则当时便要给干儿扯三尺红布，一包红糖，十个染了红色的熟鸡蛋，二十元钱的。这日没有人出入，魏小小抱着孩子继续走，心想若再没人了，就只得认前边的那个遗弃不用的碾盘。偏这时阿冰从云林爷那出来，四蹄小跑的，魏小小赶忙抱了孩子跪下，将孩子额磕在地上，说："儿子的干爹竟是狗哇！"就招手叫："阿冰！"阿冰站在那里不动，拿狗眼往这边看。魏小小说："阿冰，这是你干儿子！"阿冰眼睛骨碌碌的，立即跳上旁边的矮院墙从瓦槽上走，绕过魏小小，轻跳下来，一溜风跑远了。但不管怎样，魏小小在村里宣布了孩子认阿冰是干爹的，这干爹虽未能给儿子送什么认亲礼来，却从此这家人待阿冰极好。体育场家属院曾经有人说了一句对云林爷和阿冰不恭的话，魏小小两口子扑上去扇了那人几个耳光。

但是，事情也就这样麻烦了，魏小小的女人抱了那个叫魏狗的孩子出来，一些人就取笑，让孩子叫自己是亲爹："让亲爹抱！"先都是戏谑，魏小小的女人并不恼，后来竟变成一股风：孩子不是魏小小的种！魏小小就恼羞成怒了，在家打老婆，薅了老婆头发把头往床沿上碰，逼问孩子是谁的？老婆气不过，那一日，一起床就在村道土堆上高声咒骂谁嚼舌根，天打的，雷击的，遭瘟绑票挨枪子的！

坐在门口隔了巷道说长论短的女人照例起来一边梳头，一边又说起是非。

"听着了吗，昨晚魏小小家又吵了！"

"日子不安生，那家是要败了。"

"男人家是耙耙，女人家是匣匣，魏小小再能挣钱，那老婆学着眉子花钱哩，日子能不败？昨日我去他家借筛子，他家吃糁子糊汤面，啧啧，现在还吃糊汤面？！"

"只一个娃娃就窝囊成啥样了，身上满是尿点子屎片子！你瞧见那双脚吗，穿的倒是皮鞋，三个月怕没擦过了！"

正说着热闹，听到魏小小老婆在巷道骂，伸出头来瞧，瞧见那长腰女人一手插在裤口袋，面朝着她们方向，身子一跌一跌地骂，两人就浑身地不舒服。出来说："小小家的，你骂谁的？""谁发骚就骂谁！"魏小小的老婆说，口水带痰的一声"呸"，呸得安装的一颗假牙也掉了，拾起来，声音就漏气："肚里没冷病，怕什么凉水？！"两个女人也扑出去回骂了："就怕凉水了！咋？！你还有脸来骂，是丈夫的种不是丈夫的种，你自己心里明白，你这么骂了，哄得了你家男人能哄得别人？群众眼睛是雪亮的！"三个女人就对口厮骂，你唾我一口，我唾你一口，这方用指头戳脸羞对方，对方就拍着屁股骂了这方的人，又骂这方人的父母，连带家养的鸡和狗！

这是仁厚村今年来最恶心的一次骂仗，不但惹动着村里人出来，糟糕的是村外的那单位，甚至过往的行人，都挤在巷道里看笑话。我在院子里正洗衣服，听见吵闹声跑出来，去拉架，女人们越是有人劝越是撒泼，双方的骂语尽是脏话，一个骂了"×你妈"，一个骂："你腿缝里长了什么×人？是你爹的头还是你妈的头？！"就又扑在一起。骂得难听，我也不好再拉架，说道："你们把我没放在眼里，是厉害角儿的，就等着村长处理吧！"

但成义不在村委会办公室，也不在他家。

我想着让云林爷去训斥这些女人，云林爷行动不便，何况他从来是不理会这些事的，一时无着，就去喊六斤伯。六斤伯家院门上了锁，紧邻的老冉家忙乱着几个泥瓦工在填了厦房根基用买来的砖砌倒垮了的院墙。老冉嫂子尖锥锥叫着就跑出来，说："梅梅，你那日怎不吃饭就走了，我得罪你啦？"我说："修院墙呀？你不是要盖厦子房吗？"她说："你是和子和闹矛盾了吗？你可得得和子和好哩！"我一歪头，瞧见坐在院里一边和泥瓦工说话一边吸水烟的老村长，就喊："老村长，你出来！"

老村长出了院我还没见过他，瘦是瘦些，气色还好。

"西巷里魏小小的老婆和人打架哩，打了半天了，你快去把她们震唬住！"

"这些妇道人家！"老村长说，"打让打去，女人们打不出个人命！"

"可影响坏得很嘛，让外人看了，对咱仁厚村是啥印象？！"

"震唬是能震唬得了的，可这让我为难了，不在其位，不谋其政，成义呢？""他不在村里。""当村长的不在村里到哪里去了？又浪城里了？！"老冉的嫂子叫道："他一当村长，这村子乱成什么事了，眉子没结婚哩，和男人就睡到一处了，前巷兴本的媳妇生了一胎又一胎，现在肚子又大了，村里人和体育场的人打了架，现在村里人又和村里人打架，咱让猫拉车哩，猫把车拉老鼠洞了嘛！"

"你快悄悄的！"我训了她一句，"你能行，你给他写什么检讨，检讨还在村委会办公室门口贴着的！"

"县官不如现管么，选村长选了个秦始皇！"

我还是恳请老村长，他仍是笑着不动，老冉的嫂子就又说："要请老村长，那让成义来请嗯！"我再不说一句话，拧身就走。才走到大药树底下，遇着阿顺低头小跑，一把扯住说："狼撵你哩？！"阿顺说村长让我找兴本哩。我忙问成义现在哪儿，他说在办公室。我去了办公室，成义却双腿架在办公桌上，一口一口吐着烟圈。

"悠闲得很吗！"我气呼呼说。

"怎么啦，梅梅脸色这么难看？你也来一支。"

我把扔过来的纸烟一把揉了，说道："你当村长，你跑到哪儿去了？西巷里三个婆娘打闹了一上午，满世界都拥来看热闹了，你知道不知道？"

"知道。"

"知道你怎么不管？"

"我让组长管！"

我一时噎住。成义就站起来："老冉的嫂子盖房我得去处理，兴本的媳妇又怀上第三胎了不是你来报告的，魏小小的老婆和人打架，你又制止不了，我这个村长是把掌柜的当成伙计了，什么事我不到都不成，你这组长怎么当的？"

"你管不了村子倒能管了我？！"

"我管不了？给我个市长你瞧我管得了管不了？！"他却张狂起来。"你让他们都闹嘛，不暴露矛盾怎么解决矛盾，不乱怎么能治？"

"那我就看你怎么个治法？"我说。

"现在就给你两个任务：一，你这就去通知吵架的两个婆娘，魏小小的老婆这回免了，先治说是非的那两个，明日一早让背了背篓到村委会办公室来！"

"背了背篓？"

"背了背篓！第二，你负责去买避孕药，这几个月里定期放在村吃水池里……"

我听了吓了一跳："你这才是胡闹，吃水池里要放多少避孕药才有效？就是有效，水是人要吃，六畜鸡猪都要饮，难道让猪不怀崽，鸡不下蛋吗？"

"不能了你想办法吧，可以每天给已婚的年轻村民发避孕套，不发套的不准有房事，反正这一阶段绝不允许计划生育出问题，要保住仁厚村，仁厚村得把工作搞好，不能坏了咱的大事！"

正说着，兴本进来。成义刷地黑铁了脸，一拍桌子吼道："你老婆呢？"兴本吓了一跳，顿时个头也矮了，说："我不知道，我昨晚到现在一直在高丰家打麻将的，有什么事吗？"成义说："知道你在打麻将！可你知道不知道你老婆又怀上了？""知道。""知道为什么不处理掉？生了两胎还要生三胎吗？你胆子倒大，把我成义不放在眼里，把国法也耍开啦？！"兴本说："我老婆生下头胎就戴了环了呀！谁知道这国家的环儿不起作用嘛，就生了二胎。老村长在的时候还以为我们取了环，让我老婆去医院拍片子，片子上照着环儿还在的，谁知现在又怀上了。——这恐怕是天意！我又有什么办法？"成义就哼哼冷笑："你别给我来这一套！我告诉你，今日我领她去医院又拍片子啦，环在哪里，环在你老婆腰带上挂着哩！你现在去城南门口那家医院去接你老婆吧！"兴本叫道："刮了宫啦？"随后就走。"回来！"成义又叫他。"你掏十元钱来，这是我领她去医院的出租车费！"一张车票就扔在桌上。兴本愣了愣，掏了十元钱给了成义，出门跑了。

事到这阵，我才明白成义为什么刚才一个人在办公室悠闲吹烟圈哩。

我看着他的黑脸，真想说你这做得真够狠的，但我没说，他似乎还气得呼哧呼哧喘喘，我便倒了一杯水给他。他说："这些人给我难看哩，我也得给他们难看，我是农民，我还不知道这些农民的德性！"事后，兴本老婆的事就在仁厚村传开来，我是在公共厕所里听隔墙那边的一些男人在夸说成义，当然也在作践成义嫁接有女人的手，当然知道女人的事；要不，兴本的老婆进了拍片室，拍片人在仪器里一看，出来给成义说：环在哩。成义就说：这才是怪事，你进去检查检查她身上。拍片人一检查，果然是兴本的女人将环儿系在腰部处拍照的。出来告诉了成义，成义一脚踢在那女人屁股上，骂道：我让你作怪！你再作怪嘛！那女人羞得拔脚就跑，成义一把抱住，硬抱到计划生育手术室给刮了。

这一个下午，我去通知说是非吵闹的两个婆娘，成义却和几个人在他家喝酒，喝了个大醉。第二天一早，六合喊我去村委会办公室开会，我问昨日喝了多少瓶，六合说四个人三瓶白酒十瓶啤酒，成义到晚上眼睛还是红的，但夜里仍能上树架床上去睡，只是鼾声如扯风箱，响得睡在旁边树架床上的人睡不着，叫他，用鞋掷他，就是不醒，只好用棉套子塞了耳朵。我笑了笑，先去体育场家属院门口菜摊上买了一小捆仁汉菜，往办公室去的路上，正遇上了两个婆娘，刘德义的婆娘和贾栓栓的婆娘，两人都是换了新衣，梳光了油头，背了背篓。德义的婆娘说："梅梅，村长让我们背背篓干啥的呀？"我说："这我怎么知道！"栓栓的婆娘说："村长一定要问魏小小的儿子到底是谁的种，这我们没个证据，人家偷汉子咱藏不到那床下去的，是亲儿不是亲儿，古时候有过水盆里滴血看粘连不粘连，现在听说医院里可以按血型认定……"德义婆娘说："魏狗是杂种，人人都知道，村长问这个？问这个能让拿了背篓？！梅梅，你哪儿弄的仁汉？"我说体育场家属院门口来了个卖野菜的。"哎哟，好长时间没吃到野菜了！"她就大声喊旁边门口的一个孩子，"去给你德义叔捎个话，快买些仁汉，中午吃仁汉饺子！让多买些呀，就说村长今日也要吃的！"没想成义已经在远处的办公室门口朝这边看，说："说话要算话！"两个婆娘就笑了："一顿野菜饺子算什么！村长呀，新官上任三把火，这条巷子常年窝水，脏不分的，你也不派人修一修呀，才穿的一双鞋，你瞧，成了泥锣槌了！"

成义说："今日让你们来就是铺这条巷呀！你俩去村南那个沙坑里背沙，齐齐把巷道垫一层，中午垫不完了，下午垫。今日垫不完了，明日垫，早垫好早回去，让德义、栓栓把饭送来吃哇！"说完进了办公室。

两个婆娘登时怔在那里，我也怔住了，德义婆娘说："哎，这不是'四人帮'一套，让我们进学习班吗？"我说："这没有学习，这只是惩罚吧。"德义婆娘拍着手，说："人家偷汉子咱垫路呀……"栓栓婆娘忙捂了她的嘴，两个人对着办公室门窗窝一眼，瞪一眼，双脚在一摊湿泥地上咚咚地踩，鞋面裤脚全成了泥巴。

我回到办公室，仁厚村的头头脑脑和有威望的老者十二人，都在低声嘿嘿地笑，成义说："这条巷道垫好了，就叫个'是非巷'，咱村有村名，巷没巷名，梅梅你就写个牌子挂在巷口墙上。"

三天后，我遵令写了巷牌挂在巷口墙头，且从那以后，五条巷都被人背沙垫过或巷道两边的土墙被人用白灰刷过，成义一一给起了名。其中一个巷名叫"摸奶巷"，是二狗蛋那小子一晚去城里吃羊肉串、喝啤酒，或许脑子不清楚，半夜回到巷里正遇着体育馆家属院一个姑娘经过，一时色胆暴露，抱了人家就揣奶，吓得那姑娘失声大叫，挣脱了跑回家属院，领了一伙人来村闹了一场。二狗蛋当然丢尽了人，但范景全后来看到这个巷名牌，觉得不雅，谐音改成"莫浪巷"。

起巷名毕竟是小事，成义令我们吃惊的是，他今天提出了两宗大事让大家讨论，一是翻修整理墓地场院，一是成立仁厚村的大药房。他先是头头是道地讲翻修整理墓地和成立大药房的意义所在，再是一一列出办两宗事资金来源和劳力分配，他的这些方案是那样完整，但在他未说出之前竟没有给任何人透露过丁点构想；他说完了，让大家讨论，自己就坐在那里抠脚丫子，他的脚极臭，我就把坐椅搬到了窗底下。十二个人十一张嘴都发表了意见，当然是赞同的反对的也有一件事既赞同一部分又反对一部分，屋子里烟雾腾腾，争争吵吵的。一直到了中午饭辰，鸡也叫开了，仍是没个结果，成义就收拾面前的纸、烟、火柴和水杯，站起来，嘎地吐了一口痰，说："尿！千里打锣，一锤定音，就这么定啦！"

窗外，我瞧见德义和栓栓的两个婆娘一背篓一背篓地把沙背回来垫巷道，她们经过办公室门口，就低声骂一句"我儿秦始皇！"但还是小跑着去背沙。

十一

成义动用了村委会的一笔存资，又逼迫村口那一排租用房的商贩提前交纳三个月的房租，将墓地场院的土墙更换成竹节漏砖墙，做出墙顶，瓦砌了鹰不落的式样。那一层一排递进的坟茔，除了老祖先的墓丘，全夷平了，改变成错落有致的三合院群。房子各具形态，有庑殿顶的，歇山顶的，囤顶的，单坡，拱券，攒尖，丁字脊，说不上是现代建筑，也不是民国和明清，却一律门窗纯黑，外层一圈白框，屋檐椽头又刷成红色，呈现一派古意和神秘。这样的设计完全是他的主意，天知道他又是从哪儿雇了这伙匠人，要在这里微缩一个什么样的远老村镇！整个房屋墓地，没有城墙，但以坤卦列街坊，有坊门四个，马道环绕，前上爻处是钟楼，后三爻处是鼓楼。巷道里有树，树是干枯枝或矮小的散子柏，有石磨和井台，有拴马桩。细看每一个三合院，门楼高低大小不一，庭地宽窄深浅各异。厦屋有罩，几腿的，栏杆的，落地的。堂屋则设碧纱橱，一明两暗，当堂摆着小桌，布挂在墙，朱笔写"天地宗亲师"，下是亡者牌位。堂屋左后是猪圈、鸡棚、兔窝，右后是柴草间和厕所。户户门门有搪出的一块白灰版，写着"持家守则"四字，条文则密小不可写，用墨点出一行行黑点儿，而门脑框上有醒目的黑底白字号码牌。这些工程看起来十分繁复，但因都是微型模具一般，并没有花费太大的时间和财力，原本就是仁厚村一大景点的墓地，如今真正成了一处奇特的景观，村里人日日来看稀罕，也招引得四周工矿企业、机关单位的人涌来观赏。有人细细地清算了这些鬼魂居住的村落门牌，为一五一号，这个号正好与仁厚村活人的家数相同。当然，这正是成义有意为之，将来每一户人家中有人死去，这里就安放一个装骨灰的瓷罐儿，竖一面灵位牌儿，都是能找到自己位置，且一村人仍在一村，一家人仍在一家。我去对我家的门牌号，竟也有一间小屋写有"收藏室"字样，不禁哧哧发笑。便偏要去寻成义家的，他家的门前多了一堵照壁，照壁上写着

"坊规"，密密麻麻一片蝇头小楷，其中有：一坊三保，一保三甲。白日出坊，三五成群。夜半不归，关闭坊门。一家火灾，每户斗麦。娶妻生子，全坊酒醉。滋事斗殴，灼额香熏。偷盗奸淫，断指抽筋。窝藏逃犯，三甲坐累。……这又是成义的手笔，他不懂古文，只有编四字顺口溜。再看看门框，虽未写"坊长宅"字样，但把坊规写在自家照壁上，他是自信死后还要做"坊长"的！

参观的人一多，都从大门口进进出出，给云林爷造成了干扰，于是，把祠堂后砌了一道墙，仅留一个小门，平日锁起来，却在场院北边洞开一门。成义的爷爷，那个直眼的老刽子手就日夜在那里开始售卖门票。"哈——"刽子手把手在空里砍下去——他一生习惯着这样的动作——说："我杀过半辈子的人，现在倒成了镇墓兽了！"

这一日，高丰去城里贩蔬菜，高丰当初是种菜的，种了菜每每清早拉了白菜黄瓜青豆西红柿去批发市场批发，如今没了地，得去批发市场买人家的菜去沿街叫卖，心里就气不顺畅，回到家里又想二十七八的人了还是单身，勾了个脑袋只盯着床头贴着的画报上的头像发呆，他妈提了茶壶来给他倒茶，他抓了茶碗把壶嘴一敲，说道："要这东西干啥，除了倒水还有什么用？！"壶嘴就掉下来。他娘坐回卧屋流眼泪，知道儿子是想媳妇了，跑来给成义诉委屈。成义就去找高丰，拿了从西藏带回来的那个牛头，还拿了一块白木板，一瓶墨汁一支笔。

"真想媳妇啦？"成义说，"没出息，找不下媳妇给娘出气！"

高丰说："你不娶媳妇，你也要让仁厚村成光棍村吗？村里要地没地，要工厂没工厂，你只图修那墓哩，修好了墓咱都死去？！"

成义说："说你眼窝小真是眼窝小，难怪我不在村人也不选你当村长！仁厚村现在是什么情景，你一步踏不住，第二步怎么踏？整修墓地怎么啦，国家都修黄帝陵哩，年年祭祀为着啥？咱这次整修了，就等着看风声，如果市、区政府未加干涉，这就是默许了，而默许之后成了一个可以卖票参观的景点，这就是说仁厚村不会被轻易拆掉了，不被拆除了咱就更有信心来筹办大药房呀，有了大药房就有你的事干你的钱花，还能没媳妇？"说着一把打在高丰的交裆。"唏，就那一根软筋，还张狂啥哩！"

高丰就扑哧扑哧笑,说:"你别用你的那只手抓!"

我一脚踏进门,瞧见他们谈男人的脏话,抽身就往出退。成义扯住我的衣襟,说:"你怎么来啦?"我说:"高丰他娘说高丰在家里摔碟子甩碗哩,我来看看,——没事嗳!"成义说:"高丰哭媳妇哩,你给他找一个!"我说:"我还找不下哩,给他找?"高丰问:"你和老冉吹了?"我说:"吹也好不吹也好,反正不急哩!"成义说:"梅梅都不急,咱急啥哩?高丰你毛笔字比我好,你在这木板写些字!"

木板上写了"为甚到此",这是成义让写的。写这样的字干啥?拿这牛头干啥?成义不说,却拉了我们到墓地去,就将牛头挂在墓地口的木桩顶端,那字板就又钉在牛头下。他敲了敲那粗壮的冲天而翘的牛角,笑着说:"不是高丰想媳妇我还想不起在这儿挂牛头哩!梅梅,你读读这四个字,是什么意思?"

我越读越有多种意思,但我不知说什么准确,"我偏不说!"我说。

墓地的整修,果然平安无事,成义很是得意走了这一步棋,就着手办大药房了。药房地址选中的是村委会的那三间房子。房子已经陈旧,石灰搪的墙皮驳落得花花斑斑,屋顶棚是芦席搭的,雨天滴漏的水渍和老鼠尿的痕印,一块一块难看得像是脏抹布抹过。但四壁挂满了奖状和锦旗。最早的两面锦旗是农业学大寨时期颁发的,一是平整土地的先进,一是打机井的模范。耕用土地已经没有了,打出的机井仅仅留下村南头那一口未塌,却早已干涸,常年用包谷秆覆盖着,三年前城里发生了骇人听闻的碎尸案,后来竟在井里发现了孤零零的三条一顺顺的人腿,井便被彻底填了,井口上种了桃树,桃树今年还开了花。这些奖状和锦旗,却是老村长最为骄傲的资本,也是他连任数届的依据和这次不愿下台的借口。听开杂货铺的光头的娘说,有天晚上,老村长从医院回来,一个人偷偷在办公室门口哭哩。到底哭过还是没哭过,这消息着实也让我悲凉。成义曾说过他在南方的某城里见过妓女,那里每日有一群妓女坐在一座天桥下的花园栏台下,让有钱的嫖客们去带走。早上他路过的时候,妓女很多,其中一个上了年纪的妇女,脸上粉很厚,粉仍遮不住脸上的皱纹。下午,他办完事返回又经过那里,年轻的女子都没有了,而那个中年妇女还坐在那里……我听他讲这件事时我是哭了，我想到的就是老村长，虽然我也坚决反对他继续连任。所以，我们在腾空这三间房时，我提议这些奖状和锦旗不要毁，应该开辟一间小屋专门来保存。成义也同意这样做，"对的，"他说，"以后我不当村长了，大药房不办了，这药房牌子也不能当劈柴烧了去！"这样，房子隔出了两大间作药房，一间又分开，前是村委会和药房办公地，后是收藏奖品和锦旗，以及村里那些锣鼓、号角、火铳一类的古乐社家伙。

我们在紧张的筹建之后，营业手续一完毕，就采购了大批药材。云林爷有着奇异的医术，对药材又有着独特的理解，以前他开药方，病人去城里买药，他就对城里药铺的药材十分不满。依他所说，李时珍的《本草纲目》里对药草的鉴定对不对，对着哩，但那是古时，现在地球上气候变了，药材大量地不是采集在野外而是用化肥培栽，培栽的药草生长期又多不够年月，收采时也不顾季节时令，药性就大不同了古时。且现在人头痛脑热吃惯了西药，西药有副作用，再加上人体的抗药性，古人的这样汤那样汤的各味药的用量就不适应现在人的病情了。因此，他强调采购一定要到山区采购，一样的茵陈，要河畔的不要沟塬的，苦楝子要霜后的不要霜前的，芎要川芎不要云芎。我没有想到的是，我出外采购了一场，成义竟让我就在药房做主管！主管就主管吧，名片上就这么印着。我去了城中盛和堂、达兴堂、顺丰堂那些中药名店里参观学习，聘用了三个退休的老药工，又在村里找了几个帮手。药房就分了外场、内场、杂房、细货房，分工明确，责任到人。外场的柜台营业，有头柜、二柜、三柜、末柜之分。头柜二柜是盛和堂的老人手，鉴别原货药及饮片，熟悉药材的性能和效用，又能算能写，又会待客。内场的刀房里，头把刀是达兴堂的老人手，是专切细货的，即使黑夜不点灯，也能将西洋参、法半夏、槟榔切成极薄的软片，更能自制中成药粗料丸散。这些人一生搞中药营业，敬业精神极好，根本用不着我太操心，更何况仁厚村里有云林爷这尊神的，凡事可以靠他，大药房开张之后，一切似乎顺顺当当，又有模有样，连六斤伯也夸我："开药房是三百年前就定好了的，梅梅二十多年等待的便是这个主管嗰！"

阿顺是我要来当小徒的，每日早早来打扫卫生，生炉烧水，按方配药，给柜台上内场上拉下手。这孩子伶俐乖觉，人见人爱，几天里已与头柜二柜混得厮熟，也学得能作践自己给大家取乐。他说："头柜爷，我有个问题要请教你！"头柜说："说。爷没有不知道！"阿顺说："有一座桥，最多能负载二百斤，可现在有一只猪必须要过桥，猪却二百五十斤。这怎么过呀？"头柜说："杀了猪过。"阿顺说："杀了就不是猪，是肉了！"头柜说："加固桥。"阿顺说："谁去加固桥？"头柜说："那怎么过？"阿顺就伸了头问头把刀，头把刀脸老是铁板一块，说："愿意怎么过就怎么过！"阿顺就不敢多问了，又对头柜说："想出办法了没有？"头柜说："想不出来。"阿顺说："想不想知道？"头柜说："想知道。"阿顺说："其实猪这会儿也想知道怎么个过去呀！"头柜一把抓了阿顺就打，老少笑得都跌坐在柜台里的地上。笑毕了，阿顺要领取贵重药品，到内屋里去见头把刀，连叫三声"头刀爷"，头把刀说："听着了！"阿顺说要取人参，要取鹿茸，要取枷楠香……头把刀不言语，从裤带上取一嘟噜钥匙串，看也不看就摸出一把，照直去捅锁眼，一捅即开，是人参箱，再摸一把，再一捅，是鹿茸箱，又摸一把，又一捅，是枷楠香箱。阿顺说："头刀爷你这么厉害！"头把刀一声不吭。只坐下又嚓嚓切饮片。到了晚上，打烊后，头把刀是孤老，住在药店不回家，阿顺也回去得晚，在灯下学珠算，看堂簿，抽格斗识药。猛一抬头，头把刀枯木一般的坐在那里，阿顺倒吓了一跳："我以为你睡去了！"头把刀说："睡不着。"阿顺又垂下头去拨算盘："人老了是不是怕死爱钱没瞌睡？"头把刀不吱声。阿顺以为老人生气了，抬起头来，头把刀却侧耳听什么，问道："有人来抓药了？"阿顺说："没呀！"出来开了门还往外看看，巷道幽深，空寂无人，反手掩了门坐定，头把刀又说："就是有脚步声嗯！"阿顺屏息再听，仍是没动静，回头瞧见自己映在墙上的灯影，竟吓得魂飞魄散。以后再也不敢夜半留在药房。

下午购进几木桶南山土蜂蜜，在药房里帮头把刀配丸散，天黑多时，人累得直打哈欠。头把刀眼皮子跳，掐一截竹眉子粘在眼皮上，叮咛我将将头发解乏的。

"你头上的焰高。身体越好焰头越高，人要是快死了，焰就灭了。"

"陆老呀，"头把刀姓陆，"阿顺可是胆儿小哩。"一身的皮像是披着件衣服，一扯就能拉脱下来了吧。我话中有话地说。

"他是墓生儿？人是不怕老虎豹子的，人怕毛毛虫，人怕人的影子。"头把刀严肃起来。人没牙了，嘴唇就往里皱，越皱越小，像小儿的屁眼。"我总觉得仁厚村有怪处的，要么地下埋有宝，要么就有鬼气的。"

我制止着头把刀说下去，听见墙根或门外蟋蟀曜儿曜儿叫。脚一踩，不叫了。过一会儿又叫起来。头把刀送我出门，一定要我拿上手电筒，我不拿的，村子里的巷巷道道，连一粒小石子，我不认识它，它也认识我的！可是经过一条巷子，便弄不明白了这条巷的方向。墓地里阴宅是编着门号的，门号却并不依顺序，挨着九号的却是三十五号，八十八号又和二十三号在一排，这是什么意思，成义为什么要这样？巷道似乎漫长了，怎么老走不到头呢？伸手一摸，软的，土墙软的什么，没有连阴雨哪里都长了苔藓！蛇的腹部里就是这般黑暗，也这般长远而阴湿，动画片里人被从口里吞进去，囫囵囵从肛门屙出去，耳朵就没有了，鼻子没有了。到处在喊"警察来了！警察来了！"人群呼呼地向左跑，老鼠一样的。历史是人民创造的。左边也喊："警察！警察！"人群又呼呼地向右跑。拍着玻璃门，说："我们是仁厚村的！"玻璃里是一张胖脸，贴在那里扁如一个柿饼，就是不开门。怎么寻不着五泉爷家门口的那棵枣树了，想，本来是向东走的，却觉得是向南走。吊起来，不能沾土，灌些水它就糊涂了！站下呆了一会儿，却又认为前边就是西方。就转过了身又往前走，对了，转过高丰家的院墙是一条小胡同，胡同走百米的南西头就是我的家。可倏忽之间，又糊涂了。真是糊涂了。这不是又向北了吗？这样会越来越远，绕村子转大半个圈了的！我这会儿突然恐惧起来：我的家呢？有人在大声地说："你一盅！我一盅！"明明白白的，前边的路上有一块三角白光，光里隐约可见两扇板门。我隔着门缝往里一瞧，老镇墓兽坐在里边喝酒哩，端起一盅自己喝了，再端一盅自己还是喝了。我忽地脑袋清亮：我原来转到墓地这边了！气还急促得端个不住。推门进去，今夜的刽子手脸色红润，眉目也慈祥了许多。

"你来陪老老爷喝酒了？"刽子手说。

"我在药房配丸散，才忙活完。"

刽子手拿烧饼当下酒菜，让我吃。我不吃。一颗饼上的芝麻掉进了旧桌缝里，他用力地拍桌面，芝麻从桌缝跳出来，一只手及时在下边接了，指头蘸上唾沫粘住放到口里。他说："何必的？云林治病他有他的药哩！"

这话是对的。病人们在药房买药，云林爷还是要给病人一些药引，或者是粉状的，或者是粒状的。病人之所以吃云林爷的方剂起作用，就是这些药粉和药丸。有人曾经研究过他的药方，那些药方一般医生也常开，但一般医生的药治不了肝病，云林爷的药方服过肝病却能好，就神秘在他的药引，但云林爷绝不露药引的成分，给我们也不说。

"云林那小子有魔法。"刽子手说，"二十年代他见过一个姓张的人，会鬼八卦，夜里行走，念了咒小鬼就来抬轿，旁人看着他是身不着地地走。而且突然间会让一条鱼活蹦乱跳地从某家屋檐上掉进院里，也会是谁家蒸着的馒头在开笼的瞬时变成石头。云林前半生并未看出有什么异人处，他是个瘫子，穷得叮当响，只是疯过一次后他竟有了一身的本事！这瘫子，嘿嘿，活的是时候，我知道他的小名叫'瞎女'，男的却叫个女的名，女的还是个瞎女！他爹的小名叫'没名'，没名就是名……"

我把酒瓶子提过来放在我面前，我站起来要给刽子手添酒，但酒瓶子从桌上掉下去，跌个粉碎。这酒瓶是我故意要撞倒的，我知道酒瓶里有酒，老刽子手就一定要喝下去，没完没了的醉话。云林爷是仁厚村的灵魂，是我们的神，我不愿意把他仅仅说成一个医生，也不愿意把他的治病的绝技说成是气功，特异功能，更不愿意老刽子手这样抖落起他的身世根基！我和范景全探讨过云林爷，范景全也说过，伟大的人物都是其貌不扬或曾经历过大难的，他们如龙一样，大能遮天，缩之若握，他们是天生的，又天人合一，他们的智慧他们的慈祥他们的神奇和魅力使走近他们的人似乎感觉到他们就是上帝。范景全运用诗一样的语言形容云林爷，我不能，但我从心里知道云林爷对于我们的意义是什么，也知道应该怎样去对待他！

离开了墓地，我硬不要老刽子手送我，一拉闭那两扇门，夜空里不让那一种猫头鹰的声音传出来，绕过祠堂的墙外往回走。祠堂的门窗全黑着，没有丝毫的响动，土场上的那些树，也静穆无息。云林爷已经睡着了吧，阿冰也睡着了吧，我突然作想，如果仁厚村是个日本，今夜这里安睡如婴儿的是不是那位天皇呢？

十 二

　　大药房开业过一月，收益颇丰，这是我们未能料到的。于是，家家分红。分红的那天，我和成义商议，全村人都集中到药树底下，让云林爷给各家各户分钱。大家欢天喜地都来了，阿顺娘是细心人，就在家熬了两桶绿豆汤挑来，吆喝着喝汤解暑。我和魏小小的婆娘坐在碌碡上看热闹，她不停地把那卷人民币从奶罩里掏出来放进去，又掏出来，说她早看中商店里一双白皮子凉鞋了，穿着可脚得很。站在一旁的六斤伯忽地一把过来抓钱，那婆娘就尖锥锥地叫："你老流氓哟！"六斤伯说："你瞧你多不安分，一会儿掏出来装进去，一会儿装进去掏出来，你是显夸你长了个布袋奶嘛！"婆娘说："老骚情，你真是'莫浪巷'的货！"六斤伯偏说："小声点，咱俩的事你怎么在这儿说！"大伙就嘻嘻哈哈笑起来。笑过了，六斤伯就弯了腰又说："今天是好日子，给大家分钱哩，也是给成义壮脸哩，人来得又这么多的，你不领着热闹，以后到哪儿寻这场合去？"婆娘说："怎么热闹法？"六斤伯说："堆粮袋桩嘛！"婆娘就哈哈笑，我也笑着从碌碡上下来，站到一边去。堆粮袋桩是仁厚村一种低级游戏，就是一帮妇女突然将一个能耍得起的男人压倒在地，解了他的裤带，用裤带反绑了双手，然后将头就塞进裤裆，像一袋粮食一样抬起来堆在竖起的碌碡上。我小的时候，生产队集体劳动，麦田里锄草或六月天麦场碾打，妇女们就常把六斤伯堆起粮袋桩，六斤伯是戏耍惯了的人，也懒得出力劳动，这粮袋桩一堆半天，他还得意地在裤裆里唱《张连卖布》。后来仁厚村再没有了地，不集体劳动就难得集会，但凡谁家造房架梁，小儿满月，六斤伯又常充当了粮袋桩的角色。我瞧见魏小小的婆娘被唆使之后，就去联络一帮妇女，叽叽咕咕阴谋起来，一个说："成义使不得，他那么厉害的，要是不经耍，就没意思了！"一个说："他没结过婚，那东西见不得人呢，要堆堆老的！"就又咬耳朵。然后四个人挪身往条桌后的成义走去，可是，走过了六斤伯，突然将六斤伯掀翻在地，就解他的裤带。六斤伯挣扎着喊："我老胳膊老腿了！哎！哎！"四个女人说："专寻你这老骚情收拾哩！"手就反绑了，头塞在裤裆，一声吼，抬起来堆在了碌碡上。六斤伯先还在里边咕涌，一抬上碌碡，他就不敢动了。突如其来的举动使村人都狂喊起来，许多人就跑近去用树棍儿敲六斤伯的这里那里，六斤伯在裤裆里只管骂魏小小的婆娘。

我毕竟是姑娘，不宜于在这场合，就坐到云林爷的身边去，成义也坐过来，拿了云林爷的水烟袋呼噜呼噜吸水烟。他今日虽一脸得意，穿着件真丝对襟褂，胡子刮得青光光的，但越发显得骨骼峥嵘。那边的嬉闹，浪笑哄的一下，又哄的一下，他看看一眼，笑笑，就吸一口浓烟照阿冰的鼻子喷去，呛得阿冰吱的一声跑了。他就歪了头询问我村南头有了那么大一堆垃圾，是谁家倒的，还是村外哪个单位倒的？向公共厕所小便池里放了那一排塑料桶，是不是哪个工厂来用尿去提炼一种贵重的药品的，怎么没见向村委会打招呼？我说："你这会儿还谈工作呀？刚才她们想堆你的粮袋桩哩！"他说："我不习惯和妇女们耍贫嘴。"我撇撇嘴，说："咦，你是村长么，要有形象嗫！但你知道不，刚才发钱，云林爷发的钱，大家却过来和你握手，你是梅兰芳了嘛！"他说："梅兰芳？唱戏的那个……我不懂。"我说："你总该知道鲁迅吧，鲁迅说，男人爱梅兰芳是因为梅兰芳演女人，女人爱梅兰芳是因为梅兰芳是男人。"说过了，便觉得太那个了，赶忙就说工作，我说：原来规定每户人家每月可以轮流挂号两个，但常发生这家把那家的号挂了，惹出了几起口角纠纷，能不能实行发牌，云林爷这儿只收牌子，就像四十年前老城发水牌一样呢？

四十年前的情景我不晓得，但听老一辈人讲过，那时老城里吃用井水，全城大多是盐碱水，人吃了牙齿就是黑黄，唯有西城门内有甜水井，水局子就卖水牌，每日送水的马车会定时将水送去，一桶水一个牌子。

"好嗫！"成义说，"你这个主管可以给我当助理了！"

"哟，做了村长就抖了，学城里大款，让我当秘书呀！"

"我可不敢要你这号人当秘书，当一天秘书，第二天便谋着要当村长的！"

"我在你心目中就是这么个形象？"

"你要不是天生的女强人坯子，为什么和老冉合不来？"

"梅梅和冉子和合不来？"云林爷说。

我立即脸色窘红，拿眼睛瞪成义，成义就说："我不要秘书，云林爷这里得有一个哩。"

云林爷说："阿冰就是我的秘书。阿冰现在能寻着每家的路，也能认得村里人，我让它找谁，它就能把谁找来，比人还勤快好使！"

成义便喊阿冰，阿冰在桌子前跳起半人高，身子几乎平在空中，落地一滚，悄无声息地翻坐在那里。我说："阿冰在云林爷这里也一身的能耐，成义叔，我看你再当几年村长，一身官气也就出来了！"成义说："做和尚就要敲木鱼，唱老生就得吹胡子，你以为我没绝技吗，几时露一手让你开开眼！"我问是什么绝技，成义终不肯再说。

两天后，我是走了一趟城里的城隍庙——庙会几十年不办了，那里改作了小商品市场——在麻将小作坊里定制了数百个有机玻璃的挂号牌。牌子制作回来，头柜二柜两个老顽童一边包药，一边唱小调儿，见从门外进来的头把刀用纸蛋儿塞耳朵，头柜就骂头把刀：不唱曲儿不喝酒，活在世上不如狗！头把刀也不理他，神神秘秘拉我到里间奖品收藏室，说："瞎啦？"

"啥瞎了？"我笑着问他。

"仁厚村是保不住啦？"

"出了什么事？"

"我问你哩你也不知道？"

我过来问头柜、二柜有什么事吗，他们都不知道有什么事，再问头把刀，头把刀撂了一句"你出去问问"，又不肯多说。我到巷口，魏小小也急着找我的，说区政府农贸局半早晨来人找成义，两人在成义家大吵大嚷，消息很快传着，许多人扒在他家院墙头听，听到的是农贸局的人要成义签一份改造仁厚村的协议书，成义坚决反对，指头在桌面上敲得笃笃地响，理由是整个城市规划中，并没有什么重大的建筑在这里，又不是几条主要干线的经过地，完全是一些房地产商谋着发财看中了这地方，仁厚村为什么一定要拆除？即便这些房地产商不打着政府名义，不是官商联体，是政府的统一规划，又如何不保留一块土著村庄呢，何况仁厚村屋舍有特点，村巷有特点，有墓地景点，有名医云林和我们独特的医疗网！城市里能修公园，假山假水的，有一个村庄又怎么样啦？！成义说着开始摔茶杯，一个茶杯摔在门口，残茶剩水泼了一门，一个茶杯摔碎在院中的捶布石上。那人就站起来，说成义你要干什么，你想打人吗？气呼呼走出院门，一见院门外站了好多人，又返回去，说成义你负责我的安全，我可是政府的人！成义送他出门，凶神恶煞的连本就倾着身子一路扑来，问谁要拆村子的？谁？！吓得那人脸都绿了。成义忙说连本连本你不要胡来！连本的手已恶狠狠地扬过去，那人的头差不多吓得要缩进肚里去，连本却是将一根纸烟架在了那人左耳上，猛地后背一掌，说：你走吧！

"那人就走了。"魏小小说，"可中午，成义也被区长的电话催去了！"

全村人都在等着成义回来。人等人，急死人。魏小小的婆娘在村口等了三次，嚷道着她要犒劳村长呀，特做了红烧狮子头丸子。但成义没有回来。

晚上，体育场家属院门口的棋摊上，仁厚村人下一盘输一盘，气得骂一通娘，收拾了回去睡觉。半夜里，一辆三轮车却把醉如烂泥的成义拉到了光头的杂货铺。第二天，我去看他，他家是一堆人，成义虽然笑着让座，但笑得实在难看，他戴着一顶小草帽，左额头拳大的一个紫血包，一只眼睛也肿了。他只告诉大家，事情还没个眉目，还要继续交涉，谁也不要受影响，该干什么还是干什么。我就猜想他心情不好，从区政府出来就去酒馆喝闷酒，喝醉了倒在大街上，被陌生的骑三轮车的人送了回来。这个时候，我突然地意识到成义没个老婆的坏处，男人家腰圆膀粗，气势汹汹，其实男人家最折腾不起，最需要体贴和关怀。从他家出来，大家还站在他家院门外不肯走，我说了我的想法，许多人就唉声叹气，怨怪成义没结婚，恨老刽子手疯疯癫癫，使成义在外受了闷气，回家来也没一碗热饭，没说几句温柔话的人。于是栓栓就怂恿魏小小的婆娘，你平日一张嘴说得水能变成油哩，人还年轻，眉眼又活，你说一朵花插到魏小小的牛粪堆了，你为什么现在不开发矿产资源，为什么不去关心村长？魏小小的婆娘经不住听好话，果然让大家都回去，自个头脚收拾得光光净净，将吃过蒜的口也漱了，去了成义家。可才过一会儿她就出来，说村长的床上蒙头睡着一个女人哩，一只手还露在被外，嫩白嫩白的。

大家都笑这个傻婆娘。但一村之长在家里又蒙头睡过半天还不出门，大家为仁厚村焦心，也为成义的身体焦心，这事只有给云林爷去说了。恰好一个病人的药方上开的是当归，龙胆草，生地，黄芩，党参，木通，车前，牛凡，而木通存药用完，新药未到，需要换一味的。我才到祠堂，云林爷就笑呵呵地说："是更换一味药吗？"他什么都有预感，村里出了这么大的事他却一字不提？炭火小泥炉上的白铁罐里咕咕嘟嘟煮熬着北山的龙叶茶，满屋子呛人的苦味。"换三钱黄连和一两白花蛇草，"他把茶水往小瓷杯里倒，茶水浓得吊线，啜一口，极响地哑着口舌，"你喝不？喝了脑壳不疼哩！"我不想喝，也不愿看着他吃喝时的乞相，才靠在门外的石栏柱头上，门前场外的巷道里有汽车鸣喇叭，阿冰就跑出去，立即回来浑身悚悚作抖。一辆小车已停在土场上，走下来的是警察胖子。

"哟，是胖——哥！"我双腿夹住阿冰。"破案有功，得了二十万的赏金，买下小卧车了！"

"谁给我二十万啦？你肯给吗？"胖子还结了领带。站着这么高，躺下也这么高吧。"不提二十万不生气！"他说。

"我也不借你的！悬赏布告贴得满街都是，提供重要线索奖二十万元，你破的案，连罪犯都说：'让胖哥发笔财去！'你倒还没拿钱，鬼信的？"

"奖的是提供线索人，我是警察，破案是我的本分，我只是立了一等功，给了一千元。"他一边说一边进屋去，手就解衣服扣子，露着肥嘟嘟的大肚皮，肚皮上流着汗。

云林爷招呼警察坐了，叫阿冰把床头的蒲扇叼给他，阿冰不动，浑身还索索地抖。"阿冰还害怕你哩！"我说，"阿冰，去眉子家，叫眉子来，眉子的老相好来了！"

胖子说："你胡扯，你要老邵揍我呀！"

我说："说相好又不是说你们有什么不正经关系了，人倒心里有鬼，尽往好事上想！不是找眉子，你说来干啥呀？"

胖子就笑了，说要请云林爷的，要云林爷去看个病的。

"你们怕不知道，"胖子说，"足球骚乱中伤的那女的，是市里一位领导的未婚儿媳，那女的是出院了，可这么长时间了门也不出，谁也不见，动不动就昏厥在地，口里吐沫，沫还是绿色儿的。你看怪不怪？市医院那些名大夫都去看过了，就是不见好，我推荐让你去看看，领导就派了车来。"

云林爷还是喝茶，嘴皱着，吮得特别响。

"这你得一定去啊！"胖子说，"一是救人，再者也是给我个面子。说不定，病治好了，领导一高兴给你在城里批个地方盖个疑难病症医院！"

"你要挖仁厚村墙脚呀！"一棵树要移个地方，你把树在水里涮得净净的，根上的土没有了，污垢也没有了，可移过去却再不会活的。

"在病面前人人平等。"我说，"谁来都是病人，领导的未婚儿媳看病，她也该到这里来呀！听说那女的结过婚的,怎么又成了未婚？"胖子说:"没领结婚证，再同居多久，都是未婚嘛。眉子也没结婚嘛，但你能不让她和老邵共同生活啦？几时你和那个研究员结婚？别忘了给我吃颗喜糖呀！"我说:"你什么都知道，暗中监视仁厚村呀！"胖子拍着肚皮:"你别忘了我是警察！"

阿冰就从外边跑进来,在我面前汪汪叫了三声。我看看屋外，没有眉子，明白眉子没有在家。胖子却一口咬定：阿冰恨我，它没有去叫眉子。

"王警察同志！"云林爷却坐在那蒲团上开始说话。"能不能看好那女的，我不敢保证，但我是得去看看。"

"你是神医，没有你看不好的。"胖子拿眼睛乜我，"现在能去吗，我知道你老爱吃浆水面,我来时就让他家保姆去找浆水了。领导也在家等着的。"

"是这样吧，"云林爷说，"我住在这里属区政府管着，区长让我到哪儿去，我就到哪儿去的，这你知道，县官不如现管。"

我没有想到云林爷竟能答应去给那女的看病，也更不理解他那么为区长着想？我要对他说什么，没有说，摘下头发上沾着的一个树叶片儿。成义在床上蒙着被子睡，非捂出病不可！"你说呢？"云林爷在说。胖子明显地不高兴了，脸上红一块紫一块，"我这脸小，请不动哩！""对不起，王警察同志！梅梅你去买包纸烟，要三五牌的，王警察同志吃洋烟哩！"胖子却站起来往门外走。云林爷从蒲团上下来，双手撑着一双小小的手杖，双脚如根盘着，手杖往前撑一下，身子移一下，一直移到门外，说:"王警察同志你走啊！"胖子说:"走啊。人有钱都摆了谱了！"坐回车里，车开始倒着往巷口开。云林爷又叫我去车前招呼着倒车。车倒到巷口，瞧着开走，一直开到眉子家的院外，胖子下来去敲门，一会儿又返回，眉子真的没有在家。车就连连响着喇叭离去。

但我没有再回到祠堂去。云林爷虽是不理世事的人，但云林爷在这些官僚们和警察面前该是闲云野鹤般的形象吧，难以相信的是他竟比平日更卑微和窝囊！我感到难受，为云林爷，也为仁厚村。

翌日，区长果然来车接走了云林爷。

下午，老冉的母亲过七十三大寿——七十三，八十四，阎王不请自己去——亲戚们都去贺吃长寿面，老冉不敢来药房叫我，却派本家侄儿侄女三遍四遍地来，十二道金牌催岳飞地，我便有些生气，偏是不去。老冉就又让阿顺的娘来请我，阿顺娘说："老人在子和的姐姐家待了两年，十天前住回来时你没去看她，如今过寿，你再不去让子和就没了脸了！"我说："也好，去一下就去一下。"才走到巷口，却见云林爷双手撑地，一移一移地，正走到石碌碡盘前，那里有一摊泥水，怎么也不得过去，阿冰就汪汪地叫，巷道里没有人。我急跑过去，把他背过水摊。

"梅梅，你瞧我这身衫子好不好？"云林爷喜欢地说。

"你买的？"他穿了一件白府绸衫，但刚才在泥地上已沾了泥，淋淋的汗水湿了后背。

"是住在德义家的那个病人一定要送我，我不要，他却急哭了。我只说这衫子可以留下等我死了时穿，没想倒派上用场！"

"你今日是区长市长的座上宾，赶明日可能是政协的委员吧！"我讽刺了一句，但立即觉得后悔，想再说什么，又不愿说。

"区长也说这样话，说他要推荐我哩。"云林爷说，"我当什么政协委员？要腿没腿，有嘴除了呼气就会吃饭，眼里看谁谁都病着，我还能当政协委员？嘻！"他突然又说："梅梅，你吃过虾没？"

"没。"我说。

"我吃了虾了！不好吃的！"

我笑了一下，问："云林爷只给我显摆哩，你一肚子山珍海味，我却一天没吃哩，成义叔两天没吃哩！你这要往哪儿去，是不是吃得积食了，要活动活动的？"

云林爷就在我的背上呵呵地笑，说："我找眉子去！梅梅，你放下，我身上味儿不好。"

人是有味儿的，一个人与一个人的味儿不同，云林爷身上的味儿不酸不臭，但有怪怪的一种松节油味。"咱气味相投，只是多了一股虾味。"我说，把他背到了眉子家。

拍了半天门环，眉子才出来，她似乎在睡觉着，头发乱披，脸上的妆却化了，嘴唇红涂得大。"臭美！"我骂了，"半天不开门，才是化妆哩！"眉子说："化惯了，不化就觉得没长个脸似的。我哪里知道来的是云林爷呀！头可以不梳，真面目不能示人嘛！"我说："云林爷找你有事哩！"

我以为云林爷这么艰难地来找眉子有什么紧急事，却原来他是要眉子去见见胖子警察的，说他可能得罪了警察，但要给警察去道歉又走不去，仁厚村里与警察熟悉的只有你眉子，你一定去看看他，越早越好，警察若要说什么难听的话，你都要受着，他说完了你记着要告诉：以后有什么人要看病，只要是警察同志介绍来的，随来随看，要到哪儿去看就到哪儿去看。末了问眉子：记住了？眉子说：记住了！云林爷长长吁了一口气，就说："梅梅，你买衣服就没眉子有眼头吃，你瞧眉子这裙子多合身，颜色又鲜又艳！"

"你倒懂这个？！"我说，对云林爷的举动更加莫名其妙了，他何必这么窝窝囊囊活着，既然已经得罪了胖子警察，哪里倒用得着给他回话？云林爷这一两天是怎么啦？！气正没处出的，老冉得知我到眉子家，急急火火跑来，还是求我去他家，说亲戚朋友都问我，不去他就丢脸面了。我一下子火蹿上来，原准备送了云林爷再去他家的，现在彻底不想去了！我告诉老冉：我是人，我不是什么一件东西去给你壮脸呀？你顾你的面子你想没想我是不是冉家的媳妇，或者将来要不要做冉家的媳妇？你为什么不把咱们的矛盾给你家里人讲？接二连三地让人来催我这不是故意要显摆我得听你的话吗？呸，不去不去就是不去，改日里我可以给你娘磕头作揖，端屎接尿哩，今日个王母娘娘开蟠桃会我也不会去的！老冉就立在那里哭了。他这一哭，更令我气得七窍里都冒烟，夺门而出，回家去睡了。

事后，我得知云林爷竟去了冉家吃寿面，他与冉家的七姑八姨说长道短，叙尽了家常，又道歉说是他派我到城里盛和堂药店去进一批药品了，他代我向老太太问安道喜，结果喝酒过多，回祠堂就吐了。

十 三

但是，当额角贴着薄荷叶，裤腰里夹着一圈核桃叶的成义再一次去了区政府，回来人却精神了一截，并且头上戴着一顶新买的礼帽式的竹皮小帽，又戴了副墨色太阳镜，反抄着手从巷道里走。一直走到高丰家，让高丰召集村民开会。

会议还是在大药树下的平场子上，成义就立在碌碡上，大讲着活人要活出个人样儿来，泼水不能收，黄河不倒流。他把墨镜卸下来，镜腿儿挂在T恤衫领口处，作城里剧院中演员们的架势。村人不下软蛋，要松口除非拿了钳子来拔了牙齿！把小竹皮帽摘下来又戴上，帽檐压在眉上。现在的社会是社会主义的初级阶段，初级阶段是个筐，什么都可以装，只要你干出一番事业来你就会得到承认和支持！墨镜从领口又取下来，竹皮帽也摘下来一挥。要命的是你什么都不干，什么都干不成！没志气，没气魄，那就是你命苦，命苦你别怨政府！

成义从来没有这么张狂过，说话也从来没有这么刚劲有力，而且带有表演性。他张牙舞爪地在煽动大家，如果在往常，一定会人人发笑，有人要说成义你多动症了，给我们演话剧中的英雄人物了！但焦心熬煎了几天的仁厚村人现在站在火辣辣的太阳底下，张着嘴听成义在说着不是我们农民平时所能说出的话，不晓得他为什么要这样说，说完这一席话后会告诉我们最具体实在的事是什么？大家都不说话，睁着眼看他，也睁着眼相互看。

"看着我！你说——"他指着栓栓的二叔，"我说的对不对？"

"对着哩！"栓栓的叔说。

"对在哪里？"成义指头又指了一下。太阳毒，又没风，人的额头汗渍渍地发着油亮，成义还在问："你说——""对在是你说的。" 大家就哄地笑起来。这一次笑很短，笑过了就一片寂静。栓栓的叔的话不是讽刺，也不是耍幽默，他是平平静静说的，说得也对。大家发笑是因为他竟能这样回答。这是害有脑病的人，大家都知道他害有这种病，过去的年月里先进却总是评选他。他在五八年扫盲时识下了一些字，能绊绊磕磕读毛泽东选集,现在仍是有空就读那四卷。但他确实是老了,他的亲生儿子在外县教书,儿媳又跟儿子在外县一家缝纫铺帮工,家里没人照顾,儿子聘了一个小伙在家伺候,床铺也安在他们卧室,以免晚上突然有事。我一日去他家,老伴已瘫在床上让人喂饭,他就对我说:"梅女子,你盯盯,还给她吃什么呀,让她死去!"我知道他又犯病了。他又说:"她一死我就结婚呀,人家给我找了个六十岁的女人,每日就睡在这床上。"他指着伺候他们的小伙的床,"咱是党里人,党的政策是不能一夫多妻的,可她不死我就结不了婚呀!"这样的老糊涂现在竟说出"对在是你说的",这简直是奇迹,大家笑过之后没有再笑,又一脸严肃地听成义还会说些什么。我感到高兴的是成义的村长派头确实已拿得出手,且已经明明白白拥有了权威。仁厚村人就是这样:在准备让谁充当什么领导时,说好的说坏的什么话都有,而一旦谁已在领导的位上了,任何人又都听这人的,哪怕这人是老的少的男的女的,反正你在位上你就是我的首和脑,一切就都交给你了!这次村民会议之后,胖子警察曾为此讥笑过我们"一整个儿的农民"!可普天下哪里又不是这样呢?尤其官越做得大,就越是这样。西京的原书记在位的时候,现在的书记还不是第三把手吗,可原书记一离休,第三把手又成了书记,原二把手还不是照样在新的书记作指示时要毕恭毕敬地做记录吗?俗话说铁打的营盘流水的官,官不重要,重要的是那营盘。

"我说的——"成义说,"村长是小官,小得可怜,可世上能真正做公仆的官我看就是村长。可是,要想发财,村长又是容易得很!我可以和区政府的人,房地产公司的人签约卖地合同,一亩地浮动价是五十万到二百万,稍做些手段就能吃黑食几十万元到二百三百万元!东郊的来亨村,北郊的刘庄堡、二道桥村,村长就是这么干的,现在这些村子没了,村民迁移了,村长却都是办公司,当款爷,坐的'现代',喝的'蓝带',玩的'下一代'!"

"玩的下一代?"有人在小声说。

"下一代就是找年轻情妇呀!"

成义并没有受到干扰,继续说下去:"我成义既然当这个村长,我并不想发财,只想把咱村的事干好!我的村长是仁厚村在存亡之时上台的,我的使命就是抗拒仁厚村被消灭！我成义也是全国各地都走过的人，最美的还是仁厚村，最牵挂的还是仁厚村！保住了仁厚村，我们列宗列祖在阴曹地府里不会骂我们，我们的后代更会记着我们，他们会给咱们立塔修庙的！"

高丰轻轻地唱了一句"我是一个流浪汉，全国各地都走遍"，许多人就嘿嘿地笑。高丰唱的是成义回村后自己编唱的歌，在这个时候高丰顺口唱出，谁也不觉得是在恶作剧，许多人笑着笑着也都溜调儿哼哼开来。成义也笑了，说："要唱，你正经唱一遍！"

高丰眼睛一闭，一声就大了——

> 我是一个流浪汉
>
> 全国各地我都走遍
>
> 我是一个单身汉
>
> 各地的姑娘我都谈遍
>
> 北京的姑娘和我谈
>
> 她会玩政治我受不惯
>
> 广州的姑娘和我谈
>
> 她只讲钱我听不惯
>
> 上海的姑娘和我谈
>
> 她做的衣裳我穿不惯
>
> 新疆的姑娘和我谈
>
> 她那狐臭我闻不惯
>
> 江苏的姑娘和我谈
>
> 她吃甜点我吃不惯
>
> 甘肃的姑娘和我谈
>
> 她红脸蛋太红我看不惯
>
> 四川的姑娘和我谈
>
> ……

这歌子一个省一个省的姑娘谈下去，幽默、风趣，又赖声赖调，我脑子里就浮现出了成义两年在外的生活，他还和什么省的姑娘谈过呢，要谈一个什么样的姑娘呢？但是，直待各省各地的姑娘都谈过了，还是这样那样的不惯——

至今我还是个单身汉
仁厚村里我才最习惯

在场的全体村民噢儿噢儿地笑着，叫着。

"肃静啦！都肃静啦——"成义拍着巴掌，甚至还做了一个篮球比赛中裁判的停止手势。歌声是住了。墨镜又戴上了眼。"大家知道不知道美洲？上过学的都学过历史和地理，知道美洲是住着印第安人的，可欧洲的白人去把美洲大片大片的土地占领了，结果印第安呢，印第安人最后只能到深山老林里去做野人！——远的不说了，就说大家知道的，西京城里现在有了大量的民工，民工在做什么，盖大楼他们搬砖，修马路他们挖地沟，饭店里洗碗，商场里送家具，因为他们是乡下去的，是农民，他们无法享受市民的福利待遇，他们无法进入城市政治、经济、文化中心，他们出着苦力而不被城里人看得起。——再说更近的吧，西京城里原来被包围的村庄有三个，东王村是前年三月没有了的，拆迁的时候，拆迁单位说好是一换一安置，也就是你原来有一平方米住房，改造后新楼建起再让你住一平方米楼房。可是，房地产商拿到整片土地后转手又将土地卖给了另一家房地产商，那家房地产商却全盖成了别墅小区，压根就没有拆迁户的居住楼。现在村民去找那家房地产商，人家当然不认以前的事，而头一个房地产商卷了钱却到南方去了，这个村子的人去告状，可牛年马年了事情才能解决呢？年初，三家店村也被拆迁了。现在只剩下我们仁厚村！仁厚村就是单身汉了！区政府的领导叫了我两次，什么硬话都说了，什么软话也都说了，我告诉大家，我喝了人家的酒，也抽了人家的烟。不放毒药我就敢喝敢抽，不喝不抽白不喝不抽！谁再敢要给我上美人计，我成义也将计就计！可我也骂了脏话，拍了桌子，这手腕现在还是青的，我也给人家说软话。哀求，耍赖，还抹了眼泪花子……区长说我是二毡，是死娃筋，我成义就是二毡，是仁厚村的狗，你就是打我个血头血脑，只要我还活着，我还是扑着咬！区长没了办法，说他并不是没考虑仁厚村的实际情况，他怎能不关心自己辖区里群众利益呢，可市上有人要他这样办，他能不遵命吗？他说的是实话，实话听了中听。我就问他该怎么办，他同意我回来召集大家写一个报告给市上领导。好嘛，这就是好领导嘛，领导不一定就是高水平，但领导只要是个明白人，这我们就喊他万岁的！现在，我拟了个报告，大家就在报告后的空纸上要签上自己的名，会写的写，不会写的让会写的抓着手写，争取仁厚村不被糊糊涂涂地就消灭了！"

至此，大家终于明白了成义讲话的全部目的。我首先鼓起掌来，大家都哗哗地鼓，呼叫着选成义是选对了，便又开始埋怨和咒骂老村长，认为老村长先前早这样做，也不至于事情坏到这种地步。成义就显得是那样激动，坐在了碌碡上跷了二郎腿，那一只鞋就挑在脚尖上，不住地抖。我过去拍了一下他的脚，他笑了笑，站起来，却从口袋掏出一盒纸烟，叫一个人各扔去一支。"你也来一支！"他说。我说人稠广众的，姑娘家抽烟招人烦哩，他就交给我一卷纸。我遂搬了一张桌子让大家签名。

名字是自己的，但一直却被别人叫着，用着，这些农民第一次在纸上写自己的名字，他们握着笔使很大的劲，而那支钢笔又漏水，就染得手指上有了蓝墨汁。栓栓二叔，那个有脑病的人，却喜欢得将蓝墨水手指去捏了成义的鼻子，说："解放初分土地时我签过名，抗美援朝时我签过名，我现在又给你签名！"成义的鼻子立即就成蓝黑色。于是，大家都把手上的蓝墨水往成义的脸上抹，嘻嘻哈哈地说：

"成义，不要动，这好哩，给你过事哩嘛！"

乡里的风俗是在结婚的日子里，为了喜庆，要把红的蓝的黑的颜料涂抹在新郎新娘的脸上的。这阵的成义几乎被所有人都去涂抹，有人干脆把钢笔的墨水倒在手掌过去揉搓，成义的脸成了一个猪八戒，一个从炭窑里出来的黑鬼。

眉子也是过去抹了，过来悄悄对我说："他的鼻子好硬哟！"我说："鼻子好硬？"她说："看来你还是处女，本世纪最后一个处女！女人看嘴的，男人看鼻子的，是不是个厉害的角儿，试试鼻子的软硬就知道。"我说："你个骚货！"眉子就拿手来捂我的嘴，两个人格格格笑个不住。大家就都看着我们，都笑得差不多要前俯后仰了，接着便扑过来几个人又在我脸上抹起蓝墨水来，我才明白眉子在捂我的口时将蓝墨水弄脏了我的脸，大家趁机来取闹的。眉子大声说："这是干什么呀，给村长过事哩，弄到梅梅脸上了，难道今日是他们俩的好日子？！"眉子的话表面上在为我打不平，实质上推波助澜拿我开心。我气得说："眉子眉子，你尽胡说，老冉要来揍你！"

我瞧见老冉的侄儿站在远处静静地看我，听见我说这话，倒别转脸走了。

年前腊月二十三，老冉一定要陪我去商场买衣服，商场的玻璃门擦得干净，他端直往里走，砰，照面碰上了，我只说这下要碰出鼻血了，但鼻子没事，额头起一个包。老冉说揉揉鼻子，鼻子像面捏的一样斜到左又斜到右。小软鼻子，难怪……

抬起头来，眉子还在对着我笑。我倒脸红了。成义却走过来，低声说："让大家闹吧，都高兴嘛，这是仁厚村过事嘛！"

"成义叔，"我还是看到他的鼻子，"你现在成英雄了！"

成义说："群众是可爱的，只有不好的领导，没有不好的群众，做领导的只要为群众做一点贡献，群众就拥护的。""群众是需要二杆子。""你说我是二杆子？"成义说，"人无私就无畏了！从前陈胜起义前，他并不是个好庄稼人，但他说过：燕雀安知鸿鹄之志！张良在博浪沙锤击过秦始皇哩，张良是二杆子？！"

"哟，自比张良了？"

"比不了张良，我也是韩信！"

我一把抓过他眼上的墨镜。"其实你这派儿不像艺人，倒像个黑社会的人！"一本书上，好像写过韩信庙门上的联语：生死一知己，存亡两夫人。你是韩信，谁是那个知己？

"哎，你今日怎的不叫了云林爷来？"我突然说。

成义说："又给市领导家看病去了。他现在快要成御医了！"

"你这回应该去感谢他才是。"

"这回？什么意思？！"

"没有云林爷让区长领他去给市领导的儿媳看病，区长也不会就轻易同意你这么干的。区长要当官，他趁机巴结上了管他的人，他在不影响了自己官位后才敢帮咱说话的。"

"这你怎么知道？"成义说，"是云林叔给你说的？"

"我刚刚才醒悟过来的。为这事，我还生过他的气，怨他得罪了胖子警察又去给胖子赔情哩。"

成义闷了半晌，最后说："我将来要给他修个庙哩！"

"庙堂里塑了云林爷像，还得塑金童玉女吧。"眉子冷丁插了一句。我转身扯住她的嘴，恨恨地说："瞧你这嘴，扯到耳朵背后去！"

十　四

仁厚村联名上报的请愿由区长亲自呈送给了市长，成义去了数次问结果，区长就批评成义性急：市长又不是仁厚村的市长，吃了饭就只注重个仁厚村吗？没结果或许就是一种结果，有些事情领导不好处理，就冷处理，事情干了也就干了。区长的话对成义有启示，明白了做领导工作仍是有领导工作的艺术的，也就在这次谈话里，他得知市长家的保姆回老家结婚去了，便回村动员六合的妹妹，又由区长领了到市长家去做保姆。六合的妹妹先在大药房的采购组里，钱挣得不少，又担心当保姆太劳累，成义就答应在采购组的那一份工资依然照领，六合的妹妹才同意了。为了能以此见到市长，六合的妹妹去后半月，成义就以送工资为名去了那里，市长竟然接待了他。那日市长的情绪很好，书房里铺了宣纸练书法，成义在旁说了一阵写得好，也不敢贸然提说反对拆迁仁厚村的话，以防其中节口复杂而把事情弄坏，就只央求能不能赐他一幅墨宝，就写"仁厚村"三个字。市长竟写了。成义欢天喜地回来，展了宣纸让大家看，我说："市长就写这样的字？"成义说："你以为这字是好要的？！"我说："要是不好要，丢也不好丢。"成义说："你懂得个屁！"

就是这三个字，成义从此萌生了一宗大举动的想法：修造村牌楼！

成义的意思是市上领导层里有人和房地产公司联手谋算仁厚村，借市长的题字而以钟馗打鬼，再者取生米做成熟饭的效果，来迫使领导改变对仁厚村的拆迁决定，虽然依目前的能力还不能翻修整个仁厚村，但在村口修一座市长题名的建筑物却是具有重要的意义。

我是反对这项工程的：一个村庄又不是城堡，修的什么牌楼，过去的年代修牌楼，那都是巨富户族要占风水，显势威，仁厚村弄到这步田地，保得住村子保不住村子都还在空里悬着，花那么多钱搞这虚景儿？房产公司是你吓得着的？市政府是你能逼得了的？何况仁厚村又不是富得流油，大兴土木了群众怎么看？农民是穷惯了的，往回拿欢天喜地，往出拿，拿一分钱也是割肉剜心哩！成义就说你到底是女人，为什么女人当不了大官，成不了大事，就是眼窝浅。我一听也火了，平日里成义嫌我不讲究穿不化妆，教训说女人之所以是女人要与男人两极分化，可现在了，就又是嫌女人是女人！我赌气不参加村委会会议，成义却偏又要我参加，我坐在那里一言不发，消极对抗着。成义的热情似乎并没有减，他提出一套套建筑方案，他在外流浪过多年，经见得多，拿出的是许多照片让参考，有极现代的公园、学校的大门建筑，也有一些寺院和保留下来的明清古宅、城隍庙的大门构造。

"我的意见是，"他说，"如果盖现代的建筑，你就是怎样盖，外地仍有比你盖得更好的，我要干就干第一，造个贞节牌那样的石牌楼吧，如今走遍天下，还没有也不可能再有第二个这样造的！"

他容不得大家说别的，拿出的就是韩州戚家镇贞节石牌楼的照片。

"就这样整！石牌楼修好了，这就是仁厚村的景中之景。将来仁厚村保住了，富了，我也想了，咱要造一座塔的，从外边看就是塔，国中第一塔，在里面却是宾馆，现在城里大宾馆里的设施咱都要有！要改造，我们自己改造，用得着别人来占我们的地，拆我们的房？娃还是自家娃靠得住，外甥是舅家的狗，喂饱了出门走！"

我实在憋不住了，说："你是要造个地主庄院啊？"

成义说："这话有道理！这地主当然不是过去的地主的意思了，是土地的大主儿，或者，我们就叫做地母！以咱的地盘造这么一个大庄院怎么啦，在西京城里真可以守住一块田园不是更好吗，可惜市政府没有这个水平！"

我站起来做出要上厕所的样子，出了门就回家去，一边走一边气得用脚踢路上石子，撵得巷道里鸡嘎嘎咕咕一阵飞。巷口处阿顺蹬着三轮车一头钻进去，抬头瞧见我，又急拐头出巷口，慌不迭车头撞在墙根上，把车上坐着的头把刀一颠颠坐在地上。

"梅姐，陆爷要去盛和堂进一批药，我说我送陆爷去，拿药回来就不用搭出租车花钱了……"阿顺赶忙给我解释。

"是你想逛城了吧，"我说，"哪儿来的三轮车，你能蹬了三轮车？"

"我借体育场家属院的，我会蹬哩，我连三轮车还不会蹬？"阿顺说着，一直看我的眼色，"陆爷，那你自个搭车去吧，主管没让我去，我就回药房呀！"

"我又不是老虎，你还会怕我的？"我说，"你去吧，我也去的。"

"哈噢！"阿顺立即转忧为喜，皮球一样跳上车子，一路疯蹬着出了村。

三轮车蹬到北大街，阿顺一身衣服都汗透了，湿淋淋的头发贴在前额，但他异常兴奋，一会儿惊讶怎么商场旁边什么时候就又修了这么高的一座大厦，一会儿又尖锐锐地叫嚷北大街宾馆后的那条胡同怎全成了服装市场！他见什么都稀罕，见什么都要发问。

"阿顺你把嘴闭上，大惊小怪地难看不难看？！"我从车上跳下来。

阿顺面红耳赤，说："梅姐不坐我的车了，我给你丢人现眼了？"

我摆摆手，说我要办些别的事，让他蹬车去盛和堂去吧。他们一走，我却一下子后悔我来城里干什么呀？立在路口，茫然回顾。寻思去农科所找老冉？不想去。到电影院看电影吧，也不想去。要坐又没地方坐，一双眼卖着，我感觉我才真正是一副村相，倒不如阿顺。走吧走吧，脚走到哪儿是哪儿，把身子走得乏乏的，脑子就不想那么多了！这么走到一家服装店门口，才隔着橱窗玻璃梳拢汗津津的头发，没想就碰着眉子。

"梅姐！"眉子大声叫着，"你进城了怎不到我那儿去？是来买衣服来着？"

"我想买条裤子，"我胡乱地应着。"这条裤子颜色太暗，在咱村里看着还可以，一进城只显得灰不拉叽了。"

"你早就该换条裤子了！"眉子就拉我进了商店。

满店的人都拿眼睛看我们，他们一定是看到了眉子的一身艳服和我的一身灰嗒嗒的衣裤。眉子挺了胸部的，那腿似乎也不打弯，直着步子噔噔噔地往前走。

我低声说："把胸挺得那么高，惹人看呀？！"

眉子说："就让他们看哩，咱不要说话，一说话人家就知道是郊区农村的。不要管他们，全当他们都是傻×，你就放松了。"我是放松的，城里人多，谁也认不得谁，我怕什么的？但我知道我美不过眉子，唯一让我不尴尬的就是忘掉自己是女性，充实和支持我的就是自己不黏糊人，独立，有家学教养。这么想着，我就越发自在了，一双腿也能迈开步，一双手也有放的地方。

眉子一定要我买一件名牌裤子，名牌就名牌吧，我买下了，眉子就让我直接穿上，把旧裤装在包里。她问："感觉怎么样？"我说不错。她就高兴了："穿好衣服能提人精神哩，我穿新衣服逛一天街也不觉累！我领你去一个地方逛去！"

"什么地方？"我说，"我可不到你们公司去，一去那里我就来气了！"

眉子兀自在那里愣了一下，苦笑了笑，说："梅姐！"

"嗯。"

她却不说了。过了一会儿，就搂了我的肩头，说："你不愿去我们公司，咱就不去了。其实，我们那老总人也挺好的，人家做生意纯粹是做生意赚钱，倒没咱仁厚村想得那么多。……我领你去看看一所街面房吧，你知道吗，老总已经给我说了，说公司再做一笔生意了，他要帮我办个打字复印门市部的。他投资，让我独立干，亏了归他，赢了归我，哪儿有这样的好人呢？他真不错的！只要我有了门市部，我相信我能干好，说不定几年后还能真成了气候哩！这门面房老总也暗中瞄好了，说是南大街的十五号，咱们去看看吧。"

我半信半疑地跟了眉子走，一面不相信天下还有这么个好事，一面又羡慕眉子：或许她真要有个门市部，那眉子就不是现在的眉子了。

"城里人说话不一定就算数的。"

隐隐的嫉妒里，我倒怀疑起那个老总这么待眉子，是有什么企图吗，或者，眉子与他的关系……

"他是老邵的朋友，他不会日弄我的，再说我在公司干得也不错。"

到了南大街，十五号门面房还开办着美容美发厅，眉子就指着说这美容美发厅不准备办了，要出租的，老总看上的就是这地方好。我们就立在那门前说话，墙根处坐着一排擦皮鞋的妇女，有年少的姑娘，也有脸色青黄的中年妇女，瞧着我们，就不住地用鞋刷敲着盛水的小铁桶喊：擦鞋喽，擦鞋喽！眉子说："这城里灰尘大，半天鞋就脏了，咱也去擦擦。你瞧，你穿了名牌裤子，这鞋就显得不配套了。"我说："就是，一条裤子会导致一身的腐化，有好裤子就得好上衣，有好上衣了这鞋又不行了，等有了新鞋，头发得收拾了，又得有项链，戒指……可我哪儿有这么多钱！成义现在就入了这套儿了！"

"成义？"眉子问，"成义怎么啦？"

我把村里要修石牌楼的事告诉了眉子，眉子说："咱乡里人和城里人到底想法不一样！辛辛苦苦办药房，挣了钱修牌楼，还真不如多分红了咱买几身时装穿！不说成义了，他一个男人家都会花钱，何况咱女人哩！"就拉我在一个中年妇女的小板凳上坐下，她自个也坐在另一个小姑娘的凳子上，大声说："你用好油擦呀，我这可是上等皮子的鞋哩！"中年妇女在我坐下来的时候，满脸堆笑，立即放下正吃着的一个烧饼，双手便把我的一只脚揽在怀里，用牙刷蘸了水清洗鞋后跟的泥尘。我一下子感到了不自在，忙说："不，不。"把脚往回收。我从来没有被人这么帮着擦鞋的，自己年轻轻倒让一个四十多岁的女人跪在那里为自己效劳，不就是我给付一元钱吗，这太残酷了，这残酷的事只有城里才会有！"眉子，这不合适吧。"我为难地说。眉子说："擦吧，擦吧，人家擦得好哩，你这双皮鞋旧了，人家一擦就和新的一样的。你不要不好意思，你不让擦，这大嫂才不高兴的，你同情她是害她，她们就要靠这工作吃饭呀！"

"这么说，咱剥削有功啦？"我说。

"你老观念！"眉子说。

别别扭扭总算让人家擦了皮鞋，我赶忙拉眉子离开了那里，说："真是跟啥人学啥人，我反对成义铺张浪费哩，自己却跑来奢侈了一回！"

当我回到了仁厚村，已经是下午，修造石牌楼的事已经决定，而且也在全村宣布过了。成义见了我，他没有言传，也没追问我会开了一半到哪儿去了，但他盯住了我的新裤子和擦得油光发亮的皮鞋，愣了愣，还是没说话。

修造石牌楼并不是轻而易举的事，工匠可以请到，西京城外五十里的榆呈县就产这种适于雕刻的沙泥石，但经核算，料钱和工钱需要十万元。既然是成义决定的事，他是村长，他通知我大药房这一月不再分红，不够的部分让村民摊派，他说什么，我执行什么，成义就又批评我不配合，脸吊得那么长是什么意思？

"没意思。"我说，"我头发长见识短，我能有什么意思？"

他嘎地笑了一声："那就好，在筹款期间你得多操些心，不要说进城就进城了，满村寻不着你的踪影。"

他竟然知道我进了一趟城，这贼成义！我说："仁厚村还不是兵营，我连这点自由也没有？你摊派吧，上个月才分了红，这阵却又摊派，你就好好去挫伤村民积极性吧！"

"这就对了！"成义叫道，"这还算个组长，我就要你这个建议哩！我也想过了，摊派是有问题，咱就提出向群众借款，听说不经有关部门允许不得设彩票的，咱可以向村民借款嘛！谁手里还没些钱，有人耍派能去掏钱让人给擦皮鞋，总可以把钱借给村里办大事吧！"

我窝了他一眼，恨恨道："就是擦了皮鞋了，改日还要进城去洗桑拿呀！"说完，自己倒忍不住也笑了。

借款也是按人头借，每人借二百元。村民们虽大多面有难色，但还是都同意了。钱是很快地筹集到七万，但仍有一些人口头上是同意了，往出掏钱却磨磨蹭蹭，今日推明，明日推后，开杂货铺的光头和他老婆就差点闹出命案来。光头对着成义是拍了腔子的，可光头不是家里掌柜的，回来取钱时，和老婆就吵起来，气得去魏小小家也学拉胡琴，咿咿呀，咿咿呀，《小白菜》地《寒窑》地一路拉下来。他老婆在前边铺子里还在骂，铺门口走过一个外乡人卖煮熟的嫩玉米棒儿，老婆喊住了，说："当了一辈子农民倒几年吃不上玉米棒儿了！多少钱一个？"先拿过来啃了一个，掏钱时却为一角钱争争吵吵。卖玉米棒儿的人说："压一角价就压一角价，你也富不了我也穷不下。"老婆却不爱听，骂道："你穷不穷，与我屁事！一个贱玉米棒儿是什么元宝金锞子？！"把一卷碎零钱儿甩在柜台上。卖玉米棒儿的没吭声，数数钱，却少了五角，他老婆偏就不认账，说道："你接了手钱就少了，鬼知道怎么少了？我诓你？你往店铺里瞧瞧，你那腰比我这指头粗吗？"卖玉米棒儿的便动了肝火，将一筐玉米棒儿摔在地上，说："你钻到钱眼了，我把这一筐玉米棒儿都给你！我权当喂了猪了！"光头在魏小小家听见杂货铺动静，提了胡琴出来，一见场面，拾了玉米棒儿在筐里劝着外乡人快走，老婆就缠上了他，夫妇俩又是一回大闹，光头胆大起来踢了一脚，老婆扑上来抓破了光头的脸，自个竟在地上又是拍掌又是碰头，寻死觅活。有人跑去报告成义，成义问："光头呢？"说光头踢了老婆一脚，成义说："再踢，往屁股上踢！"到了下午，两口子还在闹，有人又给成义报告：那老婆要上吊哩。成义问："光头呢？"说光头在家搓草绳，成义说："拿去，我这儿有现成的！"黄昏时，光头的老婆突然犯了"通说"，即以死去的阿顺的爹的口吻，说阿顺母子可怜，寡妇人家缺钱少粮还得摊款造牌楼，秦始皇修长城哩啊！然后披头散发，又哭又笑。阿顺的爹生前是恶人，借光头老婆的口怨天恨地，许多人就去给那老婆掐中指、灌桃木醒魂汤，还拿了以前保存的法院布告的红白纸往她额头上贴，那老婆依然眼睛不睁，口里往外吐唾沫。成义就走过去，说："前年我在南山见过治'通说'，去舀一勺尿来，鬼怕尿的！"果然有人就舀了一勺尿。成义就说："来三个人把她压住，筷子撬开牙，我慢慢给灌！"光头老婆忽地睁开眼，虎虎地看着成义，从胸罩里掏出一沓钱，说道："你拿去吧，拿去吧！"起身回去，再不滋事。

钱终于筹齐，成义特让光头去外县雇请工匠，多给了住宿伙食补助费，光头却将补助费交给了老婆，自带了两个锅盔上路。成义竟一连几天未闪面。那一日我正在云林爷处商议派人去收购药材的事，成义来了，从怀里掏出一卷纸来，哗哗哗地展在床上。我还以为他也兴趣了字画的收藏，原来他这几日专去了市设计院请了建筑设计师绘制石牌楼图纸。当然，新设计出的石牌楼与贞节坊已不大相同，尤其牌楼上的雕刻完全不是了贞节内容，那龙凤板上，大额坊、小额坊上，分别是三组故事图。

"这是我的主意，"他说，"正楼、次楼的三个龙凤板上是三国故事，这是'议事厅'，这是'桃园结义'，这是'三顾茅庐'。村牌楼不光是个标志，还得有教育村民的东西。干大事讲究个团结，农民团结就要如桃园结义。治村么如治国，刘玄德定都后，北让曹操占天时，南让孙权占地利，他占人和，西和诸戎，南抚彝越，外结孙权，内修政理，先成鼎足后图中原嘛。甭笑，书上就是这原话。这'桃园结义'，是为一棵桃树。张飞立于树上部，关羽蹲于树中间，刘备双足踏地，抚膝安坐树底。当年张飞提出，树作证，谁爬得高，谁为长，说完一蹿到顶，关羽蹲中间，刘备坐树根。大额枋上是十二生肖图，左是鼠牛虎兔龙蛇，右是马羊猴鸡狗猪，中间是猫。猫是不入十二生肖的，但是猫发起了点生肖，猫忘了自己，猫也乐意当帐指挥。小额枋雕鹊桥会，这中间卧一头老牛，左边是牛郎和挑担中的孩子，右边是王母娘娘和织女，牛的后边是鹊桥，织女牛郎相会桥头。男耕女织的传统耕作生活是我们农民所推崇的，我并不在意什么爱情顺利或者挫折，我看重牛。农民是靠牛的，现在仁厚村没有牛了，但牛就象征我们的土地，我们不要忘了农民的根本。牌楼整个是三间四柱七楼，四个柱子两个边柱两个中柱，柱子上各是六个孝子图，加起来二十四孝。如今全中国没有二十四孝庙了，连提也不提，咱仁厚村就刻，孝道也是精神文明嘛，更重要的是一看这就是农村！"

成义满怀激情地给我们解释着，他的嘴角是两堆白沫。他的思维能有这么一套一套，这不能不让我叹服，但我明显觉得成义设计的这些图案里，强烈地充满了他作为村中老大的自得和自信。

"这刘备坐树下，猫当帐点十二生肖，你可以说这是要做人有根基，仁厚村是以农为本，也可以表现要先群众后自己，但你却就是刘备，就是猫了嘛！"

成义虎着眼看我，他的眼睛放射了一种阴冷的光。老冉是没这种光的，那个老邵，虽然眼大，似乎还水汪汪的，但他也是没这种光的。小时候，狼坐在田垄上呜呜叫着如老妇人哭，娘关了门不让我出去，说狼的眼睛晚上发绿光的。成义的眼睛鼓着，但并不圆，他竟能皱出三道眼皮。"是的，"

他说，指头在桌面上笃笃地敲，"在这个社会我是不反对当官的，因为当官才能干自己想干的事，我之所以同意当这么个村长，我就要在仁厚村有绝对权威！我有这个权威并不是为了我成义，我成义不想发财，连老婆也没有，我要的就是我成义还是能干一场大事的！"

他站起来，头高扬着，衫子的纽扣全解开来。他竟是个鸡胸！

"云林爷，你看成义叔，他这样子像不像个狼？！"我想起了他平日风风火火地走路，身子还在后边，头和胸就扑前去了，且双目惊觉四顾，黑茬茬胡子又剃得铁青，上齿阔而突出，下齿紧收。我为我的突然发现而得意。但云林爷却一直坐在那里，双目闭着，还在打鼾。这多少是扫了成义的兴。我又说："云林爷，云林爷你睡着了吗？"

"我听着哩。"云林爷说。

"那你同意这个设计吗？"

云林爷睁开眼，去摸水烟袋，吸过一锅，把火蛋轻掸在地上，又装上一锅，捏了火蛋按在烟袋哨锅里，又吸。说："成义是村长，村长怎么说就怎么办吧。"

十　五

光头将一批石料运到了仁厚村，十二个工匠也住在了药房院角的几间油毛毡工棚里。这些工匠都是形容古怪的人物，他们整日在墓地那边的空场子上叮叮咣咣凿石头，吃饭的时候，那一只大锅里总是捞面条，每人一个大海碗端在药房来，一边说话一边口舌极响地吃。按照规定，柜台前营业是不能有闲杂人聊天的，以免对方配药出差错。曾有过一次，末柜认不得了处方上的一个草体字，就问端着碗叫杨八的工匠，杨八认过了字十分得意，讲起墓地看门老头怎么眼睛总瞧他的耳后，有几次还伸过了头来摸摸。末柜当然知道原因，只是嘿嘿笑。末柜也是听过刽子手讲过什么是自杀型的人，什么人型又易是坐牢被杀头的，当下就说杨八的法令不好，别人的法令都顺嘴角而下，他的法令却入了口，"以前你受过人身限制吗？比如被审查过，看管过……"杨八问什么意思？末柜不讲了，却又说另一个工匠的父亲是不是已经下世了，而且下世的年代已早。杨八就说"是呀"，十分惊奇，更加逼问为什么问他"受过人身限制"的话？这样一问一答，吃饭的饭吃凉了，末柜在抓药时也抓错了药。我狠狠批评了末柜，罚了他几元钱的奖金，也就不允许工匠们再在营业柜前说闲话。这些工匠自然就去了内场的刀房看头把刀加工切饮片。头把刀言紧，心又细，一旦这些工匠来，就收拾了那些细货，招呼阿顺来切片，阿顺切的是益母草、佩兰叶、苏梗、桑寄生。

"把子刀"，工匠们已知道了阿顺的称号。"你那份工作我也能干的，不会切片，只是切段！"

"你知道个屁！"阿顺说，"你知道'甘草柳叶片，白芍一寸二百片，附子飞上天，槟榔不见过'吗？"

"是不知道。可毛主席说过：'红薯我爱吃'，你也能说'红薯我爱吃'，而且你真的爱吃，但你就是毛主席了？！"

阿顺红了脸，"你能行，我看你师父是雕花的，怎么见你一天到黑只磨石片哩？"

工匠说："你以为磨石片就容易吗？任何人都可以磨得了吗？石片一天只能磨出两页的，立在那里，水泼过去缝儿是干的，小子！"

他们在打这种嘴皮上的官司时，我就忍不住哧哧地笑。杨八就不再和阿顺说了，过来向我夸说仁厚村的富。他是个能言巧舌的主儿，一番恭维后，说："主管，你能不能给我寻个家，我不嫌弃的，倒插门做了女婿！"我说："你倒看上仁厚村？"他说："仁厚村好嘛，离城中心近，说不定将来城市吸收了你们，摇身就是城里人。住到我们那儿，世世代代都脱不了老农皮，我来仁厚村，什么家儿都行，咱要老婆不图漂亮，只求给后代变个种儿！"我瞅瞅他，瘪鼻子！懒得理。"这倒是好主意！"阿顺却说，"梅姐，村南头方家的那一位没个女婿，你让他嫁过来嘛！"我想不起方家有什么女的，那是一个罗锅老头。杨八说："寡妇还是黄花女？"阿顺说："啥都好，只是嘴长些，大耳朵，但不是黄花女。"杨八说："有孩子了？"阿顺说："八个娃娃，喂奶时一边四个。"杨八听出了意思，发一声恨再不理了阿顺。我就赶忙打圆场，说："仁厚村不收外来户的，你没媳妇，我们村长还没个媳妇哩！"杨八却高兴起来，说成义没媳妇？成义多厉害的人，又长得精神，怎么没个媳妇？接着就噢噢地叫，说仁厚村什么都好，只是女人不好，脸都黑黄黑黄，"当然，主管是人梢梢！"我说我不怪你的，你一心想倒插门到仁厚村，却看不上仁厚村的女人呐。杨八说："树不绿，花不红，天是灰蒙蒙的太阳不清亮，路上煤灰一层黑，粮吃不到新鲜粮，水里又都是苏打味，瞧你们这城里！"我说："我们不是城！""嘿嘿，"杨八笑了，"我们那儿穷，但水土好，生的女子都是高挑身材，脸色白里透红。"他摸摸自己的脸。"那儿水土养女不养男哩。成义要真的没媳妇，我给他介绍个女的！我们那儿有个'人样子'，扬言要嫁就嫁县城里县长的儿子，哼，去那里当个县长哪里抵得住仁厚村的村长！"

不知怎么，我没有接他的话。"呵，我得去杂房晾那些丸散了。"就走开去，自那以后，我见不得杨八。

当石料的雕刻制作进行了多半的工序后，村牌楼的地基就动土挖坑。地址是选在了西南头的主巷口。成义不知还从哪儿请了个风水先生，用罗盘定了方位，说是正对着隐隐约约的南山天竺主峰。坑挖得极深，需要将牌楼的四个柱子埋下露出地面的一半。在三丈二尺左右的深处，高丰一锹下去，当的一响，人连锹都反弹倒地，以为是碰着了什么顽石，高丰喊："换一个撬杠来！"撬杠就扎下去，猛地一撬，露出一角的石头却是光光的一个平面，上边似乎还有字。高丰说："挖着古墓了！"一八磅锤砸下去，石板断了两截，用铁丝吊上来，石板下并没有墓穴，两块断石接在一块，上边的字分明是一篇碑文。成义趴近去看看，许多字已经剥脱，模糊不能认识，却似乎是记载了贾氏的身世。仁厚村的大姓是贾，几乎百分之七十人家都姓贾，这碑子就一定是仁厚村祖先的遗物了。成义就臭骂高丰不该用八磅锤砸，高丰撬石时把手也碰破了，认错不敢言传，在地上捡了鸡毛粘住伤口，只叫苦：我哪里知道是块碑子？！

我那一日得了眉子口信，去她家看她做了垫鼻术的效果，眉子的鼻梁原本就秀溜的，但偏喜欢起西洋人模样，硬是受活罪要垫鼻根。术后的整个鼻子都肿了，迎我进院后就关了门不让外人看见。听她讲了一通现代女士的风度和气质，便听见院门敲动，眉子住了口，不让我去开，后来就听见有人在骂："打这淫狗！这是仁厚村养的？淫成性了，见谁都耍流氓！"接着石头瓦块打在门上，有一块石头落在院里，哗啦打碎了堂屋台阶下放着的花盆。我跑过去开了院门，阿冰就卧在门口，后腿被打瘸了一条，噢噢地叫着，只是不走，巷道里三男两女一个女孩，见我出来，退了几步，却又骂道："这哪儿淫狗，是谁养的，把狗养成这样了？"话说得难听，我就和他们吵起来。原来我从云林爷那儿来眉子家，阿冰没事又来追我的，它才走到眉子家，用爪子抓门我们未开，恰好巷里过来体育场家属院的几个人，或是阿冰见那女孩梳着一根蒜苗状的冲天辫，一时嬉闹之性勃起，前爪就抱了小女孩的后腰，没想身子直立，暴露了那并未痊愈的亮鞭，遭了一顿殴打，如果那些人说话不难听，我或许要给他们讲明阿冰的病的，但这些人出口骂狗伤人，我就不依了，两厢吵起来。这么一闹，巷道里就拥了许多仁厚村人，连骂带起哄，魏小小的婆娘更是扑过来，骂了个水银泻地：狗见仁厚村人不淫，怎么见你们就淫了，是淫货见了淫货还是狗闻见了狗味？老冉的嫂子拉我在一旁责怪道："那狗或许是找眉子的，与你什么事，你这样骂着，一个黄花闺女惹人说是非呀？！"我说："我就骂了，怕啥的？怕没人要了，没人要了更好！"噎得老冉的嫂子张口说不出话来。抱了阿冰重新回到眉子家说话，六合跑来说是成义叫我去村口看一块石碑的。我问什么石碑，他说不上来，我说不去，六合说村长叫你哩你也不去？我说村长的话是皇上圣旨啦？但还是去了。

一到坑边，成义说我脸色不好，我说了刚才的骂仗，他似乎并没兴趣，只说道："这眉子……"就拨着石碑上的土，让我看碑文。碑文很长，记载着贾万三在明朝时期如何为"江南首富"。其中写到一节：朱元璋定都南京，贾万三助筑都城三分之一，令国内惊羡，贾万三遂提出犒军。朱元璋则怒：匹夫犒天下之军乱民也，宜诛之。后谏曰：不祥之民，天将诛之，陛下何诛焉！后，发配充军。哎哟！我锐叫了一声，我们只知道仁厚村人的祖先是朱元璋军中的一个鼓师，鼓师在转战中染上疥疮遍体流脓而遭弃，流落到这里繁衍了我们，传下明王阵鼓谱，但从未知道我们的祖先曾经是江南的首富，有过那样的传奇和辉煌！

这天晚上，我抱了阿冰在家，以云林爷开出的方剂给它洗药汤，然后安排它在一件仿明的木床上睡去。我却怎么也睡不着。一只花脚蚊子在嗡嗡叫。簸箕虫顺着墙根往上爬。蚯蚓在呼吸呢还是旱蜗牛在叹息？阿冰如人一样哼着鼻子，甚至也总左翻一个身，右又翻一个身。我便觉得有跳蚤从腿脖处一直往腹部走，这是从阿冰的身上过来的，已吸血过饱，有着臊臭味。我的祖先，贾万三，是什么形状？世上的男人长得粗，憨，发稀皮厚又有汗油的能敛财，他富的时候，那个皇帝老儿朱元璋怕还穷得要饭吧？富就富了，为什么还要贵呢，几千万两的银子去修了三分之一的都城，犒劳的什么三军呀，想以此入朝列班？富而不贵，贵而不富，这是多简单的道理，何况一个贾姓，就命定下了这一姓一族永远不可能做什么"王"了！阿冰又哼哼地响着鼻子。狗也患鼻窦炎，还是狗做梦就要哼哼？再漂亮和聪慧的狗，可以把它从屠场救回来，但一条亮鞭，眉子可以踢它，外人用石块掷它，狗毕竟不被人当人看的。可是，我怎么也搞不明白，即使祖先得意冲昏了头脑，忘记了身份，朱元璋为什么竟要诛他，而且皇后还要称之为"不祥之民"呢？不祥之民！不祥之民！月光清清亮亮地透着窗子，放在床头的那件正儿八经的明时小匣子檀木幽明，涂着绿色的"春醅扬华"四字非常清楚。不祥之民！不祥之民！我在指头上蘸着了唾沫，轻轻地伸在被窝，以感觉去粘爬上来的跳蚤。但没有粘住，手却摸着了屁股的尾骨：极突出的一截。这是我难以启齿的事，秘密只有我知道，娘知道。我十年前读过报纸夹缝中的一条消息，说是在非洲一个小村庄，人人都长有小尾巴的，并称之为人类返祖现象。我这是不是小尾巴呢，虽然它只是突出，但自那以后我就担心它会长成一条像老鼠一样的尾巴来，长年四季穿着紧身的大裤衩，从不让人手碰着那里。不祥之民。贾万三有没有这样突出的尾骨呢？整整的一个晚上，我乱思胡想得脑壳疼，似乎里边灌满了水，一动弹就摇荡着疼，天明起来，镜前一看，脸也黑了，伸出手都是鸡爪子状：肉呢，我手上的肉呢？！

"云林爷！"我带着深深的疑惑在天明后去问云林爷。庙里的和尚是古代留给我们现在的人物，云林爷也使我们能把现代一下子接通到古远。"那石碑上的记载你看到了吗？你是怎么看的？"

"埋石碑的地方原来是长着一棵桃树的，"云林爷说，"桃树老得像卧在那里，浑身是洞，但它年年开花早，却不结桃，村人叫做公桃树。原来它是在暗示着树下的石碑的，可惜谁也没想到，后来修村前马路时掘土机就把它撞折了。"

云林爷的手里拿着一张碑文的拓片，看了又看，摸了又摸，他让成义把拓片挂在墙上。

"这石碑埋得那么深，且咱们谁都不知道那一段事，是不是上上辈的人不愿提及，才这么埋着？"我脑子里仍是"不祥之民"。"咱们还是把碑子埋在牌楼下边为好。"

成义说："祖先的那段事多光彩！如果不愿提及，那怎么又刻在碑上？那一定是地震或别的原因埋在地下，桃树要么是标志，要么是神灵在启示，要么是石碑在等待，你想么，埋了那么长时间，偏偏在咱们修村牌楼时出来，这是什么意思？！"

成义越来越自命不凡，他把什么都往好处想。

"你闭上眼睛再想想，"他说，"一个农民，不管是如何富，竟能敢助筑都城，甚至敢提出犒三军！咱祖先当农民是这么个富可敌国的农民，他要是起兵，绝对比朱元璋厉害，做鱼也是一条鲸哩！现在的书上都是说农民落后，保守，自私，小气，可中国历来的大事哪件不是农民干的！朱元璋也就是个农民嘛！"

屋后的老刽子手在和谁大声说话。"你的胎衣埋在院子捶布石上！"我的胎衣埋在哪儿？娘梳头的时候总要梳下一团头发，绕一团塞在墙缝里。我说："农民怕是最了解农民了，朱元璋也就把咱的祖先充军了！"不祥之民！

"不充军哪儿又会有明王阵鼓？哪儿又会有仁厚村？"成义说。

云林爷只是微笑。云林爷的笑很傻，牙龈就露出来。他今天给我和成义熬的是冬天储下的雪水茶，说："喝！喝茶！"

自出土了祖先的石碑，成义明显得自信了许多。四处宣扬祖先的敢干敢为，俨然他就是附着祖先幽灵而生的。他指挥着挖地基的村民：满口粗话地骂人。对于那一班工匠，他随心所欲地要求这样做而不要那样做，正楼、次楼、夹楼、边楼原设计是起脊立坡，翘角添吻安兽，但他一定要再加上五柢六兽：龙、凤、狮、麒麟、天马、海马、鱼、獬、猊、猴。“咱要豪华的！这要几十年几百年传下去，将来也就是文物嘛！”于是，单额枋上重新刻行龙、立凤，龙门枋与小额枋之间加三皇五帝，荷花三朵，莲叶五片。柱础分别饰仰莲花、覆莲花、宝相莲、海石榴。

“梅梅，”成义不无得意地说，“我差不多都想好了，如果以后修塔形宾馆，柱子、门窗全都涂黄色，家具就摆红木家具，专门给你开一个展厅，就展你那些明清家具。”

“得啦，你先考虑你的办公室装饰吧！”我说，“那时了，你该是经理，不，叫总裁，签发仁厚村的第几号文件了！”

成义说：“我给你说的正经事，你老以为是儿戏！仁厚村里，王者是我，后者是你，咱们要好好配合哩！”

我说：“我把你叫叔哩！”

他脸红了一下，搓起双手，那只女性手很羞的。

当牌楼竖起来的时候，鞭炮轰鸣，鼓乐喧天，远远近近的人都来看热闹。成义一定要爬到脚手架上，用金粉涂染牌楼正楼龙门枋上的“仁厚村”三个市长手书的大字，涂完了，一卷红布就压到楼顶脊上。原本这是工匠干的事体，他却翻身跳上脊顶，出奇的一幕就发生了；先端端地立在那里，卸下小草帽，向下面的群众挥手致意，那架势和做派在模仿着毛泽东在天安门城楼上。下面的群众一时还未反应过来，他却激动得几乎要哭了。我吓得直在下边喊：“蹲下，快蹲下，太危险！”他并不听，甚至一个趺子竟在脊顶上翻了个筋斗，作金鸡独立状。我的心一下子提到了嗓子眼，下边的人都吓白了脸，几乎下意识地张开双手，要接住将要掉下来的他。但成义更疯狂了，在那里翻腾挪跃，做各种动作，一次故意失足，身子忽地倒下来，大家锐声大叫。定睛时，他却单脚勾着脊顶的石板角，那么轻轻一跃又立身在顶上。直到这时，人们才知道了成义有一身了不起的轻功！

成义哪儿学得这么一身好功夫，为什么回村这么长时间了，竟没有露出一丝一毫？我隐约地听见有人在窃窃私语：

“吓，真是人精！”

“活该挖出石碑，万三再世哗！”

"万三哪有这身手，是鼓上蚤时迁。"

"你说他是小偷？"

"你说他这手段是怎么来的？"

我发现云林爷没有来，忙去背他，但祠堂的门开着没有人，阿冰在门栏柱下打盹儿。我说："阿冰阿冰，云林爷呢？"阿冰说："汪！"就往墓地那边跑。果然云林爷和刽子手坐在阴村巷道口下五子棋哩。他们的身后，是一块本色桐木板，写着："你认得家吗？"木板上放着一瓶白酒：谁输一局谁喝酒。刽子手已经喝醉了，抹了棋子，说："一盘妖气，人怎么斗得过妖呢？"但偏要再来，还一定让我坐下替他喝酒。他们嬉闹得像孩子一样，为一步棋争争吵吵，我差不多已喝下了八大口白酒，身子也飘飘然然，说："你们不去看村牌楼呀，威风得很哩！"云林爷说："是吗？成义也威风得很吗？"云林爷真是神，他没去却知道成义在那里威风了！"他玩他的，咱玩咱的！"刽子手又抹了棋子，"梅梅你再喝一口，我不信赢不了他的！"我只好又喝下一口，棋又蛮有兴趣地下下去。这个下午，我原本是来背云林爷去热闹的，最后却是我也醉在了墓地，迷迷糊糊的境界里我想起了"烂柯"的故事，说一个砍柴人在山上看两个老者下棋，一时看得入迷，不知看了多久，棋结束后，放在地上的斧子木柄都腐烂了。我站起来，也便看见旁边的石头成了软体，却并不流失，身子要坐上去，汪的一声，原来是坐在阿冰的身上，我就什么也不知道了。

十　六

我们坐在一棵树。

一棵树是地名。上高中的那些年，这一片玉米地里真的还有着一棵树的，柳树；但为什么在二十五亩绿苍苍如森林的玉米地里会有百年物事的一棵柳树，而又为什么地名是一棵树不是别的，我并不晓得，只是每日午后拿了书在那里复习，念："敲日玻璃声"，落日就在树桠上被鸟啄着，啄着却是树木，笃笃地响。后来清静的读书台被城里来的恋爱男女侵占，再后来城市二环的高速路从这里经过，柳树是没有了。但这一站仍叫一棵树。

我们就坐在人行道边的水泥坐椅上，如流水一样的车辆刷刷刷地从面前封闭护栏内经过，我把写好的几篇文章交给了范景全。

找范景全帮忙是我给成义提议的，但成义让我来的时候却盯着我脚上的鞋，问多少钱买的？我说四十元。成义说你骗我呀，最少一百六十元吧。我说，咱是农民，真穿了三百元的鞋别人也看不出我穿的就是三百元的，而我穿四十元的，别人也不会相信我就只穿四十元的。成义说：依你说的鞋就穿这双，可衣服得换换，换你最好的衣服穿上。我笑着说你让我这么打扮，去让我为仁厚村牺牲呀？

我和范景全约好在一棵树，但我赶去了他却迟迟不见来，我赌气扭头去看不远处的一座酒店消磨时间。酒店是极豪华的那种酒店，整个大厅全装着茶色的玻璃，那面旋转的门就将一拨男女旋进去又将另一拨男女旋出来，而门前喷水池里数十条水柱在百无聊赖地忽上忽下地跳跃，使人有些昏昏欲睡了。有三个姑娘，好像在水池边已经站了很久，人物漂亮极了，漂亮得令我自惭形秽。酒店里就走出来一个胖子，两个瘦子，大声地笑着什么，后来就走近了那三个姑娘，在做长长的交谈。再后，胖子搂着了一个姑娘的腰往酒店去，剩下的两男两女似乎却闹翻了，两个男人竟朝我这边慢慢走来，且站在不远处，一个说："她那么脸黑的也值四百元？"一个说："毕竟是才来的。"一个说："屁，你问这些人，都说是才来的，她骗得了你，能骗了我？"那男人就朝我微笑，我莫名其妙也回笑了一下，那男人就向我勾指头。我立即明白这是两个嫖客了，呸地吐口唾沫。高丰讲过，城里的酒店里有三陪小姐，难道那三个姑娘就是从事那种行当吗？而这时候，令我吃惊的是范景全也从酒店里小跑出来，一见我就连声道歉他来迟了，因为他去酒店看望了他一个朋友。

"看望朋友？"我说，"是去找小姐了吧？"

"想是想的，手头紧，没那份钱么。"他笑嘻嘻地，"有这一个小姐在这儿等的，我还去找谁呀？"

"哼，"我恨了他一声，"你看见那几个姑娘了吗，那就是三陪的，我看见她们与嫖客交易哩。我只说这些人都是一脸的邪相，可她们多漂亮，看上去那么单纯的，我心里真不是滋味……我要有钱，真要去把她们赎出来！"

"赎出来？这里是酒店不是妓院，又没有鸨儿！"范景全说。

"那我就给她们一大笔钱，让她们回去。可惜我没有钱。"

"梅梅还有这种心怀呀！"范景全说，"这些人可能是生活所逼，但也不一定就是生活所逼，不要说你没钱，你就是有钱，你今日掏钱送她们回去了，明日可能她们又来了。"

"可她们就不知道羞耻吗，她们心里能没痛苦吗？"

"得啦得啦，梅梅，你是来和我讨论城市妓女问题的吗？我可不愿意坐在大街上来沉重！"

我忙把文章交给了他看。

"如果有一股风。"范景全看着文章，漫不经意地说。

"什么，风？"我脑子里还是乱的，扭过头又看那酒店门口，那两个姑娘还在那里，却已经又有一个男人在和她们说话了。"风？"我怔了一下，立即明白范景全是要说我的帽子了。今天我戴着一顶小帽，马兰草编织的。仁厚村人总以为我和眉子一直领导着村里服装新潮流，其实眉子又是领导我的，她戴了这种小帽，也一定要我也戴一顶。前日碰着老冉，老冉并没有看出我与往日的不同，这范景全敏感，他注意到了但他变着法儿来说，这贫嘴的作家！"这帽子漂亮吗？"

"漂亮得很！"

"你真会赞美女人！"

"赞美女人可以使男人高尚呀！"

他伸了手过来就要摘我的帽子，我按住了。他知趣地手停在半空，却说："怎么不来一股风呢？"

"来风我也会按着帽子，偏不让你看的！"

"风把裙子吹起来，还顾帽子？"

"我一手按裙子一手按帽子嗢！"

"那你现在就把裙子按好！"

我低下头来，发现裙子在坐下时拥在了膝盖上，忙把裙子拉下，又往身下掖了掖。"你别想入非非！"

"我还以为你约我到这儿有什么好事？！"

"怎么不是好事？"我说，"仁厚村石牌楼修好了，老冉没告诉你吗？现在要在牌楼上做文章，就求你来修改修改，再想办法给咱发表出去……这可不是白让你出力啊！"

我把一沓人民币掏出来，哗哗地在水泥椅沿上摔。

"多少钱？"

"一百五。"

"够咱俩吃一顿了！"

"文章不见报，咱俩谁也甭想吃的！"

"其实我已经饱了！"

"唵？"

"秀色可餐嘛！"

范景全的话永远让你心中愉快而脸上又羞答答的，没有厌烦和倦意，却怎么也不觉得他流氓了。"范景全，范老师！"我说，"我是不明白，像你这样的人，怎么能和老冉是好朋友呢？"

"不光是老冉，还有你们的仁厚村哩！"他说，"我也不明白，当年'孔子西行不到秦'的，如今秦地竟能出老冉和仁厚村！你瞧瞧，你们让市长题字，为题字能修石牌楼，修了牌楼就搞宣传，搞宣传又要走后门发表文章，醉翁之意不在酒，一步步窥视动向，施加影响嘛！"

"我们再能，能能过你吗，到底是老师！你认为这文章写得行不行，能达预期效果不？如果不行，你得改改，发表得出来发表不出来就全要看你的了！"

"文章还可以，"他说，"我只能就文章说文章，第七行那句太拗口……要发表我可是帮不了忙的。"

"这为什么？"

"我的小说写的多发的少，我从来也不去找编辑部拉关系的，何况这样的报道！……我再给你一百五十元，你把我免了。"

范景全的话令我大出所料！他掏出笔来，将文章稿纸铺在膝盖上改动了第七行那句话，又改了三个错别字，一个标点符号。"说笑归说笑，梅梅，这个忙我真的帮不上。上个月一个小老板让我给他们公司写文章，酬金一万元，我也没写的。我说这话并不是我要清高，我只没兴趣，没兴趣的事我一个字也写不出来！"

我看着他。他也看着我。他做了一个怪脸，又说："对不起。"

我说你给我一根烟。

他赶忙把烟给我，为我打火。

"这么说，我梅梅没面子了？"

"梅梅的面子天大哩！如果是你的事，你让我去死，我马上就卧到那汽车轮下去！"

"那么，你是不同意我们为仁厚村的存在所作的斗争了？"

"不是。"他说，"我一直在关注着你们，同情你们，理解你们，也支持你们与那些官商作斗争。我虽然现在是城市人，但我也厌烦城市，城里人精明，骄傲，会盘算，能说会道，不厚道，排外，对人冷淡，吝啬，自私，赶时髦，浮滑，好标新立异，琐碎，自由散漫。但你们，你们的成义呢，作为一个人来说，成义是了不起的，我敬重他，佩服他，且他现在是村长，村民指望的是强有力的人物来扭转乾坤，成义就偏执得像个孩子，像孩子一样疯狂，你们一味反对城市，守住你们村就是好的吗？国家工业化，表现在社会生活方面就是城市化，这一进程是大趋势啊，大趋势是能避免的？！"

"那我们呢？我们算什么？"我生气起来。"过去有无产阶级资产阶级，有工人阶级农民兄弟，我们弄到现在，城里人不要我们，没有那个户籍本，不能吃低价粮，不能享受副食补贴，不能免费医疗，不能拿退休金，不能住低价房。在他们眼里我们是农民！但我们哪里又是真正的农民呢？我们是风里的一堆树叶，是一疙瘩过天的云。再没有这么个村子，我们还有什么？喝风屙屁去，扬了祖先的骨殖去？"

范景全却望着我微微笑起来。

"你笑什么，难道我说得不对吗？"

"你像是电影里三十年代的左翼人士在讲演。"范景全说，"我没有听过成义讲话，但是你的口气里我也能猜想出他会说怎样的话了，是不是？

你们的话，极有煽惑力，真的，我要是个直接牵连自身利益的仁厚村人，我也会像吃兴奋剂一样兴奋起来哩！可是，被兴奋了，刺激了，就走向行动，走向暴力？你能走向行动吗？现在是产生陈胜吴广的时代吗？是产生'文化大革命'的时代吗？在有原子弹的时代你即使练骑马射箭，百步穿杨，能走遍天下吗？那些话只能是鸦片，让村民自我陶醉于忧愤的呐喊之中……"

"这么说的，"我把他的话打断了，"我们还得再让老村长出来，村子就让拆除了，我们都分散到这个城里去流浪，去讨饭？像那些姑娘一样去做三陪？！"

范景全叹了一口气，肩膀耷下来，肩膀又耸起来，他分明也有些生气了，说："你赌气不学函授了，我看你应该去上正式大学多学学！谁都得承认你们现在的困境，可在当今的时代里，所有人，包括整个城里人和乡下人谁又不是面临着困境呢？！我们一切得从头做起，呵，梅梅！为什么一定要强调什么工人阶级、农民阶级？南方的一些地方，城市和乡村已不截然那么分开了，农村的乡镇企业已经是农村在实行工业化，农民就是工人，工人也就是农民。现在不是一味地反对城市或一味地否定农村，应该有健全的意识！全球的气候都改变了，四季越来越不分明了，走出浮躁，超越激愤，告别革命，于人于事都会有益，你不见小偷是打不尽的，礼待而退，最大的用兵是不动兵，卑鄙是卑鄙者的通行证，革命是革命者的牺牲品……"

范景全一旦说起那些名词来，自己就得意而不能控制，我说："范老师？"

"嗯？"他愣住了。

"你是在念你的小说呢，还是在给我上辅导课？"范景全说："你听我说嘛！以我的观察，如果仁厚村有自己的企业，发展商品经济，仁厚村就不会存在被拆迁和改造，仁厚村人也不会现在这么痛苦而斗争，但如果仁厚村依然如此，你们拒绝和斗争都是无用，保是保不住的。你今天不来找我，我也要去找你的，我要提供你们一个信息，你知道神禾塬吗？"

我知道。神禾塬是西京南五十里一个风光优美的地方，前几年村里人春游，我们还骑了车子去那儿玩过。

"神禾塬是城区文安县的一个乡，从西京往南的高速公路就经过那里。

如今以西京为城市中心集团，绕西京的各县又搞城市组团，而在神禾塬却正在兴建一个新型的城乡区，它是城市，有完整的城市功能，却没有像西京的这样那样弊害，它是农村，但更没有农村的种种落后，那里的交通方便，通讯方便，贸易方便，生活方便，文化娱乐方便，但环境优美，水不污染，空气新鲜。当然它严格控制着人口，不是任何人都想去就去的，我的一个朋友现在这个大房地产公司当法律顾问，这公司正与新加坡一个集团在合作，既然仁厚村要被拆除，为何不集体迁到那儿？"

我说："你说来说去，还是让房地产商消灭了我们嘛，现在的房地产商想迁拆了我们而发财，再交给另一个房地产商还是用我们的地皮去发财，我们只是一块肉嗯！你把那儿说得天堂一般，你怎么不去？"

"我当然想去，"范景全说，"但我没那个条件。我的朋友鼓励着我业余学法律，取得律师证了，让我跟他一块去那个公司的法律顾问组哩。"

他从怀里掏出两本书来，一本是《小说艺术》，一本是《法律知识》。我久久地看着这位满头白发的年轻人。封闭护栏内的高速汽车一辆接一辆开过，太阳将我们的影子斜铺在路上，无数的车辆就碾轧着我们那滑稽可笑的头颅。

"怎么想？"范景全还在问着我。

我脑子里茫然一片。我虽并不同意范景全所说的一切，但他所说的却又有道理，仁厚村到底会怎么样，我们的命运又是什么，我不知道上帝会如何给我们安排，我也不知道成义会如何领我们去走，而实际不过的是，今日，成义交给我的任务没有完成。

"范老师，"我说，"你讲的这些，真的，就像你以往给我辅导古汉语一样，说不懂，好像也懂了，说懂，严格讲又不懂，似是而非。你能不能把这些再给成义讲讲呢，或者，你就说说你不能帮忙发表这几篇文章的原因，要不，他还以为我就没有找过你呢。""我不愿去找他。"他说。

"你是说他是个魔鬼？"我说。

范景全笑起来了。

"这怎么说呢？我是反对他一些做法的，但目下的仁厚村若没有成义那又是不可想象的，我之所以对仁厚村着迷，我觉得上帝太会安排了，上帝让云林爷来当耶稣，上帝也让成义来当魔鬼，生活中不能没有耶稣，但生活中也缺不了魔鬼。人的心灵是一个真正的地狱，这就像一个原始的森林，而得到文明光照的地域只是其中很小的一部分，可文明偏偏固执己见，以偏概全，把这很小的一部分当做心灵的全部或最合理的东西，所以就编造出一大堆诸如崇高、优美、善良一类的自欺欺人的东西，提出一些虚假的问题，强行去建构一些道德化、秩序化、理性化，而完全漠视很多负面的东西，以至于完全拒绝正视自己的内心世界。这就是我们之所以感到城市厌恶，也不满足乡间生活的原因，之所以使已有的文明出现板结、僵死，人活得越来越不坦然，越来越萎缩的原因。社会要前进，文明要健全，是需要许多激活的因子的，真善美只有在那些阴森的、痉挛的、狂暴的和粗野的东西里更加健全和完备……好了，我不说了，你又该笑我在念小说啦！成义他正在兴头上，他这阵不可能听我的话。我只能把信息给你，你去影响他，听听他的想法。”

我站起来，我只有与范景全告别。

“你真的是不再学函授了吗？”

“不学了。”

“那我这是最后一次给你辅导了？”

“谢谢你。”

“就这样告别吗？”

我伸出了手，与他相握，我的手像海绵似的，被他越握越小。

“听说男人和成义握手，成义的手就……”

“这就是另一个范景全了？！”

我取下了手，做着要把裙子一下子撩到胸前的架势。

“好哇，范景全，你要得寸进尺呀？你要肯让我在这大路上撩裙子，我就撩呀！”“快按住！我胆小哩！”

这范景全，不念他的小说或不进行好为人师的谈话，他那嘴里就要溜出无穷无尽的怪话了，你得听他的又得骂他，骂了他还想听他的。老冉还讲究是他的好朋友哩？！这是个危险的男人，不能与他待得太久，太久了任何女人都要走不出他的笼罩了。我向仁厚村走去，一边走还一边向高速公路那边看，倒希望在什么地方，老冉是尾随了我们一直在那里窥视着……
"这个夏天里，你的帽子真漂亮！"身后的范景全还在说。我没有回头，却想：怎么这地方叫一棵树？怎么就约了范景全在一棵树见面呢？那三个姑娘呢，她们是哪儿来的，为什么就从事了那种行当，以后的日子又怎么过呢？

十 七

我把范景全说给我的一席话转告了成义，刚说了几句，他就笑了："范景全把自己当成仁厚村的师爷啦？"再往下说，他脸黑了，一挥手："秀才不懂兵！"于是我住了口，也抽烟。他却说："你说么，再往下说么！"我便开始说神禾塬，我把范景全所描绘的世外桃源一般的美景又加盐加醋地叙述了，我看见成义专注地听着，后来嘴撅起来如一个鼻子，而且转来转去，头就勾下去。我只说神禾塬可能会让成义动了心的，没想他头还勾着，白花花翻了眼皮问道："他们允许仁厚村迁过去还住在一起，是一个村？允许把咱们的墓地也迁过去？"我说："这我没详细问。我想，集中住还可能吧，但把墓地也迁过去怕不可能。"成义就说："去尿！那咱到它那儿干啥？一方水土养一方人，书上也写着呢，橘生淮南则是橘，橘生淮北则为枳！他们能建设好，咱就不能把仁厚村建设好？你以为我成义是个能打江山不能坐江山的？他范景全也是把我太小看了！"他把写的那些文章要回去，自己去病人中打听有没有和报社有关系的，碰巧的是住在眉子隔壁的那家病人，其姨夫就在报社当编辑，果然很快就发表了出来。

但是，联名上书的请愿还是没有批下来，成义就开始整顿起村巷村道了。

时下的中国有许多富裕的村庄都是把农民集中起来统一住别墅或公寓楼，我们还没有那么个经济实力，成义的意见，那样干也就不成了农村，农村应该是农村的样子，比如：家家住平房，出门有院落，人不离地面，人能接地气，相互串门也容易；屋墙是土墙最好，冬暖夏凉，用不着那些空调暖气，空调暖气容易使人感冒发烧；檐下搭檐簸，晒红薯干，柿饼，墙头上钉木楔，挂辣椒串和旱烟叶；门前堆柴火和煤块，挖倒污水的渗井，给孩子栽杆架小秋千；屋后的一角是小茅房，茅房坑要覆盖，茅房里不能栽树，栽了树容易揩屁股，可以在那里放卫生纸、废报纸，孩子用过的作业本；院墙的一角斜撑了竹竿，晾小儿的尿布，晾红颜色的女人裤衩，女人的裤衩晾在谁家院墙的竹竿上了，这谁家的日子就过得安安分分；午间鸡飞狗跳，家家烟囱冒烟，饭时都端了碗、海碗，到处走动，然后都到大药树下去，你家的孩子可以吃我家饭，我家没菜了就去你家拿那么一盘；孙子辈和爷爷辈没大没小地打骂嬉闹，谁家的男人一边噙着烟袋，口水淋淋地和谁家的媳妇在那里耍嘴皮子，但不能有是非，不能偷盗，不能奸淫，孩子都上学，上学免费，家家孝敬老人。成义的理想是我们仁厚村的理想，在越来越难以保持的今日，他要保持和建设一个都市里的桃源。这个时候，我又信服了成义。范景全说的那神禾塬，或许是好的，但那还是纸上画饼，成义却是实实在在给我们饼子吃呀！成义就要求家家户户整端自己的屋墙和庭院，必须粉墙，必须修饰门楼，门楼上都要写上字匾，如"耕读人家""山明水秀""吉星高照""三阳开泰"一类的话。不要植草坪，城里的草坪那是学洋人哩，中国人历来栽花，农村更是在院内门前栽葡萄，栽石榴，栽芸豆，又好看又实用。巷道得新规划，一条主巷道一定要直，将来发展了、富了，要过汽车，地下要开挖埋各种的缆线，所有的小巷要修过水道，树要修剪，树根用石灰水涂刷。这些工作说起来十分简单琐碎，但实行起来却不是家家户户能做得到的，他们笑着说："村长说得对！""好着哩！"但这一家看那一家，那一家又看这一家，或是门楼修了，庭院也扫了几回，数天过去，门口又是到处的鸡粪猪屎，柴草狼藉了。成义说，这不行，我说话放了屁了！他在家自拟村规，参考的是《桃花源记》，是《延安整风运动文件汇集》，是《人民公社社员手册》，是《曾文公家训》，还有一幅已经虫蚀成密密麻麻小孔的老中堂字画，是在老冉的嫂子家看到的，高兴得拿来给我看。上面写道："遂初服，四十五。发见白，齿渐龋。兴还高，人不腐。舌如风，笑一肚。要读书，恨愚鲁。半通今，半博古。友子瞻，师杜甫。性喜客，肯做主。酒不让，棋堪赌。爱山水，怕官府。奉高堂，居乐土。迟起床，早闭户。任天公，皆有数。不告贫，不诉苦。"我一看落款印章，这是我曾祖父书赠给关西书院一位刘老先生的作品嗬，怎么会落在了老冉的家？内容是有意思，但却是一幅有钱有文的闲人自况，对农民有什么参考？成义说："你曾祖父能书写这内容，你曾祖父是关西的大儒，冉家能保存这作品，所以冉家也出了几个有学问的人。你再瞧瞧'舌如风，笑一肚'，'爱山水，怕官府'，'奉高堂，居乐土'，'不告贫，不诉苦'，说得多好！家家都挂些类似这样的字画，仁厚村会成什么样子？！"柿饼脸，小鼻子。软声慢气，羞愧地笑。"会成什么样子？"我没好气地说，"郑板桥写过'难得糊涂'的，可有些人原本就是糊涂，你让他再'难得糊涂'，他就成一瓶糨子、一堆烂泥了！"成义说："这就要看村长的水平啦，过去的县长叫'知县'，'牧县'，村长何尝又不是这样？村规是给村民定的，村长的职责是管理和监督。"他定出的村规一共是十五条，包括有乐土，勤劳，亲善，孝道，卫生，计划生育和摊派，条条严格，符合者在门口挂"新风户"牌子，不符合者取消挂牌，三次取消挂牌者就断电断病人挂号，甚至停发福利补贴，罚款和开除村籍。

我说："上边还没有对咱们的请愿书批复，如果这么干，好不好？"

成义说："瞧，瞧，瞧，你又来了，女人真是有二两猪脑子吗？上书这么长时间没批下来，那是上边睁一眼闭一眼了，你越是这样干，他越是不会批的。"

想想，也是这种道理。眉子就讲过一件事的，他们的公司新得的一块地皮，三十三亩的，原是北京的一个什么大人物的公子说来要招外资建个厂的，结果地价十分便宜地拿到手，可拿到手后却以市场价又转卖给了他们的老板，从中轻而易举地裹走了一批巨款。这事有人写了报告给有关领导，报告到了秘书那里，秘书要领导批，领导说报告我不看了，你让主管部门处理吧。他不看，他就什么也不知道，这事就搁下来，一搁许多年过去。如果这次仍是这样，就让成义去折腾吧。但是，成义却对我们药房提出一整套要求，他设想，仁厚村的主要经济来源就是靠卖药，将仁厚村实际上办成一个大医院大药厂。他要求我在这方面多动脑筋，不要贪图小打小闹，在目前就花力气采购药材，在报纸上和电视上做广告，把仁厚村的医药声名往外打，产生影响，下一步就成批量生产丸药，真正办一个大药厂。

你不能不佩服成义的脑筋好使！以他这样干下去，他真还能把仁厚村建好哩，或许什么奇迹都可能出现的！我开始在报纸上电视上做了大量的广告，又组织了人去东北、云南采集药材，药丸的制作一时难以成批量生产，但全国四面八方的病人都寻到了仁厚村。好家伙，世上竟有这么多人患了肝病！从此我走到任何地方见到任何人，我也习惯性地看他的气色，心里总想：他是不是肝坏了？西京城里那么多男男女女，动辄就在大街上吵起来，拳脚相向，他们一定都是肝出了毛病。报刊上总是惊呼国人浮躁，那些专家学者分析这样原因那样原因，其实他们隔靴搔痒，全然不晓得这肝炎病人剧增的结果！来我们村吧！我们村里有云林爷！我们村是土地上的平房村子，只有土地能容纳病人，地气能消灭病菌！你们城里人离开了土地和地气，你们只有肝在损伤或坏死！我终于明白云林爷为什么是瘫子，这四肢着地行走的人是上苍的秉意和给世人的一种启示，云林爷若是神的话，他并不是医神或药神，他实实在在是一个土地神！

我把我的重要发现告知给了村人，村人皆觉得极是，他们更加信仰土地，更加坚定了不离开仁厚村、保卫仁厚村的信念。但是，西京城里的房地产商，包括市府的土管局、城建局和市长哪里又懂得这层意思呢！我厌恶着他们，仇恨着他们，尽我的力量没黑没明地工作着，又亲自去河北的药材市场进了一次货，并把我们仁厚村的广告宣传单到处散发和张贴。一个月后，当我满载而归地回到仁厚村，仁厚村几乎大变了样。巷道里全铺了细沙，沿两边院墙根搭有花架，堆放着盆花，树补栽了许多，一律树干涂上石灰。家家门楼该补墙皮的补了墙皮，该换瓦的换了瓦。猪鸡当然还是散走，但有人提了粪桶拿了尿勺，见猪的尾巴一翘，立即就去接收了。那些病人几乎都穿着统一的病号服，是种家织的花格棉粗布，宽宽大大，干干净净，慢悠悠地在村里转悠着。几条主要巷里都装了高音喇叭，成义一日三次在喇叭里讲话，其余的时间就放音乐。但是，令我惊骇的是眉子不再是仁厚村的村民了，虽然她还住在村里的那间有葡萄架的院子里。

原来，眉子家的院门楼一直未修理，门楼的右角椽头朽坏，外墙也没粉刷，且和邻居又吵过几架，"新风户"的牌子没有给她家挂，接着就断了她家的用电，也取消了分配病人的挂号。眉子也不是省油的灯，她有传销员老邵，有认识的胖子警察，更有，她是一家房地产公司里的人，她竟昏了头，干起了伤害仁厚村的事，将仁厚村的所作所为全部告诉了公司的老板，老板就直接找市府，要求落实市府以前对他们的承诺：改造仁厚村这一片旧房。原本这家公司计划拆迁了仁厚村而盖一片居民住宅区的，他现在为引诱和威逼市府，就决定将在南方某城计划的一座大酒楼的建筑建在仁厚村的村址上。西京城里之所以还没有像个大都会的样子，就是缺乏一些高大的档次高的建筑，如今一座二十一层的现代化的五星级大酒楼要在本城建成，这是多大的一种诱惑！消息很快地在全城传开，甚至"城市广场"的广告牌上也作出了这种宣传，仁厚村人就慌了，成义去区政府交涉得知眉子在其中的作用，一怒之下，回来就开除了眉子。

眉子成了仁厚村的叛徒和耻辱，对于她的流言飞语到处都是，她曾经救过阿冰的事变成了她与胖子警察的苟且证据，甚至说阿冰为什么她养的时候就成了亮鞭？那邻居的婆娘就张扬眉子和姓邵的没有结婚姘居一起，在房子里干那种事也还罢了，竟光天化日地在院里的葡萄架下干，叫声如猫叫春。"这我说话会负责的，"邻居的婆娘说，"她和胖子好，姓邵的也吃了醋，一次两人吵，姓邵的就把这只鞋扔过了我家的院子来！"她提着一只高跟皮鞋，但她嫌那鞋是"破鞋"，只提着鞋带儿。我认得这鞋带是眉子的。

我有心去看看眉子，我不明白她怎么一下子变成这样，但我也明白这些事情只有眉子可能做出，她是一心想在城里发展的人，喜欢时装，喜欢豪华的套间住房，喜欢城里人的气质和做派。她曾经把老邵的手机自己带着，在村巷一边走一边大声地打电话，也曾经对我说过她要学开车呀，她和老邵的奋斗目标就是有自己的公司，买到一辆小车。她就是不适于在土地上生活的人，她或许前一世就是城市人，这一世投胎错了，或许压根儿就是外国货，生在仁厚村是一种错误和变种。

"她和咱们不一样，"叫秀秀的在巷头见到我，知道我去找眉子，这样对我说。"就说男女关系吧，咱们要爱上一个人了，夸说：'我爱他！'可眉子怎么说？她却说：'老邵那方面可厉害呀！'她可实际了！你还找她干什么？"

但我仍要寻眉子的，我寻眉子，因为都是女人，我不能不存有那么一点嫉妒和要看她的笑话。但我的好处是我立即意识到了我的小心眼，将心比心，设身处地便同情起了同样是一个女人的眉子。

"笃！笃！笃！"我使劲地敲她家的门。

房子里很长时间没有响动，敲门声惊动了邻居那尖嘴婆娘，她在门道里织布机上打瞌睡，敲门声惊醒了她，她给我笑笑，突然乍着手，用大拇指指指我，用小拇指指指眉子家，呸呸在小拇指上唾口水。搬弄是非出名的婆娘令我发笑，我说你现在还织布？她说这你不知，现在城里人好像是肉吃腻了吃粗粮，城里开了三家粗粮野菜饭店，好衣服穿腻了又兴纯棉布，土布做被里子卖大价钱哩。"咱仁厚村一有名，我家老表就住在我这儿卖土布，我也趁机织织，你几时结婚呀，嫂子要送你一床土布被里子哩！"

我谢谢她，低头看眉子家门上新装了猫眼。仁厚村只有眉子装了猫眼。我附在猫眼往里看，什么也看不清，但我听见了里边有轻轻的响动，猜想她已经从堂屋出来，也趴在了猫眼往外看。从猫眼往外看，我是什么样子呢？为什么叫猫眼而不是狗眼？狗眼看人就低了。

门打开了，是大胡子老邵不是眉子。

"眉子呢？"我装着一切平静，什么事都不知道。"这么长时间不开门，猫眼里看见我是老鼠了吧！"

"也正因为你是梅梅，眉子才让开的。"

眉子在堂屋，并没有出来迎接我，我走进去，她穿着时髦，一件黑色西式裙衣，一条短皮裙，坐在真皮大沙发里抱着一只哈巴小狗。哈巴狗的个头极小，四肢短得只有一拃，头上的毛却长，几乎要不见眼睛在哪里。她就抱着哈巴狗端坐着，俨然是贵妇人。

"好唔，几时不见，人贵成这个样儿了！"

"你来干什么？"

"来朝拜呀！不让坐，莫非还要我下跪不成？"

眉子一下子从沙发上扑过来就抱了我，接着浑身抽搐着哭，说梅姐你还能来看我，你是仁厚村唯一能来看我的人了。这真是缘分，我原本有许多天不来这儿住了，住在这儿就像囚在这里，今天才回来，没想你就来了，你是到哪儿去了，他们在欺负我的时候，你为什么不露面？

"你嫉妒我吗，仁厚村那么多人在嫉妒我，你也在嫉妒？嫉妒我有个老邵，我有好衣服，我有了那么多首饰？！"

她狠狠地抓着我的膀子摇，用很凶的眼光看我。她身后是一面穿衣镜，个头比我高，腰却比我细。大胡子你看什么笑？

"我嫉妒你？"我生气地抛开她。"你有老邵，我也有研究员的，老邵是男人，研究员就不是男人了？何况我并没有结婚，世上的男人都可由我爱的，世上再也找不出比老邵更好的男人了？好衣服怎么啦，一身好衣服值几个钱，一千元不够，一万元总穿得珠光宝气了吧？！"

眉子一下子又瘫下去，看着我说："我想你是不会嫉妒我的，甭说世上，西京城里大款多的是，就是富婆也多的是，可为什么仁厚村就不容我？我和仁厚村作对？我和仁厚村作什么对？！成义他神经过火了，拿我出气！你也知道，公司老总已经答应要给我办个打字复印门市部的，人家待我好，我为啥不好好给人家干，是谁谁能不抓紧这机会呢？成义你开除我就开除吧，我已经住烦了这地方，要气派没气派，要舒服不舒服，自来水没有，抽水马桶没有，煤气没有，热水、空调没有，改造了旧屋，一切现代化又怎么啦，世世代代不再做农民又怎么啦，我错在哪里啦，我这就是忘了本了，堕落啦？！"

眉子发怒着，她的这种怨恨因无人倾诉已经憋在肚里许久，我没有去反驳她。桌子上有指甲油，有剪刀。我想着我并不生气的，脸上还带着微笑，坐在那里也修修我的指甲：我的平静和沉稳胜过一千种理由去批驳她，就可以看着她神经病般地在那里跳来跳去了。我坐到了桌前，大胡子老邵立即把糖盒摆了来，暗中给我示意不可生气。这老邵还可以的。我没有动指甲油，倒了一杯水喝，压迫了一颗小小的要瞧热闹的心。"你怎么不说话？你也是主管，你说我哪儿不对？"眉子还在吼着，摊着手，一溜头发扑撒在额前，那眼窝四周发青。老邵一定是嫌她脸色不好，脸盆盛了水劝她洗洗脸："你给梅梅发什么凶，梅梅也不是外人。"她把手伸进盆里，立即叫道："你是烫鸡吗？"老邵又加了冷水，结果又太凉了，她把水忽地泼出门外，盆子扔在地上呼噜噜地竟打旋儿。尴尬的老邵就背身坐在了门限上开始吸烟。女人是一架琴，老邵这个琴手调弄得琴是一片噪音了！老冉也不是好琴手！世上没有好琴手！我把哈巴狗抱在了我的怀里，把狗脑袋上的长毛编成小辫。一条小辫，又一条小辫。眉子的身子安静下来，一个姿势坐了许久，然后过去捡了脸盆，又自寻台阶地说："给我一支烟！"老邵把烟给她，她笑了一下。老邵也赔笑了一下，她立即又收了笑，不理他，把哈巴狗从我怀里抱回到她的膝上。

"哪里又弄了这玩意儿？"我说。

"城里人都兴玩这种狗了。"她声调缓低下来。"阿冰现在是仁厚村户口了，我不是，那日在村道遇见阿冰，我叫它它也不理，我生了气就去买了这哈巴儿。它是没阿冰漂亮，可它缠我，你瞧瞧。"眉子终于软和地笑了。她这一笑，值千金的，老邵的脸也生动起来，从柜子里取出一瓶XO来要和我喝，我不喝，他自斟自饮起来了。

我建议眉子：应该与仁厚村缓解矛盾，现在被除名了，我还可以给成义再说说，毕竟都是仁厚村人，成义的举动也不是单纯和你眉子过不去，他是一心想把村弄好，要不，他的威信怎么树起来。

"你就住在这里，我会常来看你的。"我说。

"我当然要回来，"她说，"成义他可以不承认我是仁厚村人，可他总不能放一把火把这房子烧了！城里老邵的房子一百平方米的，但我还要隔三差五回来住，我等着将来这里拆迁了，这房子还可以分配新楼房的三室一厅吧。"

她依然是在希望着仁厚村拆迁，这令我们难以有共同的语言再说下去。我告辞了要走，她偏一定要送我，就和哈巴狗一起出来，邻居织土布的婆娘吃惊地望着我们，眉子故意大声地和我说话，显得十分亲热。我一时又反感起她的虚假，同时也不想在村人面前留下我与眉子太亲近的闲话，就极少接她的话。我们在前边走着，哈巴狗跟在后边，到丁字路口了，我要往南，招招手分别，回过头来，看见眉子还在那里看着我走，她的样子若有所失，却同时发现哈巴狗竟还在跟着我。眉子也发觉了，叫："哈巴！哈巴！"我说："这哈巴怎么跟我走了？"眉子说："它腿短，看不高，只认人鞋，今日你穿的和我一样的鞋，它把你认成我了！""这狗东西，认人只认鞋！"我笑了说。

这几日是我的月讯，身上不干净，回到家内裤已经血淋淋的了，忙关了门窗换洗，无意间手就又摸着了尾骨。我多少次地提醒自己不要用手去摸，也不要去想，因为许多病都是人想出的，而且常去手摸，就像额上的黑痣一样越摸越长的，但我总是不自觉地手就到屁股那儿去了。撅了屁股在穿衣镜前看，心里无限痛楚，我身上的皮肉可以说最白最光洁，胜过了脸面，贼眉子她会长，身上皮肉黑粗黑粗的，偏偏脖子以上却白腻。我瞧见了我的尾骨。我立即惊慌自己的举动，看了看门，门关着，又去扯了扯窗帘。厦房里居住的新来的病人还在放收录机，这病人黄得脸如表纸却这么酷爱音乐！他会不会发现我的秘密呢？从门缝看去，病人踩着院墙边的凳子往铁丝上挂衣服，有一句没一句说话。他看不到。但我的秘密能永远不暴露吗？这关了门窗的房里有老鼠，有蚊子，墙根有甲虫，或许，这锅盆碗盏桌子椅子，尤其那些明清家具能没有灵性吗？一股烦闷涌上心头，我用被单把自己裹在床上，我突然想到我要是死了，是谁在火化前为我擦洗身子换衣服，他们立即会惊叫道："瞧，她有尾巴？"在旁的会有老冉吗，老冉会大跌眼镜吗？他不是个厉害的男人，而我又算什么呢？眉子有没有，天下漂亮女人都是长有尾骨呢，还是仁厚村人都和我一样？

"你那么爱音乐？是音乐课老师？！"

"人是耐不得寂寞的……我是什么声响都喜欢的。半夜里什么都听不到了，我就听我心跳，咚，咚，咚，激越得像打鼓。"

"你听到我家昨夜里有响动吗？"

"先是'啊'了一声，再是'嗯？'后来是一长声'噢——'怎么回事？"

"哈哈哈。你可以当特务嘛！'啊'是儿子他们屋里响……你还不明白吗？"

"知道了，知道了，你嗯了一声，你老婆怕是踹了你一脚，你又噢了一下。你这老骚情！"

"耳朵这么尖的，你应该夜里去墓地那儿呀！"

"那儿怎么啦？"

"老刽子手说，天一黑墓地里老有吵架声。"

"阴魂吵？"

我把被单埋住了脑袋，眼前里尽是眉子家葡萄架下晾着的那些高档的真丝小裤头。"城里女人最讲究是小裤头，你总是用那么大的，又那么厚，老土！"它在嘲笑我。

十 八

我去见眉子的事不久成义就知道了，他对我咆哮责骂。如果他心平气和地问我情况，或者就是骂，在药房里或村委会办公室，我会理解他也能给他作出解释，但他不管了三七二十一劈头骂我丧失原则，是熊，不要了脸面，又是在墓地我们给祖先焚纸进香的场合，当着老刽子手和那么多人骂我，而且他在骂我的时候，那老刽子手的眼睛就一直盯着我的后脖子，我也就火了。我想起了范景全的话，我也骂他魔鬼，是阴冷的、痉挛的、疯狂和粗野的魔鬼！

"你骂我魔鬼？"他说。

眼睛吃惊地瞪了我，那一只手，女人的手，举起来。

"骂了！不光我骂，骂你的人多了！"

"谁？"

"范景全！"

"范景全？"他哼哼地冷笑着，"我成义要是不被人骂作是坏人，我成义就是没有成功！他范景全就是有一肚子理论，我要的就是把仁厚村保住，要的就是仁厚村人有饭吃，能活下去！我只要把事情弄成了，弄大了，你瞧着吧，他范景全就会出来又歌颂我哩！我看你学函授是越学越迂了，你老老实实跟着冉子和，别蝌蚪学着那范景全的鱼在浪哩，小心把尾巴浪得没有了！"

他这话或许是无意的，但我立即就想到了我的突出的尾骨来，竟本能地一下子脸红，抬起头的时候，甚至又看见了站在牛头木桩下的老冉的嫂子，我愤怒得吼起来：

"我私人的事你管得着吗？我和姓冉的怎么啦？我和姓范的又怎么啦？！"

我瞧见成义被噎在那里，那只女人的手摇了摇，后来就抓起了给祖先奠酒的酒瓶，咕咕嘟嘟往嘴里灌。旁边的人在夺酒瓶，"成义！成义！"地叫。

高丰就挡住了我，低声说："梅梅，他是村长，咱们要有维护权威的意识哩！""他是云林爷了不成？！"哼的一声，我用力地摔打了墓地的栅栏门，赌气离开了。

我的脚步已经拐到了祠堂前的土场上，但我又决定不去给云林爷诉委屈。云林爷是我们的神，去祠堂应该去净化自己，一有事就去找他，只向他索取，也就显得太那个了，何况他既然如神一样，他什么能不知道，用得着絮絮叨叨去给他诉说吗？我黑着脸向家里走去，村巷里许多人都瞧见了我的模样，谁也不敢多问，直看着我到我家踢开了院门。黄表脸的病人才在收录机里应和"树上的鸟儿成双对，夫妻双双把家……"家还未回，噔地关了。

这一个下午我把我关在屋里，这一个下午我才明白了房屋原来是囚人的，人造房屋，其实是自首投案，自己把自己囚起来了。于是我想到了这个西京城，也想到了我们为仁厚村所做的种种行动。但是，很快令我一切都不去想，而陷入极大惊恐之中的是，我去冲澡，发现了我的尾骨明显地更突出了！人一受刺激就生病吗？这尾骨突出是我真的病了吗？娘死前的头两年，娘是因患胃癌而动的手术，医生说，能熬过一年就可以活到两年，能活过两年就能过第五年的坎儿，过了坎儿就没事了。在娘手术后的头一年里，我也就病了，总是头晕，我知道这是为娘操心，精神太紧张了。第一年终于熬过去了，但娘没有活过第二年，她一死，我不必为她再熬煎，我的病也好了。如果尾骨突出确实是病，这病就难免了，自成义当村长以来，仁厚村无时无刻不被一种紧张的气氛笼罩着，而我又越来越在早晨感到气闷，又胆战心惊，每每睁开眼，耳朵就逮着任何声响，会不会发生突然的事变呢？人生的压力很少像这样均匀而又沉重地摊给每一天！正是在这种极度的紧张和惊恐中，才使我原本就比较高的尾骨发生病变吗？而和成义这一顶碰，又突出了许多吗？我警告起自己，要精神放松，要平静下来，但怎么个平静啊？命运使我降生在了仁厚村，命运又使我偏偏生活在仁厚村的这个时候和周围这一群人中间！

"梅梅，梅梅，你睡着了吗？"黄表脸的病人在窗口轻轻唤我。

"唵？"我应着声。

"你已经一下午不出屋子了，天已经黑了，你还不做饭吗？——我吃的是面条，我不能让你的，我怕你传染——你总得做饭吃呀！"

"我知道，"我说，"我有剩饭的。"

"那你不去看足球吗？今晚体育场里有足球赛的！"

"我不去。你能去你去吧。"

这天晚上，体育场里是又在比赛着一场足球。上次足球骚乱之后，西京城被取消了主赛场，西京城的领导为了重塑这个城市的形象，为了争取失去的主赛场，他们特意又邀请了外地两支球队在这里比赛的。中午，成义还向我夸夸其谈着足球，让我去买些小喇叭晚上去呐喊助阵，我提醒他为了仁厚村，再别冲动，若发生骚乱千万不要介入，他得意地还说："这么说，我成义的生命活得已不是我个人的喽？！"——可现在，球场一阵一阵的呐喊声时不时传来，成义是坐在了球场的看台上，一个男人家有气可以发泄的地方和方式太多了，酒或许使他的怨愤同汗水一块从毛孔里挥发掉，或许球场上的呐喊已把一切不快迅速忘掉，而我，却仍在怒火里烤烧着自己的身子，刺激着自己的病变！成义！成义！狼成义啊！心里反复着一个可恨的名字，我企图这种意念使足球场上的那一位有了感应，使他惊悟我还在恼气着而让他良心不安！但我立即意识到这是一个多么可笑的弱者，自己为自己可悲了！

几个翻身，一声长息，我闷在躺椅上迷迷糊糊半醒不醒，魏小小又在哪儿拉着了二胡——"谁能与我同醉，相知年年岁岁"——嘣，年岁在颤颤悠悠的胡弦上断送了。而这个时候，门里悄没声息地进来了一个人。小偷？以往的经验里，每有足球比赛，仁厚村就要失盗的。黄表脸去看足球，他没有让我去关院门，也没有从外边反锁，小偷就进来了。进入画家房间的杀人犯从楼顶上吊下来翻窗而入，他首先是小偷而不是要杀人的。为什么不把钱财都交出来保命呢？如果能保了命画家就又舍不得钱财了？！范景全说小偷捉不尽的，礼待而退……我故意把眼睛眯起来，装着瞌睡，醒着耳朵和全部的神经要看小偷怎么个行窃。但小偷静静地坐在了那边的床沿上就不再动。这是一个沉着的小偷。又过了一会儿，小偷竟起来要退出。连小偷都不肯偷我，我生气了，说："你走呀？你把门闭上你走！"那小偷却停住了脚，轻声说话："你醒啦？"声音蛮熟的。睁开眼来，立着的却是冉研究员。我哧地笑了一下，但老冉是个没趣味的人，我不愿意把我的错觉说给他。"你怎的来啦？来了就又要走，你是小偷呀！"

"我从所里回来去药房，阿顺说，"老冉说，"晚上有足球赛，你多半去看足球了。我在足球场没瞧见你，却见了成义，他说你在家，说你心情不好，让我来看看。你果然气色不好……见你睡着了，就想过一会儿再来。"

"成义告诉你来的？你那么听他的！"

"今晚球场上秩序好哩，警察比往日多了一倍，是不会有骚乱的。"

"没有骚乱看不到被扒光的女人你就不看比赛了？"

"哪能是这样？"

他毕竟是老实人，再作践他就于心不忍，我说："你还行，今晚上仁厚村都看足球了，你还来看看我。"

我这么说着，极力想摆脱心情的不愉快。不论什么原因，在这个时候老冉来，这就是我们还有的一份缘分。成义，你看你的足球吧，我也是有我的老冉的！我伸了一下懒腰，感觉里浑身的关节啪啪地松开，所有的烦恼都抖落下来，我说老冉你今日头梳得光哩。老冉立即不好意思，动手揉乱了发型。我说真的好看。他又把发型用手理好。我知道老冉真心地喜欢我，但我平日太犟，以致使他越发畏畏缩缩起来，也听不来我哪句话是真哪句话是反话正说。我咬着嘴唇拿眼睛看他。我这眼睛如果在别的男人，一定能看懂是什么意思而要不顾一切地扑过来，但老冉却仍是想过来又不敢立即过来，他遵守的是酝酿和铺垫的常规，他的优柔寡断影响着自信，一双手暴着血管，五指紧张地在床沿上蠕动，几次又收成团，他站了起来向我走近，走近了却弯腰拿了那边的热水瓶倒水，然后端着水杯又回坐在床沿。水杯未喝，放在床头。在这个夜晚，我完全体会了作为一个女人的心情，女人不管是多么高贵、强悍和威严，其实内心深处在男人面前是有着天生的希望赞美、赏识甚至希望玩弄的意识。如果男人太主动，女人会嘴里骂道流氓，可太拘谨的男人，女人却是忍受不了的冷寂，而要怨恨这男人，小看这男人。尤其在今夜，我不知怎么就需要老冉。我惊异着我的这种勇敢，也闪过我现在渴望老冉是为了忘掉下午的烦恼，但我就需要老冉来帮我把烦恼忘掉啊！

"我穿这件裙子好看吗？"

"好看。你穿什么都好看。"

"你坐过来吧……你是不爱我了吗？"

"爱的。"老冉说，他说话的时候脸色变异，五官完全不是平日的模样，似乎更丑，猴子一般的就扑过来搂住了我，连躺椅上的凉垫一起搂住。穿衣镜里我胡乱地看到他的后肩，肩头上有我的脸。我不愿看到我，我的五官也一定是丑陋的。我的脸已经不属于了我，脖子像个轴儿，被搬过去又转过来接受湿淋淋的口水，我听见他喃喃地说："我爱你，梅，我真的爱死了你，但我不敢主动，怕你嫌弃我，因为你心情不好，我不能乘虚而入，你若给我进一寸，我就有勇敢进一丈的！你试，你试试，我能行的！"他竟真的敢抓了我的手放在他的两腿中间，那里鼓起一个包。我说："你今天能行啦？"他说："上次我太紧张，心理越有负担就越不行……干这事要流氓哩。"我笑起来。老邵那么一窝大胡子。老邵第一次来仁厚村，孩子们撵着他看稀罕，叫道："他没嘴，他没嘴！"气得老邵一掀胡子骂道："这不是嘴是你娘的×？！"成义的鼻子是硬的？球门那么大的，臭老脚竟射不进！旁边的小妞对爹说："没有守门员就好了！""你知道不，"我说，"我比眉子还大半年，人家已经打过几胎了，我什么还没见过的，今晚我就全给了你，你关了院门吗？"他立即站起来去关门，而且在说："那我走呀！"大声咳嗽着开了门，又关了门，轻手轻脚走过院子，进堂屋时把门也关了，窗帘拉得严严的。我笑了："你倒还是老手，说那些话给病人听呀，可人家在体育场。"他声音马上高了："你是仁厚村的组长，我不敢让人说三道四的。"

一切都放松开来，放松便是天才，爱就要商商量量地做下去的。老冉把我往床上抱，撕扯我的上衣和裙子，但寻不着纽扣和裙带，溢得满嘴的口水往下掉，眼镜也跌在被子上，我捡着放在了枕边。我说你来吧，要来真来，从从容容的不必做贼。揭了床上的旧单子，特意换上了一件崭新的白布单。"你倒水去洗吧！"他嗯地应我，听话得像孩子，端着水盆出去接水时，又拍了下我的屁股。这一拍，使我警惕了我的尾骨！他不愿意在卧室里当着我的面洗，水盆端到另一个房间，我更是如此，在他洗了过来后，我再去洗。在那一时，我怦怦地心跳，玩的就是这一种心跳吗？我为我的大胆而红着脸，只是脑子里闪现着眉子，我为我的羞耻找借口和安慰：这是应该的，这么大的姑娘，我是应该有男人了！浑身就热乎乎发烫，那一块地方更是涨得难受，喷着热气，也流着热水。作为姑娘，我看重着这一天，这倒不是我太正经，而这一天应该是永远记住和一生怀念的，是在我最需要安慰的时候，该是很隆重的事吧。

我从那个房间往出走的时候身子是挺直的，我要大胆地把整个身子暴露给老冉，但一走进房间门，灯光白花花照射，我却本能地弯下腰，没有剥去内裤，大毛巾裹着腰，手紧紧按着尾骨和尾骨上大毛巾的两头。老冉并没有钻进被窝，他是赤条条坐在床沿，样子像个蜘蛛。我们对视了一下，就谁也不敢看谁，眼睛闭上，在那里疯狂拥抱，我迷糊里仍是警惕着，他的手一接近我的身后我就躲开或抓住他的手。我斜了身子想拉电灯的开关绳儿，他站起来，却要把我抱起放倒在被窝里，"我自己来，"我让他先上床去，却一低头发现了在他坐过的白床单上印着一个黄的圆印。我以为是什么灰尘，还用手去拍拍，黄印没有掉，似乎更脏了许多，"这是什么？"我说，俯身看时，竟发觉是粪便！立即恶意攻心，什么情绪一下子消失殆尽，叫道："你屁股没擦净，你——？！"老冉便瓷在那里，脸色大变，很快动手去擦，喃喃道："怎么会是这样，怎么会呢？"我问："到底怎么回事？"他说："……我有痔疮的，我刚才上厕所，只说擦干净了，谁知……"如果他不这么说还罢，他越是坦白，我越恶心，一伸脚踹在他的屁股上，骂道："你滚！滚！"一把拉开了被单，哇哇地趴在那里呕吐了。

老冉还是瓷在那里。后来就开始穿衣服。后来说："那我走呀。"要出门时忘了眼镜，在床头找着戴上，还说了一句："那我走呀。"开了门走掉了。

一阵潮水般的哄哄声从门外涌进来，这是球场上的噪音。一粒球是不是被踢进了球门，球员还是无休止地奔跑着，乘兴而去，无功返回？我就是如此的命苦啊！眼泪哗哗地流下来，盼望的是今夜的球场再骚乱去吧，所有的车辆被推翻，栏杆被踏断，女人们被剥扯了衣服，抓破下身和摸掉奶头，让警察砰砰地持枪发射，一批批的男人倒下去，再一批批男人倒下去！倒下去的应该有成义！今夜里他又是剥脱了上衣，将球队的队徽用色彩涂在脸上，倒下去了，那胸肌一块一块凸起，一只手还在空中乍着，是那一只女性的手。女性的手抓住那个就不松吗？这嫁接的手一定是一个骚货的手。眉子就是这样，今夜她又在狂欢呀，在球场，还是在床上？眉子是对的，她要的是男人，而不是仁厚村的名号，也不是职称和知识。

一九九五年七月二十七日，我把最美好的节日变成了最伤心的忌日，我诅咒着老冉，更诅咒着我自己直到天明。

天明，我仍是懒得起床，屋门被使劲地敲打，我听出敲门人的气喘声是阿顺。我一直是坚持着每日七点钟准时到药房的，今日竟迟到，一定是阿顺他们以为我发生了意外，我没好气地问道："敲什么，敲什么，我并没有死去！"阿顺在门外说："主管，主管，梅姐！你快起来，来了一个病人。病得厉害哇！"

我立即翻身下床，床下就是昨晚撕扯下去的脏床单，踩了两脚，踢到了床底，也不洗脸，就跟着阿顺往药房跑。斜对门的老太太正抱了笤帚扫地，说："梅梅哎，昨儿夜……"我举着手，要说什么，人已经转过了巷头。

药房的门外果然有三个人拉着一辆架子车，车上躺着的男人狂躁不安，疯牛一般的叫喊着要扑起来，那三个人一人死死地把握着架子车，两个人就竭尽全力地按住病人。病人被按下了头，双脚却在蹬，去按脚，头又扬起来，似乎人与豹在搏斗，其中一个就整个身子压上去，开始撕铺车的床单，要绞成绳捆住病人。我看了一下病人，脸色焦黄，口鼻干裂，痛苦扭曲了五官，人丑陋得十分可怕。这样的病人我是听说过，但还没有接待治疗过，这是一种肝痉挛，剧烈的疼痛使病人发狂，如果再发展下去就是肝坏死，人处于昏迷或很快死亡。我一时吓得惊慌失措："这样的病人我们是无法治疗的。"三个人几乎都失望地看着我，接着就跪下来，说："仁厚村若不能救他，他今日就必死无疑了，你们再想想办法吧，死马当活马治吧，医生！"我还不是医生，但我明白救人的职责。"那我去背云林爷吧！"我说。刚转过身，阿冰却从巷口往这边跑过来，接着云林爷就四肢撑地一下一下出现在巷口。这简直是奇迹！从未在这么早出门的云林爷，今日却到药房来，他一定是有了什么预感吧。果然他对我说："快去熬'三星汤'吧！"。

我一边喊阿顺快去熬汤，就抱了云林爷到车前，云林爷看了看病人，说，不要捆，人都病成这样了还要捆？三个人就松了手立在一旁，云林爷呸地一口水喷在病人的脸上，他的嘴里并没有含水，但喷出来的水如雾一样。接着他拿手在病人的肋下戳了一下，病人已经乍起来的手就静在那里，然后轻轻地落下去，人眼闭上，只长长地嘘气，汗水豆子一般的往下滚。云林爷掉头又双手撑地，移动着身子向巷道去，我要背他回祠堂，"不必的，你经管着把'三星汤'喝了，安排住下，让陪伴人来我那儿取药方吧。"他说着，停下来在地上捡什么？捡着了一分镍币，装在了上衣口袋。

我没有让陪伴人去祠堂，自己去取药方和药引时，我问云林爷使的什么神法治服了狂躁的病人？"我哪里知道？"他不愿说，却问我药房里有没有"十全大补"，我说有的，是给那个病人吃吗，他说他要吃的，他今早去村边转了一圈，觉得仁厚村东南地气太亏，需要补补，就在连本家后到五泉家左前的十步处掘个坑儿，埋十包"十全大补"吧。云林爷并不是风水先生，而且听说那些风水先生在认为某处地方不吉时埋犁铧或磨扇秤锤来镇邪的，但云林爷却突然要我去掘坑埋"十全大补"，便觉得十分蹊跷。他说过了就再不重复，侧了头微微地笑着看我。他这么笑着看我，我立即心虚起来，自觉到自己已是个玻璃人儿立在他的眼前，他一定是知道了我昨晚的事体，也已经早知道我尾骨的秘密，遂脸面通红，不知所措。"你没有面条了吗，菜呢，白菜吃完了没有？"我说着，要往厨房去看。云林爷摆着手，说他有方便面，还有红烧牛肉的臊子的。

也就在我同云林爷在他的祠堂里说话的时候，仁厚村发生了可怕的事件。我太相信了云林爷，以为这个世界上发生的一切事情他都会有预感的，但云林爷除了病人的病情外，别的事情并不是都有反应。或许，是他有了反应，什么都明明白白，却压根儿就不去理会这些事罢了。当时我还在劝他少买方便面吃，想吃什么随便给村里任何人说一声，能没人为他做一顿可口的饭菜吗？门外就踉踉跄跄跑进来眉子的邻居，这个脸上留着一个大疤的男人是个老实疙瘩，一进门却一句话也说不出来，手扬着，脚跺着，脸憋得赤红。云林爷问："狼挖脸，你不要急。"

狼挖脸张着嘴，还是说不出来。

狼挖脸的小名叫石头。六岁的那年，白胖得像个面团儿，夏天里一家人拿了草席去麦场上乘凉睡觉，原本大人睡在席边，石头睡在席中，但石头半夜憋尿，起来到场边尿过了就摇摇晃晃往爹娘的睡席上走，却看见一只狗在跟着他。石头说："狗，狗！"狼就越发近来。石头叫狗声惊醒了爹娘，睁眼看时，失声叫了一声："狼！"狼一经识破，就不敢再过来，临走却一扑爪子抓伤了石头的脸。石头的脸便留下了一个疤，村人从此不叫了石头叫狼挖脸。

"石头叔，是来狼了吗？"我笑着说。

云林爷在狠狠瞪我，狼挖脸话还说不出来，手指着门外，差不多的瞬间，我是听见了村中传来的吆喝声，知道是出了什么事，拔脚就往外跑。我的第一个念头，是胖子警察又来找眉子而和村人发生了口角，或是区政府又来找成义了。当我赶到村巷，每条巷里都拥了村民，他们是举着锨、镢、扫帚和劈柴棒追撵着一伙人。许多人家的院门被打开，有手里端着水烟袋的，有双手沾着面粉的，紧张地问："在哪？在哪？"那伙人就踢里踢腾往这儿跑，门口的人齐声喊："打！打！"有妇女就将手里的盆子一泼，水溅了那伙人的脚，妇女才惊觉泼了水也泼了水中的米，一边过去捡，一边骂。那伙人我不认识，有一个小矬子，腰粗腿短，跑起来如鸭子划水，他们一边跑，一边回头也骂，骂了一句，低头又跑。而同时，八条巷道又被撵出了几个人，在那里相遇了，一起抱头又折身向我跑来，后边呼呼呼地更是一群村民追着打，土块瓦片抛向他们，有一只破鞋就日地飞过来，砸在了距我三米远的那个梆子头的肩上，他丢掉了手中的一个小铁桶，铁桶里的墨汁就流溢了一片。追撵得最快的是成义，大声叫道："把他们赶出去！赶出这些王八蛋！如果再敢进仁厚村，就打断他们腿！"

那伙人从我身边跑过，他们害怕我阻拦，站住在那里看我，突然一哄而过，其实我并未拦，只对着撵来的成义问怎么回事？

"狗日的！"成义说，"一早是鬼子进村啦！不声不吭在村里丈量面积，书写标语哩，我问是哪儿来的，他们傲得很，说是'大兴'房地产公司的，我就和他们吵起来，'大兴'房地产公司算个尿，凭什么在村里乱量胡写，有能耐让市长来嘛！"

我一听气也上来了，回头一看，那伙人已跑到巷口，有一人身子隐在墙头还往这边一探一探地瞅，我就在地上抠一块瓦片，瓦片嵌在泥里抠不起，抓一团泥巴摔过去，那颗头再没探出来。

　　"你去五泉叔家取了锣来，把锣敲响，让全村人都知道有人要来拆迁仁厚村的，如果谁敢再来，咱们就和他狗日的闹！"

　　还未等我去五泉家，五泉爷却颤颤巍巍从巷那边提了锣过来，魏小小夺了锣吭吭地敲，喊道："仁厚村的人都出来啊！谁都要出来！有什么家伙抄什么家伙！谁也不能拉后，仁厚村到了最危险的时刻，起来保卫仁厚村啊！"成义就站了一家门口的高台阶上，大声地说："大家都听着，我成义现在以村长的名义告诉大家，仁厚村是仁厚村人的，没经过仁厚村人的同意，谁也不能进村来丈量我们的土地，谁也不能动仁厚人墙上一块土，房上一页瓦！今天撵走了这些王八蛋，他们若敢再来，来一个撵一个，来两个撵一双，撵不走的就打，打出人命我成义顶着，总闹不到公安干警来包围了仁厚村用机枪剿灭吧！"巷道里一哇声地响应："打！只要他们不怕死，咱把脑袋也就别在裤带上了！""有我们在就有仁厚村在！""这年头，不闹出人命还没人管哩，出个人命咱仁厚村就能保住了！"他们举着锨把、笤帚、木棒，样子极像参加什么暴动。我那时想，这或许要成为一个偶然的契机，虫子在茧子里极力要咬破个洞儿飞出蛾子来，这场撵打就是这个咬出的洞儿了！陈胜吴广当年起义，怕也是这么闹起来的吧，我们的祖先，那个富商贾万三，充军后作战又是什么样子，但祖先助阵的鼓声是有鼓谱的，而我们的锣却是乱敲。

　　"把锣给我！让我来敲！"我从魏小小手里拿过了锣，敲了个震耳欲聋。

　　仁厚村的骚乱虽然并没有闹到什么大的场面，被追撵的人最多是丢下了他们丈量的布尺和记录本，以及刷写"迁"字的那些墨汁桶和排笔，大不了有人的头上脚上挨过瓦片流了点血，但它的影响却绝不小于那场足球骚乱。西京城吞噬了多少土地和村庄，敢反抗的也只有仁厚村！成义领着村民赶走了那伙人后，立即又组织人在进村的四个路口上挖了坑，全都横架了木椽。这些坑和木椽目的是为着挡车进村，其实村巷的路太窄，除过一条外，车根本就开不进来，这些动作只是警告着来冒犯仁厚村的人的。

一个整天，仁厚村的几乎都没有吃饭，也没有再干别的事情，全集中在牌楼下。我们防备着被赶走的人回去后会有报复，或者这是家有来头的公司，要通过权力调动公安干警来的。此时的天气已经渐凉，太阳阴在云里，黄昏时又起了风，我们就坐在那里燃了火取暖。体育场家属院的人经过村口，匆匆而走，有小孩瞧见火堆要走近来，大人忙一把拉住，唬道："你不要命啦？！"进了铁栅栏门，咚地把门锁上了。这举动使我们受辱，高丰和癞疤头就骂道："他娘的，把我们当什么人了？！"成义在吸着烟，说："这也好，就让城里人害怕着仁厚村人吧！"却弯过头悄声对我说："额头上皱那么个疙瘩干啥，士气要鼓不能泄的！你去买些酒来，让大伙在这儿喝着也就不冷了！"我买了五瓶酒，又买了七罐饮料，男女老少就全喝起来。我们都是饿着肚子的人，沾了酒容易激动，声嘶力竭划拳声，惊动着体育场家属院的人，他们不得安睡，但也不敢制止。或许是酒力发作或许是这么叫喊一通后也觉得了寂寞和无聊，吵闹就渐渐低缓，最后在毕毕剥剥的柴火焚烧中，有人开始喊喊啾啾议论，愤怒地咒骂，无奈地叹息。有一捆包谷秆在烧着的时候，收获中遗忘的一穗包谷在火中烧着，发出喷香的气味，孩子们争着去吃，灰屑就腾腾地扬起来，落在了人们的头上和肩上。成义也是喝得双目赤红，坐在一块石头上一连抽过了四支纸烟，烟火把嘴唇烫起了黄皮，他吼叫了一下，喝退了孩子，大家都静静地看着他。成义一定是意识到了自己不该这么发火，全村人心里都窝着火，如果他忍不住了，火势将不知会烧出个什么来。他抿了抿嘴，说："已经这个时候了，并没有什么动静嘛，他们也是理缺心虚，为什么全村人都要守在这里？是这样吧，留下几个人，其余的都回去，若是房地产公司的人再来，我们会敲锣，大家听见锣声就来与他们械斗。若是公安局的人来了，要抓抓我成义，成义就在法庭，我也是长着嘴的……或许，他们谁也不敢来了！"成义这么说着，但谁也不走，而且人越来越多，有许多竟是住在仁厚村的病人，他们穿着统一的服装，脸色蜡黄，叫嚷道："公安局来抓，来抓我们好了，只要他们不怕乙肝病毒！"成义立即点着名，让各家的人快把各家的病人送回去，肝病是不能受气和刺激的。"有什么事？没事的！把病耽搁了你们不计较，却也坏我们仁厚村的医药！"于是一些人就领了病人回去，接着又回去了一批。我瞧见老冉竟也在人群里，他是最后一批走的。他也能参加到这次行动中来，出乎我的意料！他转身走的时候是拿了眼睛偷偷看我，我故意别过头和成义说话，成义扯着我的衣襟悄声说："你那先生，快让他走，出了事农民不怕，他是有公职的。"

"有公职咋？他不是仁厚村里人？！"我说。

"或许他是来找你的，你还不过去？"成义推着我。

我把手里的一截木棒咣地向墙根扔去，木棒在那里反弹着又蹦到火堆上，哄地灰屑腾起一朵黑蘑菇，"去尿！"

老冉一定是全部看见了我的一举一动，就没有走过来，立在那里取下眼镜擦了多时。

十 九

这个白天就这样过去了，晚上也过去了，一切竟然平安无事。从那以后的三天三夜里，村口是没有了守卫的人，成义的那只女人手却一直提着铜锣，在村巷里走来走去，如巡逻的士兵。或许这么走着太是寂寞，就轻轻地一下间隔一下地敲打锣沿儿，锣的铜音短而亮地传达到全村每一户人家的耳里，猪也听着，鸡也听着，一树一石都听着：这是报平安的更声。

我曾赌气着绝不再理成义的，但我已说不清在撵打房地产公司人的什么时候，我们是怎样自然而然地消解了矛盾。这一个黄昏我顶替了他，让他去睡一个囫囵的觉，而阿冰却跟随了我，我与狗在村里转了一遭回坐在了石牌楼下，想不到地又碰着了范景全。

见到范景全我真有些不好意思，他是批评过成义和我们仁厚村的，如今村里发生这样的事，启齿不知道该给他说些什么？范景全却说仁厚村的事他全知道了，今日去旁听一个法律研讨会回来，路过了这里又专来村子看看的。"如果允许的话，"他说，"我陪你一块巡逻！"我说事情到了这一步，你倒敢和仁厚村站在一起了？是不是又来收集材料写你的小说呀！？范景全的毛病是一旦提起了小说创作，他就要说得江河奔流，滔滔不绝，又是什么小说创作当然与现实截然不同，遵循的是另一种规律，不过，小说家与他生活的现实息息相关，生活在所处的社会政治环境之中，他才可能而且非常可能对日常政治事件发表自己的观点。"我怕什么？房地产公司如此干，这其中他们与政府有关腐败分子的阴谋我还要揭露哩！我已给市纪检委写了揭发材料，起作用不起作用我不敢说，但作为一个公民，我应该把话说出来！"他还告诉我，以仁厚村为素材他是写了一个小说，这小说不仅有着故事，故事里同时带着寓言似的意义，是不同凡响的，问我是否有兴趣看看？我笑着谢绝了。他蛮遗憾地抱着阿冰梳理狗毛，立即在瞧见了阿冰的亮鞭后吃惊地问我这狗得的什么病，我说了阿冰的经历，他叹息起来，说这种病是云林爷也难以治好的，在一本书上记载过二战结束后，从德国纳粹的集中营里出来的人百分之九十九患有性无能病，以致无法疗救，这阿冰虽然不是人，但受到的惊恐和打击却与人是一样的。范景全在那一夜陪我巡逻了许久才走的，他最后为仁厚村不准备去神禾塬而沮丧不已，他走了，但他说到纳粹集中营的话使我整个夜里脑子混乱，仁厚村虽然不是集中营，而仁厚村人也会患上性无能吗，男人们是不是都像老冉，而老冉承受的压力还并不大的呀！那么，不患上性无能的病是不是就是要患类似我那样的尾骨突出呢？

第二天，我建议了成义：这几日没有什么动静，就要村民尽量消除紧张感，恢复正常日子。成义是赞同的，星期日的露天电影依旧举行。在看电影中，年老的人却突然想起了已消失了太久的菩萨庙会，掰指头算算，八月四日正是庙会的日子，就在隔日。有三个老太太在药树下摆了香案，为菩萨磕头烧香，阿顺娘便腮帮上抹一点朱砂红，咿呀咿呀唱小曲儿。药树下原是有一个小庙的，往昔的庙会，仁厚村唱戏耍社火，四周八村的人都来热闹，差不多成了规矩，八月四日至八月七日四天前半月，家家就捎书带信给亲戚：庙会上要请××班的名角哩，撩拨着亲戚掰指头算日子，到了四天里头，亲戚天大的农事也放下，头脚一新地提了彩馍、红糖、水酒来走动。现在，西京城隍庙会没有了，看不到十殿十八院的香火缭绕，也看不到百绝技艺地摊表演，阿顺娘的一唱，惹得五泉爷就去，甚至把村外那些卖擀面皮的，卖油塔的，卖泡儿油糕的都煽惑了在村里吆喝。香案前的人越来越多，能唱的加入合唱队，能乐的拿了小鼓小锣琵琶二胡，金声丝声土声肉声齐鸣。我听到消息跑去看，杂货铺的光头正拉二胡，让他老婆唱十二月花，老婆是尖嗓子，刺得人耳朵疼，一边唱一边眼睛骨碌碌四下打转儿。给菩萨献了八个月的花，敲碟儿节奏的魏小小，瞧见五泉爷切西瓜，节奏便敲乱了，阿顺娘举着手要扇打，瞧见我说："梅梅声好，来一段'剪窗花'！"我不会唱的，示意着光头的老婆继续往下唱，只拿了扇子在旁替她扇风，想：菩萨没庙了，菩萨会听见唱声到仁厚村来的。就在药树顶上看，在贾家前院的屋脊上看，腰院的照壁上看，相信菩萨是已在村里每一处地方，福佑着我们了。突然间惊悟起一宗事：云林爷那日让我掘坑埋"十全大补"，这几日忙得全忘了，莫非云林爷早感觉了村里要出事，才要在东南处埋药补气吗？忙放下扇子往药房去，阿顺娘还在喊："梅梅，你会敲明王阵鼓吗？""我去喊些能角来！"我话未完人已转过巷拐头，在药房里让阿顺去云林爷那儿请了那古格王国的佛石去药树下，又让头柜、二柜和头把刀也去唱臭臭花鼓，自己便拿了十包"十全大补"去挖埋。

庙会在第一天里就这么不期然而然恢复了，第二天格局又上了一档，十几位男人开始敲开明王阵鼓。牌楼下没了人，一辆小车偏偏开了来。因为前边的巷道挖了沟又架设了木椽，车开不进去，车上的人就走下来，是胖子警察、眉子和一个穿着红风衣的女人。最早看见这三人的是连本的小侄子，他立即飞也似的去找成义，但没有找到，就约了一伙孩子过来围着小车转，想把小车掀到沟坑里去。掀不动。拿钉子在轮胎上钉，噗地，轮胎放了气。三个人从巷道往前走，奇怪的也是再没有碰着任何人，就一直走到了云林爷的祠堂。阿冰便跑来了药房。那天成义在村巷转了几圈也正好来药房询问收入的事，我们刚沏了茶，阿冰就进了屋。阿冰的到来一般都是说明云林爷那儿有事在叫我们，我和成义便走过去。成义猛丁见着了眉子，双方的脸色都不好看，相互也不说话，对于胖子也只是应酬性地点点头，便怀着警惕心坐在蒲团上。因为为眉子我和成义吵闹过，我也不便说什么，只问云林爷有什么事吗？云林爷却说："这里暂没你的事了，你先出去吧。"我就怀疑是胖子他们来找成义，一定是为了打撺房地产人员的事件。出了门，我赶紧去药树下招呼那些过庙会的人，让他们都来到祠堂前的土场上候着，以防胖子他们真要带走成义的话，我们就围着抢人。这时候，我没有敢说是胖子和眉子一块来的，眉子已经得罪了仁厚村，若这次又是她领了警察带走成义，愤怒的仁厚村人非把她揍死不可！眉子，眉子，我在心里怨恨，你真是昏了头，你报复成义也不能这么明目张胆呀，仁厚村毕竟是你的家乡，你为一时痛快就不想想你还能再回到仁厚村吗，再能住在仁厚村吗？

土场上的人群鸦雀无声地坐着，如是静坐的队伍，我们极力想听见屋里的说话声，但门关着，什么声也没有。在那时我切身体会了世界上人是不能承受无声的，那时的巨大的安静使我们恐惧，但用心在这大静中逮听，我们又无法承受这静中的另一种声音。现在，静坐的人们每一个人的出气都能听到，谁身上的什么部位发痒，或谁站起来，扭转脖子，张合眼皮，那身上的衣服就发出咔里咔嚓的碎音，碎音尖硬，如蚂蚁在骨头里爬动。我实在无法忍受这无声之声的折磨，估计着将要发疯发狂了，我说："谁和我去祖先那儿祈祷去！"站起了三个人。我们绕过围墙进入墓地，另一个仁厚村展现在世上，先在鬼村中央的大坟丘前磕头，祈求祖先保佑我们，又分别走到那每一户鬼人家的房前躬身一拜，如我刚才在药树下召集人到祠堂来一样，我们想召集每户每家的亡灵都给活着的人暗中增力助威。拜完了最后一户鬼人家，有微微的风吹动着那三丈余高的干枝柏树，咕咕涌涌地摇曳不已，我仰头看着天，天上的阴云积聚，很低很重，瞬息万变着各种图像，似乎觉得是所有的鬼魂都已站在了云头之上！成义是去过古格王国的遗址的，那是建立在山头上的一座什么样的城堡呢？三百年前的飘雪的黎明，残酷的战争在无鼓角声中进行，刀戟折断，人头滚落，血在严寒里凝固，雪又掩盖了劈开脑壳的战马……一个七百年历史的王国消失了。我一步一步向栅栏门口走，我感觉我就是古格的国王，王冠已经遗失，断臂的长袖在风里飘摇，一步步走到崖端，说一句："天不存我吗？"就要纵身一跳……但我被扶住了，听见在说："梅梅，梅梅你怎么啦？"面前站着的是老剑子手。

"老老爷！"我眼泪涌下来，但我立即擦干净了，"老老爷，你看看我这耳后，你看看！"

老剑子手呵呵地笑着，突然手劈下来打在我的耳后脖子上，我打了个趔趄但仍挺身站直了。我说："成义叔就是拉走了，我梅梅要当村长！我就是被砍了头，爷爷你就给我这儿留个房子！"

我做出的是一种英勇就义的架势，事后回想起来有些滑稽荒唐，但那时却是真的，竟也感动得跟随我的三个人也眼泪哗哗，连老刽子手也出奇地温和了目光，在地上撮起一点土，放在了我的头顶和额上，说："你去吧，孩子！"

但是，我们来到祠堂，祠堂前的土场上却不见了那些静坐的人，祠堂的门开着，也不见云林爷和成义。云林爷和成义绝不会被带走的，我想，若是那样，这里的吵闹必会惊动了我们。但是，人呢？我们往巷道里去，撤去的人群却拥在巷道里，胖子警察和司机在紧张地更换着轮胎，成义和眉子就坐在车上，云林爷被人抬着和那红衣女人说话。车终于发动了，红衣女人向云林爷告别，她是双手合掌，深深地弓下腰，云林爷的手就搭在她的头顶，她突然咚地跪下去，额紧紧地贴在地上了。这一幕使仁厚村的人十分感动，因为在暗灰色的巷道里这女人的红衣太是鲜亮，人物又太是美艳，又坐着这豪华的呈闪着漆光的汽车而来，竟对云林爷如此恭敬，这便是对仁厚村的友好和尊重！人群里有人在低声咒骂是谁放了轮胎的气，堂堂正正的仁厚村人干出这般鸡肠小肚的事体实在太丢体面了！羞愧不已的连本小侄子忙躲在了人群后，说："不是我放的，不是我放的。"但这女人是谁，她为什么来仁厚村，为什么云林爷也要亲自送她，为什么成义会坐了她的车去？车开走的时候，眉子却没有走，她很快地回到她家的院落去，我在她家的院门口了解了事情的原委。

"她就是云林爷看好了病的市领导的儿媳！她供职在文化局演出科，市上将要开经贸会，演出科配合着组织一些文化艺术活动，是我告诉她了仁厚村的明王阵鼓，他们来了兴趣，呈报了市上，今日一来是感谢云林爷的，二来让成义去商议演出的事宜呀！"眉子说。

"她就是足球骚乱……"我吃惊地叫了。

"可不就是！漂亮吧？"眉子说，"她病的时候，我和老邵看望过她，我们已成了朋友！我竭力推荐着明王阵鼓，仁厚村虽然不要我，但我还是想着仁厚村，别的人恨我嫉妒我倒也罢了，我想不通的是她受辱后云林

288

爷能那样待她，云林爷却没一句过问我的事，连阿冰现在见我也无动于衷的！"

我没有说：眉子，两军交战，最恨的是叛徒！看着她进了她家院去，我却把那红衣女人的身世说给了村人，村人噢噢地叫着，跑着撵汽车，要认认真真再看那女人，但汽车开走了。过去的日子里，这女人我们认不得，只谈论着那场骚乱，把一个人的受辱当做离我们十分遥远的故事或笑话来说，现在受辱人来到了仁厚村，表现得又是那样的友善，我们就为我们曾经有过的无动于衷而深悔，深深地同情起了这可怜的女人，甚至觉得她的到来是给仁厚村带来了好的消息，这是不是神明的启示，或是一种缘分？我们同是这个城市的受辱者！可是，在那场足球骚乱中，仁厚村的人百分之八十都去球场观看，发生了骚乱又都在饭后茶余津津乐道，甚至耻笑那女人穿得太露，妆又太艳，是个骚货，对于她的受辱我们是曾经有着一份不可推卸的责任，而现在我们受辱受害也是一种报应吗？

突然间，我对眉子同情起来，觉得仁厚村对眉子也有些过分了，我将我的想法告诉村人，却立即遭到激烈批评。梅梅，你怜惜汉奸了？你太心软，她这样的人不值得同情，更不存在我们来忏悔，是她对仁厚村有愧！她推荐明王阵鼓，是她又在巴结市上领导，她领人家来，目的还不是要让仁厚村知道她的功劳吗？仁厚村人知道她的心计哩！或许她和人家一块来是更要显派她的能耐的，梅梅你太善良了，可你要知道城里人看不上咱农村人，而农村人一旦成城里人了更比城里人十倍地看不上农村人。你瞧她现在虽还算不得真正的城里主儿，却也坐在那小车里回来，与凡人也不搭话，假洋鬼子比鬼子还鬼子哩！众口难犯，我也不能再说什么。

成义回来之后，迅速召集了村民会议，讲明了他见到市上领导，领导只是指示把明王阵鼓的演出活动一定要办好，但只字未提到仁厚村搬迁和撵打房地产公司人员的事。"这是一个机遇，我们要像在落水中抓稻草一样一定要抓住，演出活动只能办成功，不能砸了锅！"成义就组织安排明王阵鼓参加人数、队形和操练。但他没有提及眉子，队列里也没有眉子。眉子爹活着的时候村里逢年过节闹鼓，他是出名的鼓师，至今十八面牛皮大鼓有一面鼓还架在眉子家的木板楼上。成义派人去她家取了鼓，但仍是没让眉子来。

"应该让眉子参加。"我又一次对成义建议,"她会敲鼓的,以前总是有她。"

"她不能去,"成义说,"她现在无法代表仁厚村!"

我想认认真真给成义谈一次,要让他设身处地地为眉子想想,也不妨从一个女人的角度再为眉子想想,我甚至透露了眉子为什么还在那个公司工作,她是在争取能有个自己独立的门市部……成义窝着眼睛看我,他窝着眼看我时眼仁白多黑少,犹如狼睛,说:"就算她眉子罪没到这个分上,那就算我是诸葛亮挥泪斩马谡,借她的人头以谢天下吧!"

我惊得目瞪口呆。

云林爷祠堂前的土场子上,鼓队的十八名鼓手、十八名钹手、十八名锣手反复在熟悉鼓乐曲,反复在演动阵形变化。鼓声是雷神在鸣,仁厚村里日日夜夜汇集了这么多的雷神在演动呐喊,我们每个人的身上像充了气,鼓鼓的,不知了疲倦。这成了最好的庙会内容,成义也以此宣布,以后的八月菩萨庙会,用不着再唱戏扮社火,只敲明王阵鼓,老老少少都敲,一茬一茬人敲下去!我们越是这么热闹着,我越是遗憾眉子没有参加,眉子是有这样那样的毛病,但眉子若来听鼓敲鼓,雷神之声是会震醒她的,这就如一个涂满了泥巴的铁罐,用槌击打,泥巴也会哗哗地掉下来的。当我最后一次又去求成义的时候,他却已极不耐烦地拒绝着我,他固执得像一头牛,最后竟变了脸面,责令我也不要参加鼓乐队,我一气之下回到了药房。

我只说我的离开,成义也会来请的,给我赔罪,但这样的人天生的专横又铁石心肠,叮叮咣咣锣鼓声响过了一整天,傍晚阿顺排练完毕到药房来,说鼓乐队歇伙了,成义自己掏钱请大家喝酒,都喝醉了躺在土场上,让我去瞧瞧。我没有去。默默地一个人回到家里,家里又冷清得待不住,就走出村,竟恍恍惚惚地,一人经过了那座体育场招待大楼,依然翻过了那一日同成义一块翻过的窗子,来到足球场,坐在空旷的看台上让月光照着我。

明王阵鼓出演的那天,鼓乐队几十号人都统一了服装:对襟白衫,红腰带,黑长裤,用丝带扎了裤管。每个人的脸蛋上都浓浓淡淡地搽着红。

鼓乐队的后边是全村的人。成义早有命令，所有能走动的人都得参加，凡是参加的每人每日二十元补贴费，能走动而不参加的则罚款五十元。这支农民队伍，前边是古乐锦牌，其形状和村牌楼一样，只是一个是石的，一个是丝锦和纸扎，上面金字写着"仁厚村明王阵鼓乐"，锦牌之后是四排红白黄蓝旗，旗皆画有赤乌、日精、雷神和风神。再是四杆长脖铜号，两副火铳。再是一辆三轮车上架着那面口径三米三寸的有三排一百六十八个铜质泡钉的大鼓，成义就掌着指挥槌。再后是三排队伍，中间十八位鼓手和鼓，左边是十八位钹手和钹，右边是十八位锣手和锣。再后也就是我们乌合之众了。队伍从祠堂前出发，绕村一周，再返回墓地，然后从巷里出村，步行进城通过四条大街。大家都明白，我们这是在游行示威，我们趁机在向西京城显示仁厚村的存在和永远存在的决心！那日围观的人山人海，鼓乐队所到之处交通堵塞。原本队伍不准备到北大街留林路的，但一直谋算着开发我们仁厚村的那家"大兴"房地产公司办公大楼设在留林路，成义就一定要把鼓乐队开到那儿，并在公司的大楼前停下来，震天动地般敲动了一曲"破阵"。

对于成义的这举动，虽然有些那个，但我并没有多少不满，甚至我也后悔了那日与成义赌气没参加鼓乐队，现在不能把一腔的悲郁被咚咚咣咣地敲打出来。我浑身发急，手心发痒，终于从后边队中跑前去，示意阿顺能把那面钹让给我，阿顺不情愿又没办法，故意听不懂我的话，钹打得越发起劲，直打得满脸通红，一头汗水了才交给我。没想到不愉快的事情偏偏就在这时候发生了：当"破阵"的鼓乐轰轰轰地响起来，声音十分激越，夹杂铜号和火铳鸣放，如天上排雷砸下，又如熔岩在地上滚动，许多围观的人是捂着心口，走又舍不得走，不走又惊恐。待一段敲毕，哗，满街却一片欢呼！街两边的楼窗上都站了人，有的为我们鸣放鞭炮，有的也敲打了脸盆与我们呼应，竟又举了手，伸着中指和食指，噢噢地向我们喊。我们并不明白这手势是什么意思，交头接耳询问前面，前边传来成义的话：那是表示胜利！是的，我们是胜利了！队伍立即也做出胜利的手势在摇。摇啊摇啊，房地产公司的二楼窗口上就探出一个头来——"眉子！"果然是眉子！眉子这天头包着绿纱巾，但她怎么包扎还是一眼能看出是她，她看着仁厚村的队伍，脸上没有笑也没有恨，神色忧郁。眉子突然出现在我们仇恨的公司大楼上，这使仁厚村的人愤怒不已，他们立即向她吐唾沫，吐舌头，那敲鼓的人就在鼓点之隙用鼓槌指她，戳她，有节奏地骂：汉奸——不要脸！不要脸！——汉奸！眉子脸色大变，哇地叫了一声，窗子就关上了。突发事变令我十分遗憾，我不能指责仁厚村人的不对，但我恨眉子为什么偏偏这时探出窗子来看，她不明白自己的身份和处境吗？眉子！眉子！你真的是甘心要与仁厚村作对吗？或是你仍是割不断对仁厚村的瓜葛，忍不住又要瞧一眼吗？可不管怎样，也不该在这个时候，脑子进了水的眉子啊，蠢眉子！

三天的出演，政府利用着文化搭台，演好了一场经济大戏，仁厚村也利用了这次机会宣传了自己，巩固了自己的地位。我们是打了一场大胜仗，人人兴奋异常，成义又喝醉了，一帮坏小子趁机讨问他的女人手是为何接的，在哪儿接的，还让他当场表演是不是小便时抓住尘根就不松手。这天晚上，我正和阿顺将一批药材入库，光头跑来说："村长叫你哩！"我说："他现在正英雄哩，叫我干啥？"还是去了他家。

他家的院子不大，三间堂屋，一明两暗，界墙上棚着木板楼，搭着一架老式的木梯。我进去的时候，屋里坐着十多个喝酒的男女，一个个眼睛赤红，一张裂缝的旧桌上堆着饭菜和酒，烟雾腾腾，酒气熏人。连本已经醉到七成，却提着酒壶一定要魏小小的婆娘再喝，婆娘说不行了不行了，舌根有些硬，连本说女人是不能忽视的，只要能喝就特别能喝，海量！别人的酒你能喝，我敬你为什么不喝，是我连本没面子吗？连本是没本事，可连本鼓敲得怎样？仁厚村的鼓手我是数一数二的！婆娘说连本鼓敲得好，十八面鼓只有你把鼓敲破了！连本说我激动嘛，我是把鼓当房地产公司那头儿的脑袋敲的，这你还不喝！？婆娘推不过，已被逼到了墙角，见我进来，就说："让梅梅喝，梅梅没喝哩！"连本提了酒壶又来敬我。我站在那里喝下一杯。大家就说："一杯不行，我们喝过八瓶了，你才来，要罚你的，喝，连喝六杯，六六大顺啊！"

我不喝看来不行，仁厚村的酒风是有酒就得放开喝，喝醉了才算喝好了。我连喝下六杯，肚里像着了火一样灼烧，忙问"村长呢？"

连本用酒壶指楼上，口舌不清地喊："他在楼上，他当什么村长，喝那么一点就装醉汉了，村长，村长，你下来，你没喝好么，咱们喝！"摇摇晃晃又要上楼。立即有人就抱住，一抱住他就跌坐在地上，酒壶趁势放在桌上，酒便流出来。

"你混账，你把酒糟蹋了，什么东西都可以糟蹋，怎么能糟蹋了酒？！"有人在骂着，用嘴把桌上的酒吸得吱吱响。

我便往楼上走，挡板上是雕刻的，但差不多断了一半，扶梯松动，抬脚动步就嘎嘎地乱叫。成义窝在楼上的一个大圈椅里，旁边是两个年轻小伙在劝他喝醋，说醋解酒的。成义说："我争什么风了要吃醋？我没醉，我哪里醉了，叫梅梅，给我叫梅梅去！"我说："我在这里，你醉得看人都看不清，还要喝什么酒？！"成义就看着我，突然不好意思笑笑，用手拍打自己额头，说："我可能喝得高了些。梅梅，来，坐下。今日高兴，让大家喝喝，喝醉了也好。我告诉你，你不要生叔的气。你太感情用事，你叔没有错，你别看你叔是农民，你叔的机遇是不好，可你叔也是政治家、革命活动家哩！"

"你也是酒家！"我说，"我生你什么气，你现在是村长，你能有什么错？仁厚村不是在你的领导下没有被拆除吗，不是又出了一口恶气吗？"

"这可是真的，"成义站起来，样子又像一只狼。"狗日的什么地方都拆了，都改造了，他就是拆不了仁厚村！他城市化了，化不了仁厚村！仁厚村是打不倒抹不掉的！你读过书，我也读书，书上讲秦灭六国，不是秦灭六国而是六国灭六国，这一点我懂得，我就恨叛徒内奸，眉子就是内奸！"

"你不要提别人，"我说，"你叫我来就是要说这些吗？"

"你不要以为成义叔爱与你置气的，"他说，"大家高兴了要喝酒，我见你没来，特让找你来的，你不谢我，倒用那么凶的眼光看我，过会儿看你是不是还是这种目光？狗蛋，狗蛋，你把卧室那东西拿出来！"

狗蛋现在长大了，但还是一对桃花眼，说："你把我手拉得这么紧，我怎么去取？"

端着醋碗的栓栓说："你那手长到成义叔的裤裆啦？！"

成义骂了一句，一人一脚将两个坏小子踢开，去卧室里搬动了一张单人床出来，床并不大，但过卧室门限却调不顺方向，他腿一软，床落在地上，身子也就势倒卧在床头，人就全醉了。

这是一架紫檀三屏风的独板围子罗汉床，三块厚板做了围子，不加雕饰，只后背一块拼了一窄条，床身边抹用素冰盘沿，仅压一道边线，腿足用四根粗大圆材，直落到地，四面施裹腿罗锅枨加矮老。床从结构到装饰都简练至极，给人以视觉上的满足和享受，在我所收集的明清家具里，还没有过这么好的物什。我问狗蛋这是哪儿弄的，狗蛋说是成义认识了那红衣女人后，发现她家有这张旧床，便用家传的一只青花瓷瓶换了来送你的。我看着醉倒在床头上的成义，扶着喊："成义叔！成义叔！"

成义哼哼着却不睁眼，一张嘴将污秽吐得满床都是。

二　十

成义送给我一张清初的木板床，这使我感激他：难得的是他还有这份意，送东西又能送到人的心上。但是，这张床却导致了我和老冉婚事的最后结束。先前老冉到我家去，我家虽已不是那种土炕，而床却是三四块窄木板支起来的，也没床头，那一日我们在床上的事情未能成功，床仍吱吱咛咛响个不停，老冉就提出要给我买一张沙发床的。"要买我自己买，我稀罕你的了？"老冉问我几时买呀，我说你瞧着吧，我要结婚了我就去买好床的。我把清式床抬回家后，不知谁把这事告诉了老冉，老冉跑了来。

"你买床了？"他说。

"怎么？"我说。

"那，那你说过……"

我明白他的意思。我说："这是旧床，我怕永远也不买新式床了！"

老冉瓷在那里，又说道："我也是旧人嘛。"

亏他还能说出这句幽默。

人与人的交往，常常是无缘无故的，却要对某个人一见就喜欢，对某个人一见就厌恶，尤其有些人的那副长相你怎么也看不惯！老冉就站在我的面前，我闻着他身上的味儿已经不同于以前，他虽然还染了发，却咋看咋都不如不染前的灰杂毛中看。我严肃地说明我们之间的那层关系已经消失了，我们只是乡亲，欢迎他没事了来串门。这些先前收集的明清家具应该属于他的，让他拿回去，他不，说人都没有了还要什么家具？"那好，"我说，拿了糕点让他吃，他就吃了，全嚼烂在口里不下啦，腮帮鼓鼓地，眼泪流下来。

我和老冉彻底分手，也是仁厚村的一大新闻，我并不避讳，公开说就是有了那张床后分手的。这是一种什么样的缘分呀，我们的恋爱关系以旧家具开始，又以旧家具结束。女人的生活离不开床的，睡在了谁家的床上就是谁家的媳妇，但这张归了我的床却是明清的，是旧的！

我在村里唱道——

太阳从西山落下去
月亮从东山爬上来
太阳下山明早一样爬上来
花儿谢了明早还是一样开
美丽小鸟一去无影踪
我的青春小鸟一去不回来
不回来，哦，一去不回来！

在我的人生经验里，你要不被戏弄，不尴尬，唯一能保持尊严的是自己作践自己。比如我长得不美丽，我就直接说自己丑，我自己说自己丑了，别人就不会笑话我长得难看，且对我的期望值降低了反觉得我还有美丽的地方，更何况我自己心里坦然，也不会以为别人在说起老鸦的黑时我就敏感地联系到是在影射我。我在村里巷道或药房里，甚至后来在我家办了明清家具珍藏屋给人解说时，我就哼着这首歌，果然一些年轻人还担心我情绪低落，要出现失恋后的种种反常举动，见我一切如初，还夸说我的坚强。那些上了年纪的老太太们也不怨怪是我甩掉了老冉，反而指责老冉不珍惜我，就安慰道："可怜的梅梅，你哪儿就老了，你不老的，你能找下比姓冉的更好的男人！"可是，谁又哪里知道，与老冉的分手，使我终于摆脱了无尽的烦恼，我唱这首歌时我被欢乐的节奏所震动，是一种轻松和兴奋。我想，这是我很久以来最愉快的日子，仁厚村已保下来，与老冉也结束了关系，我的尾骨会慢慢缩小下去吧。

"梅梅，我坚决反对！"表现强烈反对的，却是成义。

"是吗，"我说。"成义叔，你是嫌我说了是你送了那张床的话吗？"

"你为什么要这样说？"

"可这是事实！"

"我是村长！"他以村长的名义在给我说话。"你这么大年龄了，难道你再不嫁人了吗？去找外人，你将会很快不是仁厚村的人，而仁厚村的人除了老冉，你从村南到村北，村东到村西，还有哪一个男人是合适你的？"

我倒生气了，大声说："这也是你村长的权力吗？我嫁谁不嫁谁是我的自由，你要我守着老冉那城不城乡不乡男不男女不女的去受罪呀？！"

成义听了我的话也生了气，哐地把自己的手在桌上拍，拍得啪啪地响，我看见那只嫁接的嫩白手被拍得酱红，他走了。我蓦地醒悟了他是听了"男不男女不女"的话伤着了他。每个人都有自己不能触犯的敏感处，如狼挖过的脸，如光头的牛皮癣，如我的尾骨。我为我的这句话而后悔着，总想给他解释说明，但我又不能直接去说，那样又得提到手而又要伤他……这一点竟成了我心中小小的负担，从那日后我就再不与他争吵，自觉不自觉地去友好他，接近他，我觉得我多多少少都有些贱了。

七日后，我们全都在云林爷的祠堂屋里喝茶，谈起仁厚村当前的形势。似乎撵打房地产公司人员的事情要不了了之地过去了，是否可以填平村口的坑沟，撤掉木橡横架，"咱暂不要刺激外边，"我说，"仁厚村现在是担着鸡蛋筐子上大街，咱不是要挤人，而是怕人挤的。"成义就噎我："女人成不了大事就是心软，大街上能不挤吗，你不挤人，人就挤你，要不被人挤你就挤人！"怎么个挤法，他谈了三点：一、坚决打击那些官商，派人收集房地产公司收买和利用政府机关里的腐败分子如何以政府名义强行征地的材料，准备给市纪检委员会和省委送。二、进一步拉近区政府有关领导和红衣女人的关系，通过红衣女人接近市长，使市长对仁厚村有感情。三、就是建设好仁厚村，仁厚村各方面工作办好了，谁就是想拆迁也没个借口的。说到本村的建设，成义就激动起来，他的设想极其伟大，要决心使仁厚村变成中国最有特色的一个村子，不但在全中国都城市化的今日保持一块村社的净土，还将成为一个团结的，有正气的，特别能战斗能共同富裕的典型，他甚至不无得意地说，将来仁厚村真说不定要产生一种什么主义的，就要求云林爷能配合他，提出一些神奇的主张来。"仁厚村要以你为一种荣誉和象征哩，"他说，"将来把你的一些话可以编仁厚村的语录嘛！"

"我只会治病，成义！"云林爷坐在那里，因为天冷了，他身上披着被子。

"对，当今的社会就是病人太多，人为什么生病，尤其这么多的肝病，又为什么这么多肝病患者来仁厚村就治好了？我们仁厚村就是为消灭这些人类的肝病而存在着，这就是治病主义，仁厚村主义！我流浪天南海北，最后在西藏抱了这佛石使灵魂清净下来，仁厚村有云林叔，仁厚村就能使这个城清净，云林叔就能使仁厚村清净——你是我们的佛哩！"

云林爷把茶喝干了，用手捏着茶叶子吃，说："我什么都不是，我是你叔。成义，你让我瞧瞧你的那只手。"

成义将手交给了云林爷。

云林爷说："这女人不光命短，还离过婚，是个自恋狂嘛。不信你去和梅梅的手比比，只有梅梅能治了你哩！"

我并没有看自己的手，我也看不出手上的纹路都代表着什么。我把手压在屁股下，成义看了我一眼，手扬了扬收成拳。云林爷的话或许是一种巧批评，或许仅仅是一个笑话，但我们都没有发笑，也没有再说什么。"喝茶，茶完了吗，再熬了喝嗨！"云林爷说。

"哈——"成义终于自找台阶地笑了一下，"梅梅能治了我是真的，咱们仁厚村，我敢说男人都能听我的，政令通畅！能治了我的就是女人，出了个眉子，又出了个梅梅！梅梅和老冉婚事不成，恐怕我遭非议的日子还在后头哩，也太顺了她，一个农民偏收藏什么明清家具，我什么送不得，昏了头送床，哈，梅梅！"

我说："成义叔你别胡拉被子乱拽毡！我治不了你，眉子又哪里治了你？说一句我已不愿再说的话，我总觉得对眉子残酷了，她已经好多天没见回村了，她还能怎样走回村里来？！"

成义说："她的事你不要说啦,我是村长,在这问题上我没有错!"

我们的谈话又一次不欢而散了。

这天夜里,轮到我醉酒了,我足足独自喝下了半瓶白干,竟有那么大的劲,把床铺拆掉,安用起那面紫檀木清初的罗汉床了。睡在了床上,想起我正恨成义的,却睡起他送的床,觉得自己也荒唐。这床制成,睡过谁呢?以后又是谁将与我同睡?脑子似醒非醒,唱"太阳从西山落下去",下边是什么呢?怎么也想不起来。听声。对,听声音。女人在问丈夫:还吃呀不?丈夫说:不。女人又问:还喝呀不?丈夫说:不。女人再问:还×呀不?丈夫说:你把我活活翻上去。云林爷已经反复叮咛了不要有房事,这一对男女就是不听,那就该住一个月便愈的再住两个月吧!两个月……我进入了梦乡。我在梦里往一个遥远的地方去,有雪山,有河流,有石条砌起来的城门洞。门洞上贴着布告,看过一段,似乎是城规之类,但总是看不清下边的字。城外的人扛着椽进门洞,怎么也不得进去,城里人也有扛椽要出城的,怎么也是不得出来,门洞口有人在喊:竖着!竖着!竖着椽果然就进了城门。走进城去,街道很窄,街上的人有的断了手,有的瞎着眼。想起来这个城里偷盗要断手的,斗殴打架要挖眼的。走一百米就可见到一个木牌,或是墙上用石灰搪出版面,上面写着什么语录,就有人拦住行人考试背诵语录和城规。我怎么也背诵不正确,遗字掉句,考试人大声说:"不准说普通话!"他们把二念作"哦",把入读作"日",舌头往里卷,再往里卷。有城大王骑马而过,使劲地盯着我看,我手立即去捂尾骨,而且身子慢慢靠墙,要遮住羞辱,许多人也都这么靠墙。他们都长有尾巴吗?城大王却冷漠地别转了脸,走过去,将马鞭挂在一家门扇上的铜环上。旁边一个女人在说:"王麻子竟生个美女儿,大王今晚在她家了!"恨恨地用手拧她的女儿。不知怎么,我开始患忧郁病,医生说忧郁病是会精心安排着自杀的,我便想怎么个自杀呢?第一个方案是从村牌楼上跳下去,但寻不着牌楼,后来才明白这不是仁厚村。又想,跳下去不好,一是太疼,二是摔破了身子别人看见太难看。第二方案就是吃安眠药。要吃八十八粒,八是吉祥数字。吃完了,扭头四处张望,企图能看到我爹娘,眉子的娘和成义的爹的,我要死了,死时能看见鬼的,怎么没有鬼呢?我开始写遗书,写了老长老长，写完了，还写一句：死并不可怕嘛！然后就睡在床上去死。"哐当"一声巨大的响，丈夫在问："尿盆打了？"女人说："我以为台阶是三层的！"我醒过来，我没有死？窗子发白。"翠琴，天阴不阴？"女人说："晴着的。"天晴好晒药片。我突然觉得浑身奇痒，手伸进被窝去搔，发觉腿上、腰里生出一片一片小疙瘩。忙起来掀床来看，清式罗汉床的板缝里爬动着无数的臭虫。

中国最古老的虫子，干瘪在清初的床缝，但它却还活着，一闻着人味就活了。我重新把床撤去，搬出房子，烧了滚水来浇。阿顺又跑来喊我，他同病人的老婆在说：

"现在还有臭虫？这么好的床上有臭虫？！"

我拿手捏死这些虫子，血染了一手，这是我的血，血很臭。

二十一

成义非但没有改善对眉子的态度，反倒越来越仇恨着眉子，他为了实现自己的理想，更加独断专行，一步一步实施起自己的计划。仁厚村的会议开得十分频繁，每次会议上都以眉子为反面教材来告诫大家，他将所有人家的房子做了统一安排，要求居住病人的房间要刷新，要制作病床，干净被褥，不允许任何人歧视和怠慢病人，要让每一个病人在离开仁厚村后成为宣传仁厚村的义务宣传员，使仁厚村的病人越来越多。这简直成了一个怪论：以前我们咒骂着世上怎么这样多的肝炎病人，我们才接纳着病人，盼望着病人愈来愈少，可现在，争病人争红了眼，城里各大医院的门口都张贴了我们的广告，甚至派人去拦截病人，恨不得天下人人都患上肝炎，都来仁厚村！西京城里有火葬场在城东的田兆，田兆便成了死亡的象征，再加上仁厚村成了得病的代名词，一时间西京城里熟人相见，就要说：嗨，国家主席每晚电视上都见的，数月里倒不见你面，去仁厚村了？回答的便是：仁厚村去是没去，可离田兆还能多远呢！仁厚村的病人是明显增多了一倍，原来每家接待病人的收入归于各家，成义新的规定接待每个病人必须上缴收入的百分之二十。这些钱集中起来要修一院集体病房，这些病房的收入和药房的收入将积攒下来作为以后发展建设仁厚村的基金。村民们对这些决定颇有意见，但会上并没有人提出反对，只是建议除了每月已增加到每户可以接待三名病人外，别的空余房子是不是可以再租赁出去。成义说，当然可以，完全应该这样，他甚至作出一项可怕的决定：封眉子的家门！"对于来仁厚村的不管是看病的还是租住的，我们百般照顾，对于背叛仁厚村的人却决不留情！"他把每一项工作抓得又紧又细，他有过人的精力，他也要求着别人跟他一样，好多人就来找我希望到药房干事，最好去采购药品，连本也说：忙得像贼攥哩，连一泡尿尿净的工夫都没有，裤裆老是湿的！但连本没有能来大药房，与连本一块想来的人中一个人也没来成，成义将他们在村民会上指名道姓地训斥，训斥完了，要连本站在桌前，叫大家说话，有人就说连本懒，有人说连本对上缴收入的百分之二十撂风凉话，不但在公共厕所里说，也给体育馆家属院里人说，影响很坏。高丰就从人群里走出来，说连本想复辟哩，要以老村长来换成义哩！连本躁了："你胡说！"高丰说："封眉子家门时得是你把眉子家的两只鸡让老村长去养的？又得是你把攒下的鸡蛋又给眉子送去城的？你在老村长他家喝没喝酒？"连本说："喝了！怎么啦，老村长是阶级敌人啦？你想当副村长了就巴结成义，但成义还不知道你是几斤几两？你好好当你的组长得了！"高丰恼羞成怒，竟跳起来打了连本一个耳光，回坐到他的位子上。这一个耳光来得突然，大家都愣住了，就是连本也没缓过劲，等他一抹嘴，嘴角有了血，就指着成义说："成义，他为什么打人，你眼睁睁让他打人？！"成义便站起来，说："谁打人了？"高丰说："我打了！"成义说："不能打人嘛，君子动口不动手，怎么打人呢？"反倒大事化小，小事化了了。

会后，我在成义的家里问成义：

"今日会上的事你咋想法？"

成义是蹴在凳子上吸纸烟，嘴角浮着微笑。说："没想法。"

"没想法？"我说，"我看得出来，你完全是纵容高丰哩！仁厚村是要实行专制呀？！"

他说："这一段时间老村长挺活跃的嘛，好些人夜里去他家喝酒，这是什么动向？"

我这才明白了高丰打人完全是成义在暗中预谋的，操纵的，高丰打了连本，颜色是给老村长看的。

　　果然第三天老村长就又病了。他这一次是真病，发烧，呕吐，人很快地失了形，连云林爷也去诊治了。

　　奇怪的是成义却来寻我，他是买了一大袋的水果和营养品，要我同他一块去探望老村长。我们是在老村长家屋后的巷道碰着了连本，连本一低头就钻进了旁边的一个茅房里。成义偏不走，在茅房口等着。连本没屙没尿才探出头来看，和成义就对个照面。成义说："你不想见我？"连本说："我是坏人嗨！"成义说："谁说你是坏人啦？你跟高丰那小子计较什么？"连本说："我给他计较？我要打他，十个也打瘪了！"成义说："这我信的。晚上来家喝酒啊！"

　　他和连本嘻嘻哈哈起来，我一句话也没有说的了。

　　病人越来越多，租住的也有了十户，村委会有了一笔钱，在这个冬季修建了平房病院，我的明清家具珍藏室也就是这时公开展出的。这期间眉子是没有回到仁厚村，大胡子老邵得知我展出了明清家具，他是来看过一次，悄悄告诉我，他们已经有了打字复印门市部啦，而且在开业那天正式宣布结婚了。我说那好嗨，这下遂了眉子心愿了，就又笑着问正式结婚和非正式结婚是什么滋味，大胡子说："我得有责任感啊！"他说出这样的话令我哈哈大笑，但他谈了婚后的生活，使我黯然失色：有了门市部眉子简直成了工作狂，没黑没明地干，她的目标一定要在一年里将门市部再扩大一倍，然后三年里发展成一个公司。但他们的夫妻生活却越来越不和谐了，她的性情大变，狂躁，冲动，动辄光火，他们但凡一吵架，她就脸面发青，四肢冰凉，人如大病了一场似的需恢复十天半月。终日眼圈又都是黑的，别人不晓得，还以为是夜生活过度，其实眉子性欲越来越冷淡，只是爱那只哈巴狗。老邵的话令我难受，但我没有说什么安慰的话让转达眉子，眉子的性格变异，一定是与仁厚村有关，她越是恨死了仁厚村人，越是要发疯地经营她的门市部，而强度过量的工作，身体吃不消，情绪浮躁，就又越恨仁厚村人。而我，在她的眼里，是仁厚村的重要人物，我必然是加害她的帮凶，她不知又该是怎样地骂我了。

老邵参观过展出后，竟然又来过一次，他似乎表现出对这些收藏极大的兴趣，带来了两件明时的家具。一件是黄花梨小箱，长四十二厘米，宽二十厘米，高十六厘米七毫米，全身光素，只在盖口及箱口起两道灯草线。立墙四角用铜叶包裹，盖顶四角镶钉了纹铜饰件。正面圆面叶，柏子云头形。两侧面安着提环。另一件是雕花高面盆架，盆架搭脑出跳圆雕灵芝纹，搭脑下圆材卷转镂成挂牙，如嫩芽初苗。中牌子四角的角牙为两卷相抵，中为四簇云纹。这是两件难得的明式家具，我吃惊老邵从哪儿弄来的，为什么竟肯拿这么好的东西送我？

"不瞒你说，"老邵说，"这是我的一个朋友收藏的，他听说你喜欢，就托我送你的。什么报酬也不要，他是一个大款，也不在乎那一点钱，只是想交个朋友。"

"你怎么不领他一块来？"我感激地说，"我现在不能说'来我们仁厚村呀'，那好像要咒他生病的，可你也请他来看看我的那些收藏呀！"

老邵说："他会来的，仁厚村的事他全了解，他说他压根儿没想到仁厚村能集体敲明王阵鼓，更有人还收藏明清家具！"

我说："仁厚村古东西多哩，比如那墓地，那水井。成义从五泉爷那堵旧界墙夹缝里寻到了旧家谱，家谱里贾氏族里仍出过一个画家，一个进士的，还有我曾祖父，他是开办过关西书院，在当时是有名的大儒哩！你知道仁厚村的祖先吗，读了牌楼下竖着的石碑子吗？我要是市长，我绝不会让拆迁仁厚村的，而是进一步保护维修仁厚村，它是难得的一处文化景点。"

"是这样的，梅梅，"老邵却双手一击，叫道，"你这话怎么和我那朋友一模一样呢？他就是这么个主意！"

"我们是这么设想的，只是一时缺钱，明年……后年吧，你就会看到仁厚村的另一副模样了。"

"我这位朋友也说了，如果仁厚村能加以改造，将所有的房子都建成仿明建筑，专门成一个仿明村，那绝对会成为旅游热点的。他的意思是，仁厚村资金匮乏的话，他可以和仁厚村合作，他也可以单独出资修建，将来旅游门票两家按股份分红就是了。"

不期然而然的一宗好事，使我颇有兴趣，我将此事告诉了成义，成义也觉得这主意好，要长久保住仁厚村，无疑这是一种办法，鉴于村目前的经济实力，也同意与人合作，他就亲自去找老邵。成义的好处是他一旦决定了什么便毫不顾忌，甚至不顾自己的尴尬和危害。我不知道他去找到老邵，必然能见到眉子，眉子会怎样待他：拿着笤帚乌烟瘴气地扫地？将一盆脏水泼出去？身子斜在门口，说："你是谁？我不认得你！"或者给他做饭吃，面饭碗里一半是草秸？那么，他又会如何坐到老邵家的客厅里，又会说些什么呢？

那日的下午他回来了，他果然是失败者，但他怒不可遏地来我家，我帮着病人在屋檐下生熬中药的炉子，焰老腾不上来，黑烟呛人。他问姓邵的送我是哪两件家具，我指点了，他用腿踢了一下，那雕花高面盆架就倒在地上，搭脑下的挂牙断了。他的脚同时也踢裂了大拇指甲，流出血，又举起一把新式椅子要再砸过去。我把他抱住了，大声说："你是村长，你敢砸坏我私人的东西，我就去报案！"举起来的椅子停在半空，但还是狠狠摔到了院里，椅子就碎为一堆木片。他吼道："你办的好事？！他们是在帮咱吗，他们是狼，变着法儿要吞了仁厚村的！这两件明式家具我不砸，可你得把它退回去！必须退回去！"他疯了，样子十分可怕。

原来，成义去找老邵，自然是见到了眉子，一切并没有我料想的那么场面难堪，因为是眉子和老邵仍在为仁厚村的前景出力，成义进门时见屋里铺着地毯，要脱鞋，眉子还不让脱鞋，成义竟然还吃了一碗眉子做的龙须汤面。待老邵在成义吃龙须汤面的时候把他的朋友请来，那个大胖子竟然是眉子的顶头上司，也就是一直要谋算拆迁仁厚村的房地产公司的老总。成义立即明白了上当受骗，登时愤怒，当场痛骂三人，拂袖而归。

"他们明着得不到仁厚村，亏得想出这鬼主意！这就是你那哥儿姐儿的眉子干的好事！仁厚村就是再穷，仁厚村也不能和这种人合作，让他来建仿古村，仁厚村还不整个儿又成了他私人的？！"

我不能不对眉子和老邵也愤怒了，我是一心在帮着他们解决好在仁厚村的处境，但他们却在捉弄我！人实在是不能心肠太好，好心肠往往难得好报。我不愿意再见到眉子了，我让阿顺他们把那两件明式家具用三轮车拉着退还了老邵，并将一段古训抄在纸上，贴在墙上警告我。古训是：

耕夫役役，多无隔宿之粮。桑蚕婆婆，少有御寒之衣。三食三餐，当思农夫之苦，身着一缕，应念织女之劳。寸丝千命，一粒百鞭，无功受禄，寝食不安。交有德之朋，绝无益之友。取本分之财，戒无名之酒。常怀克己之心，闭却是非之口。

阿顺退还了明式家具，回话给我：眉子疯了。

"眉子疯了？！"我简直不相信我的耳朵。什么时候疯的，成义才见过她没几天，一切还好好的，怎么就疯了？"她哪儿就会疯，她只是脾气古怪些罢了；或许见我退还了家具心情不好对你说些阴阳怪调的话罢了。"

"她只是笑。"阿顺说，"她笑个不停。脸上抹那么厚的粉，嘴红得像吃了生肉，她怎么现在打扮成那么个怪样儿？她就笑个不停。而且她是一只脚穿着一只高跟鞋，一只脚穿着一只平底鞋，走路就像瘸子似的。这不是疯了是什么？"

我把阿顺的话对成义说，成义正忙着在兰成家、狗盛家、德伦家、连本家安排那些租居的人，自他受辱后，他通过各种关系招募了一批来城里谋生的人到仁厚村居住。听了我的话，他说：

"她疯不疯与我们屁事？你怎么总提起她，你多操心给咱招些病人和居住户，仁厚村有钱了，也羞辱羞辱他们，那时不疯也得疯哩！"

我也想，眉子是不会疯的，她现在是有了门市部，正努着劲发展她的事业哩，她疯的什么？事情也就再未放在心上。眉子邻居的尖嘴婆娘把染成的土布晾挂在眉子家院门口，一件红大裤衩也挂在门环上。我路过时把红裤衩取下来扔到她家门道里，婆娘说："梅梅，能不能给我家多挂几个号？"我说这得按规定来。婆娘说："这骚货不来住了，可我们还是邻居，她家的那一份号总得由我家替呀！"我说："好么，咱也是同村，你家的饭总得也让我吃嗳！"婆娘嘿嘿地笑。又说："梅梅，体育场家属院的人说眉子和狗怎么啦怎么啦，这我不信的，可她这么久不来住了，阿冰却每天来这门口，趴在门扇上号叫，还亮那么长的鞭……"我恨道："你再这样糟践仁厚村，我让成义来掌你的嘴！"

约摸又过了一个月吧，一切平平安安，天开始飘起雪花，仁厚村人家家忙碌着装炉子，架烟囱，准备过冬。清晨里，药房的土暖气炉的煤块又完了，冻得大家嘴脸乌青，我和二柜用架子车拉来了几车黄土，在门前和煤打饼，阿顺就用砍下的柳树枝烧暖气，烟雾腾腾，自己咳嗽着从屋里往外跑。雪地上就嘟嘟嘟开进一辆三斗摩托车。我先以为是来出售冬虫草的药贩，因为这几日贩冬虫草的人来过几次，便叫喊着阿顺接客。阿顺咳嗽得直不起腰，摩托车就嘎地在我面前停止，说：

　　"全城就你们仁厚村是污染点了！站在钟楼上俯瞰全市，东南角上空一块黑云，划一根火柴，黑云就要爆炸了！"

　　下得车来的是胖子警察。我说："嚯，眉子不住仁厚村了，你也不来了！仁厚村没有你们那楼房里的暖气管道，家家不烧煤块炉子，让我们冻死吗？今日什么公干来的，是哪位领导的老婆又病了，请云林爷？"

　　"就为你来的，"胖子说，"没有眉子了，仁厚村有个大美人梅梅嘛！"

　　"梅梅不入你的眼，梅梅是乡下佬！"

　　屋里的烟气慢慢散去，我领了胖子回坐到药房，倒了一杯热水让他一边暖手一边喝着，胖子就说成义呢，他去成义家，家门怎么锁着的？我说可能又去城里了，修起那一排新平房，床位倒不少，病人老住不满，组织人去招募租赁的了。胖子说，仁厚村租赁住户一定得好好审查，现在城市流动人员极为复杂，许多罪犯就是在城乡结合部或像仁厚村这样的一些市中的村子里租房居住，有搞皮包公司的，有逃犯的，有搞偷盗的，有贩鸦片白粉的。我说胖子呀，快闭了你那厚嘴吧，你是怀疑仁厚村了，村里租房的是坏人，那城里楼房里就干净了，就没罪犯了？胖子说这可不是意气用事，现在治安不好，市里加强了警力，我负责的就是这东南一片，平日要来村巡查巡查，这也是我的工作，如有什么可疑事就要及时报告的。这不用你说的，我说，仁厚村的人争的是仁厚村的权益，不要以为仁厚村人就是处处和这个城市作对呀，要藏污纳垢搞暴乱呀？！

　　胖子喝完了一杯热水。再添上一杯，他不喝了。

　　"不能多喝了。"

　　"不收你的钱的！"

"再喝我就得病啦！仁厚村住这么多肝炎病人，病毒到处都是，你敢说这树上、门上，这凳子上、茶杯上病人没摸过吗？你这么劝我喝，盼我得了病就又住仁厚村呀？"

我一把夺过杯子。

"胖子，你是要给仁厚村围个铁丝网，插个'病毒区'牌子吗？仁厚村给你们城里人治病，你倒这么说话，如果真有病毒，恨谁的，恨的就是你们城里！"

胖子嘿嘿嘿地笑，把杯子又拿过来自己喝，却弯过头压低声音说："梅梅，你们仁厚村真的要成了地主庄院，把眉子家封了吗？"

"什么地主庄院，你说话可要负责点！到底是眉子的朋友，那老邵不来你却来了！"

"你说到哪儿去了。成义心硬，你也心狠了，这么长的日子也不去看看眉子？"

"她是城里人了，我不知为她受了多少委屈，她应该来看看我才是。"

胖子就静静地看了我一会儿，说："你真的不知道眉子的事？"

他说得很神秘，说话时还看看门口，害怕阿顺他们听到了。"她疯了。"

"她真的疯了？！"

"可不就真疯了！"胖子说，"成义那次闹过之后，眉子就有些反常，每日只是和她的狗玩，对狗说话。有一回带着狗上街，偏巧街上一个女人和她穿着一样的鞋，狗就认错了人，跟着那女人走。她当时并未发觉，等发现身后没了狗，喊'哈巴！哈巴！'狗已跟着那女人正横过马路，一辆小车开过来，女人是一闪躲了过去，狗也跟着一跳，却恰好跳在车轮下就被碾死了。眉子哭得死去活来，把狗挖个坑埋了，同时也把自己穿着的那双高跟鞋的一只也埋进去，就疯了。"

头把刀在门前台阶上切药片，切刀无声，药片飞起像一圈光环。二柜和阿顺和着煤饼，锨在黑泥里拍着啪的一下，再啪的一下。那一回在巷口，哈巴就是跟过我走的，这东西到底不如人，认鞋不认人。这么大的窗子这么大的门，这么大的姑娘还不嫁人，眉子嫁了大胡子。大胡子是个刺猬。"有烟吗，给我一支烟。"我说。

"阿冰呢？"胖子又问。

阿冰好着的。胖子的意思是他和眉子解救了阿冰，阿冰却再不认他和眉子，如今眉子的那只狗死了，是不是胖子成心再要回阿冰呢？"阿冰现在是云林爷的，它顶仁厚村一个人使唤哩。"

"事情真怪！"胖子说，"眉子是仁厚村的，不当人认了，阿冰是狗，仁厚村却当人使唤。"

二十二

腊月初九的早晨，天刚麻麻亮，突然警车长鸣。我已经睡醒了，还懒得未起，想着昨日中午按风俗吃腊八粥，人们端着饭碗，往村巷每一棵老树和新栽的树桠上放一小疙瘩粥，唱：

> 树，树，吃腊八，
> 明年结得股刷刷。

成义问我："梅梅，'股刷刷'怎么写？"我也不会写，仁厚村尽是土话，写那干啥？杂货铺的光头把一粒粥放在苦楝树桠上也那么唱，阿顺娘就说："结那么多苦楝子干啥？！"光头就改口说："树树树，吃吃吃，把天磨得吱吱吱。"胖子警察嘲笑我们多次，说仁厚村人"知""吃"不分，光头连续地把吃吃吃和吱吱吱音调混淆，惹得大家都笑，成义说："好着哩，仁厚村的读音就是这样，咱学那普通话干啥？！"我突然就联想到了我做过的梦。

我从床上爬起来，掀开靠巷的那面窗上的布帘往外看，巷道里停着几辆摩托，一伙人哼哼哼地往外跑，而且急促地说："快，快，五个人到东村口，四个人到西村口，别的人跟我来！"脚步声大乱。我心头一惊，第一个念头就是来拆迁了，这回是房地产公司以市政府的名义，更借公安力量来强制执行了！已经腊月天，即将过大年了，他们是趁我们的松懈而来得如此突然！我料到成义一定还不知道这事的，强烈的责任感使我急得连奶罩也来不及戴，穿了衣服就往厦房病人住的屋楼上取存放的一面铜锣。因为慌张，铜锣从楼梯上掉下去，哐啷啷一阵响，惊得正蹲在厕所的病人大声问："怎么啦，怎么啦，梅梅你没有伤着吧？"

"锣掉了，"我说，"拆仁厚村的人来了，得招呼大家去赶他们！"

病人说："我也去的，病人也要和他们打呀！"

我提了铜锣往巷里跑，咣咣咣敲起来，许多人就开门出来，问："在哪？在哪？"锣声已经成了仁厚村的信号，许多时间没有听到，只说可以刀枪入库了，今早又敲起，人人都惊喊了，拿了锨把、木棒、劈柴来到巷里。

"村长呢，谁见到村长了？"我大声地说，"谁快去喊村长！他们又来强拆咱们村了，咱们快去把他们赶出去，谁也不能做缩头龟，做缩头龟我们仁厚村就完了！"

人们在吼叫着："梅梅，村长不在，你就领我们！你安排吧！"

我那时实在是勇敢，而且脑子清楚，我让阿顺娘和栓栓的婆娘领一帮妇女就守在牌楼下，谁敢挖墙就躺在他的锨头下，让他往身上挖。栓栓的婆娘是能言善辩人，当下把头发揉搓乱，一边喊妇女去村口一边骂起最难听的脏话，阿顺娘却去背了五泉婆，她这主意好，风中烛一样的人，谁敢碰的，碰出了人命谁兜着。我又让男人们分三队，每队由二杆子脾性的人带队，高丰、百成领人去东巷，连本、德雷和狼挖脸领人去中巷，我领人到西巷。我家的病人真的来了，我让他多喊些病人，都穿上病人服，哪里听到吵嚷声就往哪里助威。"他们来了好，疖子总得要出脓哩，迟出不如早出！政府害怕骚乱和不安定，可这些房地产公司制造不安定，咱们也就顾不得了！闹出乱子了，就有人理仁厚村，来解决仁厚村的事情了！"众人呼呼隆隆分开去，满到处都是了喊声叫声和咒骂声。但是，我领人在西巷，却再没有见到什么陌生人。又跑到中巷。才见从巷拐弯前的一条小胡同里咚咚咚走过一行八个警察，全副武装，分别扯拉着胳膊押过来四人。这四人并不是仁厚村的。

我们就愣住了，不知所措，一时无声无息分站在巷道两边，闪开了路。我问："这四个人怎么啦，是住在仁厚村的吗？"八个警察并不理我。那巷头就又过来一伙人，扛着一箱一箱的白酒往出走，其中就有警察胖子，一见我就说："梅梅，成义呢？""这是怎么啦，这四个人犯罪了吗？""你们是怎么搞的，竟然没见你们汇报过？！"胖子的脸面严肃。"成义不在，你负责让村人谁也不准到七号院去，那里已贴了封条。成义回来了，你给他讲，三天里把所有租住户检查一下，以防再出现类似情况。这要和你们村签一个合约的，若以后租住户在这里从事不法活动，我们就要仁厚村负责！"

"这些人到底犯了什么罪？"我急了，拉住胖子要问个明白。

胖子说，近期以来，西京城市面上出现许多假酒，怎么查也查不出来，今早凌晨三点，胖子他们在街头巡逻，发现一辆三轮车满满拉了一车五粮液，心想这两个农民模样的人怎么这样早拉这么多的名贵酒，先以为是哪个宾馆从火车站才卸下的一批货，拦住询问一下。如果拉酒人口齿流利地说些谎话或许就混过去了，偏这两个农民支吾不清，说是给香格里拉酒店进的货，问香格里拉在哪儿，怎么不往北往南，他们竟说不准香格里拉酒店的方位。胖子就怀疑了，扣了人和酒到派出所，吓唬了一通，才知道酒全是假酒，又得知是从仁厚村拉的，立即汇报上去，就派人紧急出动到仁厚村，果然在七号院里找到租赁处，那三间厦房里竟然就是制假酒的黑窝点，抄出一大批废酒瓶，十捆五粮液商标，已做好的假酒还有五十二箱。

我立即红了脸面，忙使眼色让村人散去，就给胖子认错，反复说明我们全然不知这些罪犯的活动，这次成义不在，但可保证他也是全然不知道的，我们绝不会知道他们的蛛丝马迹而有意庇护的。

"这我也相信。"胖子说，"这些人制了这么多的假酒，你们竟丝毫不知，可见你们只为了挣钱思想上有多麻痹！"

"教训要汲取。"我说，"胖子真是好警察，这又是立了一功嘛！"

这天的早晨，成义真的是不在家。腊八天的下午，他和一家旅行社的老总去谈判，以后旅行社有国外客人来了，可以带队来仁厚村参观和购买药品，卖出的药品可以给旅行社提成收入的百分之十五。谈判完后，老总又分别让他认识旅行社的导游，导游们就提供了外国人最喜欢中国的什么药，药品又如何包装和宣传。成义十分感激，就自费请人家喝酒，结果导游们没醉他先醉了，稀里糊涂在宾馆睡了一夜，吃过早饭才满脸憔悴回来。

一回村知道了制假酒的事，气得嗷嗷大叫，立即去所有租住户查看。简直令我们吃惊的是，所查的四十个租居户，有十户将住室做了货物仓库，里边存放着有假烟的，有假种子的，有在做质量很差的糕点的。七户是在城里收破烂。十二户做贩菜生意，这些人虽未有不法行为，但原住时都是一人一住，现在又都把原籍的老婆领来，一户生娃了三个月，一户孩子还未满月，其余全是大肚子逃避计划生育或超生来了！四户住着单身女人，检查时还都睡着，且屋里差不多都存有数字可观的钱，而小手提袋里有男性避孕套。十分明显，这是每晚去城中歌舞厅坐台或出台的歌女妓女。

"仁厚村纳藏了这么多肮脏！"我说，"这是咱们的耻辱！这次多亏抓了制假酒的，要不，还不知什么时候咱仁厚村要坏在这伙人手里！"

成义说："话说回来，这都是城市造的孽！西藏为什么就没有这些？仁厚村原先怎么就没有这些？这西京城越来越大，病人多了，犯罪分子也多了……"

我说："可这些人却是住在仁厚村的，没有仁厚村他们住哪儿去？"

成义睁着眼睛却对我发火："你是说咱错了？这些人是应该让公安局来管了的，可你一报告，仁厚村还有什么脸面？这事咱知道就是，咱们处理，统统罚款，罚了款，赶出村！"

成义的决定就是仁厚村的决定，我们罚了这些人的款，罚得极其重。这些人哭着闹着，在地上给我磕头，甚至耍赖。成义那天非常凶恶，叫嚷着不罚款就扭送公安局，竟生气起来，用穿着皮鞋的脚踢这些人。一个妓女不肯出村，被拉扯了衣服也不掩怀，成义将那一把避孕套摔在她的脸上，吼着："仁厚村不要性病，不要艾滋病，滚！"

仁厚村除了病人们，那些来租住人，从此都严格审查，而村人也对这些人严加防范，稍有怀疑就报告成义。许多来联系的人就打消了租住的念头，原先住下来的人家，有许多也搬走了。

仁厚村缺少了一笔经济收入，成义为他的得意设想犯了愁，虽然以后的旅行社导游把外国游客领来过村里几次，但游客似乎并不满意，认为可看的东西太少，可买的东西也太少，而买药，肝炎是以疗程来服用的，又因人因病各异，他们对中成丸散不大相信。在我们眼里，外国人都长得是一个样的，在他们眼里，我们恐怕也都一个样儿，无论如何向他们讲述云林爷的医药高超，他们说你们中国人爱吹牛，喝酒吹牛，下棋吹牛，卜卦相面的吹牛，中医药更是吹牛，只是问仁厚村卖不卖性药。滚他妈的蛋！他们不买药，我们还闻不过这些洋人身上的狐臭味哩！我们没有挣下钱，当然也无法给导游们提成，渐渐他们就不再带团来了。我从未见过成义情绪那么低落过，他坐在云林爷的祠堂屋里给云林爷诉苦，他说再这样下去，他就又和老村长一样要失去民心了。

"怎么好长时间没有足球赛了？"

"想发泄啦？"我说，"足球场是城市的公共厕所唰！"

云林爷翻床席找收音机，他是没电视机的，这个小收音机陪伴了他有十年。他说到了广播秦腔的时间了，今日是《三滴血》，演县官的是魏老三，魏小小的本家三爷，仁厚村也是出过名丑的。成义说：

"云林叔，我给你说正经事的，听那秦腔有什么听头？"

"那好，听村长的。"云林爷笑着说，"什么事情在你眼里都成了正经，世上哪有这么多正经？你说。"

成义额头上的疙瘩一绽，自己也笑了，不知再要说什么。

"那就说戏吧。"成义说，"戏里县官没有一个是好形象的，出来都是三白脸。听说魏老三小时候相面先生说他将来能蓝衫换红袍的，当个县官，却后来成个丑角。戏里的县官怎的都是丑角？"

云林爷说："成义担心他也要成个丑角了？！戏还不是秀才写的，他想把皇帝写坏，但几个秀才见过皇帝？县官整天与老百姓打交道，做好事百姓看得着，做坏事百姓也看得着，旧时候又没个足球赛，百姓有恨有怨了就去看戏发泄，不骂县官又骂谁？"

"噢！"

"梅梅你噢的啥？"

"我想了，一解放把县长都枪毙了，好多镇长保长也镇压了，但国民党的那些大官却好好的，还是在北京城里有位子呢，也就是这个理！成义叔唉声叹气，成义叔不是县官，但在仁厚村也是仁厚村的县官和国王，他现在倒考虑他的落脚哩吧？"

"屄！我才不成个丑角哩！"成义说。

云林爷就呵呵呵地笑，连声叫着："熬茶熬茶，梅梅你生火给咱熬茶喝！"这一顿茶熬得太浓，我喝得吐了，成义也觉得头晕恶心。

往后的日子里，成义更忙得少黑没明，四处联系病人和租住户，人也瘦了一圈，颧骨就越发显得突出。所幸的是西京城北的尚金村被征地拆迁修三环路，村里的农民先是种粮后是卖菜，突然拆迁需要过渡住处，统统就被成义招来。而且，仁厚村北头低洼改造，分散出去的一部分人因居住的环境太恶劣，搬迁楼进度又太慢，也返回工地闹事，成义再收纳了其中十五户。因为这些都是农民，都是失却了自己的家园，仁厚村对他们的房租收得很低，一时间，我们这里倒像成了难民营似的。村里陡然来了这么些人家，管理自然不能像别的租住户那样严格要求，村里是是非非的事就增多，酗酒打麻将声不绝，更有些人偏要在仁厚村人面前充富有，他们身上有一批卖掉地价的钱，哗哗地抖着，有资本或者去城里做生意，倒买倒卖，或者去菜市场做批发商，甚至夸耀他们新添置的电视机、冰箱、音响，拿出日后要住上的新式楼房而开始设计怎么去装修呀！这些农民在仁厚村收留之后虽然感激着我们，但偏又要在我们面前充阔，仁厚村里有的村民就怀疑了保住仁厚村的意义：人活一世，草活一秋，还不是为着日子过得好吗？被拆迁了能拿到一笔大钱，有本钱做什么不成？后代是后代的事，皇帝都难保千秋基业，咱又何必想得那么远？尤其有户原本人口多房子少，且破烂不堪，兄弟们姆娌们吵吵嚷嚷，成义去主持过家事，已经解决了谁负责翻修堂屋，谁负责砖砌院墙，但后来又都不愿投资，竟又找了老村长去调解矛盾。老村长是如何调解的，不可得知，而那旧房上只重新苫了油毛毡，压了砖块，欲倒的院墙用木椽顶住。这意思很明显：仁厚村能不能保住还是一句话，何必花钱出力去修补，等着将来搬住水泥楼新居吧。一家有这动静，近十户需要翻修旧屋的人家也停止了买砖买椽，而且老村长又精神起来，耳朵后夹着烟卷在村里转悠，在体育场家属院门口下象棋，大声地谈话和笑。新的动向使成义恼羞成怒，偏去那家移开了支墙的木椽，吆喝数人一起用力，推倒了破墙，以保证村民安全，危房危墙不能居住和影响村容为由，责令这家兄弟们翻修，并且看着他们翻修。这家翻修后，又督促另外五家一一翻修，便接连召开了村民大会，在会上大骂松了心的人，又一次以眉子为反面教材，叫嚣：谁要学眉子，那就走吧，仁厚村的饭锅里不需要也不允许有一粒老鼠屎！

这一个晚上，成义找到我。

"梅梅，我要给你压担子呀！"他说，"仁厚村不能再这样下去了，我是村长，我在位就得为仁厚村干事，干大事，我准备出去一趟为村里集些款，有了钱后咱进一步搞好各种设施，仁厚村靠的是医药和旅游两个拳头，咱们一定要握紧！我出去了你就替我多过问村里的事，你不能推托，全村里我只看中你一个，你也不能辜负了我！"

我说："你到哪儿去筹款呀？"

他说："这你不要管，我就是死了我也要把一笔钱弄回来！"

我赶忙呸呸呸往天上唾唾沫："别说丧话！"他竟然站起来捏了我一下鼻子，我冷不防他会这样，倒吓得一时无话可说。"瞧你这胆儿！"他说，"你要当代村长了，见天把好衣服穿上，穿体面些，架子提起来！"

二十三

五年以后，当我在西京的艺术博览馆里再一次展示我收藏的明清家具的时候，一个女孩从遥远的江南来。这是一个长着大眼睛的女孩，她是慕名来寻找范景全的，范景全便把她介绍与我见面，而我看见了她的一双非常修长绵软的手，猛地使我想起了成义，于是我待她十分亲善。小女孩参观了我的展室，赠送给我两样东西：一件是紫檀的有束腰的圆形脚踏，鼓腿为彭牙式，作腰圆形，中部稍细，又略有银锭形。从资料上看，明代的罗汉床以及架子床多设脚踏的，但我收集的那些床，甚至成义当年送我的那张床，却从未有过脚踏，这脚踏虽小，仅六十厘米长，三十厘米宽，高不过十七厘米，却造型与成义送我的罗汉床一致。这简直是一个奇迹，我始终不明白这是一种巧合还是冥冥中有什么机缘。二是我因此留下她夜里和我同宿一室，她又送了我一张照片，照片上的人是个外国人，长目阔嘴，光头赤脚，面目严肃地打坐在地上。小女孩说这是 A.C. 巴克提维丹塔·斯瓦米·帕布帕德，名字那么一串，我根本无法记住，还是她一字一字写在照片上的，但我不知道这个有啰嗦名字的外国人。小女孩就问我知道什么是瑜伽术吗？我说也不知道。她叹了一口气，说：我念给你听一段他写的书吧，就拿出一本已破旧不堪的书念道——

我们活得就像会永远地活下去一样，这是过往年代每一个人的想法，不是吗？我的意思是说，有谁想过我们会死的呢？

没有人想死。我们都希望可以永远精力充沛，没有皱纹，没有灰发，也没有关节炎地活下去。这是很自然的，因为首要和最基本的原则就是享受快乐，假如我们真的可以永远地享受生活！

每一个人都是要死的，而一直以来，我却相信我是例外的，但现在又是怎样呢……

我打断了她的念声，我说不要说那些生与死的话了。小女孩很吃惊地看着我，问我为什么；我没有告诉她的原因，但一时间里全是"但现在又是怎样呢？"

这句话久久地在脑子里响，已不是小女孩的声音，我听见它来自极遥远的地方，低低沉沉地震动我的耳膜。女孩这么小的，怎么会喜欢这本书？抓过她的手，修长绵软，抚摩了一遍又抚摩一遍。"我这手不好。"她说，扑闪着眼睛，而且努力抽回，用惊异的神色看我。我重新端坐了，看着墙上的一只苍蝇。不是苍蝇，是一颗钉子。这夜刮着风，西京城里刮着一年一度肆虐的黄风，如果有雨落下来，雨就是黄雨，淋在衣服上洗也洗不掉的。窗子的玻璃碎了一角，用纸糊着，风把纸角鼓起，嘶啦嘶啦响。这声音又悠悠而去，如海潮层层推来，翻起一堆雪后，又层层退远，远到了又极遥远的地方，远在地心远到了心底，是成义的声音。

人真正是神秘呵，我不了解那个 A.C. 巴克提维丹塔·斯瓦米·帕布帕德，但我并不怀疑人的死，而死是时时处处伴随着我们，如烛在风中。"书上讲过人死有预兆吗？"我说。

"这书上倒没写。"

但人确实有预兆的。成义在离开仁厚村的时候对我说："我就是死了也要把钱弄回来！"这话就成了谶言。人为什么会有谶言？仁厚村世世代代有说法，如果一个病人病得很久，如果在这人病了很久的某一个晚上，村里突然有了猫头鹰叫，这人就要死了。猫头鹰一定是长着特别敏锐的嗅觉，它在人将死之前就嗅到了人体要发出的腐烂的气息。但人自己说出谶言，是自己的感觉还是即将出走的灵魂在指示躯体要说的话呢？

　　我将死于何年何月何日，我要说的哪一句话将是谶言？

　　小女孩的大眼睛吧嗒吧嗒地眨，我完全看得出，她之所以给我送那个外国老头的画片，念那本不知书名的书，她只是觉得好奇，她还不到思考生与死的年纪，她的好奇只是学问上的好奇，一本正经地与我谈关于死的话，其实死与她太遥远，她还不能体会到死的真正意义。我给她开始讲成义的故事，孩子，世上许多事情发生的原因其实极简单，人的错误往往是把最简单的事想得太复杂，把复杂的事又处理得太简单，譬如成义。"成义是谁？"她当然不知道成义是谁，我只能大略地讲了成义怎样地为了仁厚村而辛勤的工作，然后着重讲死亡的现实。

　　我说——

　　成义在那个早晨说完了那句话，他就走了。仁厚村那时漫空都飘飞着白绒毛，这是杨柳的花絮，全西京城也是如此，像雪花一样，姑娘们又都用薄纱巾包裹了头。这个季节，相当多的人开始要患过敏性的哮喘，城里人有条件去南方躲过一月两月，仁厚村习惯的是熬桑树根和灶土的汤喝。我是逼着成义喝了半碗汤的，他说"这就好了！"把脚上的那双沾满泥巴旧布鞋挂在院墙上的木橛上，换上了龙须草鞋。整个夏天里，仁厚村的人喜欢穿这样的鞋，轻便，凉快，又不患脚气，我当时还疑心节气还凉用得着穿这鞋吗，他这要出去长时间吗，但没有问他，他真的是一走三个月竟没了踪影。夏天我才知道，他是去了临潼的兵马俑博物馆行窃的，穿龙须草鞋便于悄然无声。他的行窃生涯其实很早，在以前的数年不见他的那段日子，他就是跟着一个大盗学道，浪迹了东南西北，直到西藏。他原本要去西藏去盗窃布达拉宫里的圣物，但那里太森严，虔诚的藏族教徒日夜在宫里宫外朝拜和祈祷，无以得手，当听说后藏的阿里有古格王国，那里有着与明朝同一时间的宫殿的遗址而因雪原海拔太高一直保存很好的消息，他就装扮了旅行观光者骗了驻军兵站的一个运输兵，搭乘了卡车上路。三天三夜的颠簸，他吃炒面，啃冰块，夜里睡在兵站，高原反应便口吐绿沫，险些在一间石屋里死去，终于在古格王国的山上见到了佛石。来做贼做盗的，得手的却是佛石，他受到了佛光普照，竟从此洗心革面，与盗窃不染，甚至痛恨自己，用石断其右手发誓。断了手的他返回拉萨，因伤口溃烂发炎而昏倒在宾馆，被人送进了当地医院，才嫁接了一只女手。这些经历他隐瞒多年，回到仁厚村也缄口不提，但是，为了仁厚村的利益，也是在仁厚村培育了他的偏执和激狂，他决定再做一次也是最后一次盗窃，重新去找了当年认识的文物走私商，说定只要偷到临潼秦兵马俑的一颗头，即可付一百万元的现款。他真正是昏了脑袋！在一个落雨的晚上潜进了已经关门的兵马俑馆，他打探了新发掘的第三号俑坑，一批破损的兵马俑就藏在复修室里，靠着一身高超的轻功进入仓房，锯下了一颗俑头用棉毛口袋盛了就吊在胸前逃走。但是，就在他翻越院墙的时候，一不小心触动了一根电铃网的铁丝，馆里的警铃大作，他纵身滚落在院墙外，武装的保安人员就追过来。他的轻功高超令人匪夷所思，竟能在跑越公路时腾空跃上一辆行驶的汽车而混迹到了西京。兵马俑头的丢失是何等的大事，西京城所有的公安干警将此当做了头号案件加紧侦破，临潼的各个路口被戒严了，西京的各个路口被戒严了，细而又细地检查着出出进进的车辆和一切可疑的人。他是深知大隐隐于市的道理的，就躲藏在一家宾馆里半月不敢露面，也不敢回到仁厚村，却还是联络上了那个文物走私商，说好了在一个深夜于宾馆一手取货一手交钱。一切都按约定的时间地点交易完毕，那走私商提着一个大皮箱才要走出宾馆的房间，突然间公安人员出现在面前。没有想到，那个走私商也没有想到，就在十天前全省范围内重新抓获了所有犯有走私前科的人，让他们交代曾经共事但未发觉的同伙，有人就供出这个走私商，走私商便秘密受到监控。当下走私商被四个人按倒在地，兵马俑头安全无恙地缴回，而成义则闪电似的提了钱箱从窗子跳出，竟沿着窗外的几寸宽的水泥沿儿飞蹿到了楼角，抱了那下水管一溜到地。守在楼下的公安干警穷追不舍。这一夜他几乎同公安干警玩起了一场超级迷藏，他是遇见什么高大建筑，并不起跑的，就能极快地蹬上，其速度如猴子一般。这种神奇使公安干警目瞪口呆，他们见未见过，听未听过，只有电影里有这样的镜头，但电影里是电影的特技，这盗贼还是人吗？于是公安局长心有一想：既然兵马俑头已经到手，而有这样的绝技人物，能把他活擒改造，变成公安破案人员岂不是美事？便下令只能活捉不可放枪。这样成义就在城里被围住又逃脱，逃脱了又围住，满城都在戒严，惊呼城里出现了飞天大盗，厉害了得！仁厚村人也惊骇不已。人人都跑出来要看热闹，却又担心飞天大盗突然会出现在某一处，殃及自身，便又缩回屋中闭门不出。最后，又一批武警赶来参与围剿，成义就被困在城南角一带，武警寸土搜索，步步为营缩小圈子，终于发现了飞天大盗就站在了一家楼顶上。成义完全因自己的绝技而自得狂妄，竟众目睽睽下沿着楼顶从这一楼窜到另一楼。眼看着就要逃出包围圈了，或许是被这整整一夜折腾得武警和公安人员精疲力竭又受尽了戏弄，或许是被西京民众在嘲笑这么多人一夜未能抓住一个强盗而怨恨不已，或许是武警和公安人员已经给他们的总指挥施加了压力，总之，公安局长在天亮时下了决心：逮不住狗不要被狗带走了缰绳，爱惜人才不能不顾了政治影响，遂下令活捉不住就击毙。于是警笛长鸣，喇叭声声，催迫成义自首。成义也清楚天亮后就更难以逃出这座城了，便提着钱箱从一座楼上下来，又飞快地从残留的明时城墙根往墙头跑时，聚光灯打过来，枪声暴起，他掉下来，装钱的箱子也在半空打开了，钱票纷飞，如炸巢的鸟群。这枪弹如雨，但只一粒子弹打中他的一条腿，一粒子弹打中了他的手腕，正是那只嫁接的手腕，女人的手就折断了只连着一层皮。

成义在牢房里是一个断腿断膊的废人，他不可能以特有的人才保住命，判处了死刑，执行于法桐已经抽出绿叶的深春的中午。

我讲完了关于成义的故事，我新结识的朋友，那个江南来的小女孩说："天下还有这种事？那仁厚村呢，能领我去看看仁厚村吗？"

我没有言传。

她又说："你是不是对他还很悲伤？其实你更应该看看这本书，人是会再回来的，真的是会再回来的，你听听，书上这么讲的：有人说死亡是一切的终结，有人相信天堂和地狱的存在，也有人认为今生只是我们很多次生命中的一次，我们将来会再次活下去。"

二十四

我约好了在体育场里见他——人和人的交往是怎样的一回事啊，我们注定了这一生里都是匆匆的约会——情景如那一次在一棵树。但那一次我们是在热闹的高速路边，现在夜幕降临，天又阴得铅重，很久很久没有了足球比赛的场地，显得阴森森的空荡。不远处的，高过了看台的招待所大楼，窗口的灯光也亮起来，这明亮的棺材就竖在半空。刚才，管理草皮的老头远远地站着看我，我双手抱着膝盖，给他笑笑，老头一定是弄不明白这是为了什么，竟然也回笑了一下，就走开了。老头这会儿或许已经在家属院门口的棋盘上看楚汉相争了，他在说："似乎是仁厚村的一个姑娘吧，今晚在体育馆里约会哩。"或许老头回到了招待所，又怀疑了我是小偷，用望远镜从那棺材形的窗口往这里看……

我把钱袋按了按，压在了屁股下。

范景全什么时候进的体育场，我没有注意，他是从看台口那边，翻栅栏上的看台，他只说我是在看台上等他，站在看台上了才发现我坐在场地里——他就抓住看台边的护栏，准备往下跳。

"不要跳！"我扭头看见了，大声地喊。

他的身子就蜷成一疙瘩，如球吊在半空，样子极像那一次的成义。但范景全哪里有成义的轻功，即就是成义没有轻功，成义的身子牛一样壮，范景全受得了摔打吗？

"我上去好了！"我从栅栏门处跑上了看台。

但范景全吊在那里却已不能再上来，他的胳膊细得如麻秆，没有力气将身子收缩，两只手不停地换位。眼看是支持不住了。我弯下腰，抓住了一只胳膊，硬把他扯上来。

"你来得久了？"他说。

"才来。"我说，"我得摆脱村里人，好不容易家里没有人了……我不能让他们知道我拿着这么多钱。"

范景全还在那里喘气。

"有人肯接吗？"

他没有言语。

"给他们这么多钱也不肯接？"

"他们说这不起作用的。"

我知道他还是没有寻到人。不肯就是不肯，为什么还要说不起作用的话？我一下子把钱袋在水泥台阶上摔起来："这就是钱，这就是钱，他为了钱要丢命了，钱却这阵不能救他！"

"你冷静些，"范景全说，"律师都不肯为他辩护，我来辩护吧！梅梅，这些钱你带回去，咱不用药房的钱，如果让村里人知道了，不知又会出什么事。我现在还不是律师，我没有律师证，但我下午是找着了法官，我和他交换过意见了。"

"他怎么说？"

"他说我可以办个手续，可以出庭辩护。但他问我：你觉得这样做有必要吗？我说，成义犯罪的目的是为了仁厚村，他的动机不是从琐碎的个人欲望中，而正是从所处的历史潮流中得来的。还有，据可靠消息说，在追捕成义时，公安局长要捉活的，因为成义有超人的轻功，活捉了可以改造成为公安局服务的人，这就是他有活下去的必要。法官说，他现在成了残废，他还有什么轻功？我说，不残废就可以活着，残废了就应该死去？法官他望着我笑，我知道他这是无法回答我了的笑。法官说，但他的罪已构成了死罪，一审已经判处了死刑。我说，这就是法吗？法就由你们这样认定吗？法官说，是的，我们是代表着法律的！可是，我说，法律却并不就等于你们呀！你来管法，谁来管你？法官最后还是给我笑了，说，好吧，那你到时候来试试吧。"

"来试试？"我说，"这是什么意思？"

"他恐怕在嘲笑我。"

我没有见过那法官，是年龄大的还是年龄小的，是男还是女，我不知道是什么样子，但我觉得法官有着成义的自负和固执。成义是瞧不起范景全的，这法官也是在嘲笑范景全！我看他，不知怎么，第一次感觉到了他的可怜。

"你觉得你能行吗？"我说。

"我想能行的！"

其实，我需要的正是这句话！我双手不自觉地合一在胸前，我对着已经是满天的星月在祈祷，你是能行的，范景全是能行的！这声音我并没有叫出声来，但我听到了我心里一片轰鸣，也似乎觉得这看台上坐满了人，他们如为足球比赛呐喊一样在回应着我的祈祷和欢呼！我在那时是抓住了范景全的手，我说："谢谢，范老师！"

在那一刻，范景全把我搂住了，我们是真正意义上的约会，我没有挣扎，也没有摆脱，我的身子在他的双膊里越搂越软，越搂越小，我听见他在说：

"梅梅，不要哭，我们得从头开始，一切从头开始活人吧！"

几天里，我焦急地等待着范景全，他在积极地办理着律师手续，在夜以继日地准备着辩护材料，他明显地黑瘦，黑眼睛，黑眉毛，黑瘦如铁，头发却越发白了。五月十日的中午，他说，他毕竟没有出庭辩护的经验，他的朋友虽然不愿意亲自辩护，但表示可以帮他理顺法律条文，他要到神禾塬去一次，两天后就会回来的。

但是，五月十一日下午，仅仅是隔了一天，眉子却告诉我，成义要在明日被执行枪决的！

胖子警察为了治眉子的病，偷偷将成义的枪决日通知了她，征询是不是去现场看：解铃还得系铃人，成义害她疯了，以成义的死或许能把她的疯病治好。胖子的好意，眉子是心领了，但眉子她却不想去，我探望她的时候她一时脑子清楚又说给了我的。

"这不可能！"我叫道，"不是说要公开审理吗？我们还是在等待着公开审理的通知啊？！"

眉子说："他是一审判了死刑，听说成义不服，上了诉，原来也是要公开二次审理的，但上边领导讲话要从严从快打击刑事犯罪，二审就不再公开了，维持原判，驳回了上诉……"

"这，这……就是不公开审理了，不需要通知我们了，可老刽子手总得让知道吧，但老刽子手中午还见了我什么也没说的？！"

"胖子说的，哪儿会错？"眉子说，"胖子说现在枪决不通知家属的，也不许家属收尸，逢年过节前都要杀掉一批的，杀人像杀个鸡一样，鸡断了脖还跑哩，老邵那笨家伙过年杀了鸡，没了头的鸡张着翅膀还往前跑，撞在墙上才死的，枪一响人连蹬腿儿也不蹬的就这样，就这样……"

眉子说着说着脑子就又糊涂起来，她在床上作被枪决的死尸状，头一窝，屁股撅在那里，红裤衩都露了出来。

"听说公安局要向家属要钱的，要一颗子弹的五角钱的。"我说。

"哪里有这事？以前是吧，现在不是吧。"眉子说，"胖子让我去，我才不去的，嫌害怕哩！胖子说那有什么怕的，罪犯都是押在南阳庙那儿的牢里，提前三日就开始固定在床板上，床板上有手脚套环，就大字形那么睡着，睡三天，到死的那日拉出来五花大绑。往出拉的时候都是软的，脚镣手铐沉得走不动，这时候要给罪犯鼓劲，管理人员就喊：嗨，从南阳庙出去的人都是汉子，死也死得利利索索的，提起劲喽，不就是一死吗，二十年又是一个嘛！胖子说这话真灵，罪犯都提起劲来，哗啦哗啦镣铐响着一个个就直直地走出来，在院子里砸镣取铐，五花大绑，然后一个个当面宣读执行令，问你叫什么名字，住在哪里，邮政编码是多少，犯的什么罪判的死刑？竟是对答如流。再后是问你有什么话说，差不多说'没'，就在执行令上按手印，就拉出去杀了。你问我，我不说'没'，我是要说话的，政府，牢房里犯人见任何管理人员都叫政府的，你问——"

眉子说着，是又跪在那里，双目直愣愣地盯着我。

"你有什么话说？"

眉子却在床上磕头，说："仁厚村，永别了，我的家！"

不知怎么，我一下子心中疼痛，抱住了眉子。眉子却还在说："你打的时候，往后脑勺中间打，轻轻地打，我受不得疼的。"

我一下子呜呜哭起来。

我告别了眉子，回到仁厚村，悄悄地把成义要执行枪决的话说给了村人，村人却说已经从老村长的口里得知了，并且老村长宣布他能寻熟人明日可以去现场，问谁愿意去的。我原本是不想去见老村长的，但老村长能去现场，我只得去找他，也准备了他奚落我的话。但老村长十分热情地款待了我，他正在家吃夜宵，一定要我吃一碗，而且只字不提以前的事，甚至对成义的死深表悲哀，将一碗饭放在院中，"给成义献上吧。"

"成义还没有死哩！"我有些生气，以为他在咒成义早日死的。

"判他死刑的那日起我就给他献饭了，"老村长说，"人一被宣判死刑，那灵魂就游离了，你晚上没有梦到他吗？阿顺娘说已经有三个晚上有人在敲她家的门，她感觉那敲门人就是成义，一次梦里还对她说，我死了不要烧纸钱。"

我不知道老村长的话真实不真实，对他的献饭没再说什么，或许他是出于什么目的，可他毕竟是献饭给成义的。献饭的碗很大，一粗瓷海碗的玉米面搅团。

"这次是不公开的执行枪决，现场就设在南阳庙监狱的后院土坡上。应该去给成义送行，这孩子是我眼看着长大的，白发人要送青发人，这实在是想不到的事！可惜他那么能干的，而一个泥瓦头就得换一颗活人头啊！"

我提出明日一早让他领我去现场，我没有说让范景全也去的话，我无法通知范景全，我也没有去通知范景全的必要了。

第二天一早，老村长开门要去叫我时，我已早早站在了他家门口，老村长的老婆要做荷包蛋给我们吃，我没有吃。老村长看看我也没有吃，两人默默步出村口，有一辆车就开过来，是老村长的公安局里的熟人，我们就坐上车往城南方向驶去。不知走了多远，车到了一个土坡前，看得见那边的院墙上结着电网，有许多荷枪实弹的武警站岗。因为是公安局的车子，很快放行，我们就随着那院墙根的小路开车到了后边坡上的一个小土坪上，老村长的熟人告诫说："咱们来迟了，不能带你们看到怎样提人，你们就在车上，不要下来，这样的枪决是不允许一般人到现场的。"说完，他下了车独自到坡下的监狱去。

土坪的不远就是更高大的围墙，围墙外边是什么，不知道，土坪的左边是一片猪圈，可能是犯人平日饲猪的地方。猪圈右边的平场子并不大，像仁厚村当年的打麦场，长满了已经抽穗开花的荠荠菜。仁厚村还有麦田的那些年月，整个春天我们都可以吃到荠荠菜做成馅的饺子、包子和菜卷，现在吃不到了，也见不到了，土坪上竟有这么多荠荠菜！围墙根已插上了十二个小白旗。这时候，分别开上来几辆公安局的小车，司机们全站在那儿说什么，笑着，互相递着纸烟吸。又有三辆救护车一排儿停在猪圈边。

"瞧见了吗，那插白旗的就是犯人跪的地方，今日枪决十二个哩。那些救护车都是来解剖尸体的……"

"解剖尸体？"

"世上那么多换肾的病人，换哪儿的肾，就是换死刑犯的。这一切事先都说好的，枪一响，选中的尸体就抬上车，在车上立即剖开取出肾了，而医院那边病人也进了手术室做好了准备，肾一运到就开始换接，还有移皮的，换眼睛的……"

我浑身登时发冷，索索地抖，又不能让老村长发觉就使劲将身靠近车门，并且大声咳嗽，装作无事。在这个时候，我才后悔到这里来，以前死亡总是与我遥远，而过一会儿，我就要眼睁睁地看着十二个活人在这里死去呀！在这块小小的土坪子上，不知枪决了多少人，这些人的灵魂若在，场子上，猪圈上，车下车上都不知站的还有多少地方！我打开了车门窗的玻璃，外边的阳光十分明媚，在那十二个白旗过去，围墙根的一个土堆上，开放着一丛刺玫儿花，花小而白，一群小蜂在上面忽聚忽散。足球场上，人群呼呼地向场子中心拥，哗地又四散而逃，太阳放光一般。成义的身子弓成球状要跳下去。成义叔！成义叔！抓住了那只细长绵软的女人手。手连着一层皮。钱票飘下来，灯光照着，一树梨花被摇落了。云林爷呢？老村长的熟人从坡道那儿小跑着，一拉开车门坐进来，说："来了来了！"

老村长问："见到成义了吗？"

熟人说："见到了，他的腿还走不成路，得人拖着，十一个人按了手印都没再说什么，他却反复说请把他的尸体卖给医院，将钱交给仁厚村。法官点着头，说按请求照着办，今日医院是来了车子，他笑了笑，还说谢谢。"

我脑子里嗡嗡响着，像是那一群小蜂钻进脑子，这完全又是成义临走时说过的话嘛,他说:"我就是死了也要弄回一笔钱的!"他果然弄到了钱!那旁边的救护车就是要解剖他的吗?枪一响,四肢稀软,浑身微热,就被抬进车去,锋利的刀子连绳索连衣服带肉切开,那人就大卸八块地成为一堆碎肉,医院将按块儿计价……我低着头,使劲地挤车门,只觉得自己的身子在痛,被刀子切凉粉一样先画了十字,再划成个米字,切蛋糕,鲜亮的蜡烛亮起来……

"你不看?那你来干啥呀?!"老村长的熟人似乎在说我。

我抬起头来,在窗外的土坪上正列队走过来一排人。土坪上已经撤了哨,那队列五人一组,罪犯在中间,两个武警在后抓着,两边是两个武警端着枪,一共十二组。任何话也没有,任何响动也没有。在我看着的时候,已走过车窗了三组,成义就在第二组,他果然被武警拖着,个子比别人都低了一半,剃了头的,头却端端的,像是患了颈椎增生似的不能扭动也不能下俯。也就是看过了这一幕,我从此也觉得自己的脖子患了颈椎增生,一扭动和下视就发晕。在那一刻里,我懊丧在车里低了头,没能最后看看成义的脸,这懊悔使我十分生厌,我自己未尽情谊。但是后来,当我夜夜梦到那枪响后脑浆飞进的场面,我又庆幸我没有见到成义的脸,如果那时成义偶尔侧了头与我在车窗玻璃里的脸相遇,说不定我和成义都要叫起来,那成义在死前该是多么的痛苦!我只是在抬起头的时候,听老村长悄声说道:"他倒笑笑的。"我再没有问老村长说的是谁,却猜想一定是成义。而我看到的后边的人,有的头垂着,脖子软得撑不起了脑袋,有的面如土色,尤其一个三十岁左右的人,脸脖赤红,耳后和额角的血管如蚯蚓一般暴着,在经过车前,路上的一个小石头绊了一下,他看了一下我们的车,我瞧见他眼睛是红的,眼皮的下沿红得像涂了朱砂。

"笑也是装出来的。"村长的老熟人说。

"那怎么能装得出来?那个,第十个的,脸脖像酱肉。"我说。

"他太恐惧了,血涌流得急速吧。"

十二个人跪在了各自的小白旗前,两个武警负责抓一个罪犯的肩,持枪人就将枪对准了罪犯的后脑。天呀,原来,枪口差不多是挨着后脑的!土坪上的空气紧张极了,风没有吹,蚂蚁也不再爬动,围墙下的那一蓬花呢，正好被跪着的成义挡住，那里团结着的蜂也无声无息。突然队列那头的指挥人举起了旗子，这竟又是胖子！但他并没有把旗子挥下，而是走过来调整着第五个持枪人的姿势。那个一脸稚气的小兵，或许是第一次执行这种任务吧，他把枪对着了罪犯的后脑，却害怕得背过脸，端枪的手就一抖一抖，枪口就偏离了脑后的中间部位。胖子搬正了他的脸，用手指着罪犯的后脑，说：

"往这儿，这儿……"

"叭！"

一声枪响了，第五个罪犯倒了前去，胖子却锐叫了一声，然后就捂着一只手在那里蹦跳。立即，站在坪中的那个人，是总指挥吧，急速过去，拉下了持枪人，招呼两个武警扶着胖子就往坡下跑。总指挥站在了胖子的位置，重新举起了旗子，旗子同时挥下时，十一支枪同时响起，十一个罪犯一起向前倾倒，而头上方各上冲着一咕嘟脑浆，然后各种姿势地窝在那里，腾腾地冒热气。

我一下子肠胃在搅动，哇地吐了出来，污秽喷了一车玻璃。

老村长说："走吧，我也受不了啦。"

熟人说："经得多就没事了。吐口唾沫吧，别让鬼沾了咱们的车！"他还是把车往出开，就听见又响了两下枪声。

"这一定是给最早的那个补枪了。"熟人说。

车已经开下了土坡，从那架有电网的高墙楼旁经过，老村长一边用手纸帮我擦着车窗上的污秽，一边对我说："其实，这样死人没痛苦的。"

我突然发现就在满是污秽的车窗玻璃的那面，紧紧地趴着一只野蜂。一定是那丛白花上的野蜂！但它在枪响的时候是在那儿，又怎样从围墙根飞到我们车上的。"你要是成义的魂灵，你飞起来吧。"我在心里说着，野蜂倏然消失了。成义叔是知道了我来送他的，他是向我告别了，眼泪哗哗地流下来。

二十五

　　成义的死，悲哀了仁厚村，三日里村里没有喝酒的，没有打麻将，没有人看电视，他们悄悄地不声张。但是，医院送来了那笔尸体款，我们不知道该怎么派用？有人说都烧掉吧，仁厚村怎么用成义的尸体钱，给他烧掉，全当是送他冥票。有人却反对，成义死前反复强调要给仁厚村，仁厚村若不用，九泉之下成义会伤心的。这话倒对。钱款便投资到药房，我们采购了一批药材，制作成丸散。奇怪的是药房在收存这批药材时，在一筐人参里，发现了一棵参王，个头非常的大，形状酷似跪着的人。是成义！我立即想起了在土坪小白旗前行刑的成义。我惊骇这世事的奇妙，成义你这么快就转世了吗，还是神差鬼使地又附物而来？我将这棵参在一只大玻璃瓶里用酒泡了放在药房柜台上，老村长也看到了，他一定也看出了这是成义在人世上最后的形状，嘴张了张，但他没有说出来。

　　虽然仁厚村对外封锁着成义处决的消息，而隔日一张的市报上却报道了处决一批罪犯的文章里有着成义的名字，并且明明白白写着飞天大盗成义是仁厚村人。仁厚村成了西京城的耻辱。区政府当然派人来整顿仁厚村，又让老村长复出为村长。

　　老村长真是宽厚之人，在任命他为村长的会上，他面部严肃，言语恳切，竟检讨着自己以往的不是，这使我们心理得以平衡。原谅了他也认同了他。上任之后，他除了重新在办公室张挂了那些锦旗奖状，是没有改变仁厚村已形成的格局，依然发展药房，依然奉云林爷为神明，依然积极在外招聘租住户。但是，仁厚村人最担心的事情发生了，也是老村长最头疼最无奈的事发生了：房地产公司终于又一次经市有关部门报批，决定拆迁仁厚村。公司的人雇用了一批外乡来的民工进村刷标语，标语一律是"坚决执行市政府改造西京的工程规划"，"消灭破烂死角，建设新城市"，并在每一所房子的山墙上、院墙上都写着偌大的"拆"字。这些民工我们虽然仇恨着，但仁厚村已没有了反抗的行动，许多人从家里出来在巷道里看动静，无人承头，又返回屋去，后来就跑到药房找我想办法，我不知该怎么办？去给云林爷说，云林爷竟然满口的牙掉了，嘴瘪着，与小儿的屁股眼一般，只是笑笑，说这是村长管的事啊。我们去老村长家，老村长却又一次住了医院，那位歇顶的老婆哭丧着脸说："他也没办法呀！他有什么办法呢？"我那日回到药房，抱着那人参酒瓶呜呜地哭。拆迁工作就一步步进行着，那一位满脸油汗又系着大红领带的公司老总也来到了村里，指挥着丈量方位，和每一户人家计算面积和房价，一切似乎办理得十分顺利。老总竟受了感动，在药房里对我说："群众多么好！以前这都是成义一人在作怪。我们也是有血有肉的人，钱是什么，生不带来死不带去，这次我们会给每户比别处多一成的房价钱的！我能帮眉子有了独立的门市部，我将来也会资助咱村里更多的人成为个小老板。我说话算数，我会的！"我没有接他的话，双目紧盯着人参酒瓶。成义，你若有灵，瓶子炸了去！瓶子炸了，我就领村人再闹一场！但酒瓶丝纹未动，那参人依旧在跪着。

六月十九日，我记着这一天的，庞大的拆除队进了仁厚村，轰轰隆隆的推土机推倒了我们的石牌楼。那一面碑子也被扒出来，车轮就碾过去又碎了八块。成群的民工拥进村扒平房的木椽，挖土墙上的门窗，伐锯树木，热闹得如在清理战场，而仁厚村的人家则把日常用品堆在架子车上，三轮车上，要分散着去各地找过渡房。人们在相互告别，默默地留着各自新的住址，握手、抚肩或抱头，但没有哭。那些租赁户早已搬走了，而居住的病人要坚持到最后，希望能多治疗一天就是一天，现在皆抱着包袱由亲属陪伴着，搀扶着来药房领取大包大包的药。我一直在药房忙着，当阿顺他们散发着药包时，我就去祠堂要去看云林爷。走到巷道，公司的人将拆下来的木椽木檩木门木窗廉价处理给远郊来的农民，他们如捡到宝贝一样高兴，论道着木料的好与坏，将烟和酒就往指挥处理的小头目手里塞。而同时闻讯赶来的市一家旧家具收购公司却为此而抢夺生意，双方吵吵嚷嚷，最后就动了手脚。一个农民就拉住我说："这位大姐你评评，什么事都有个先来后到，他凭什么来插一脚的？"我说："你怎么不去打呢？"农民说："我就要打呀，不打好人还不打坏人？！"他气呼呼跑过去，我还在喊："把这木棒拿上！"他果然拿了木棒扑过去了。

转过一条巷子，在魏小小家前的拐弯处，一群拆除工在那里支了锅煮饭，喊喊叫叫，不知锅里做的是什么饭，便见一个在远处大声地喊："又一个！又是一个啊！"手里就提着一根小木棍，木棍端是一只咬着木棍的老龟。立即这伙人就围上去嚷叫着刷洗，然后就提着木棍将老龟塞进锅去，极快地盖上了锅盖，那木棍就抽出来，一块大石压在了锅盖上。

"这仁厚村是什么时候盖的？"

"最早是明朝吧，听说是明朝，仁厚村人会敲明王阵鼓的。"

"哈，这龟是明朝龟了！"

"把每一个柱脚石都扒开来，说不定下边都有老龟哩！"

我明白了这老龟是从柱脚石下挖出来的，而那口锅里又不知是煮着几只龟。是明朝的龟。这些龟在托着仁厚村。龟要被拆除工吃掉了。我呆呆地立在那里，悲伤和愤怒搅得全身的黑血在翻，但我能对这些民工说些什么呢？教科书上说，历史是人民创造的，可没了成义，仁厚村乖乖地就被拆除了，而这些民工，或许是外乡进城来的农民，为着一点工钱，兴高采烈地在拆除仁厚村吗？对于仁厚村的消亡，谁是罪人呢？我为我的悲伤和愤怒而可笑了，瑟瑟地站在风地里，听铁锅里老龟临死前的挣扎，铁锅响动了一阵，只有了咕咕嘟嘟的沸水声，我感觉到老龟死了，仁厚村的神灵没有了，我也单薄轻飘得如纸人，一切反倒平静下来。

"龟要熟了，龟肉味真香！"我说。

"你是仁厚村的人吗？你也来喝一碗龟汤吧？"

我看着嬉皮笑脸的这群民工，老龟将埋葬在他们腹里，他们是活动的坟墓吗？是人皮做的厕所吗？我似乎闻到了一股臭气，臭气从他们身上散发出来，也从我身上散发出来。我明白，我的肚子里也埋葬着成义，也埋葬着仁厚村。

我走掉了。

但我在拐过另一条巷时，遇见了胖子警察。这胖子警察前世里一定与仁厚村有什么缘分的。他现在拉着阿冰的狗绳，阿冰怎么也不跟他走，突然咬断了绳子跑去，脖子上铜铃不知怎么就掉下来，喤泠泠在地上跳了几跳。胖子就喊叫着另外两个警察去一所空院子里抓阿冰。我喊住了他。

"你怎么也来了？"我说，"胖子哎，以后哪个领导病了，可就没医生了！"

胖子说："我是吃这碗饭的……我管着这一片治安。"

"你们来了多少人？"

"十二个。"胖子说，"原本用不着我们的，可上边不放心哇，一切要稳定啊！其实没什么事嘛！"

我说："怎能说没事，阿冰不是赶不走吗？"

胖子为自己刚才的一幕难堪着，一边拍身上的灰土，一边说："阿冰是我救的，这狗东西倒一直不亲近我，恩将仇报。它是我送给仁厚村的，仁厚村现在要没有了，我说物归原主吧，可它就是不跟我走！"

"你还讲究是捉人的，连狗都捉不住！"我说，"你身上带着枪，你放它一枪不就是了，这回又不怕伤了指头。"

胖子在刑场上伤了手，事后我听老村长说过，他的中指被那个小兵射出的子弹打过去后又打中了罪犯，当他在医院治疗时，医生问断掉的那指头呢，二返身又回到刑场，罪犯的尸体已经运走，喷溅出的脑浆和脑壳碎片还未清理，但怎么找也找不见了半截指头，指头或许被子弹打碎了。有人提议他接用罪犯的指头，但胖子嫌霉气。

"你怎么知道我伤了指头？"胖子吃惊地看着我。

"听说的，"我说，"果然没了指头。这指头前世可能也是该杀的罪犯，或许这个指头偷过人，勾引过女人，指骂过佛？！"

胖子嘎嘎地笑着，却说："梅梅，你知道吗，我破了那么多案其实并没有奖金，没了这个指头，我却得了几千元的营养费哩！"

"这指头是烈士。"我说。

掉头我往云林爷的祠堂屋去。云林爷已经是几天未吃过饭了，他的碗放在窗台上，半碗水面上生着锈。云林爷却安然无恙地坐在他的床上，正握着一个病人的手指把脉。云林爷的把脉十分出奇，他并不手指按在病人的腕子上，而是一手三个指头捏着病人左手的中指根，一手用中指和大拇指按着病人的中指头，便咕咕咕地说着病情。那病人头如捣米鸡一样，不迭口地说："对，对，你说的全对！"

我在电影上看过许多伟大人物在战场上如何的镇静自若，我一直以为那是虚构的，现在我相信了。我静静地立在屋中，看着他，我突然觉得云林爷的浑身在发光，继而则通体透明，能看见了他腹腔里的心、肺、肝、肠，能通过身体看见在墙上挂着的竹篮和皮袋。那透明的体内红色的液体在循环流动，使身子的四围的光芒由红到白，由白到黄。我简直惊呆了，我无法描述这若虚若幻的光芒，但我却有说不出的愉悦和温暖，竟感动得泪水哗哗啦啦地流下来。我走近了桌子，云林爷没有招呼我，他还在写处方，叮咛病人几时吃药，多少天为一个疗程，如何去药房买药。桌面上的那块佛石，却明显地在端庄慈祥的观音菩萨坐像下有了四个字：安度厄境。这是佛石上原来就刻有的呢，还是佛石后来显现出的？

　　"钱带的够吗，买三个月的，三个月要好就好了，要不好你就另请高明。梅梅，药房还在卖药吗？"

　　"卖的。"

　　我回答着。云林爷微笑着看着我，我看到的云林爷又是往日的云林爷。我揉着我的眼睛。

　　"你怎么啦？"云林爷还是微笑着说。

　　"我……"

　　"这病人病得不轻，你陪我和这病人一块配药去吧。"

　　"俺。"我点着头。

　　云林爷从来还没有亲自去药房为病人配过药的，他今日要去，我也明白这是他在仁厚村最后看的一位病人了。我没有阻止，甚至也没有背了他，他就撑着小小的手杖从床上下来，先双手撑着再跃出身子，这么着出了门，来到门前的土场。仁厚村是整个的一片倒坍声和什么瓦片土罐木橼的破裂声，尘土纷纷扬扬。云林爷就在尘土窝里行进着，土迷蒙了一身一头，像从砖瓦窑里出的土坯。他的身子又出现了光芒，通体又开始透明，真的，他传达给我的是一种打动人的精神力量，我就一直跟着他走。这现象我无法描述，也无法解释，多少年后我说给许多人，包括那些著名的生物学家、心理学家、哲学家，他们听了我的叙说也无法解释！

　　我跟着云林爷走到了土场外的那棵树下，祠堂后的墓地里传来狼一样的吼叫声："把我也埋进去！把我也埋进去！"

我们停了一下，云林爷说："老刽子手和人嚷了？"

我说："老刽子手和人嚷了。"

他说："噢。"

我说："噢。"

走到巷口，我们却长久地站住，就在阿冰跑进那个空院子的门口，胖子和三个警察在门框上吊勒阿冰。绳子是一条牛皮绳，一头挽着环套着了阿冰的脖子，绳子就穿过大门的铜圆环中，一头被一个警察拉着。那警察一用劲，门却是走扇的，吊下来的阿冰后蹄就撑在了地上，胖子说："把门抗住，把门抗住！"另一个警察就过去把走扇门推开靠住了墙，门限里的地势低，阿冰的四蹄就在空中踢蹬。胖子骂道：

"踢蹬吧，让你跟我走，你倒咬我的手，那次没吊死你，这回就吊死你好了！"

被吊起的阿冰四蹄就安静了，接着竟身子弓起来，后蹄又猛烈地蹬动，拉绳的警察一紧张，绳全然拉紧，阿冰的后蹄撑在那扇门上，头拱着这扇门上。胖子就说："绳松一点，松一点。"另一个警察便提起一根木棒拦腰打阿冰，阿冰又一次垂吊下来，但身子还在扭动。

"打是没用的，你打死了见土又要活的。我有经验，拉紧，灌水，不能让它沾地，它一会儿就死了。"胖子走过去夺下了拉绳警察手中的皮绳，将绳头系在巷道的树上。

在我的一生中，我见过了两次勒狗的场面，这是一个人的最大的不幸。那一次我为阿冰的意外获救而振奋过，但这一次却使我明白了胖子、眉子和我，以及整个仁厚村人都在犯了一种罪恶，我们完全不应该在那一次救阿冰，让这么一个有着人的灵性却又没有人的语言的小小走狗经受两次死的恐怖和痛苦，如果那一次死去，或许它已经托生了，而留在人的世间，命运终未逃脱被勒死！这样的事情全被我经过，这又是上苍在惩罚我吗？

呵，我们是没有家园了，不是真正的家园而暂居这里的阿冰也没有了家园和生命。真正的狗没有了，我们成了又一群丧家的犬，我们将到何处去，何处将怎么等待着我们呢？当阿冰最后静静地垂吊在门框上的时候，我没有想到我身边的云林爷，没有想到我是和云林爷陪病人要去药房的，我突然极想去见眉子，我觉得眉子是对的，我们太委屈了眉子，我不知道我怎样离开了巷道向城中走去，念头里只是要见眉子！

西京城的大街上，车水马龙，两边的楼房都是七层八层高，装饰着各式各样的门牌和霓虹灯，我在人群里往前走，走的是左边人行道，迎面走过的行人与我逆向，他们撞我，我也撞着他们，满世界一片杂乱，我先是听见有人在说："这人违反交通规则。"后来是车的发动声、喇叭声，自行车的轮声、铃声，再是人的说话声、哭声、咳嗽声和屁声，再后来几乎所有的人身子所有部位，以及街上所有东西都发出声音。衣服在咔嚓咔嚓响，风在咕噜咕噜地响，空气在摇曳着响，蚂蚁响着爬，路灯杆的影子在响着移，我就觉得我的灵魂出窍了。人真是灵魂能出窍的，我是脱离了身子在身子上空三米之高，甚至看到身子在走过一块裂了的地板时崴了一下脚，瞧见了两边楼的第二层，一间一间房子里，有人在办公写字，有人在打电话，屁股坐在桌角上，脚搭在椅背上一摇一摇。有一所房间里有人在洗澡，肥猪一样的身子仰躺在床上了，有女子在背上踩。谁在大声地念着什么，语言是那样优美，绝不是某个行政领导人在作报告，也不是在学习报刊上的社论的。但他们在念什么呢，窗子拉着白色的纱帘，影影绰绰能看到坐着三四个人，看不清到底是什么样的角色，一个苍茫沉沉的声音还在念着："……一片荒芜的宽阔的土地上，草木茂盛，花香灿烂，石头各具神态地静立着，水含光放波地流动着，这是神谕的大自在状态。一天，来了几个能人，有能耐本事的男人和女人，他们建下了第一所房子，燃起了第一缕炊烟，他们为了生存，努力地适应并耕种这片土地。再后来，来的人多了起来，孩子也多了起来，房子也多了起来，于是，房子与房子间有了街道，杂草灌木丛被烧伐着向后退去，人们的生活区出现了。随着人越来越多，接下来，有了学校、商店、银行、邮局，以及交易市场、贸易大楼、行政机关管理大楼，城市出现了，人们觉得文明了。但人越来越多，美丽的原始风景线越来越远，楼越来越高，汽车越来越豪华，虚伪假劣的人和事也越来越高超，城市越来越在扩大，这时候出现了一个词：污染——环

332

境污染，精神污染。人们面对着浮躁、不安，以及各种传染疾病，开始回念自然了，人们休息日便到田野山问，回到家里又养了花，在街道上建起草坪，交叉口建起花圃，以高价格收买早被逐走的飞禽走兽，放进城市的公园里，这时，植物和动物又为了适应人们而存在了，有人用高科技的猎枪在郊外打死一只野天鹅，人们便骂他野蛮，不文明，这时，人们的第二步文明又来了。已经发展到这里，接下去怎么办呢？谁也无法回答这个问题，但谁也无法回避这个问题。这时候，有一个……""这是谁的文章？谁写的？看看作者的名字！"有人在叫着。一个声音在说："让我查查，是本市的作家……第一页呢，第一页谁撕了？我记得是姓范呢还是姓穆……"如果是念的小说，这一定是范景全写的，只有范景全能写出这优美的文字！我又往前走了，这一间屋子里是餐馆吧，几个人吃饭，每人面前是一大堆鱼虾贝壳的渣，有人一边剔牙一边看一张报，说："瞧，瞧，那飞天大盗枪决了！"一个说："旧得不能再旧的新闻了！"我就想到成义在押上刑场的时候，或许灵魂就出窍了，我看到的并不是成义，那只是成义灵魂寄存的身子，真正的灵魂那一刻里早逃离了刑场，还是站在刑场边看着那个躯体怎样被打中和肢解吗？

这么一想，我一下子矮下来，我又在了人群中，再也看不见那高高的二层楼的窗内，我的灵魂回到了我的身子，听见迎面和我撞着的两个人打了个趔趄，一个人骂道：

"你怎么走这边？你会不会走路？他是才出院的人，你撞倒他你能负责了吗？！"

我看了看那病人，脸土黄土黄的，有肾病的都是这颜色，这病人是换了肾吗？换的是成义的肾吗？成义的眼球又不知长在谁的眼窝，他还在看着西京吗？！

二十六

我和云林爷，还有眉子，在仁厚村成为废墟的第三日离开的西京。第三日的早晨，瞎眼的五泉婆和五泉爷从过渡居住的地方一步一步拉着手又回到了仁厚村，就坐到他们原本住过的旧宅上。旧宅的房屋没有了，一些残墙还未推倒，那棵老树被斧砍了一半，不知什么原因并未砍倒。瞎子老太太嘟嘟囔囔地叙说着她当年过门做新娘时，门前是有篱笆的，篱笆前有拴驴柱，驴怎样地在院里打滚，尘土飞扬。说她生下了十三个孩子，十二个都是二十天或二十五天患四溜风死了，但十二个孩子的胞衣就全埋屋台阶下的。五泉爷又不耐烦了她的啰嗦，在她不住的唠叨中起来往村中别处去，因为他听见了人的说话声，果然在另一处碰着了连本和魏小小，他们走时因车子太小，乱七八糟的东西又多，就没有拿走那些明王阵鼓，但再次返回房子倒坍了，双手拨扒着乱砖和木头，鼓成了两张牛皮一堆木板，他们哼哼哼地拍打着牛皮上的土，成义的爷爷，那个老刽子手就狼一样在远处吼："把我也埋进去，把我也埋进去！"他们侧耳听听，并没有说话，还在哼哼哼地拍打牛皮上的土。五泉爷就无声地又走回他家庄基上，他的瞎子老伴却撞死在那棵老树上。五泉爷说："嗨，你走的不走？"没有哭。

我和眉子用架子车推着云林爷，从村子边的体育场大门口经过，我们看了看已经没有了村子的村子，没有停下来，我们在昨日接受了曾在我家住过的一位病人的邀请，到他们山里行医。眉子突然说她的门市部交给了老邵管理不放心，而现在到山区去，那么远的，这架子车真能去吗？眉子的突然动摇也使我生出疑惑，我问云林爷：

"你说，去山区还是留在城里……往哪儿去呢？"

云林爷说："你从哪儿来就往哪儿去吧。"

一时间，我又灵魂出窍了，我相信云林爷，云林爷的话永远是正确的，他说从哪儿来就往哪儿去，我是从哪儿来的呢？从仁厚村。不是，仁厚村再也没有了。我是从母亲的身体里来的，是的，是从母亲的子宫里来的。于是，我见到了母亲，母亲丰乳肥臀的，我开始走入一条隧道，隧道黑暗，又湿滑柔软，融融地有一种舒服感，我望见了母亲的子宫，我在喃喃地说：这就是家园！

"梅姐！梅姐你看，梅姐！"

但我却听见了眉子在大声叫喊我，那黑暗的湿滑柔软的隧道幽远深长，而回过头来，我看见了隧道的另一头——我的眼就是隧道口，我看见了我的眼——一个白亮的光块里，范景全竟就站在那里，他穿着一件 T 恤衫，衫上印着"神禾塬"三个大字。

草稿毕于 1996 年 3 月 6 日下午
改抄毕于 1996 年 5 月 4 日夜
再改抄毕于 1996 年 7 月 27 日下午
又改毕于 1996 年 8 月 13 日上午
又又小改毕于 1996 年 8 月 16 日下午

后　记

西安城里有一片街市叫土门。

我给人炫耀：只有西安城里才有这样的地名，这地名多好！但我却说不清土是什么，门是什么，这如我本身就是人，又生活在人群中，却从来解释不清人是什么一样。

于是我翻《现代汉语词典》。第一一六三页写道：土。tǔ ①土壤；泥土：黄～／黏～／～山／～坡／～堆。②土地：国～／领～。③本地的；地方性的：～产／～风／～气／～话／这个字眼太～，外地人不好懂。④指我国民间沿用的生产技术和有关的设备、产品、人员等（区别于"洋"）：～法／～高炉／～专家／～洋并举。⑤不合潮流；不开通：～里～气／～头～脑。⑥未熬制的鸦片：烟～。⑦（Tǔ）姓。

第七七五页写道：

门。mén ①房屋、车船或用围墙、篱笆围起来的地方的出入口：前～／屋～／送货上～。②装置在上述出入口，能开关的障碍物，多用木料或金属材料做成：铁～／栅栏～儿／两扇红漆大～。③（～儿）器物可以开关的部门：柜～儿／炉～儿。④形状或作用像门的：电～／水～／气～／闸～。⑤（～儿）门径：窍～／炼钢的活儿我也摸着点～儿了。⑥旧时多指封建家族或家族的一支，现在指一般的家庭：满～／双喜临～／张～王氏／长～长子。⑦宗教、学术思想上的派别：儒～／佛～／左道旁～。⑧传统指称跟师傅有关的：拜～／同～／～徒。⑨一般事物的分类：分～别类／五花八～。⑩生物学中把具有最基本最显著的共同特征的生物分为若干群，每一群叫一门，如原生动物门、裸子植物门等。门以下为纲。⑨压宝时下赌注的位置名称，也用来表示赌博者的位置，有"天门"、"青龙"等名目。⑧量词。a) 用于炮：一～大炮。b) 用于功课、技术等：三～功课／两～技术。⑩ (Mén) 姓。

土与地是一个词，地与天做对应，天为阳为雄，地为阴为雌，《现代汉语词典》上这么详细地解释过了，将土和门组合起来，我也明白了《道德经》为什么说"玄之又玄，众妙之门"的话。

我喜欢土门这片街市，一是因为我出生在乡下，是十九岁后从乡下来到西安城里的。乡下人要劳作，饭菜不好，经见又少，相貌粗糙，我进城二十多年了还常常被一些城里人讥笑。他们不承认我是城市人，就像他们总认为毛泽东是农民一样，似乎城市是他们的，是他们祖先的，但查一查他们的历史，他们只是父亲辈，最多是爷爷辈才从乡下到城的。所以我进城后加紧着要生孩子，我想我孩子就可以正儿八经地做城里人了。第二个原因，是他们不承认我是城里人，我也不同他们论这个名分，但我毕竟不在土地上耕作已是二十多年了，在这么大的一座现代化城市里竟有街市叫土门，真够勇敢，也有诗意，我又是有着玩弄文字欲的作家，就油然而生亲切感了。

这一个夏天，西安特别热，其实西安已经热了好几个夏天了。过去一年中有四季，现在冬天一完就是夏天，夏天一过又是冬天，人进入四十五岁，光阴如流水，这年轮也转快了。我没有春秋的衣服，要么羽绒衣从头到脚把自己裹得严严的只拿眼睛看世界，要么剥个三分之二精光，留三分之一的短裤，把大肚子和细胳膊细腿让世上看。冬天可能使人也去蛰伏的，冬天我不写文章，我老实在家待着，将一副弘一字体的对联贴在门上，拟的是：有茶清待客，无事乱翻书。夏天里我就写作呀，《浮躁》是夏天写的，《废都》是夏天写的，《白夜》是夏天写的，今夏里就写《土门》！知道我德性的人说我是在生活里胆怯，卑微，伏低伏小，在作品里却放肆，自在，爬高涉险，是个矛盾人。想一想，也是的，活到现在是四十四年，从事写作是二十一年，文章总是毁誉不休，自己却常能度过厄境。为什么来着？人活在世上的作用不同，像一窝蜂，有工蜂，有兵蜂，也有蜂王，专吃最好的蜜浆，我恐怕命定的就是文人，既然是文人，写文章的规律是要张扬升腾，当然是老虎在山上就发凶发威，而不写文章了，人就是凤凰落架，必定不如鸡的。路遥在世的时候，批点过我的名字，说平字形如阳具，凹字形如阴器，是阴阳交合体。他是爱戏谑我的一位朋友，可名字里边有阴阳该能相济，为何常年忙着生病，是国内著名的病人？我只是在当今气候变了，四季成了两季，于不适应中求得适应罢了。文人如果不热衷于奔走政治权贵的门庭，又不肯钻在象牙塔里制作技巧，要在作品里得大自在，活人就得要能受亏，我患肝病十余年了，许多比我病得轻的人都死去了，我还活着，且渐渐健康，我秘而不宣的医疗法就是转毁为缘，口不臧否人物，多给他人做好事。

在夏天里写《土门》，我自然是常出没于土门街市。或者坐出租车去，坐五站，正好十元。或者骑了自行车，我就哼曲儿，曲儿非常好听，可惜我不会记谱，好曲子就如月光泻地，收不回来了。土门街市上百业俱全，我在那里看绸布，看茶纸，看菜馆，看国药，看酱醋、香烛、水果、铜器、服饰、青菜，漆作裱画命课缝纫灯笼雨伞镶牙修脚。看男人和女人。在小茶楼里看谈生意，领小姐，也红了脸打架。楼窗外边是十字路口的大圆盘，车在那里兜圈子，人在车间穿梭而行，想到那里是水的旋涡，咕咚，人和车，就要掉进去。土门为什么叫土门，历史的沿革里是当年的城乡结合部呢，还是老城里的四面门以外又多了一门？土门有门门扇却闭着，我想推门进去。

写《土门》有缘就有了一片街叫土门，写累了就逛土门，逛了土门再回来写《土门》。我写作的时候有点像林彪，窗户要拉上窗帘，不要风扇，也不要空调。有龙井，有面条，有烟抽，摘掉电话，内锁房门，写自己愿意写的事，这是多么愉快的事！每日除了逛土门，从早上可以写到晚，屋里只有上帝，上帝就是我。统治我的小说世界的一个是耶稣，一个是魔鬼。

远方的一位女性又来了信，我不知道她长得如何，她也没有写过详细地址，两年来她对我一直是个神秘的人物，她说她总在关注着我，但不要问她是谁，她会在某一天突然而至的。她的署名叫奥娘。奥娘，怪怪的又多有味的名字！奥娘的来信只是问候这个夏天的我，她的信的到来却对我是多大的吉祥呵，因为这一天我终于写完了《土门》。我打开了窗子，屋里的烟雾从我身边往外飘,外边是红阳一片。我望着我开窗放出的野云,说:奥娘,你瞧这个夏天是多么灿烂啊!

这时候,有人在敲门。谁在敲我的门呢?

1996 年 6 月 30 日夜